NICOLE STRANZL

Galgenwald

TÖDLICHE VERSTRICKUNGEN Am Galgen der ehemaligen Richtstätte in Thannhausen wird eine Tote entdeckt – offensichtlich kein Selbstmord. Die LKA-Ermittler Leon Esposito und Rick Schantl übernehmen den Fall. Schnell stellt sich heraus, dass es sich bei dem Opfer um die Prostituierte Gabi Avram handelt. Deren Tochter, Journalistin Elisa, traut den Polizisten nicht und beginnt auf eigene Faust zu ermitteln. Wieso suchte ihre Mutter eine Hellseherin auf? Was hat es mit dem geheimnisvollen Mädchen auf sich, das bei Gabi Unterschlupf fand und wie vom Erdboden verschluckt zu sein scheint? Wie passt Influencer und Buchautor Flo ins Bild, der eine Verbindung zum Galgenwald aufweist? Und welche Geheimnisse bergen die LKA-Ermittler? Beide suchten kurz vor Gabis Tod im Bordell nach ihr. Die Lösung des Falls scheint in der Vergangenheit zu liegen, doch Elisa läuft die Zeit davon, denn schon bald gibt es ein zweites Opfer. Kann sie das gefährliche Rätsel lösen, bevor noch mehr Menschen sterben müssen?

Nicole Stranzl wurde 1994 in Graz geboren und studierte »Journalismus und PR« an der FH Joanneum in Graz. Einige Jahre arbeitete sie im Kundenservice einer Pflegeagentur und moderierte parallel bei einem Webradio. Seit April 2021 ist sie als Regionalredakteurin bei der Tageszeitung »Kleine Zeitung« angestellt. Ihren ersten Thriller veröffentlichte sie mit 19 Jahren, seither sind bereits zehn Bücher von ihr erschienen. Die Autorin hat eine Vorliebe für Tabuthemen und die psychischen Abgründe ihrer Figuren. 2023 erhielt sie beim Fine Crime Festival in Graz den Newcomer Award verliehen. Zuvor schrieb Stranzl preisgekrönte Kurzgeschichten.

© Juergen Fuchs

NICOLE STRANZL

Galgenwald

STEIERMARK-KRIMI

GMEINER

Immer informiert

Spannung pur – mit unserem Newsletter informieren wir Sie
regelmäßig über Wissenswertes aus unserer Bücherwelt.

Gefällt mir!

Facebook: @Gmeiner.Verlag
Instagram: @gmeinerverlag

Besuchen Sie uns im Internet:
www.gmeiner-verlag.de

© 2025 – Gmeiner-Verlag GmbH
Im Ehnried 5, 88605 Meßkirch
Telefon 0 75 75 / 20 95 - 0
info@gmeiner-verlag.de
Alle Rechte vorbehalten
1. Auflage 2025

Lektorat: Claudia Senghaas, Kirchardt
Satz: Mirjam Hecht
Umschlaggestaltung: U.O.R.G. Lutz Eberle, Stuttgart
unter Verwendung eines Fotos von: © Nicole Stranzl
Druck: GGP Media GmbH, Pößneck
Printed in Germany
ISBN 978-3-8392-0781-9

Für alle, die nicht aufgeben.
Kämpft weiter für eure Träume!

There was no goodbye,
just an absence,
sudden, abrupt and louder than any voice could be.

Edward Lee

PROLOG

Verfolgungswahn. Das war das richtige Wort. Darunter litt sie. Wie sonst sollte sie erklären, dass sie auf dem Nachhauseweg etliche Blicke über ihre Schulter warf? Seit Tagen wurde sie das Gefühl nicht los, beobachtet zu werden. Seit das Mädchen bei ihr aufgetaucht und dann wieder verschwunden war. Wie ein Geist. Manchmal fragte sie sich, ob sie das alles bloß geträumt hatte. Dann dachte sie an den Streit. Nein, definitiv keine Einbildung. Noch immer wusste sie nicht, wie sie mit der Situation umgehen sollte. Ihrer Tochter würde es das Herz brechen. Doch einfach nichts tun?

Das Mädchen war in Panik ausgebrochen, und seitdem fehlte jede Spur von ihm. Sie machte sich Sorgen. Um eine Fremde. Sie musste verrückt sein. Wie hieß es so schön? Reisende soll man nicht aufhalten. Sie war fort, doch eines war geblieben: die Paranoia.

Wer sollte Interesse an ihr haben? Einer ihrer Freier? Nein. Die meisten kannte sie schon so lange, keinem von ihnen würde sie zutrauen, ein Stalker zu sein. Und einer ihrer neuen Kunden? Sie dachte an den pausbäckigen Rothaarigen, der aussah wie 15, obwohl er 25 Jahre alt war. Ein hartes Lachen entkam ihr. Niemals! Mit 48 Jahren und fast 30 davon als Prostituierte besaß sie eine entsprechende Menschenkenntnis.

Ihre Nerven spielten ihr einen Streich. Das war alles. Dennoch atmete sie erleichtert auf, als ihr Wohnblock in Sicht kam. Nebelschwaden krochen die Fassade hinauf, der Gehsteig verschwand im grauen Dunst, verdammter Herbst. Laub blieb an ihren Schuhen kleben, der Baum neben dem Wohnhaus hatte all seine Blätterpracht abgeworfen. Sie wünschte, sie könnte das auch mit ihren Altlasten tun. Doch Vorsätze blieben meist dies: Vorsätze. Wie etwa, ihre älteste Tochter anzurufen. Bald stand Weihnachten vor der Tür. Würde Elisa sich wieder nicht blicken lassen? Traurigkeit breitete sich in ihr aus. Den Preis für die Mutter des Jahres verdiente sie nicht, aber sie hatte alles für ihre Kinder gegeben. Damit diese ein besseres Leben führen konnten als sie selbst. Mit 17 war sie damals völlig allein von Rumänien nach Österreich gekommen und recht bald in die Sexarbeit gerutscht.

Vielleicht hatte sie das Mädchen zur Wiedergutmachung aufgenommen. Für ihre eigenen Kinder war sie nicht in dem Ausmaß da gewesen, wie sie es sich gewünscht hätte.

Drei Nächte hatte sie dem Mädchen Unterschlupf gewährt. Viel gesprochen hatte es nicht. Was das arme Ding wohl erlebt hatte? Sicher hatte es kein schönes Leben gehabt. Sie kannte die Anzeichen von sich selbst: Schreckhaftigkeit, Angst vor plötzlichen Bewegungen, Lärmempfindlichkeit.

Ihr Vater hatte sie geschlagen, er war ein furchtbarer Mann gewesen. Eilig schüttelte sie die Erinnerungen ab. Das war vorbei. Sie wollte nicht mehr daran denken.

Am Jahresende befiel sie stets diese Melancholie. Wenn es so früh dunkel wurde und sich die Menschen in ihre Wohnungen und Häuser verkrochen, fing sie an zu grübeln. Über ihr Leben, die Entscheidungen, die sie getroffen hatte. Nicht alle waren gut gewesen, doch sie bereute nichts. Was brachte es auch? Die Zeit ließ sich nicht zurückdrehen.

Totenstille legte sich über sie, als auch noch das letzte Geräusch verstummte: ihre eigenen Schritte auf dem Asphalt. Sie hatte ihre hohen Schuhe gegen Sneakers getauscht, so tat sie das immer. Streng unterschied sie zwischen Berufs- und Alltagskleidung. Ein Arzt lief doch auch nicht im weißen Kittel durch die Stadt.

In ihrer Tasche kramte sie nach dem Schlüssel und blickte sich dabei wieder um. Nachts waren in Graz die Gehsteige hochgeklappt. Kaum eine Seele verirrte sich nach draußen. Und dennoch beschlich sie das Gefühl, nicht allein zu sein.

Erleichtert schloss sie die Tür auf und betätigte den Licht- schalter gleich rechts neben den Postkästen. Zwei Stockwerke noch, sie musste sie zu Fuß zurücklegen, der Lift war mal wieder kaputt. Als sie die Wohnungstür endlich hinter sich schloss, atmete sie erleichtert auf und legte ihre Handtasche auf der Kommode ab.

Von außen sah der Wohnblock recht heruntergekommen aus, doch der erste Eindruck täuschte. Sie lebte nicht schlecht als Sexarbeiterin. Früher hatte sie befürchtet, mit dem Alter würde es schwierig werden, doch damit lag sie falsch. Soge- nannte MILFs – also reifere Frauen – kamen immer noch gut an. Ihre Freier schätzten ihre Erfahrung. Und so nannte sie eine 75 Quadratmeterwohnung ihr Eigentum. Die Einrich- tung bestand nicht aus den teuersten Möbeln, aber auch nicht aus Schrott. Im Vergleich zu den Räumlichkeiten, in denen sie als Kind gehaust hatte, konnte sie ihre jetzige Unterkunft ohne schlechtes Gewissen als Luxus betiteln.

Nachdem sie sich aus der Jacke geschält hatte, betrat sie die geräumige Küche, öffnete den Kühlschrank und trank einen großen Schluck Cola aus der Flasche. Ihr Herzschlag beruhigte sich, und Müdigkeit breitete sich in ihren Kno- chen aus. Eine geschäftige Nacht lag hinter ihr, vier Kunden hatte sie bedient und ja, langsam spürte sie ihr Alter. Doch jammern würde sie nicht.

Obwohl sich die Nachbarin in der unteren Wohnung regel- mäßig bei der Hausverwaltung darüber beschwerte, duschte sie lang und heiß. Eben erst hatte sie die Dusche verlassen, als es an ihrer Wohnungstür klingelte. 5.30 Uhr morgens, verriet die Handyuhr. Wer war das denn bitte?

Rasch wickelte sie sich in den Bademantel und lugte durch den Türspion. Was tat er hier? Um diese Zeit. Ohne Verabredung.

»Bitte, Gabi! Mach auf! Ich muss dich sehen.«

Ein Seufzer entwich ihr, ehe sie aufschloss und ihrem Freier mit verschränkten Armen entgegenblickte. »Es ist mitten in der Nacht, und du hast keinen Termin.«

»Ich weiß, aber … die Albträume sind wieder da. Es war so real, und ich konnte nicht mehr schlafen. Bald startet mein Dienst und … ich weiß, es ist viel verlangt, aber … lässt du mich rein?«

Unschlüssig stand sie da. Vermutlich war es eine Grenzüberschreitung gewesen, Freier in ihrer Wohnung zu empfangen, doch ihn kannte sie lange. Sie tat das nur bei wenigen. Vielleicht sollte sie wieder damit aufhören.

»Ich bin müde.«

»Bitte!« Aus großen Augen sah er sie an.

Nach kurzem Zögern ließ sie ihn eintreten.

»Danke! Du bist die Beste!«

In der Gesellschaft genossen Prostituierte keinen guten Ruf und wurden oft mit nicht gerade netten Worten bedacht. Die wenigsten ahnten, wie viele Männer nicht nur für Sex zu ihnen kamen. Seelsorgerin sollte in ihrer Berufsbezeichnung inkludiert sein. Heutzutage bekamen Sexarbeiterinnen vermutlich mehr Sorgen zu hören als Pfarrer, dachte sie, während sie ihrem Freier ein Glas Wasser reichte.

»Danke.« Noch immer wirkte er durch den Wind.

»Willst du mir von deinem Traum erzählen?«

»Es ist immer wieder dasselbe: Ich baumle vom Galgen.«

Sie verzog keine Miene, das hatte sie im Laufe der Jahre

gelernt. Kunden ernst nehmen, nicht über Männer lachen, das war das Wichtigste.

»Hast du mit einer Therapeutin darüber geredet?«

»Nein, aber mit Josy.«

Sie nickte und unterdrückte ein Gähnen. Das Bett rief laut nach ihr, und sie konnte ihm nicht helfen. Nur zuhören. Und das tat sie. Er redete und redete, mit der Zeit konnte sie seinen wirren Gedankengängen nicht mehr folgen. Manchmal fürchtete sie sich vor ihm, doch eine weitere Regel lautete: Zeig deine Angst nicht! Bewahre die Kontrolle. Immer.

Um 6.30 Uhr fand sie, ihm lange genug zugehört zu haben.

»Hör mal, ich bin echt schon kaputt und …«

»Du wirfst mich raus.« Enttäuschung in seinem Blick.

»Ich hab die ganze Nacht gearbeitet. Warum machen wir nicht einen Termin aus und dann …«

»Ich bin also nur dein Kunde? Immer noch? Nach all der Zeit? Nichts weiter?«

»Ich habe dir eine Stunde zugehört, obwohl ich erledigt bin und du unangemeldet hier aufgekreuzt bist. Aber irgendwann …«

»Ihr Weiber seid doch alle gleich.« Er sprang von der Couch auf. Seine Hände zitterten. »Ich mache gerade echt eine schwere Zeit durch.«

»Und ich bin Prostituierte, aber keine Therapeutin.« Auch sie stand auf. Er sollte gehen. Jetzt. Die Kontrolle über die Situation drohte ihr zu entgleiten. Mit wütenden Männern in ihrem Haus war sie fertig. »Bitte geh jetzt!«

Tränen glitzerten in seinen Augen. »Er bestraft mich!«

»Wer?«

»Raini! Ich hab ihm nicht geholfen.«

Jetzt ging das wieder los!

»Du kannst nichts dafür, wie oft noch? Er würde wollen, dass du dir selbst vergibst!«

»Wie soll ich das machen, wenn ich doch schuld bin. Ich hab versagt. Und jetzt? Jetzt will er sich an mir rächen. Aus dem Grab heraus.«

»Das ist doch Schwachsinn!«

Er starrte sie an, als hätte sie ihn geschlagen. »Du glaubst mir nicht!« So viel Wut in seinem Gesicht. »All die Male, die ich mit dir darüber geredet habe, aber … du denkst, ich bin verrückt. Wie meine Ex. Du bist schlimmer als sie, denn du hast mir Verständnis vorgegaukelt, dabei wolltest du nur mein Geld! Ihr wollt alle nur mein Geld und … warte mal, warte! Vielleicht steckt er in dir. Geister können in Personen schlüpfen und …«

»Das reicht jetzt!« Kopfschmerzen breiteten sich aus. »Du solltest dir wirklich dringend Hilfe suchen. Ich kann dir nicht mehr helfen. Wir sollten uns in Zukunft wieder auf das Körperliche konzentrieren und …«

»Du blöde Kuh! Du verdammte Verräterin! Du hast mich belogen! Du hast mich ausgenutzt, warst nur hinter meiner Kohle her!«

»Verschwinde aus meiner Wohnung, sonst rufe ich die Polizei!«

»Ha! Ha, das ist gut! Du dreckige Nutte, du … du bist eh hässlich! Alt und verbraucht und … du siehst mich nie wieder!« Mit diesen Worten polterte er aus der Wohnung und knallte die Tür hinter sich zu.

Zitternd atmete sie aus. »So ein Verrückter!« Den Schlaf hatte sie übertaucht, im Bett konnte sie nicht aufhören, an ihn und seinen Ausbruch zu denken. Verrückt. Der Kerl war einfach verrückt. Sie hoffte, er setzte seine Drohung in die Tat um und besuchte sie nicht mehr. Ihr Kundenstamm war groß genug, sie war nicht auf ihn angewiesen. In Zukunft würde kein Freier mehr erfahren, wo sie lebte, das schwor sie sich. Sie schloss die Augen und döste vor sich hin, als es abermals an ihrer Tür hämmerte.

Ihr Blick wanderte zur Uhr. 8.30 Uhr. »Verfluchte Scheiße!«, stieß sie aus, gerade eben war sie am Einschlafen gewesen und bemerkte erst jetzt, sie trug noch immer ihren Bademantel.

Ohne in den Türspion zu schauen, öffnete sie.

»Was machst du denn …« Sie beendete den Satz nicht. Ein Schrei entkam ihren Lippen, sogleich wurde er erstickt. Kräftige Hände legten sich um ihren Hals und drückten zu. Ihre Augen traten aus den Höhlen, ihre Beine zappelten nutzlos in der Luft, einige Zentimeter über dem Boden, als er sie hochhob und in Richtung Wohnzimmer zerrte. Kraftvoll stieß er sie gegen die Wand, der Druck seiner Hände um ihre Kehle ließ kein Stück nach. Verzweifelt versuchte sie, sich zu befreien, und schlug nach seinem Gesicht, doch sie hatte keine Chance.

Er warf sie zu Boden, kniete auf ihrer Brust und verstärkte den Griff um ihren Hals. Panisch rang sie nach Luft, doch er drückte ihr die Luftzufuhr ab. Mit ihren Augen flehte sie ihn an aufzuhören. Warum tat er ihr das an? Sie verstand es nicht.

Immer langsamer wurden ihre Bewegungen, ihre Hände immer schwerer. Ein letztes Mal nahm sie ihre Kräfte zusammen und versuchte, seinen Griff zu lösen. Vergeblich. Die Dunkelheit nahm sie gefangen. Sein Gesicht war das Letzte, das sie auf dieser Welt sah.

KAPITEL 1 - RÉKA

Dienstag, 7. November 2023

Starship

Die riesigen Lettern funkelten und waren auch aus einigen Metern Entfernung nicht zu übersehen. Direkt an der Hauptstraße gelegen befand sich das Bordell. Nein, nicht das Bordell, Gerry mochte das Wort nicht. »Nachtklub«. Darauf bestand er. Réka fand es lächerlich, das Kind nicht beim Namen zu nennen.

Innerhalb dieser Mauern fanden Stripshows statt, Männer tranken und rauchten Zigarren, und es wurde gevögelt. Unter anderem mit ihr. »Ein Ort der Freude«, so nannte Gerry ihn auch. Das kam wohl darauf an, wen man fragte. Aber wer hatte schon immer Spaß bei der Arbeit?

Réka parkte ihren Wagen im Hinterhof, der von der Straße aus nicht einsehbar war. Zwei einsame Autos standen auf dem Parkplatz. Um diese Uhrzeit kein Wunder, später würde er sich füllen. Kurz vor 19 Uhr, bestätigte ein Blick auf ihr linkes Handgelenk. Die teure Uhr war ein Geschenk eines Stammkunden. Ein verheirateter Manager. Réka verurteilte niemanden ihrer Gäste. So wurden sie offiziell genannt. Viele waren vergeben, manche auch alleinstehend und einsam. Ihr jüngster Gast war gerade mal 18 Jahre geworden – jünger war allein des Gesetzes wegen nicht erlaubt, und strafbar machte Réka sich ganz bestimmt nicht. Nach oben hin gab es kaum Grenzen, einer ihrer Männer war 88 Jahre alt gewesen.

Ihre hohen Schuhe klackerten auf dem Asphalt, sie waren unbequem, doch Réka musste keine großen Distanzen darin zurücklegen. Mit einem Lächeln begrüßte sie Rudi, den Türsteher. »Hey Süße! Neue Schuhe?«

»Ja, sind gestern geliefert worden. Gefallen sie dir?«

»Sie sind sehr auffällig.« Er lachte und fuhr über seine kahl geschorene Kopfhaut. Ein Berg von einem Mann war er, der jeden Tag im Fitnessstudio trainierte. Seine Kräfte setzte er im *Starship* nur selten ein. Dennoch vermittelte er ein Gefühl der Sicherheit.

Sie betrat das *Starship* und grüßte die Neue hinter der Bar. Réka hatte ihren Namen vergessen, meistens blieben die Mädels nicht lange. Offiziell suchte Gerry nach einer Kellnerin, doch in diesem Etablissement fühlten sich viele Studentinnen nicht wohl. Einzig Ruby war lange dabei, länger als Réka.

Auch die Prostituierten kamen und gingen. Gerry stellte sie nicht an, sie alle arbeiteten auf selbstständiger Basis und zahlten pro Nacht eine Zimmermiete an ihn. Diese wurde immer höher – Corona und die Teuerungen stellten nach wie vor Herausforderungen dar. Mehrmals hatte Gerry davon gesprochen, das *Starship* zu schließen, doch kurz vor seiner Pensionierung noch mal woanders durchstarten, erschien Réka unrealistisch. Vermutlich war es bloß Gerede. Der Nachtklub-Besitzer redete viel, wenn der Tag lang war. Oder die Nacht. Doch sie mochte ihn, er war ein netter Kerl, der immer ein offenes Ohr hatte. Deswegen war Réka schon seit sieben Jahren hier, trotz der horrenden Zimmerpreise. Einige Male hatte sie mit dem Gedanken gespielt, ihr Geschäft an einen anderen Ort zu verlegen, doch das war nicht so einfach. Zu Hause war keine Option, allein schon wegen ihrem Partner Martijn. Selbst seine Toleranz besaß Grenzen. Eine andere Wohnung anzumieten wäre teuer und der entscheidende Vorteil gegenüber dem *Starship*: Sie brauchte sich keine Gedanken um die Kundenakquise machen. Klar, die anderen Mädels stellten täglich Konkurrenz dar, doch es zog immer wieder neue Männer hier rein, seien es Geschäftsmänner, Polterrunden oder einfach Neugierige.

»Geile Schuhe!« Tiffany grinste sie an. Ihre Kollegin trug einen silbernen Glitzertanga und kleine Sterne auf ihren Brustwarzen. Ihr wasserstoffblondes Haar fiel ihr in Locken über die Schultern, die künstlichen Wimpern klimperten, die knallroten Lippen verzogen sich zu einem Lächeln und offenbarten von Nikotin und Kaffee verfärbte gelbe Zähne. »Zeig mal!« Sie klatschte ihre Hände aufgeregt aneinander; die Nägel zeigten dasselbe Motiv, das auch Rékas Fingernägel schmückte: Sterne und Glitzer. Die beiden Frauen hatten das Nagelstudio gemeinsam aufgesucht. Tiffany zählte zu den wenigen hier, die Réka als Freundin bezeichnete.

Mit einem Grinsen hob sie ihren linken Fuß, als wäre sie die Darstellerin aus einer Schnulze und würde gleich ihren Märchenprinzen küssen.

»Wow!« Anerkennend strich Tiffany über die Riemchen, die mit kleinen Sternen verziert waren. Die Plateaus waren durchsichtig und zeigten Planeten. Bis zu ihrem Oberschenkel wanden sich die Schnüre. »Die werden Gerry aber gefallen.«

Er legte großen Wert darauf, das Motto zu verteidigen: Sterne, Planeten, Weltall. Schon als Kind hegte er eine Faszination dafür, das hatte er Réka schon öfter als einmal erzählt. Und nicht nur ihr. Jeder, der Gerry fragte, warum das *Starship* so hieß, musste mindestens eine halbe Stunde Zeit einplanen und den mittlerweile abgedroschenen Spruch anhören: »Unsere Frauen lassen die Gäste Sterne sehen.« Gleich auf Platz zwei folgte: »Bei uns gibt es galaktischen Sex!« Jedes Mal, wenn Réka das hörte, musste sie sich zusammenreißen, um nicht die Augen zu verdrehen.

»Ja, ich denke auch«, antwortete sie Tiffany. »Ich mach mich mal rasch fertig. Harry kommt heute etwas früher vorbei.«

»Alles klar.« Tiffany zwinkerte und wackelte an die – wie könnte es anders sein – sternenförmige Bar. Es war eine von insgesamt dreien im Hauptraum, jedoch die größte. Hier fanden die Peepshows statt, vier Stangen waren auf den Raum verteilt, und es gab zwei Käfige, in denen Mädchen tanzten. Mehrere bequeme Lounges luden die Männer ein, Platz zu nehmen. Frauen verirrten sich selten hierhin. Manchmal nutzten die Mädchen auch den Tresen für ihre Tänze, mittlerweile jedoch seltener. Die Dekoration erinnerte ans Weltall, die Decke war mit Sternen bemalt, die leuchteten und eine tolle Atmosphäre schufen. Noch waren die Discokugeln ausgeschaltet, sie kamen erst später zum Einsatz.

Einen Raum weiter befand sich der *Gentlemen Club* für VIPs. Nur wer aufzahlte, bekam Zutritt. Und dann gab es noch das *Spielzimmer* für BDSM-Liebhaber, wo immer wieder Shows geboten wurden. Réka betrat ihn selten. Für Fesselspielchen war sie zu haben, doch sie war keine Domina und niemals würde sie die Kontrolle in ihrem Job derartig abgeben, als dass sie die Sub für ihre Gäste mimte.

Réka marschierte an den beiden Räumen vorbei und den Gang entlang, an dessen Ende sich eine Treppe befand, die in den ersten Stock führte. Dort befanden sich zwölf Zimmer. Jedes stand unter einem anderen Motto. Heute Nacht hatte sie sich im »Spiegelzimmer« eingemietet. Der Raum machte seinem Namen alle Ehre. Über dem Bett prangte ein riesiger Spiegel, und rund um das Bett befanden sich insgesamt fünf, sodass man sich von allen Ecken und Enden selbst beim Sex beobachten konnte. Manchmal fand Réka es immer noch befremdlich, erinnerte der Raum sie doch unweigerlich an das Spiegelkabinett in einem Vergnügungspark. Doch die Irritation verschwand schnell, immerhin arbeitete sie hier schon seit Jahren. Und viele Kunden standen darauf, auch Harry liebte den Raum. Seit drei Jahren besuchte er sie regelmäßig, abgesehen von seinen sexuellen Vorlieben wusste Réka kaum etwas über ihn. Das war in Ordnung so. Manche Gäste erzählten gern und viel, andere waren schweigsam.

Sie legte ihre Jacke ab und hängte sie in den Schrank, dann entledigte sie sich ihrer Jeans, wozu sie noch mal aus den Schuhen rausmusste. Zugegeben, sie hätte einfach die Sneakers auf dem Weg nach drinnen tragen können, doch sie hatte die Blicke auf sich ziehen wollen, auch wenn es derzeit noch wenige waren. Dafür mühte sie sich jetzt damit ab, sie aus- und wieder anzuziehen. Abgesehen von den Schuhen, ihrer Reizwäsche, einem schwarzen String mit Strapsen und einem BH, der ihre Brüste mehr hervorhob als verdeckte, trug sie nichts. Harry wollte es so. Réka parfümierte sich, wuschelte durch ihre schwarz gefärbten Haare, die ihr fast bis zum Hintern reichten, legte sich aufs Bett und wartete. Und wartete. Und wartete. Die Zeit verstrich, doch Harry kam nicht. 15 Minuten war er jetzt schon zu spät. Gereizt beobachtete Réka, wie die Minuten verstrichen. *Zeit ist Geld und Geld ist knapp.* Der Spruch könnte nicht treffender sein. Keine Nachricht von ihrem Kunden, also schrieb Réka ihm.

»Hey, ich warte auf dich! Du versetzt mich doch nicht, oder? Sonst muss ich dich nachher noch bestrafen …«

Tatsächlich hatte Harry nichts gegen ein Spanking dann und wann einzuwenden. In ihrem Kopf kalkulierte Réka durch, wie viel Zeit ihr bis zu ihrem nächsten gebuchten Termin blieb und wie sie den Gewinnentgang reinbekommen würde. Sie würde von Harry die volle Summe verlangen. Seine Verspätung war nicht ihre Schuld. Allerdings waren nur zufriedene Gäste gute Gäste. Wie in allen Branchen lebten auch Sexarbeiterinnen von guten Bewertungen und Mundpropaganda.

Ein Seufzen entglitt ihren Lippen, das von einem Rumpeln unterbrochen wurde. Neugierig verließ sie das Bett und öffnete die Tür. Ein Kerl stolperte durch den Gang, welcher ein wenig an einen Hotelflur erinnerte. Offenbar war er nicht nüchtern und hatte eine von Gerrys Astronautenfiguren niedergerannt.

»Sorry!« Er lächelte und wischte verlegen über seinen Hinterkopf, auf dem sich eine Glatze abzeichnete. Der Kerl litt an Haarausfall, die Geheimratsecken an seinen Schläfen waren tief.

»Kein Ding. Astronauten halten viel aus«, meinte Réka mit einem Zwinkern. Sie kannte den Kerl, er zählte zu den Stammgästen. Es gab Phasen, da war er oft hier, manchmal sogar zweimal die Woche. Dann ließ er sich wieder wochenlang nicht blicken. Réka hatte er noch nie besucht, wenn sie sich nicht täuschte, bevorzugte er Gabi. Mit ihren fast 50 Jahren war sie die älteste Sexarbeiterin im *Starship*, doch gerade ihr Alter zog viele Männer an. Auch wesentlich jüngere. Den Gast, der im Moment vor ihr stand, schätzte Réka auf etwa 40 Jahre.

»Kann ich dir helfen?«, fragte sie mit einem Lächeln und umkreiste gleichzeitig mit ihren Fingerkuppen ihre nackten Nippel. Scheiß auf Harry!

»Ahm … n-nein. Ich muss jetzt los.«

»Das ist schade. Vielleicht kommst du mich demnächst mal besuchen.« Sie lehnte sich mit ihren Schultern gegen den Türrahmen und wölbte ihren Rücken, sodass auch ihr Po den Türstock berührte. Lasziv leckte sie über ihre Lippen und beobachtete, wie der Adamsapfel des Kerls hüpfte. Innerlich grinste sie. In dieser Hinsicht waren alle Männer gleich. Zumindest alle, die sie kannte. Und Réka liebte es, liebte die Macht, die sie ausübte. Ihre Hand wanderte von ihren Brüsten über ihren Bauch, über ihre Schenkel. Genießerisch schloss sie die Augen. In diesem Moment hörte sie Schritte.

»Hey! Entschuldige die Verspätung.«

Harry. Na endlich!

»Da bist du ja. Ich hab schon gedacht, ich muss mir einen anderen suchen, der mein geiles, feuchtes Loch stopft.« Noch etwas, das Harry liebte: Dirty Talk.

»Nein, nein, ich bin schon zu Diensten.« Er trat auf sie zu und legte seine großen Hände auf ihre Brüste, begann sie zu kneten. Der Typ im Gang beobachtete sie eine Weile, bis Réka Harry an der Hand nahm und ihn ins Spiegelzimmer führte.

Eine Stunde später schlürfte Réka an der Bar einen Cocktail. Mittlerweile hatte sich das *Starship* gefüllt, eine Männergruppe mittleren Alters lungerte in einer der Lounges und bedachte Natasha, die sich an der Stange rekelte, mit gierigen Blicken. Immer wieder steckte ihr einer einen Schein zu und wurde mit einem Lächeln belohnt.

Drei Männer in Anzügen betraten den Raum, Réka lächelte rüber und prostete ihnen zu. Zwar wartete sie auf einen Kunden, der in den nächsten Minuten eintreffen sollte, doch die Nacht war noch jung, und für gewöhnlich brauchten die Gäste erst ein paar Getränke, um lockerer zu werden.

Tiffany ließ sich neben sie auf den Hocker sinken und bestellte einen Margarita. Wie Réka saß sie aufrecht da und präsentierte ihren Körper. Keine Sexarbeiterin lümmelte, jede zeigte ihre Rundungen und ihre Vorzüge. Es geschah ohne große Anstrengung und war längst antrainiert.

»Hast du von dem Radau mitbekommen?« Tiffany legte ihre aufgespritzten Lippen um den Strohhalm und saugte kräftig. Es wirkte obszön, und dass sie dabei einem der Männer zuzwinkerte, war reines Kalkül.

»Nein, was ist passiert?«

»Ein Bulle hat sich aufgeführt.«

»Ein Bulle?«

»Er war nicht im Dienst. Rudi hat ihn rausgeworfen.«

»Hm.« Das interessierte Réka nicht. Sie hatte gelernt, sich rauszuhalten, so entging man Problemen am besten. Geld verdienen war ihre Priorität, alles andere blendete sie so gut es ging aus. Aus diesem Grund war sie so lange im Geschäft.

Ihre Aufmerksamkeit richtete sich auf den neuen Gast, ein junger, gut aussehender Kerl um die 30. Dunkles Haar, dunkle Augen, ein südländischer Typ mit markanten Gesichtszügen, groß, breite Schultern. Ein feuchter Traum auf zwei Beinen. Was zur Hölle hatte er hier verloren?

Tiffany folgte ihrem Blick. »Aber hallo, Schätzchen!«

Réka wollte aufstehen, da sagte ihre Kollegin: »Hey, wo willst du hin? Ich hab ihn zuerst gesehen!«

»Das ist nicht wahr.«

»Hast du nicht gleich einen Kunden?«

»Die wenigsten kommen gleich zur Sache. Vermutlich will er erst was trinken.«

Der junge Mann steuerte nun direkt auf sie zu, Aufregung befiel Réka, und gleichzeitig schalt sie sich eine Idiotin. Wie oft musste sie noch die Erfahrung machen, dass die gut aussehenden Kerle meist schlecht im Bett waren. Die hässlichen gaben sich in der Regel mehr Mühe. Je näher der Adonis kam, umso deutlicher fiel ihr seine Erschöpfung auf. Na, sie würde ihm anbieten, bei der Entspannung zu helfen.

»Guten Abend!« Sein Lächeln wirkte aufgesetzt.

»Hallo, mein Hübscher«, schnurrte Réka.

»Was können wir für dich tun?«, ergänzte Tiffany und streichelte ihm mit ihren langen Krallen über den Unterarm.

»Ich suche eine Gabi.«

Enttäuschung breitete sich in Réka aus. So hätte sie ihn

nicht eingeschätzt, aber das Aussehen war oft trügerisch und verriet nichts über sexuelle Vorlieben.

»Sie arbeitet heute nicht.« Eine Lüge. Gabi bediente einen Kunden, aber offensichtlich wollte Tiffany das Sahneschnittchen für sich haben. Réka schenkte ihr nur einen kurzen Seitenblick, hielt ihre Miene jedoch neutral.

»Wann ist sie denn wieder da?«

»Du kannst online einen Termin bei ihr buchen, aber wenn du heute schon hier bist, dann solltest du dich vielleicht anderweitig umschauen. Wir haben viel Angebot hier.« Tiffany reckte ihre Silikonbrüste hervor. Bei Réka war alles natürlich, aber viele Männer waren neugierig auf die aufgeblasenen Ballone. Sie schienen jedoch nicht nach dem Geschmack des Schönlings zu sein, denn er wich einen Schritt zurück.

»Nein, aber … danke für das Angebot.«

»Können wir Gabi etwas ausrichten?«, fragte Réka.

Ein kurzes Zögern, dann schüttelte er den Kopf. »Nein, wobei …« Er räusperte sich und zog seine Geldtasche hervor. »Habt ihr sie schon mal hier gesehen?« Ein zerknittertes Foto, das er bestimmt schon etliche Male in den Händen gehalten hatte. Es zeigte eine dunkelhaarige Schönheit, ein junges Mädchen, Réka war nicht sicher, ob es schon volljährig war.

»Nein, wer ist das?«

Er öffnete den Mund, um zu antworten, da sagte Tiffany, ohne das Foto richtig angesehen zu haben: »Du solltest aufhören, einer Verflossenen nachzuweinen. Wenn sie jemanden wie dich gehen hat lassen, ist sie blind.«

Ein bitterer Zug legte sich um die Mundwinkel des Mannes, dann zog er seine Schultern hoch. Réka wollte fragen, wer das Mädchen war, doch in diesem Moment betrat ihre Verabredung das Bordell. Bestimmt besser so. Sie hielt sich aus Dingen raus, die sie nichts angingen. Das war ihr Motto.

»Da kommt Sascha. Ich muss.« Sie exte den Cocktail und stöckelte auf den zweiten Freier des Abends zu. Mit einem Küsschen links und rechts begrüßte sie ihn. Vermutlich wollte er zuerst etwas mit ihr trinken, dann würde es nach oben in den ersten Stock gehen. Den Schönling blendete sie aus. Er war nicht ihr Problem.

KAPITEL 2 - DAS MÄDCHEN

Mittwoch, 8. November 2023

Zitternd wandert sie den Gehsteig entlang. Die Jacke ist löchrig und hält der Kälte nicht stand. Uralt. Das ist sie. Genau wie sich das Mädchen fühlt. Der Avril-Lavigne-Song kommt ihr in den Sinn: Sie will nach Hause, aber da ist niemand.

In einer ähnlichen Situation befindet sie sich. Sie kann nicht nach Hause. Zu ihrem Bruder könnte sie, doch sie will ihn nicht in Gefahr bringen. Sie sind ihr auf den Fersen. Nirgends kann sie lange bleiben. Auch nicht bei der netten Prostituierten, die ihr ein paar Tage lang Unterschlupf gewährt hat. Sogar dort hat er sie gefunden.

Ein Schauer durchläuft ihren Körper, als sie an die verhassten Berührungen denkt.

»Ich helfe dir.«

Eine Lüge.

Alle lügen.

Niemand hilft ihr.

Sie ist ganz allein auf dieser Welt.

Gedankenversunken kickt sie kleine Steinchen mit ihren Sneakers davon. Die Schuhe sind zu dünn für die Jahreszeit, andere hat sie nicht. Sie braucht einen Job, doch wer stellt eine Drogensüchtige ein?

Bei dem Bordell wollte sie Hilfe finden, doch die Prostituierte hat sie verscheucht.

»Gerry mag keine Junkies. Aber komm mit mir, Mädchen. Vielleicht ich kann helfen dir.«

Sie hat von einem Entzug gelabert. Als würde sie freiwillig noch mal in so eine Einrichtung gehen. Das letzte Mal hat ihr gereicht. Sie sieht den Weißkittel vor sich. Vermeintlich freundlich.

Eine Lüge.

Er ist keinen Deut besser als ihr Vater. Als ihr Ex-Freund. Sie verdrängt die Bilder, will nicht daran denken, was er ihr angetan hat.

Männer sind Schweine. Wieder ein Song. Von den *Ärzten*. So viel Wahrheit dahinter. Na gut, vielleicht nicht alle Männer. Ihr Bruder ist eine Ausnahme. Vielleicht sollte sie zu ihm. Er ist Polizist. Er könnte helfen. Oder doch nicht. Das letzte Mal, als er ihr helfen wollte, wäre er beinahe gestorben. Nichts als Ärger hat sie ihm eingebracht und einmal fast ins Grab. Sie sieht sein weißes Gesicht vor sich. Ihr Vater hat sich völlig vergessen. Wegen ihr. Und ihr Bruder musste es büßen.

Nein, sie kann ihn da nicht wieder reinziehen. Sie muss das allein schaffen. Wenigstens gibt es auf der Straße keine Kliniken mit bösen Ärzten, und sie ist frei von ihrem Vater. Sie zieht die Kälte den Qualen vor.

Ihr Magen knurrt, wann hat sie das letzte Mal gegessen? Sie weiß es nicht mehr. Es ist fast wie in den Käfigen.

Nicht daran denken!

Das ist vergangen.

Der Arzt hat gesagt, er hilft ihr. Das hat er nicht. Er hat alles schlimmer gemacht.

Ein Auto fährt an ihr vorbei, Scheinwerfer blenden sie. Panik setzt ein. Holen die sie wieder? Sie springt hinter einen Baum, versteckt sich. In Graz gibt es wenig Bäume, doch in der Raiffeisenstraße bei den Parkplätzen, da sind ein paar. Sie geht weiter, bald hat sie die Stadthalle erreicht. Von da ist es nicht weit bis zu Gabis Wohnung. Vielleicht sollte sie doch noch eine Nacht dort schlafen. Gabi würde ihr etwas zu essen geben, es wäre warm. Ein Unterschlupf.

Kein Ort, wo sie hinkann.

Leon?

Nein. Keine gute Idee. Das hatte sie doch schon. Er wäre bloß enttäuscht und würde sie mit diesem Blick ansehen, und was, wenn er ihr auch nicht glaubte?

Ihr Körper zittert. Die Entzugserscheinungen. Sie braucht Stoff. Im Stadtpark. Ein paar Euro hat sie noch eingesteckt. Die sind von Gabi. Sie war großzügig.

Sie geht weiter. Eigentlich ist sie kein Mädchen. Sie fühlt sich aber so. Schwach. Hilflos. Allein. So allein.

Zahlreiche Erinnerungen prasseln auf sie ein. Ihr Vater, ihr Ex-Freund, der Käfig, der Arzt. Sie alle vermischen sich. Ihr Kopf schmerzt. Sie weint und bekommt es nicht mit.

Das Zittern wird schlimmer. Nicht nur die Drogen, auch die Kälte ist schuld.

Irgendwann landet sie wieder bei Gabis Wohnung. An den Weg dahin kann sie sich nicht erinnern. Die Sonne ist aufgegangen, sie hat einen Zwischenstopp im Stadtpark eingelegt. Viel hat sie nicht bekommen. Kein gutes Zeug. Über den Tisch gezogen hat er sie. Sonst wäre sie jetzt nicht so klar im Kopf, sondern würde in einer Ecke liegen, und es würde ihr für den Moment gut gehen.

Stattdessen steht sie vor der Wohnung. Sie versucht, sich ins Gedächtnis zu rufen, in welchen Stock sie muss, da geht die Tür auf. Ein Mann kommt raus. Nicht irgendeiner. Er ist es. Und er trägt einen Müllsack. Geschockt beobachtet sie, wie er ihn in den Kofferraum legt. Ein schwarzer Sack. Menschliche Umrisse. Erstarrt steht sie da. Sie sollte die Polizei rufen. Aber sie hat kein Handy. Alles passiert in Zeitlupe. Er steigt ins Auto, startet den Motor, fährt los. Sie steht immer noch da.

Vielleicht waren die Drogen doch nicht so schlecht. Es muss eine Halluzination gewesen sein. Sie wankt zum Haus, drückt auf Gabis vergilbtes Türschild. Gleich wird sie öffnen und sich beschweren, weil es so früh ist. Wie spät ist es? Sie hat keine Ahnung.

Sekunden verstreichen, kein Surren. Sie probiert es erneut. Nichts.

Sie versucht es bei einem anderen Schild, versucht es solange, bis endlich das gewünschte Geräusch ertönt. Die Stiegen zu erklimmen ist furchtbar anstrengend, doch sie schafft es, erinnert sich sogar an das richtige Stockwerk. Das ist Gabis Tür, sie erkennt die Matte wieder. Eine Katze ist darauf abgebildet. Sie klingelt und klopft, doch niemand öffnet ihr. Und mit einem Mal begreift sie: Das war keine Einbildung. Der Mann hat Gabi mitgenommen. Sie sollte die Polizei rufen. Doch niemand wird ihr glauben.

Er wird sie wieder einsperren und behaupten:

alles eine Lüge.

KAPITEL 3 - LEON

Donnerstag, 9. November 2023

Das Feuerwehrauto blockierte beinahe die gesamte Straße, dahinter parkte ein Streifenwagen. Die Kollegen hatten eine Sperre um das Waldstück errichtet.

»Stell dich da gleich hinten hin«, wies Leon seinen Partner Richard an, den jeder nur Rick nannte. Vor einer halben Stunde war der Anruf im Landeskriminalamt eingetroffen. Die Weizer Kriminaldienstbeamten hatten sie angefordert, da der Arzt, der die Leichenbeschau durchgeführt hatte, von Fremdeinwirkung ausging.

Leon stieg aus ihrem Dienstwagen, eine Anreise von etwas mehr als einer halben Stunde lag hinter ihnen. Die Anbindung von Graz nach Thannhausen war gut, den Großteil der Strecke waren sie über die Autobahn gefahren, nur beim letzten Stück hatte ihnen das Navi aushelfen müssen. An dem Schloss Thannhausen und der sogenannten *Schlosstaverne* vorbei hatte sie der Weg geführt, bis sie den Galgenwald erreichten. Klang schaurig, und wenn Leon sich den Ort besah, machte er seinem Namen alle Ehre.

»Das war mal eine Hinrichtungsstätte«, hatte Peter Wegmüller, der Weizer Kriminaldienstbeamte, ihn schon am Telefon wissen lassen. »Die Leiche hängt am ehemaligen Galgen. Also an dem, was davon noch übrig ist.«

Eine Gänsehaut kroch Leons Arme hinauf. Er arbeitete noch nicht lange für das LKA, und auch Rick war noch recht neu. »Die Grünschnäbel« wurden sie scherzhalber von ihren

Kolleginnen und Kollegen genannt. Leon fand, Rick und er gaben dennoch ein gutes Team ab.

Stirnrunzelnd trat Rick neben Leon, und der ahnte, was sein Partner dachte. »Ziemliche Pampa, hm?« Leon grinste. Er hatte schon Schlimmeres gesehen, aber Rick konnte manchmal ein Schnösel sein. Sein Lieblingslokal war *Katze, Katze* und seine Dates führte er gern in den *Landhauskeller* aus. Es war nicht seine Schuld, er war so aufgewachsen. Sein Vater besaß eine renommierte Anwaltskanzlei, seine Mutter war Architektin. Groß geworden war Rick in einer Villa im Bezirk Ries. Auch jetzt lebte er in einer schmucken Penthouse-Wohnung mitten in der Herrengasse, die er bestimmt nicht ausschließlich mit seinem Polizistengehalt finanzierte.

Manchmal wunderte Leon sich, wie sie beide so gut miteinander auskommen konnten. Rick aus dem reichen Haus und er selbst, der Junge aus der Gosse. Die Sozialarbeiter aus Leons Vergangenheit hätten bestimmt darauf gewettet, er würde auf der anderen Seite des Gesetzes landen. Tja, Leon hatte allen bewiesen, was in ihm steckte. Doppelt so hart hatte er gearbeitet, um seine Ziele zu erreichen. Und hier war er nun und jagte Verbrecher.

»Zum Glück hab ich heute in der Früh eine Eingebung gehabt und nicht meine neuen Schuhe angezogen«, meinte Rick und deutete auf seine alten Sneakers.

»Es gibt so eine neuartige Erfindung, die nennt sich Waschmaschine.« Leon grinste.

Rick rollte die Augen. »Klugscheißer. Und die Schuhe werden doch kaputt, wenn du die wäschst.«

»Hast du eine Ahnung! Was glaubst du, wie oft ich meine Turnschuhe schon in die Waschmaschine gesteckt hab? Aber komm jetzt! Lassen wir die Kollegen nicht warten.«

Sie näherten sich dem Waldstück, eine schmale, kurvige Straße führte daran vorbei. Sogleich sprang Leon ein weißes

Schild auf einem Holzpflock ins Auge. »Richtstätte Galgen-wald« stand darauf.

»Bin gespannt, warum die von Fremdeinwirkung ausge-hen. Immerhin ist der Wald ein beliebter Ort für Suizid«, überlegte Rick.

2022 starben in Österreich dreimal so viele Menschen durch Suizid wie im Straßenverkehr. Diese Zahl hatte eine Expertin kürzlich bei einem Präventionsworkshop genannt, den Leon besucht hatte. Erschreckend.

»Tja, wir werden 's gleich hören.«

»Guten Morgen!« Eine junge Polizistin, die noch grün hinter den Ohren war, trat in Uniform auf sie zu.

»Morgen!«, erwiderte Leon, obwohl es schon kurz nach 10 Uhr vormittags war. »Wir kommen vom LKA, das ist mein Kollege Richard Schantl, ich bin Leon Esposito. Von mir aus können wir gern per Du sein.« Leon hielt seinen Ausweis hoch, auf den die junge Polizistin nur einen beiläu-figen Blick warf.

»Alles klar, ich bin Lea. Lea Krammer, ich bring euch zu der Leiche. Mein Kollege Hannes und ich waren die Ersten am Fundort. Eine Joggerin hat sie heute Morgen kurz nach 8 Uhr gefunden.« Während Lea sprach, zogen sie ihre Schutz-ausrüstung an, danach marschierten sie los. Sie folgten ihr durch das Gestrüpp. Es ging einen schmalen Trampelpfad steil bergauf, links und rechts ragten riesige Bäume in die Höhe. Der Himmel hing grau und bewölkt über ihnen. Der Novembernebel, der sich langsam lichtete, verlieh der Umge-bung das Setting eines Gruselfilms. Bedachte man, dass sie auf dem Weg zu einer ehemaligen Hinrichtungsstätte waren, wo eine Leiche auf sie wartete, war der Gruselfaktor erfüllt.

»Sollte es sich tatsächlich um Fremdverschulden handeln, muss der Täter sie entweder hier raufgelockt haben oder fit wie ein Turnschuh sein«, bemerkte Leon.

»Oder es gibt einen anderen Weg«, überlegte Rick.

»Die sind alle recht beschwerlich«, meinte Lea.

Nach wenigen Schritten erreichten sie ihr makabres Ziel. Leons Mund blieb für einen Moment offenstehen, nicht nur wegen des anspruchsvollen Spaziergangs bergauf. Die Reste der ehemaligen Hinrichtungsstätte sahen beeindruckend aus, und ein seltsames Gefühl befiel ihn bei dem Anblick der drei runden, aus Bruchsteinen gemauerten Säulen, die sich inmitten der Bäume erhoben. Balken verbanden die oberen Enden der Säulen, deren Höhe Leon auf etwa fünf Meter schätzte, zu einem Dreieck. Auf dem Balken, der dem kleinen Trampelpfad am nächsten war, baumelte noch ein Seil. Die Leiche hing nicht mehr daran, dafür lehnte eine Leiter an einer der Säulen.

»Guten Morgen, die Herren!« Ein grauhaariger Brillenträger trat mit grimmigem Gesichtsausdruck auf sie zu und streckte Leon die Hand entgegen. »Ich bin Peter Wegmüller, der Kriminalbeamte; wir haben telefoniert.«

»Ah ja, Leon Esposito und mein Kollege Richard Schantl vom LKA. Wo ist denn die Tote?«

»Da hinten. Die Streifenbeamten sind zuerst von einem Suizid ausgegangen, die Feuerwehr hat sie runtergeholt.« Ein paar Florianis standen noch etwas abseits, doch es sah aus, als würden sie ihre Rückreise ins Rüsthaus antreten wollen. Für sie gab es hier nichts mehr zu tun.

Leon und Rick umrundeten die Tatortkollegen und traten auf die Leiche zu, die entkleidet auf einer Plastikfolie lag. Eine Frau, deren Alter Leon schwer einschätzen konnte. Vermutlich Mitte 50. Neben ihr stand ein grauhaariger Mann mit einer schwarz umrandeten Brille, die ihm ein strenges Aussehen verlieh.

»Das ist Doktor Huber. Wir haben ihn für die Totenbeschau hergerufen.« Wegmüller deutete auf den Mann, den Leon auf den ersten Blick eher als Lehrer eingestuft hätte.

»Guten Morgen, die Herren!« Der Arzt nickte ihnen zu. »Sie sollten einen Kollegen von der Gerichtsmedizin herbestellen. Sehen Sie mal!« Er bückte sich und streckte die behandschuhten Finger nach der Toten aus, um sie auf die Seite zu drehen.

Leon runzelte die Stirn. »Totenflecke auf der linken Seite.«

»Ganz recht. Bei einem Suizid hätten sich die Totenflecke in ihren Füßen gesammelt.«

Im Stillen gab Leon dem Arzt recht. Nach Stillstand des Kreislaufes hört das Blut auf zu fließen, und die Wirkung der Schwerkraft setzt ein. Das Blut fließt daher nach unten und setzt sich in der Haut ab, es entstehen hellrote Verfärbungen, die im weiteren Verlauf größer und blauviolett werden.

»Das heißt, sie starb nicht am Galgen«, schlussfolgerte Leon.

»Das muss Ihnen der Gerichtsmediziner bestätigen, aber ich sage, hier ist ganz eindeutig Fremdverschulden im Spiel. Für mich sieht es aus, als wäre sie nach ihrem Tod noch einige Stunden in zusammengekauerter Haltung gelagert worden.«

»Gute Arbeit. Rick? Rufst du im Institut an?«

»Mach ich.« Sein Kollege fischte das Handy aus der Jacke und wandte sich ab.

Leon kniete sich neben die Leiche. Die Augen der Toten waren aufgerissen, daneben sah er kleine Punkte, wie auch auf ihren Wangen. Um ihren in die Länge gezogenen Hals hing noch der Strick, den die Mitglieder der Feuerwehr abgeschnitten hatten.

»Weiß man, wer die Tote ist?«, fragte Leon.

Wegmüller räusperte sich, ehe er antwortete. »Sie heißt Gabriela Avram, rumänische Staatsbürgerin. Die Identität konnten wir anhand ihres Führerscheins bestätigen, den wir in ihrer Geldtasche gefunden haben, die sie in ihrer Jackentasche trug. Handy hatte sie keines bei sich.«

Leon hatte Mühe, den weiteren Worten zu lauschen. Hatte er den Namen richtig verstanden? Eine Gänsehaut kroch über seine Arme. Das durfte doch nicht wahr sein! Frustriert starrte er auf die Tote, von der er sich Antworten erhofft hatte.

»Leon?« Rick tauchte hinter ihm auf. »Sie schicken gleich Doktor Blanzano los.«

»Danke!«

KAPITEL 4 - FLO

Donnerstag, 9. November 2023

»Guten Morgen, meine Portos! Ich hoffe, ihr seid mindestens genauso gut in den Tag gestartet wie ich! Gerade hab ich mir einen echt leckeren Smoothie gemacht, damit ich genug Energien hab, denn gleich geht's für mich ins Gym!«

Flo hielt das giftgrüne Getränk vor die Kamera und grinste. »Was da alles drin ist, das verlink ich euch. Wie ihr wisst, trinke ich jetzt jeden Morgen einen Smoothie von …«

Ein gleichmäßiges Brummen ertönte. Genervt stoppte Flo die Aufnahme. Emma wusste doch, er drehte. Vielleicht war es an der Zeit, dass er sie austauschte. Sie war zwar schön anzusehen, aber das waren viele andere auch, und in den letzten Wochen nervte sie nur noch. Doch gerade vor der Veröffentlichung seines ersten Buches wäre es ein schlechter Zeitpunkt dafür. Die Feministinnen würden sich wieder auf ihn stürzen und mit ihren dummen Sprüchen kommen wie: »Wenn du Frauen so sehr hasst, dann date doch einen Mann.« Bullshit! Er hasste Frauen nicht, sie sollten bloß wissen, wo ihr Platz war. Leider vergaß Emma das regelmäßig.

Und dennoch half es marketingtechnisch bestimmt, eine Frau an seiner Seite zu haben, die die gehässigen Kommentare und Videos abfederte und widerlegte. Zweifelsohne war er ein guter Fang. Das musste er Emma mal wieder in ihr kleines Spatzenhirn rufen.

Wütend stürmte er ins Badezimmer, wo sie ihr Haar immer noch föhnte.

»Babe!«

Sie reagierte nicht, kurzerhand zog Flo den Stecker. Emmas Augen weiteten sich, Flo konnte es im Spiegel beobachten.

»Was ...«, setzte sie an, doch er unterbrach sie: »Ich drehe gerade, Babe! Das weißt du ganz genau. Wegen dir muss ich mein Video neu aufnehmen.«

Sie richtete sich auf, der Fön zeigte nutzlos zu Boden. »Tut mir leid, ich hab gedacht, das geht sich vorher noch aus. Ich hab heute einen Termin und ...«

»Ich hab nicht nur einen Termin, sondern mehrere. Die Buchpräsentation steht an, wie du weißt, und ...«

»Ja, entschuldige, ich ... warte, bis du dein Video fertig hast.«

»Danke.« Er schenkte ihr ein schwaches Lächeln, obwohl er immer noch genervt war. »Wir sehen uns später.« Damit verließ er das Badezimmer, drehte das Video zu Ende, lud es auf *TikTok* und *Instagram* hoch und fuhr ins Fitnessstudio, wo er sein tägliches Work-out erledigte. Wie immer fühlte er sich danach besser. Entspannt saß er in der Umkleide, öffnete *Tinder* und scrollte durch seine Matches. Heute stand ein Treffen mit einer heißen Brünetten an. Vorfreude breitete sich in Flo aus. Würde er sie rumkriegen oder nicht? Er hoffte, sie war nicht eine von diesen verzweifelten Frauen, die nach einem Ehemann suchten. In ihm würde sie keinen finden. Vielleicht steckte er Emma mal den Ring an, wobei ...

Flo atmete aus, nein er hatte noch Zeit. Er war 29 Jahre alt, und karrieremäßig lief es richtig gut. Seine – überwiegend männlichen – Follower liebten ihn und konnten seine täglichen Tipps und Weisheiten kaum abwarten.

Wie ist man heute noch ein echter Mann? Mit dieser Frage beschäftigte Flo sich schon lange. All diese heulenden Memmen, die sich die Nägel lackierten und über ihre Gefühle quatschten ... Welche Frau wollte denn bitte so einen Kerl?

Ein Mann musste seine Familie erhalten und seine Frau beschützen. Das war allein evolutionsbedingt so.

Genau wie die Biologie sagte, dass Männer mehrere Frauen befruchteten, während Frauen sich einen starken Mann mit guten Genen zur Fortpflanzung suchen mussten. Ein glatzköpfiger Kerl betrat die Umkleide. Sie nickten einander zu, bis der Blick des Kerls zu ihm zurückschweifte. Flo sah die Rädchen im Kopf des Fremden förmlich rotieren, und dann sagte er: »Hey, bist du nicht Flo Portugal?«

»Ja, genau der bin ich.« Er setzte sein breites Kameragrinsen auf. Immer wieder war es schön, erkannt zu werden. Wenn sein Fan jetzt noch ein Foto mit ihm wollte, wäre das das Sahnehäubchen. Immerhin waren Flos Muskeln vom Trainieren noch aufgepumpt und würden sich gut in einem *Insta*-Post machen.

»Ich hab dein letztes Video gefeiert, Alter! Meine Freundin meckert immer rum, sie findet es nicht so cool, wenn du sagst, dass es bei Männern kein Fremdgehen gibt, sondern nur Üben.«

Ja, tatsächlich hatte Flo kürzlich ein Video hochgeladen, in dem er sich mit dem Thema Fremdvögeln beschäftigt hatte. Wenn er seine Freundin betrog, übte er für sie. Sie profitierte davon. Andersherum war das problematischer. Immerhin könnte sie schwanger werden und ihm ein Kuckuckskind unterschieben.

»Ein paar Dinge, die du sagst, sind schon ziemlich grenzwertig, aber …«

»Nur die Harten kommen in den Garten.« Er grinste. »Komm doch vorbei zu meiner Buchpräsentation. Ich hab zufällig einen Flyer mit.« Das war gelogen. Für Fälle wie diese trug Flo ständig ausreichend Werbematerial mit sich rum. Er drückte seinem Fan – einem seiner »Portos«, wie er sie nannte – ein buntes Stück Papier in die Hand. »Ich muss jetzt leider los, aber wir sehen uns, Kumpel.«

Das Treffen mit dem Glatzkopf hatte seine Laune gehoben. Er drehte noch ein kurzes Video, machte zwei *Insta*-Storys und fuhr nach Hause. Dort angekommen nahm er sein brandneues Buch in die Hand. Vor zwei Tagen waren die Taschenbücher geliefert worden, er hatte sie im Eigenverlag herausgebracht. Vermutlich wäre es ihm schwergefallen, einen Verlag für seine Inhalte zu finden. Dafür lästerten Feministinnen zu sehr darüber. Egal, der Erfolg gab ihm recht.

Wie jeden Tag seit der Lieferung blätterte er durch das Buch und bestaunte es stolz. Geschrieben hatte er es nicht selbst, sondern ein Ghostwriter, aber das geistige Eigentum gehörte ihm allein. Einige Minuten hielt er es nur in den Händen, dann überlegte er, welche Stellen er vortragen sollte bei der Präsentation. Mit dem Buch setzte er sich an den Schreibtisch, nahm einen Kugelschreiber in die Hand und kaute nervös an dessen Ende herum.

Ein paar Stichwörter hatte er notiert, da ging die Wohnungstür auf, und Emma rief: »Hey, Babe!«

»Hi, ich bin im Büro.«

Wenig später streckte sie den Kopf rein. »Was machst du denn?«

»Arbeiten. Was denkst du denn?«

»Oh, für die Präsentation?«

Er rollte die Augen. Wofür denn sonst? Sie trat in sein Blickfeld, und zum ersten Mal sah er sie an. »Wie siehst du denn aus?« Schockiert sprang er vom Schreibtisch hoch. Sie wich einen Schritt vor ihm zurück.

»Was …«

»Was sind denn das für Wimpern?«

»Ich hatte dir doch gesagt, ich war bei einem Termin und …«

»Nimm das sofort runter.«

»Das kann ich nicht. Das sind permanente …«

»Du dummer Trampel!«

Tränen füllten ihre Augen.

»Hast du mir auch nur ein einziges Mal zugehört? Ich mache Werbung für natürliche Frauen! Was zur Hölle ist daran natürlich?«

»Ja, aber …«

»Wenn du diese Dinger nicht abnimmst, nehme ich dich nicht mit zur Präsentation.«

Heulend rannte sie aus dem Raum. Er atmete tief aus. Dummes Weib! Er sollte sie echt austauschen. Vielleicht mit der Mieze des heutigen *Tinder*-Dates. Wenn die was hergab, dann war Emma Geschichte. Wobei … so knapp vor der Buchveröffentlichung …

Er atmete aus. Genervt setzte er sich wieder an den Schreibtisch. Warum konnten diese dummen Frauen auch nie tun, was man ihnen sagte?

KAPITEL 5 - LEON

Donnerstag, 9. November 2023

Zahlreiche Studentinnen und Studenten begegneten Leon und Rick auf dem Weg in das Institut für Gerichtliche Medizin, das sich am Universitätsplatz 4 der Karl-Franzens-Universität in Graz befand. Noch. In einem halben Jahr siedelte die Gerichtsmedizin in den neuen Med-Campus am LKH-Gelände um.

»Das waren noch Zeiten, als ich hier studiert hab.«

»Ja, ja, deine glorreiche Studienzeit. Zwei ganze Semester Rechtswissenschaften und ein Semester BWL.« Jedes Mal, wenn sie hierherkamen, grub Rick die gleichen Geschichten aus. »Ich leide nicht an Demenz.«

»Sorry. Du bist heute irgendwie schlecht drauf. Alles okay?« Rick hielt Leon die hölzerne Tür auf und sah ihn fragend an.

»Ja, nur schlecht geschlafen.«

Sie betraten das alte Gebäude, in dem sich die Gerichtsmedizin seit mehr als 150 Jahren befand. Ein alter Aufzug transportierte sie langsam in den zweiten Stock. Jedes Mal betete Leon, er möge nicht stecken bleiben. Um kurz nach 14 Uhr verließen sie den Lift, schritten auf die mittlere von drei Türen zu und drückten auf die Glocke.

Es dauerte nicht lange, bis Doktor Nina Blanzano ihnen öffnete. Die erfahrene Gerichtsmedizinerin stand kurz vor der Pension, Leon würde sie vermissen. Vor allem ihren schwarzen Humor, ihren scharfen Verstand und ihre Direktheit. Auf den ersten Blick wirkte sie unnahbar, auch heute trug sie ihr blondes Haar zu einem strengen Pferdeschwanz gebunden und musterte sie mit kühlem Blick; doch der erste Eindruck täuschte.

»Heute stresst ihr mich ja ganz schön.« Ihre schmalen Lippen verzogen sich zu einem schwachen Lächeln.

»Du hast gemeint, du bist schon fertig«, erwiderte Leon.

»Schnell wie ein Blitz.« Das entsprach der Wahrheit. Nach Ricks Anruf war Blanzano gleich von Graz nach Thannhausen gestartet, um einen ersten Blick auf die Leiche zu werfen. Sie teilte Hubers Einschätzung und hatte die Bestatter angehalten, die Tote nach Graz zu bringen. Gleich nach der Ankunft musste sie mit der Obduktion begonnen haben. In der Zwischenzeit hatten Leon und Rick einen Abstecher zur Wohnung der Toten gemacht und sich dort umgesehen sowie einen Antrag an die Staatsanwaltschaft gestellt, um Handy und Laptop zu überprüfen, die beide auf dem Wohnzimmertisch gelegen hatten. Danach hatten sie die Familienmitglieder und die Arbeitsstelle ausfindig gemacht. Letztere war Leon bereits bekannt, doch er hatte Rick gegenüber geschwiegen.

»Hör auf zu schleimen. Wir können gleich runterschauen.« Blanzano schloss hinter sich ab. »Wir sind hier wie in Fort Knox«, scherzte sie immer wieder.

Leon sparte sich den Kommentar, warum sie sie extra nach oben bestellt hatte, während sie zurück zu dem alten Lift gingen. Ihre Schritte hallten von den hohen Wänden wider, das alte Universitätsgebäude löste immer so etwas wie Ehrfurcht aus.

»Ich kann euch so viel sagen: Sie war sicher schon tot, als sie aufgehängt wurde«, eröffnete Blanzano das Gespräch im Lift. »Die Totenflecke waren sehr aussagekräftig, und dann sind da noch die kleinen Stauungsblutungen.«

»Die Punkte bei ihren Wangen?« Sie waren Leon bereits im Galgenwald aufgefallen.

»Ganz richtig. Es handelt sich um kleine Blutungen auf den Augenlidern, Wangen und in der Mundschleimhaut. Sie wurde erwürgt.«

Der Lift erreichte ihr Ziel, sie folgten Blanzano über den kleinen Innenhof direkt zu den Obduktionsräumen. Blanzanos weißer Mantel wehte, sie zog sich Handschuhe über und bog gleich links in den ersten Raum. Auf dem Seziertisch wartete die Leiche auf sie.

Der bekannte Gestank stieg in Leons Nase, daran würde er sich niemals gewöhnen. Dabei gab es wesentlich schlimmere Exemplare als Gabriela Avram. Verfaulte Leichen, die wochenlang in ihren Wohnungen herumlagen, ehe sie gefunden wurden. Oder Wasserleichen. Nicht mal die engsten Verwandten erkannten ihre Liebsten, wenn die lange genug in der Mur getrieben waren.

Leon schüttelte den Gedanken ab und trat an den Tisch, wo die Leiche lag.

»Hier sind die Stauungsblutungen, von denen ich gesprochen habe.« Blanzano richtete ihre Stableuchte auf die Augenpartie. »Wäre sie durch den Strick gestorben, gäbe es sie nicht. Dafür hätte die Tote Verletzungen und Blutungen am Halsinneren. Da sie allerdings schon tot war, als sie aufgehängt wurde, hat sie diese natürlich nicht. Dafür hat sie an ihrem Hals außen Kratzer von Fingernägeln. Sie hat sich gegen ihren Angreifer gewehrt. Die DNA-Spuren habe ich ans Labor zur Auswertung weitergeleitet.

Der Täter dürfte sie außerdem fallen gelassen haben, als er sie zum Galgen getragen hat. An ihrer Haut sind einige Abschürfungen zu finden.«

Während sie sprach, leuchtete sie die entsprechenden Körperstellen ab.

»Wann ist sie gestorben?«, fragte Rick.

»Ich würde sagen, Mittwochfrüh, so zwischen 8 und 10 Uhr. Die Totenflecke deuten darauf hin, dass ihre Leiche einige Stunden lang in einem beengten Raum zusammengekauert gelagert wurde.« Wie schon Doktor Huber, drehte Blanzano sie auf die rechte Seite, sodass links die Totenflecke sichtbar wurden. »Ich tippe auf einen Kofferraum, es könnte jedoch auch eine enge Besenkammer oder Ähnliches gewesen sein.«

»Wie viele Stunden sie am Galgen gebaumelt ist, weißt du nicht zufällig?« Leon sah die Gerichtsmedizinerin fragend an.

»Das ist schwer abzuschätzen, tut mir leid. Der Strick, mit dem sie aufgehängt wurde, ist ein ganz herkömmliches Seil, das ihr im Baumarkt findet.«

»Sonstige Hinweise auf den Ort, an dem sie erwürgt wurde?«

»Leider nicht. Ich schreibe jetzt gleich den Bericht und schicke ihn euch durch.«

Sie bedankten sich und verließen das Institut. »Ich würde sagen, wir überbringen die Nachricht mal an die Kinder«, meinte Leon seufzend.

KAPITEL 6 - ELISA

Donnerstag, 9. November 2023

Der Anruf kam um 17.17 Uhr.

»Wünsch dir was!« Stets hatte Andrei sie dazu aufgefordert, wenn gleiche Ziffern auf der Anzeige einer Uhr erschienen. Meist hatte er ihr danach zweimal mit seinen Fingerknöcheln gegen ihre Schläfe geschlagen und mit einem Grinsen ergänzt: »Du musst dabei auf Holz klopfen.«

Schon als Kind war Elisa sicher gewesen, das war Blödsinn. Vierblättriger Klee brachte kein Glück, schwarze Katzen kein Pech, und Wünsche gingen nicht in Erfüllung, wenn man Wimpern wegpustete oder eine Sternschnuppe sah. Letzteres Prinzip hatte Elisa ohnehin nie verstanden. Bis ihr Hirn den verglühenden Meteor wahrnahm, war er längst nicht mehr am Nachthimmel sichtbar. Wie schnell konnten Menschen bitteschön an einen Wunsch denken?

An diesem verregneten Novembertag half weder ein ganzes Meer an Sternschnuppen noch an verlorenen Wimpern. Ihr Wunsch würde sich nicht erfüllen: Lass diesen Anruf ein Scherz sein. Nach einem Witz hinter den Worten ihres Bruders suchte sie vergeblich.

»Mama ist tot.« Drei Worte. Elisa verstand ihre Bedeutung nicht.

»Sie haben sie gefunden. Aufgehängt. Im Galgenwald.«

Vor etwa einer Stunde hatte sie die Presseaussendung angelegt. Eine 48-Jährige war tot im Galgenwald in Thannhausen gefunden worden. Die Polizei gehe von Fremdverschulden aus, die Ermittlungen laufen, hieß es darin.

Niemals hätte Elisa diesen Todesfall mit ihrer eigenen Mutter in Verbindung gebracht. Die Kollegen aus Graz waren höchst interessiert an dem Fall, doch bislang gab es von Seiten der Polizei keine weiteren Infos. Elisas Kollege war gleich losgefahren zum Galgenwald, welcher nur wenige Kilometer von ihrer Redaktion entfernt lag. Dort würde er einige Fotos für den Artikel machen, während Elisa in der Zwischenzeit in der Redaktion die Stellung hielt. Wie immer waren sie personell schlecht aufgestellt und sie musste noch einige Geschichten fertig schreiben.

»Eli, bist du noch dran?«

Der Spitzname war abermals Indikator dafür, dass Andrei die Wahrheit sagte. Oft nannte er sie »Lisl«. Elisa hasste es. »Eli« hatte er sie schon lange nicht mehr gerufen. Niemand hatte das.

Eli gehörte der Vergangenheit an. »Das Dirndl von der Nutt'n«. »Das Mädel, das im Puff aufgwachsen is.« So wurde sie damals genannt.

Jetzt war sie Elisa. Lokalredakteurin bei einer der meist gelesenen Tageszeitungen Österreichs. Der *Tagesblick* stand für Qualitätsjournalismus und verfügte über mehrere Regionalbüros in den einzelnen Bundesländern. In der Steiermark gab es neun, denn die Blattmacher waren der Meinung, die Zukunft der Printmedien liege in der regionalen Berichterstattung. Die Zahlen gaben ihnen recht, gut die Hälfte der Online-Abonnements wurden über Artikel der Regionalredaktionen abgeschlossen.

Gerade eben hatte Elisa einen neuen Online-Artikel anlegen wollen. Eine weitere Presseaussendung der Polizei war im Mailordner eingetrudelt, die über einen Arbeitsunfall informierte. Ein 39-jähriger Landwirt hatte sich beim Holzschneiden verletzt. »Wer schneidet heute Holz?«, hatte Elisa gedacht. Bei der Kälte und dem Wetter! Es war dem Landwirt zum Verhängnis geworden, genau wie Elisa, denn sie musste noch zwei Artikel beenden und hatte heute Abend ein Date.

Sie hatte den Kerl über *Tinder* kennengelernt, worauf sie nicht stolz war. Vor Jahren trieb sie sich regelmäßig auf der oberflächlichen Datingplattform herum, doch jedes Mal waren die Treffen ein Reinfall. Bei der 30er-Feier einer Freundin hatte sie spaßhalber getindert und sogleich ein paar Matches an Land gezogen. Einer der Kerle sah wirklich gut aus – ja, auch sie selbst war vor Oberflächlichkeit nicht gefeit – und er schrieb sympathisch. So hatte sie beschlossen, dem Ganzen mal wieder eine Chance zu geben.

Sah so aus, als würde das Date ins Wasser fallen.

Mama ist tot.

»Eli, sag doch was!«

»Was denn?« Ihre Stimme klang fremd in ihrem eigenen Ohr.

»Was denn?!« Ein raues Lachen. »Heilige Scheiße, bist du echt so eiskalt?! Sie ist tot, hast du mich nicht verstanden?«

»Doch.« Elisa schluckte, der Kloß in ihrem Hals blieb. Wann hatte sie ihre Mutter zuletzt gesehen? Weihnachten vor zwei Jahren. Es war in einen Streit ausgeartet. Mal wieder. Eine Versöhnung war ausgeschlossen. Endgültig.

Langsam spürte sie Tränen in sich aufsteigen, als sie begriff. Endlich sickerten Andreis Worte zu ihr durch.

»Was … ist passiert?« Elisa verließ ihren Schreibtisch, die Redaktion war mittlerweile leer. Eine Kollegin war krank, und der andere Kollege würde die Fotos vom Galgenwald von zu Hause aus in die Online-Story einbetten. In der Lokalredaktion arbeiteten sie nur zu dritt.

»Sie sagen, es war kein natürlicher Tod.«

»Sie wurde umgebracht?«

Andrei brach in Tränen aus.

»Scht! Schon gut!« Ihren fünf Jahre jüngeren Bruder zu trösten, war ein Reflex.

»Nein, es ist nicht gut! Hörst du nicht? Sie ist tot. Sie sagen, ihre Leiche ist jetzt ein Beweisstück. Sie … kommt nie wieder.«

Elisa starrte hinaus in den hässlichen Innenhof. Aufgrund der Dunkelheit und des Regens konnte sie nichts erkennen.

»Wo bist du gerade?«, fragte sie.

»Zu Hause.«

»Ich komme zu dir.« Andrei war der Einzige aus ihrer Familie, zu dem Elisa noch Kontakt pflegte. Sporadisch.

»Bist du sicher?«

»Natürlich bin ich sicher!«, fuhr sie auf.

»Marina ist auch da.«

Elisa atmete aus. Ihre Schwester hatte ihr gerade noch gefehlt. »Ich komme trotzdem.«

Nachdem sie die Kollegen in Graz über einen familiären Notfall verständigt hatte – dass die Tote im Galgenwald ihre Mutter war, behielt sie vorerst für sich – schloss sie alle Programme und stempelte sich aus. Die Artikel mussten warten. Das kurze Stück bis zum Auto reichte, um sie zu durchnässen. Mal wieder hatte sie ihren Regenschirm vergessen, wie so oft.

Hinter dem Steuer prasselte eine Erinnerungsflut auf Elisa ein, doch kein Bild bekam sie richtig zu fassen. Seit sie denken konnte, sah ihre Mutter abgekämpft aus. Früher hatte sie Drogen konsumiert, noch vor der Geburt der Kinder. Elisa war die Älteste. Mit 19 Jahren war Gabi zum ersten Mal Mutter geworden, zwei Jahre nach Elisa bekam sie Marina, und dann war da noch Andrei.

Mit 17 war Gabi allein von Rumänien nach Österreich gekommen und in einem Bordell gelandet. »Du verdienst mit diese Arbeit viel mehr, als wenn du tust putzen oder alte Menschen Popo wischen«, pflegte ihre Mutter zu sagen. Drei Kinder zu ernähren war hart, das hörten Elisa und ihre Geschwister öfter als einmal. Als wäre ihre Geburt ihre Schuld.

»Scheiße!«, stieß Elisa aus, als sie beinahe einen Fußgänger übersehen hatte, der über die Straße eilte. In Schwarz gekleidet, ohne sämtliche Reflektoren erschien er im Regen und der Dunkelheit unsichtbar. »Vollidiot!«

Die Wut richtete sich nicht auf den Unbekannten, doch Elisa brauchte ein Ventil. So oft hatte sie mit ihrer Mutter gestritten, sie hatten einander nie verstanden. Und jetzt konnte sie nie wieder Frieden schließen.

Ein Schluchzen verließ ihre Lippen, mit dem Handrücken wischte sie die Tränen fort. Die ganze Autofahrt über heulte sie und konnte sich später kaum an die Fahrt erinnern. Wie immer gestaltete sich die Parkplatzsuche in der Innenstadt schwierig. Ihr Bruder wohnte im Griesviertel, nicht gerade die schönste Gegend von Graz. Als Elisa endlich eine Parklücke entdeckte, war sie mit den Nerven am Ende. Keine guten Voraussetzungen für eine Zusammenkunft mit ihrer Schwester. Bevor sie ausstieg, putzte sie ihre Nase und trocknete ihre Augen. Danach verließ sie das Fahrzeug, schlug die Autotür schwungvoll zu, schloss ab und rannte auf den heruntergekommenen Wohnblock zu, in dem größtenteils Ausländer lebten. Mit seinem rumänischen Namen fügte ihr Bruder sich gut ein. Und mit seinem Lebensstil wohl auch. Elisa wollte jetzt nicht daran denken.

Sie drückte auf das Türschild mit dem verblichenen Namen »Avram«. Gleich darauf ertönte ein Surren, und sie drückte die sperrige Tür auf. Zwei Stufen auf einmal nehmend erklomm sie die Treppe bis in den dritten Stock. Andreis Kopf lugte schon aus dem Türspalt hervor. Die letzten Schritte kam er ihr entgegen und schloss sie energisch in seinen Arm. Er weinte nicht mehr, Elisa auch nicht.

Eine ganze Weile hielten sie einander fest, da streifte Elisas Blick jenen ihrer Schwester. Marina erschien an der Türschwelle, ihr hübsches Gesicht war schwarz von dem verronnenen Mascara, die Tränen hatten Flecken im Make-up hinterlassen. Einzig der rote Lippenstift saß noch perfekt.

»Elisa.«

Sie löste sich von Andrei und trat näher. Und jetzt? Wie sollte sie ihre Schwester begrüßen?

»Komm schon her«, murmelte Marina, und wenig später fand sich Elisa in ihren Armen wieder. Die Umarmung hielt nicht so lange wie die vorige.

»Kommt rein«, murmelte Andrei mit seiner tiefen Stimme.

Elisa streifte ihre Schuhe ab, ihr nasses Haar tropfte den Fußboden voll.

»Ich geb dir ein Handtuch.« Für einen Moment verschwand Andrei, doch das reichte, um eine angespannte Atmosphäre zwischen den beiden Schwestern zu erzeugen, die nicht nur dem Tod ihrer Mutter geschuldet war.

»Du … ähm … weißt du, wie Mama gestorben ist?«, fragte Elisa.

»Mit der Tür ins Haus, wie immer.«

»Ist doch klar, dass sie neugierig ist. Hier.« Andrei hielt ihr das Handtuch hin.

»Danke.« Elisa wickelte ihr langes dunkles Haar damit ein.

»Wollt ihr was trinken? Ich kann einen Schnaps vertragen. Oder …«

»Du hast vorher schon Schnaps getrunken.« Marinas Ton klang missbilligend.

»Tja, tut mir leid, aber man erfährt nicht jeden Tag, dass die eigene Mutter ermordet wurde.«

»Der Polizist hat gesagt, sie können noch nicht von Mord sprechen.« Marina verschränkte die Arme vor der Brust. Immer noch standen sie in dem viel zu schmalen Vorraum.

Elisa zog ihren Mantel aus und hängte ihn an die übervolle Garderobe, auf dem Boden standen unzählige Schuhe durcheinander. Noch nie war ihr Bruder ein Fan von Ordnung gewesen. Früher hatte sein Chaos Elisa in den Wahnsinn getrieben.

»Sie wird sich kaum selbst erwürgt haben«, fuhr Andrei auf.

»Sie sagen, es ist noch kein Mord, weil man offiziell erst von Mord spricht, wenn der Täter verurteilt wurde.«

Marina rollte die Augen. »Natürlich. Kaum da und sie muss schon wieder die Klugscheißerin spielen.«

Elisa biss sich auf die Zunge, einen Streit zu provozieren stand heute nicht mehr auf ihrer To-do-Liste. »Warum gehen wir nicht erst mal ins Wohnzimmer, und du erzählst uns, was du weißt?« Während sie sprach, sah sie ihren Bruder an. Der nickte. »Und ich hätte nichts gegen einen Schnaps einzuwenden«, fügte sie hinzu.

Elisa drängte sich an Marina vorbei. Andreis Couch war gemütlich und vermutlich das Beste an der ganzen Wohnung, auch wenn sie beinahe das gesamte Wohnzimmer ausfüllte. »Hier!« Ihr Bruder hielt ihr ein Stamperl vor die Nase. Sie fragte nicht nach dem Inhalt, sondern kippte ihn hinunter. Sofort brannte der Marillenschnaps ihre Speiseröhre runter. Genau das hatte sie jetzt gebraucht.

»Also, was ist passiert?«

Marina blieb mit verschränkten Armen zwischen Wohnzimmer und Vorraum stehen, während Andrei neben ihr Platz nahm.

»Mama ist auf dem alten Galgen aufgehängt worden. Die Ermittler glauben aber, sie war schon vorher tot.« Andreis Finger umklammerten das Schnapsglas, während er sprach.

»Du hast gesagt, sie wurde erwürgt?« Elisas Stimme klang ungewohnt zittrig.

»Ja, der Kieberer wollte nicht recht rausrücken mit der Farbe, weil das alles Gegenstand der Ermittlungen ist«, sagte

Andrei. »Aber ja, sie dürfte zuerst erwürgt und dann aufgehängt worden sein.«

»Aber warum in Thannhausen? Mama wohnt doch in Graz«, überlegte Elisa. »Und wo ist sie gestorben?«

»Das wissen sie alles noch nicht.« Andrei seufzte. »Sie wissen auch noch nicht, wer der Täter ist. Sie ›ermitteln in alle Richtungen‹ hat es geheißen.«

»Habt ihr schon mit Gerry gesprochen?« Auf Elisas Frage hin wichen beide Geschwister ihrem Blick aus. Beklemmung war auf Andreis und Marinas Gesichtern zu lesen.

KAPITEL 7 - LEON

Donnerstag, 9. November 2023

Der Parkplatz lag ausgestorben vor ihnen, kein Wunder. Zwar war die Dunkelheit bereits hereingebrochen, doch um kurz nach 17 Uhr arbeitete der Großteil der Bordellbesucher wohl noch, mutmaßte Leon, als er den Dienstwagen auf dem Hinterhof des *Starship* abstellte. Keine zwei Tage waren seit seinem letzten Besuch hier verstrichen. Unwohlsein breitete sich in ihm aus. Bestimmt würde das Personal ihn erkennen. Nervös warf er einen Seitenblick zu Rick, der in seiner eigenen Gedankenwelt festzuhängen schien.

»Rick?«

»Ja.« Sein Kopf drehte sich in Leons Richtung.

»Ich … äh … muss dir was sagen.«

Stirnrunzeln.

»Ich war erst vor Kurzem hier, also …«

»Oh.« Ricks schmale Augenbrauen wanderten in die Höhe.

»Nein, so ist das nicht, du …«, setzte Leon rasch an.

»Schon gut, Kumpel! Du musst dich nicht erklären. Komm schon, lass uns die Sache hinter uns bringen.« Mit einer Hand klopfte Rick ihm auf die Schulter, die andere legte sich auf den Türgriff.

»Warte! Das, was du denkst …«

»Ich denke gar nichts. Ich bin einfach nur erledigt und will das hinter mich bringen, damit wir Feierabend machen können.«

Leon musterte seinen Kollegen. Schon heute Morgen waren ihm Ricks Augenringe aufgefallen und die unnatürlich blasse Gesichtsfarbe. »Geht's dir gut?«

»Ja. Die Scheidung macht mir zu schaffen. Lisa stellt sich quer und …« Rick atmete aus. »Es könnte so einfach sein. Wir haben keine Kinder, aber ich hab das Gefühl, sie will unbedingt streiten. Und wenn es um den hässlichen Blumentopf von meiner Großmutter geht.«

Mitfühlend sah Leon seinen Kollegen an. Keine drei Jahre hatte die Ehe zwischen Rick und Lisa gehalten, sie hatten einander erst ein paar Monate gekannt, da hatte Rick ihr den Antrag gemacht. »Ich schwöre, sie ist die Frau fürs Leben!«, hatte er Leon damals freudestrahlend erzählt. Sie waren schon gemeinsam in die Polizeischule gegangen, und Leon wusste, manchmal war sein Freund überenthusiastisch. Doch wer war er, um Rick seine Freude zu nehmen? Gefühle waren irrational und unerklärbar, weswegen sie Leon auch suspekt waren. Er blieb lieber für sich.

Schon in seinem Elternhaus hatte er miterlebt, was aus Liebe werden konnte, und täglich sah er es in seinem Job. Nein danke! Als Polizist hatte er ohnehin kaum Zeit. Seine Karriere hatte er Frauen stets vorgezogen. Wenn er Rick jetzt so besah, bereute er seine Entscheidung nicht.

»Tut mir leid.«

Rick seufzte. »Ich bin einfach froh, wenn das alles vorbei ist.« Ein leises Lachen entkam seinen Lippen. »Gerade mal 32 und schon geschieden. Du glaubst gar nicht, was ich mir von meinen Eltern dazu anhören kann. Sie sind der Meinung, ich muss diese Ehe noch retten. Als wäre das meine Entscheidung allein.«

»Besser ein Ende mit Schrecken als ein Schrecken ohne Ende, hm?« Was Besseres fiel Leon nicht ein.

»Ja, lass uns da jetzt reingehen.«

Imposant lag das Bordell vor ihnen, an der Fassade prangten aufgemalte Sternbilder, die Leon kitschig fand und wohl der Versuch waren, die hohen Mauern einladender zu gestalten. Er misslang. Das Gebäude erinnerte Leon an eine uneinnehmbare Festung. Seine Gedanken zeigten sich bestätigt, als der muskulöse Türsteher ihnen den Weg versperrte. »Ihr kommt nicht rein.«

Was sollte das denn? »Das sehe ich anders.« Leon zückte seinen Dienstausweis und hielt ihn dem Kerl unter die Nase. Vage erinnerte er sich an seine hässliche Visage. Die Nase schien mehrmals gebrochen und schief zusammengewachsen zu sein, sein Kopf war kahl rasiert, und zahlreiche Tattoos schlängelten sich an seinem Hals entlang bis in sein Gesicht. Ein Klischee auf zwei Beinen, doch Leon hatte die Erfahrung gemacht, das Aussehen konnte trügen. Nicht umsonst gab es das Sprichwort: »Hunde, die bellen, beißen nicht.« Angesichts der gebrochenen Nase jedoch … Gut, dieser Kerl roch nach Ärger, aber Polizisten anzugreifen, überlegten die meisten sich doch dreimal.

Unbeeindruckt stierte der Kerl, der Leon um eineinhalb Köpfe überragte, auf den Ausweis. »Ist mir egal, und wenn ihr der Papst wärt! Ich sage, wer reinkommt und wer nicht. Und ich sage …«

»Wir sind dienstlich hier, kapiert?« Geduld zählte nicht zu Leons Stärken, hatte sie noch nie.

»Dienstlich, hm. Deswegen wart ihr beide auch erst vorgestern hier und seid unangenehm aufgefallen.«

Leon und Rick tauschten Blicke.

»Wie bitte?«, meldete Rick sich zum ersten Mal zu Wort. »Ich war ganz bestimmt nicht hier.«

»Und ich wüsste nicht, was ich …«

»Du hast nach Gabi gefragt.« Wütend nahm der Türsteher ihn ins Visier. »Und letzte Nacht ist sie dann nicht mehr zur Arbeit erschienen.«

Hitze stieg in Leon auf, er spürte Ricks misstrauischen Blick auf sich. Bestimmt bereute sein Kollege nun, ihn im Wagen nicht ausreden lassen zu haben. Doch Leon schien nicht der Einzige zu sein, der ein Geheimnis barg. Immerhin sprach dieser Security davon, auch Rick gesehen zu haben.

»Genau deswegen sind wir hier.« Ricks Ton war völlig ruhig. »Wir haben sie gefunden.«

»Wo ist sie? Wie geht es ihr?« Echte Besorgnis war auf dem Gesicht des Hünen zu sehen.

»Sie ist tot.«

Die Tattoos erschienen mit einem Mal dunkler, denn der Kerl vor ihnen wurde blasser und taumelte einen Schritt zurück. Theatralisch, dachte Leon.

»Was ist passiert?«

»Das versuchen wir herauszufinden. Vielleicht fangen wir gleich bei Ihnen an. Sie scheinen Frau Avram gut gekannt zu haben.«

»Wir arbeiten beide hier.«

»Wie lange?«

»Ich seit fünf Jahren und sie – keine Ahnung. Sie war schon da, als ich angefangen hab. Sie gehört praktisch schon zum Inventar.«

»Wie heißen Sie?«

»Rudi Maier.«

»Rudolf?«, hakte Leon nach, während er den Namen in seinem Notizbüchlein notierte.

»Ja.«

Erst als er weitere persönliche Daten aufgenommen hatte, fragte er: »Wie würden Sie Ihr Verhältnis zu Frau Avram beschreiben?«

»Geschäftlich. Wir haben Small Talk miteinander geführt, und das war's. Die Mädels sind hier, um Geld zu verdienen, dann gehen sie wieder. Manchmal tratscht man miteinander, doch wir bauen keine engen Freundschaften auf.«

»Mussten Sie jemals einschreiten? Fühlte sich Frau Avram bedroht?«

»Nein.« Er kratzte sich am kahl rasierten Kopf.

»Gab es Ärger mit Kunden?«

»Mit ihm da!« Maier nickte in Richtung Rick.

Der seufzte. »Ich kann Ihnen versichern, zuvor keinen Fuß in dieses Etablissement gesetzt zu haben.«

»Willst du behaupten, dass ich lüge?« Die Ader an Maiers breitem Hals trat hervor.

»Nein.« Beschwichtigend hob Rick die Hände. »Aber ich bin verheiratet und …«

Ein kehliges Lachen unterbrach ihn. »Das sind die meisten.«

»Ich habe einen Zwillingsbruder«, quetschte Rick genervt hervor. »Vermutlich war er hier.«

Leon runzelte die Stirn. Von einem Zwillingsbruder hatte er noch nie gehört. Sobald sie hier fertig waren, würde er Rick danach fragen. Auch der Türsteher schaute ungläubig.

»Können Sie jetzt bitte die Frage beantworten? Hatte Frau Avram in der letzten Zeit Ärger mit einem Kunden?« Rick klang ungeduldig.

»Nicht, dass ich wüsste.«

»Wo waren Sie in der Nacht von Dienstag auf Mittwoch?«, setzte Leons Kollege die Befragung fort.

»Hier. Ich hab gearbeitet.«

»Von wann bis wann?«

»Von 18 Uhr abends bis 6 Uhr morgens.«

»Und danach?«

»Bin ich nach Hause gefahren und hab geschlafen. Allein.«

Leon notierte alles mit. »Schön, dann lassen Sie uns jetzt bitte rein. Wir würden uns gern mit Ihrem Chef unterhalten.«

Widerwillig ließ Maier sie endlich eintreten. Da Leon nicht zum ersten Mal hier war, konzentrierte er sich nicht mehr so genau auf die Umgebung. Die Poledance-Stangen, die Käfige, die gemütlich gepolsterten Sitzgelegenheiten und die riesige Bar, die sich gegenüber dem Eingang erstreckte, nahm er nebenbei wahr, genau wie die Weltall-Decke, die das Leitmotiv des gesamten Etablissements darstellte. Weltall und Sterne waren die wiederkehrenden Deko-Elemente im gesamten Gebäude.

Zwei Männer lungerten an der Bar, ein Bierglas auf dem Tresen und zwischen ihnen eine vollbusige, halb nackte Blondine, deren Outfit mehr zeigte als es verbarg. Eine ebenso leicht bekleidete Kellnerin stand hinter der Bar. Ein einsamer Kerl saß in einer der gepolsterten Sitzkreise, die hier »Lounges« genannt wurden und tippte auf seinem Handy herum.

Leon wollte gerade etwas zu Rick sagen, als ein großer breitschultriger Mann auf sie zusteuerte. Sein ergrautes Haar, der Dreitagebart und seine dunklen Augen verliehen ihm etwas von einem Gentleman-Gauner aus einem 80er-Jahre-Film. Er war gut aussehend, keine Frage, und das wusste er wohl auch. Sein gesamtes Auftreten versprühte pures Selbstbewusstsein, und Leon hätte ihm viele Berufe zugetraut, aber ganz sicher wäre er nicht auf Bordellbesitzer gekommen. Die stellte man sich doch immer glatzköpfig, mit Stiernacken und etlichen Goldketten vor. Zumindest tat er das. Vermutlich dachte er zu klischeehaft. Der Kerl vor ihm trug keinen Schmuck und auch keine schwarze Lederjacke, dafür ein hellblaues Hemd und eine braune Stoffhose, die Leon ein wenig an ein Großvater-Outfit erinnerte.

»Sie müssen die Herren von der Polizei sein«, raunte der Typ ihnen zu. Vermutlich wollte er nicht, dass die wenigen Gäste seine Worte hörten.

»Ja, Leon Esposito mein Name, mein Kollege Richard Schantl. Wir kommen vom LKA.«

»LKA.« Der Typ seufzte.

»Sie sind der Betreiber? Gerald Kolitsch?«

»Ja, genau der bin ich. Aber Sie können mich gern Gerry nennen.«

»Haben Sie ein Büro, in dem wir uns in Ruhe unterhalten können, Herr Kolitsch?«, fragte Rick.

»Hier entlang.« Er führte sie durch den Hauptraum und bog dann links in einen schmalen Gang. Auf der ersten Tür stand groß »STAFF«, daneben befanden sich Toilettenkennzeichnungen, erst die letzte Tür rechts führte in das Büro des Betreibers.

»Darf ich Ihnen was zu trinken anbieten?«

»Nein danke.« Leon schloss die Tür hinter sich. Das Büro war verhältnismäßig klein, der Großteil des Raums wurde von einem wuchtigen hellgrauen Schreibtisch eingenommen. Kolitsch setzte sich auf den dunkelgrauen Stuhl dahinter. Ein einzelner schwarzer Sessel stand davor, auf den deutete Kolitsch. »Leider habe ich nur Platz für einen von Ihnen, aber ich kann gern noch einen Sessel holen.«

»Nicht nötig«, winkte Leon ab. Hinter dem Schreibtisch hing ein abstraktes Gemälde mit dunklen Farbklecksen, das Beklemmung in Leon auslöste. Die rechte Wandseite war mit mehreren Schränken in der gleichen Farbe wie jene des Schreibtisches verstellt. Ein Garderobenständer und ein kleiner Flachbildschirm sowie eine traurig aussehende Palme, mehr bot der Raum nicht. Mehr Platz wäre auch nicht verfügbar gewesen, schon jetzt fühlte sich alles eng an.

»Sie wollen mit mir über Gabi reden.«

Leon musterte ihn. »Das ist richtig.«

»Marina hat mich angerufen.«

Das war die Tochter der Toten. Eine der beiden Töchter, korrigierte Leon sich gedanklich. Vor dem Besuch im

Bordell hatten sie Marina Waldsteiner aufgesucht. Sie lebte in einer schicken Doppelhaushälfte mit Garten, Mann und zwei kleinen Kindern. Als sie vom Tod ihrer Mutter erfahren hatte, war sie in Tränen ausgebrochen und kaum mehr in der Lage gewesen, ihnen Auskunft zu erteilen. Was sie aus ihr herausbekommen hatten, war der Arbeitsplatz der Toten und das anscheinend innige Verhältnis zwischen der Mutter und Kolitsch.

Auch mit Andrei Avram, dem Sohn der Toten, hatten sie sich unterhalten. Er hatte gefasster gewirkt, war jedoch unter Schock gestanden und hatte Marinas Geschichte über Kolitsch bestätigt. Gabriela Avram und der Bordellbesitzer hatten eine Liebesbeziehung geführt. Andrei war der lebende Beweis, denn im Gespräch offenbarte er: Kolitsch war sein Vater!

Dafür, dass die Mutter seines Sohnes gestorben war, wirkte der Bordellbetreiber gefasst. Leon wünschte, Marina hätte ihn nicht vorab informiert, aber das ließ sich nicht mehr ändern. Nachdem Leon alle Daten von ihm aufgenommen hatte, fragte er: »Wie lange hat Frau Avram für Sie gearbeitet?«

»Ewig.« Ein leises Lachen entkam Kolitsch, das Leon unpassend fand. »Sie war eine meiner ersten Frauen. Ich hab dieses Lokal aus dem Boden gestampft. Früher war hier eine Wäscherei, die allerdings schon lange schlecht gelaufen war. Dann hat ein Brüderpaar versucht, ein Restaurant zu eröffnen, aber das hat sich auch nicht lang gehalten. Ich hab ihnen den Grund spottbillig abgekauft, alles abreißen lassen und neu gebaut. Damals war ich blutjung, gerade mal Anfang 20.«

»Wie konnten Sie sich das leisten?«

»Ich hab von meinem Großvater geerbt.«

»Er wäre sicher stolz, wenn er wüsste, dass Sie sein Erbe in ein Puff gesteckt haben«, bemerkte Rick trocken.

»Sie verurteilen mich.« Kolitsch klang belustigt.

»Wir sind nicht hier, um über Ihre Karriereentscheidungen zu diskutieren«, unterbrach Leon genervt. »Eine Ihrer Angestellten ist tot und …«

»Oh, sie war keine Angestellte. Die Mädels arbeiten selbstständig.«

Gabriela Avram war laut ihrem Führerschein 48 Jahre alt, das würde Leon nicht mehr als »Mädel« bezeichnen, doch er behielt seine Gedanken für sich.

»Was bedeutet das?«

»Sie bezahlen wöchentlich Miete für die Zimmer. Der Rest geht mich nichts an. Sie legen die Preise mit ihren Gästen selbst fest und führen die Steuern auch selbstständig ab.«

»An wie viele Frauen vermieten Sie Ihre Zimmer?«

»Das variiert. Manche Mädels machen das nebenher, um ihr Studium zu finanzieren. Einige sind nur ein paar Wochen da, andere ein paar Jahre. Wir haben zwölf Zimmer. Die sind alle durchgehend belegt.«

»Wann hat Frau Avram hier angefangen?«

»Vor 23 Jahren.«

Leon stieß einen Pfiff aus. »Das ist eine ganz schön lange Zeit.«

»Das ist wahr.« Zum ersten Mal huschte so etwas wie Traurigkeit über das Gesicht des Bordellbetreibers. »Ich kann nicht glauben, dass sie tot sein soll. Was genau ist passiert? Marina hat gesagt, sie wurde im Wald gefunden.«

»Das stimmt. Näheres können wir leider noch nicht sagen, weil es Gegenstand der Ermittlungen ist. Kommen wir bitte zurück zu Ihren Anfängen mit Frau Avram. Wo haben Sie einander kennengelernt?«

»Wir waren Nachbarn.«

Verwundert sah Leon ihn an.

»Sie ist mit 17 Jahren ganz allein aus Rumänien nach Österreich gekommen und hat begonnen anzuschaffen. Ihr früherer Zuhälter war ein Arsch. Sie hat nicht gern darüber gesprochen, aber ich hab immer mal wieder blaue Flecken gesehen. Zuerst hab ich gedacht, sie hat einen Freund, der sie schlägt. Immerhin hatte sie kleine Kinder.«

»Als sie einander kennengelernt haben, war sie schon Mutter?«

»Ja. Sie ist damals gerade 23 Jahre alt geworden und hatte zwei kleine Mädchen. Ich hab manchmal auf die Kleinen aufgepasst, wenn sie arbeiten musste. Ich war dabei, mir mein Unternehmen aufzubauen und ...« Er atmete aus. »Ich will Sie nicht anlügen, wir haben was miteinander laufen gehabt.«

»Ja, das hab ich schon gehört. Sie haben einen gemeinsamen Sohn.«

Erstaunt sah Kolitsch sie an. »Ich schätze, Sie haben mit Andrei gesprochen.«

»Das haben wir.«

»Hm. Ja, es war ... ich hab damals gedacht, das könnte was werden mit uns. Ich war richtig verliebt.«

»Und dann haben Sie sie für Ihren Puff abgeworben.« Leon gab sich keine Mühe, die Abscheu in seiner Stimme zu verbergen.

»Ich hab ihr damals einen Gefallen getan.«

Er schnaubte. »Bestimmt. Indem Sie sie ... ach, lassen wir das. Es steht mir nicht zu, darüber zu urteilen. Verzeihung.«

Interessiert musterte Kolitsch ihn. »Entschuldigung angenommen.«

»Wie war Ihr Verhältnis zuletzt zueinander?«, fragte Rick.

»Rein geschäftlich. Da ist schon lange nichts mehr gelaufen.«

»Wie lange?«

»Um die zehn Jahre. Sie hat die Beziehung beendet.«

»Warum?«

»Weil wir uns auseinandergelebt haben.«

»Laut Marina Waldsteiner hatten Sie noch Gefühle für Frau Avram.«

Kolitsch schnaubte. »Gefühle verschwinden niemals ganz, wenn man jemanden wirklich liebt.«

»Warum lief dann nichts mehr zwischen Ihnen?«

»Es war immer eine On-off-Beziehung, die ganze Zeit über. Aber irgendwann war sie zunehmend genervt von mir und … Gabi hat sich immer wieder über die hohen Mieten beschwert. Ich hab ihr gesagt, ich kann sie nicht bevorzugt behandeln. Dann war sie eingeschnappt. Das hat sich ein paar Mal so abgespielt. Sie hat nicht verstanden, das eine ist privat und das andere geschäftlich. Sie war sauer und irgendwann hat sie was mit einem Kunden angefangen. Er war verheiratet. Ich hab ihr gesagt, das ist keine gute Idee. Ich hab recht behalten. Es ging auseinander.«

»Wann war das?«

»Vor fünf Jahren. Sie war am Boden zerstört, ich wollte sie trösten, aber sie hat es nicht zugelassen. Und seitdem war da immer diese Distanz zwischen uns. Sie hat sich weiter zurückgezogen, war nicht mehr so regelmäßig hier. Sie hat Kunden teilweise bei sich zu Hause empfangen.«

»Wissen Sie den Namen des ehemaligen Kunden, in den sie verliebt war?«

»Nein, keine Ahnung mehr. Luis, glaub ich, aber der hat mit ihrem Tod sicher nichts zu schaffen. Sie hatten seit fünf Jahren keinen Kontakt mehr. Warum sollte er ihr gerade jetzt was tun?«

Leon machte sich Notizen und nahm sich vor, mehr über diesen ehemaligen Lover herauszufinden.

»Waren Sie sauer auf Frau Kolitsch?« Ricks Frage.

»Nein, weshalb?«

»Weil sie Schluss gemacht hat, sich von Ihnen abgewandt hat und auf Distanz ging.«

Kolitsch schnaufte. »Das war ihr gutes Recht, und es war schon länger so.«

»Manchmal gehen die Emotionen mit uns durch, auch wenn etwas schon länger her ist.«

»Wollen Sie etwa sagen, ich hab ihr was angetan?« Kolitsch lachte.

»In 90 Prozent der Fälle sind der Partner oder Ex-Partner der Täter.« Rick verzog keine Miene.

»Sie beschuldigen mich.«

»Ich nenne Ihnen nur Statistiken.«

»Das zwischen uns ist zehn Jahre her.«

»Sie haben es selbst gesagt: Gefühle gehen nicht ganz weg.«

»Wir haben einen Sohn zusammen. Denken Sie, ich würde ihm die Mutter wegnehmen? Und warum sollte ich ihr ausgerechnet jetzt was antun?«

»Weil sie sich immer mehr zurückzog. Vielleicht hätte sie bald alle Kunden bei sich zu Hause empfangen. Sie hätten sie gar nicht mehr gesehen.«

»Das ist lächerlich.« Kolitsch verschränkte die Arme und stand auf, bisher war er der Einzige gewesen, der gesessen war. »Ich hab Gabi sehr geliebt, sie war eine tolle Frau. Ich werde sie immer lieben.«

»Dafür, dass Sie so starke Gefühle für sie haben, bleiben Sie angesichts der Todesnachricht erstaunlich ruhig«, bemerkte Leon.

»Ich bin nicht der emotionale Typ.« Kolitsch fixierte nun Leon eindringlich. »Aber wenn Sie schon so viele Fragen stellen, habe ich auch eine: Warum haben Sie nach Gabi gefragt? Vor zwei Nächten.«

»Das tut jetzt nichts zur Sache.« Leon schluckte den Kloß runter, spürte jedoch Ricks misstrauischen Blick auf sich.

»Wann haben Sie Frau Avram zuletzt gesehen?« Leon gab

sich Mühe, seiner Stimme einen festen und autoritären Klang zu verleihen.

»In der Nacht von Dienstag auf Mittwoch. Sie hat gearbeitet. Gestern ist sie nicht aufgetaucht. Ich hab sie angerufen, aber sie hat sich nicht gemeldet. Das hat mich stutzig gemacht, aber ich hab mir gedacht, vielleicht ist sie beleidigt.«

»Warum sollte sie beleidigt sein?«

Kolitsch atmete aus. »Wir haben uns gestritten.«

Also doch, dachte Leon, fragte sich jedoch gleichzeitig, warum Kolitsch das erzählte. Vor allem nach Ricks Andeutungen eben.

»Wieso?«

Kolitsch umrundete den Schreibtisch und ging zu einem der Schränke. Er öffnete ihn und offenbarte eine kleine Bar. »Sicher, dass Sie nichts wollen?«

Beide Polizisten schüttelten den Kopf und beobachteten, wie Kolitsch sich Whiskey in ein Glas goss. Er nahm einen tiefen Schluck und verzog sein Gesicht, dann schloss er den Schrank wieder. »Ich hab Gabi gesagt, sie soll keine Männer zu sich nach Hause holen. Ich hab mir Sorgen um sie gemacht. Wenn sie allein ist, kann ihr keiner helfen. Die Nachbarn in der Stadt helfen nicht, wenn sie Schreie hören. Die kennen die Gabi vermutlich nicht mal. Sie hat das nicht verstanden und gedacht, es geht mir ums Geld.« Er seufzte tief und wedelte mit dem Glas hin und her, seine Augen waren auf den dunkelbraunen Inhalt gerichtet. »Ich hätte ihr niemals was antun können. Ich hab mir Sorgen um sie gemacht. Immer.« Nun glänzten Tränen in seinen Augen. »Vielleicht hab ich auch gelogen, vorhin. Es hat nicht zwischen uns funktioniert, weil sie mir immer wieder vorgeworfen hat, dass ich sie ausgenutzt hab. Dass ich sie gar nicht wirklich mochte, sondern nur an ihr verdienen wolle. Das hat mich wütend gemacht. Immerhin war es ihre Entscheidung, welchen Job sie ausübt. Ich hab ihr sogar mit den Kindern geholfen, und Scheiße, ich hab mit ihr ein Kind gekriegt! Eine Zeit lang hat es sich so angefühlt, als wären wir eine Familie, aber … dann hat sie mich wieder als den bösen Zuhälter hingestellt. Das hat mich verletzt. Deswegen ist es auseinandergegangen. Immer wieder.«

Er seufzte und exte den Rest des Whiskeys. »Ich kann nicht glauben, dass sie nicht mehr kommt.« Sein Blick richtete sich auf Leon. »Finden Sie das Schwein, das ihr das angetan hat.«

Sie stellten noch einige weitere Routinefragen, die sie leider nicht weiterbrachten. Größtenteils arbeiteten hier Rumäninnen und Ungarinnen, auch einige Afrikanerinnen und Weißrussinnen befanden sich unter den Prostituierten. Und eine Österreicherin, die sich »Tiffany« nannte, wie Kolitsch erzählte.

Auf den ersten Blick schien alles mit rechten Dingen zuzugehen. Nachdem sie sich von Kolitsch verabschiedet hatten, redeten sie noch mit der Kellnerin und den Gästen sowie den anwesenden Kolleginnen der Toten. Von den Prostituierten forderten sie Kundenlisten an und befragten sie über auffällige Freier von Gabi. Erstere erhielten sie mal mehr und mal weniger bereitwillig. Morgen würden sie alles sorgfältig prüfen und Kontakt zu jenen Prostituierten aufnehmen, die heute nicht im Dienst waren. Außerdem mussten sie noch mit der ältesten Tochter sprechen.

Nach 21 Uhr verließen sie endlich das *Starship*. Die Müdigkeit saß Leon in den Knochen. Er unterdrückte ein Gähnen, als er endlich hinter dem Steuer des Wagens saß. Nachdem er den Motor gestartet hatte, sagte Rick mit düsterer Stimme: »Ich glaube, wir müssen reden.«

KAPITEL 8

Keuchender Atem. Jeder Schritt eine Qual. Die Last auf meiner Schulter wiegt Tonnen. Gefühlt. In Wahrheit sind es an die 60 Kilo. Denke ich. So genau weiß ich es nicht.

Schnaufend halte ich inne. Dunkelheit rund um mich. In mir drin. Ein Uhu krächzt in der Ferne. Flügelschläge über meinem Kopf. Ein Vogel? Oder doch Fledermäuse? Halten diese Viecher keinen Winterschlaf?

Es ist kalt. Mir nicht. Die Anstrengung wärmt meine Muskeln, treibt mir den Schweiß aus den Poren. Weiter. Ein paar Schritte noch.

Die Stimme feuerte mich an. Jetzt schweigt sie. Sie ist Freund und Feind zugleich. Mein Begleiter. Lange schon. Sie ist es auch, die mir befohlen hat, hierherzukommen. Manchmal widersetze ich mich den Befehlen, doch meist nicht.

Amara. So hat sie sich mir vorgestellt. Eine alte, mächtige Hexe. Manchmal übernimmt sie die Kontrolle über meinen Körper. Ich schaue auf meine Hände, doch sie fühlen sich fremd an. Als würden sie mir nicht gehören. Es ist beängstigend.

Ein Blick über meine Schulter. Bedrohlich ragen die Bäume gen Himmel. Keine Menschenseele weit und breit. Und dennoch werde ich das Gefühl nicht los, beobachtet zu werden. Vielleicht sind es Amaras Verfolger. Die dunklen Seelen. So nennt sie sie. Ihre Feinde wurden zu meinen.

Ein Schrei. Er stammt von meinen Lippen. Blöde Wurzel. Gerade noch rechtzeitig kann ich mein Gleichgewicht halten, doch meine Last rutscht mir von den Schultern. Sie kullert ein paar Meter nach unten, die steile Böschung hinab.

Ich fluche. Das darf doch nicht wahr sein! Hastig laufe ich hinterher und stoppe sie. »Du blöde Kuh!« Fast erwarte ich, Amaras tadelnde Stimme zu hören, doch immer noch schweigt sie.

Stöhnend hieve ich mir das tote Gewicht auf die Schultern. Die Leiter hier raufzutragen war einfacher. Mein Shirt klebt an mir, der Schweiß hat es durchtränkt und ist auf den dunkelblauen Pullover gesickert. Lange halte ich das nicht mehr durch.

Da! Endlich! Mein Ziel kommt in Sicht.

Die letzten Schritte stolpere ich weiter, dann lasse ich meine Last auf den Waldboden sinken. Mit dem Handrücken wische ich über meine feuchte Stirn. In meinen Lederhandschuhen schwitze ich. Ein paar Minuten stehe ich da und betrachte die fünf Meter hohen Säulen vor mir. An einer lehnt die Leiter. Ich warte, bis ich zu Atem komme, dann drehe ich mich zu der Toten um und packe sie unter den Achseln. Sie ist noch schwerer als zuvor. Meine Muskeln zittern. Ich schleife sie in Richtung der alten Hinrichtungsstätte, den Blick auf die Tote gerichtet. Ihre Augen sind weit aufgerissen, ihr Gesicht weiß. Tote sehen nicht aus, als würden sie schlafen.

Gerade will ich nach der Leiter greifen, als ich aus dem Augenwinkel eine Bewegung wahrnehme. Erschrocken fahre ich herum. Ein lauter Schrei hallt von den Bäumen wider. Mein Schrei. Ich schrecke ein paar Vögel auf.

An dem Galgen baumelt ein Mensch. Wo kommt er her? Der war doch gerade eben noch nicht hier! Wie in Trance marschiere ich auf ihn zu. Sein Hals ist unnatürlich lang und der Mund zu einem stummen Schrei geöffnet. Was mich am meisten schockiert sind die aufgerissenen Augen. Es sind meine Augen.

Schweißgebadet schrecke ich aus dem Schlaf auf. Ich schwitze mindestens genauso sehr wie in jener Nacht im Wald. Meine

Hände zittern und fummeln nach dem Lichtschalter meiner kleinen Nachttischlampe. Endlich. Ein schwacher Schimmer erhellt das Zimmer.

Ein und aus. Ein und aus. Ein und aus.

Meine Atmung wird ruhiger. Nur ein Traum.

Nicht zum ersten Mal sehe ich mich dort hängen. Amara behauptete, die Träume würden verschwinden, wenn jemand anderes meinen Platz einnimmt. Sie hat gelogen. Blinde Wut befällt mich. Sie hat versprochen, ehrlich zu sein. Im Gegensatz zu meiner Mutter.

Diese habe ich auf den Galgen gehängt. Im Traum. Immer wieder. Manchmal denke ich auch tagsüber darüber nach. Zwangsgedanken. So ist der Fachbegriff. Meint der Arzt. Er liegt falsch. Es sind nicht meine Gedanken. Es ist die Stimme in meinem Kopf, sie befiehlt mir, Unmögliches zu tun.

Ein Schluchzen, ich klinge wie ein kleines Kind und genauso fühle ich mich in diesem Moment. Als wäre ich fünf Jahre alt. Ich greife nach dem Teddybären auf der leeren Bettseite. Er ist flauschig und spendet etwas Trost. Ich drücke mein nasses Gesicht an seine Brust. Langsam kehrt Ruhe ein, doch meine Gedanken kreisen immer noch wie verrückt. Immer wieder sterbe ich im Schlaf. Ich baumle am Galgen, ich ertrinke. Wasser dringt in meinen Mund, ich kann nicht atmen. Wird das jemals ein Ende nehmen?

KAPITEL 9 – ELISA

Donnerstag, 9. November 2023

Elisa zog die Decke über ihren Kopf und schloss die Augen. Vor einer Stunde war sie nach Hause gekommen, jetzt zeigte die Handyuhr kurz vor Mitternacht an. Ein neuer Tag brach an. Einer von vielen ohne ihre Mutter.

Sie spürte Druck hinter ihren geschlossenen Lidern. Feuchtigkeit lief über ihre Wangen. Zuletzt hatte sie ihre Mutter an Weihnachten vor zwei Jahren gesehen. Es war in einen fiesen Streit ausgeartet, und dieses Mal redeten sie nach einer gewissen Zeit nicht einfach wieder miteinander und taten so, als sei nichts vorgefallen, wie sonst so oft.

Elisa wünschte, sie hätten es getan, und fühlte sich zugleich wie eine Heuchlerin. Vermutlich wäre sie auch dieses Jahr an Weihnachten nicht zu ihrer Mutter gefahren. Oder doch? Sie musste sich keine Gedanken mehr darüber machen.

Ihre Mutter lag in einer Kühltruhe. Nie wieder würde ein Wort ihre Lippen verlassen.

Ein Schluchzen entkam Elisa, sie rollte sich in Embryonalstellung zusammen. Alles tat weh. So entsetzlich weh. Sie wünschte, ihre Mama wäre jetzt hier und würde sie in den Arm nehmen, so wie sie es getan hatte, als Elisa noch ein Kind war.

Wieso nur war sie so stolz gewesen?

Hatte Marina am Ende recht? Mischte Elisa sich zu viel in die Leben anderer ein?

»Mama war es leid, dass du immer mit erhobenem Zeigefinger dagestanden hast.«

Das hatte ihre Schwester heute behauptet. So ein langes Gespräch hatte Elisa ewig nicht mehr mit ihren Geschwistern geführt. Klar, mit Andrei hatte sie mehr Kontakt, doch auch dieser verlief meist sporadisch. Ihr Bruder verkaufte seinen Körper ebenfalls, und Elisa war sich ziemlich sicher, er stand nicht immer auf der richtigen Seite des Gesetzes. Schon als Jugendlicher musste Andrei sich einige Male vor Gericht verantworten, wegen Diebstählen und einmal wegen Betrugs. Sie machte sich keine Illusionen; er hatte nicht aufgehört, er war nur klüger geworden. Hätte ihr Bruder seine kriminelle Energie und sein Köpfchen in etwas Sinnvolles investiert, wer weiß, wo er heute wäre.

Oh nein, sie tat es schon wieder. Sie verurteilte ihn. Wie sie ihre Mutter verurteilt hatte. War sie tatsächlich so ein schlechter Mensch, wie Marina behauptete, nur, weil sie sich um ihre Familie sorgte?

Elisa hatte die blauen Flecken am Arm ihrer Mutter bemerkt, am letzten Weihnachtsfest, das sie miteinander verbrachten. Natürlich hatte sie sie zur Rede gestellt. Von Andrei wusste Elisa, ihre Mutter traf regelmäßig einen Frauenschläger. Elisa war ihm im Bezirksgericht Weiz zweimal begegnet, weil sie regelmäßig für die Zeitung Gerichtsreportagen schrieb. Nach der Veröffentlichung eines Artikels bedrohte er Elisa über ihren privaten *Facebook*-Account. Der Richter hatte ihr damals geraten, den Vorfall bei der Polizei zu melden, doch Elisa hatte abgewinkt. In ihren Augen war der Kerl gestraft genug, er hatte es im Leben nicht einfach gehabt.

Doch als sie nur drei Wochen später bei ihrer Mutter zu Hause auf den Typen getroffen war, waren ihre Synapsen durchgebrannt.

»Er ist nur ein Kunde, Elisa! Reg dich nicht auf!«, hatte sie versucht zu beschwichtigen, doch Elisa sah Rot. Gewalt war für sie ein No-Go.

»Er bezahlt mich.«

»Dafür, dass er dich schlägt?«

»Nein, Kind! Ach Gott, manchmal geht es im Bett eben härter zu! Ich sag schon, wenn ich was nicht will!«

Ja, vielleicht war Elisa verklemmt, aber als sie die Würgemale am Hals ihrer Mutter an Weihnachten gesehen hatte, konnte sie den Mund nicht halten. Darin war sie noch nie gut gewesen. Das hatte sie von ihrer Mutter. Vielleicht kamen sie deswegen so schlecht miteinander aus. Sie waren einander zu ähnlich. Gewesen.

Denn Gabriela war tot.

Sie setzte sich auf und schaltete das Nachtlicht ein. Schlafen könnte sie gewiss nicht. In der Arbeit hatte sie Bescheid gegeben, morgen kam sie nicht. Sie musste mit der Polizei reden, musste denen von dem ehemaligen Kunden ihrer Mutter erzählen. Vielleicht hatten sie sich wieder getroffen. Vielleicht hatte er es diesmal mit dem Würgen übertrieben.

In Andreis Wohnzimmer hatten die drei Geschwister über mögliche Verdächtige spekuliert. Weit oben auf der Liste der potenziellen Mörder stand in den Augen der beiden Frauen die Kundschaft ihrer Mutter. Leider hatte diese nie viel von ihren Freiern erzählt.

Bereits in der Kindheit versuchte Gabriela, ihren Job so gut es ging von ihnen fernzuhalten.

»Du musst dich doch nicht dafür schämen«, hatte Gerry betont.

Doch ihrer Mutter war es peinlich gewesen. Etwa, wenn die Eltern in die Volksschule eingeladen wurden, um ihre Jobs vorzustellen. Eine Sexarbeiterin wäre bei der Lehrerin wohl nicht gut angekommen.

Elisa verließ das Bett und ging in die Küche. Dort machte sie sich Kakao, so wie ihre Mutter das früher getan hatte, wenn sie nicht schlafen konnte. Schon als Kind litt Elisa unter

Schlafproblemen – eine weitere Gemeinsamkeit mit ihrer Mutter. Woher Elisas Störungen kamen, wusste niemand so genau. Sie hatte bei Weitem nicht so schlimme Dinge erlebt wie ihre Mutter.

Diese war von ihrem Vater geschlagen worden, mit 17 Jahren hatte sie es zu Hause nicht mehr ausgehalten. Abermals fragte Elisa sich, wie schlimm es wohl sein musste, wenn ein so junges Mädchen ein fremdes Land, deren Sprache es noch nicht mal mächtig war, dem eigenen Elternhaus vorzog. Gabriela hatte nie davon erzählt. »Die Vergangenheit ist vergangen«, pflegte sie zu sagen, wenn Elisa danach fragte.

Sie nahm einen Schluck aus ihrer Tasse und verbrannte sich die Zunge. Ein leiser Fluch verließ ihre Lippen. An die Küchenzeile gelehnt, starrte sie ins Nichts, während vor ihren Augen ein kleiner Film ablief.

In Graz angekommen, war ihre Mutter in die Drogensucht gerutscht. Elisa erinnerte sich schwach an Spritzen und Alkoholflaschen auf dem Teppichboden, zwischen denen sie gespielt hatte. Das Jugendamt hatte Elisa und später auch Marina einige Male abgenommen, sie waren bei Krisenpflegemüttern untergekommen. Bruchstückhafte Bilder blieben Elisa aus dieser Zeit im Gedächtnis.

Nur ihre eigenen Schreiattacken hatte sie nach wie vor im Ohr. Sozialarbeiter, die sie aus der Wohnung trugen, während Elisa wütete und verzweifelt nach ihrer Mama rief. Kinder lieben ihre Eltern, und fast alle wollen zu Hause bleiben, egal, wie diese sich verhalten. Sie kennen nichts anderes und denken, ihr Alltag wäre normal.

Erst mit zunehmendem Alter ziehen Kinder Vergleiche mit ihren Spielgefährten. Doch bis Elisa so weit war und realisierte, eine drogensüchtige Mutter entsprach nicht der Norm, war Gerry in ihr Leben getreten. Mit ihm wurde vieles besser. Gabriela bekam ihre Sucht in den Griff, und für einige Zeit waren sie wohl so etwas wie eine glückliche Familie gewesen.

Bis heute wusste Elisa nicht, ob die Geburt ihres Bruders geplant oder ein Versehen war, doch Gabriela hatte sich gefreut. Elisa erinnerte sich an den dicken Bauch und daran, wie Marina und sie auf der Couch neben ihrer Mutter saßen und die Bewegungen des Babys fühlten. Eine links, die andere rechts. Ein kleines Wunder, so war es Elisa damals erschienen.

Die Kakaotasse war leer, sie stellte sie in den Geschirrspüler und sah sich in der leeren Wohnung um. Je älter sie geworden war, desto mehr hatte sie sich für den Job ihrer Mutter geschämt.

Heftige Streits während ihrer Teenagerjahre hatten beinahe schon zum Alltag gehört, und auch später, als Elisa ihr Journalismus- und PR-Studium an der FH Joanneum in Graz begann, verleugnete sie ihre Mutter immer wieder. Niemals hätte sie zu träumen gewagt, tatsächlich an der Fachhochschule aufgenommen zu werden. Sie war die Erste und Einzige in der Familie, die studierte. Gabriela war so stolz gewesen, doch neben den vielen Akademiker-Sprösslingen hatte Elisa sich ihrer Herkunft geschämt. Meist hatte sie nicht über ihre Familie gesprochen und wenn, dann hatte sie über den Beruf ihrer Mutter gelogen.

Einmal hatte Gabriela Wind davon bekommen. Bei der Sponsionsfeier hatte eine Studienkollegin sie auf den Job im Büro angesprochen. Bis heute vergaß Elisa den Blick nicht, den ihre Mutter ihr zugeworfen hatte. Doch sie hatte gelächelt und irgendeine Geschichte erfunden.

Nach der Feier, zu Hause, hatte Elisa sie angesprochen. »Mama? Wegen vorhin …«

»Es war wirklich eine grandiose Feier, mein Schatz! Ich bin so stolz auf dich.« Sie hatte gestrahlt, und Elisa hatte sich noch mieser gefühlt.

»Das meine ich nicht, Mama. Wegen dem, was Jessie gesagt hat ...«

»Schon gut, meine Süße. Ich bin dir nicht böse. Wir alle müssen hin und wieder eine kleine Notlüge erzählen. Das ist nur menschlich.«

Und so leicht hatte sie Elisa vom Haken gelassen. Dabei war es keine Notlüge gewesen.

Weinend sank Elisa am Küchenflur zu Boden. Ihr schmaler Körper wurde von Heulkrämpfen geschüttelt. Sie hatte ihrer Mama Unrecht getan. Marina hatte recht: Sie war ein furchtbarer Mensch! Eine verurteilende, blöde Kuh.

»Es tut mir so leid, Mama!« Sie umarmte sich selbst und wünschte, ihre Mutter könnte ihre Entschuldigung hören. »Bitte verzeih mir!« Rotz tropfte zu Boden. Warum nur hatte sie ihre Mama nie mehr angerufen? Sie war doch gar nicht mehr sauer gewesen. Eher zu beschäftigt. Seit Elisa denken konnte, war die Karriere ihr das Wichtigste. Sie wollte sich beweisen, wollte etwas aus sich machen. Nach langen Arbeitstagen kam sie müde und ausgelaugt in ihrer einsamen Wohnung an. Zudem betrieb sie exzessiv Sport, lief jeden zweiten Tag zehn Kilometer und besuchte häufig das Fitnessstudio. Sie war so mit sich selbst beschäftigt gewesen, hatte das Drama meiden wollen, das zu ihrer Familie gehörte wie das Amen im Gebet. Jetzt bereute sie es. Sie würde ihre Mama nie wieder umarmen und Frieden mit ihr schließen können.

Sie legte sich auf den Fußboden, in ihrem Rücken die Küchenkästen. So allein wie an diesem Abend hatte sie sich ewig nicht mehr gefühlt. Vor Erschöpfung wurden ihre Lider schwer, doch immer noch flossen Tränen. Ihre Nase war verstopft und ihr war kalt, doch sie brachte es nicht über sich aufzustehen.

Während ihr Herz wieder und wieder in kleine Stücke

brach, schwor sie sich eines: Ich werde deinen Mörder finden, Mama!

Morgen würde sie gleich mit den Polizisten sprechen, die den Fall bearbeiteten. Noch immer wunderte sie sich, warum diese nur mit ihren Geschwistern und nicht mit ihr geredet hatten. Sie würde auch mit Gerry sprechen, vielleicht hatte der etwas von seltsamen Kunden mitbekommen. In Gedanken erstellte Elisa eine To-do-Liste. Dies lenkte sie von ihrem Schmerz ab. Irgendwann konnte sie sich nicht mehr gegen die Müdigkeit wehren und schlief auf dem Küchenboden ein.

KAPITEL 10 - RICK

Donnerstag, 9. November 2023

»Ich glaube, wir müssen reden.«

Leon wich Ricks Blick aus, seine Hände verschränkte er in seinem Schoß. Das Licht im Auto erlosch, Dunkelheit legte sich über sie.

»Was hattest du im Puff verloren?« Rick stützte seinen rechten Arm an der Scheibe ab, der Drang nach einer Zigarette wurde schier übermächtig.

Verdammte Lisa! Wegen ihr falle ich zurück in alte Muster und Süchte.

Vorgestern hatte er eine halbe Packung in einer Nacht geraucht.

»Leon!« Sein Tonfall wurde eine Nuance schärfer.

»Ich habe nach jemandem gesucht.«

»Nicht zufällig nach unserer Toten?«

Noch immer mied Leon den Augenkontakt.

»Verdammt, rede einfach mit mir! Ich bin dein Freund, schon vergessen?« Derzeit besaß Rick ein dünnes Nervenkostüm. Leons Geheimniskrämerei ging ihm gegen den Strich. Sie hatten das doch hinter sich gelassen. Dachte Rick zumindest. Offenbar lag er falsch.

Er wusste, sein Partner war in zerrütteten Familienverhältnissen aufgewachsen. Eines Abends, als Leon stockbetrunken gewesen war, hatte er ihm davon erzählt. Seitdem hatte er es nie wieder erwähnt.

»Ich suche Dilara, aber …«

Rick konnte sein Seufzen nicht unterdrücken und bereute es im nächsten Moment. Sofort machte Leon dicht. »Du brauchst übrigens nicht die beleidigte Leberwurst spielen! Ein Zwillingsbruder?« Er zog eine Augenbraue in die Höhe. »Warum hab ich nie von ihm gehört?«

Rick starrte geradeaus auf die hässliche Betonsäule des Parkplatzes. »Weil er schwierig ist.«

»Und?«

»Und nichts. Ich bin müde, fahr jetzt einfach.«

Schweigend startete Leon den Motor, die restliche Fahrt fiel kein Wort zwischen ihnen. Sein Partner setzte Rick vor dessen Wohnung ab. Dunkel lag sie da. Stille empfing ihn im Inneren. Traurigkeit setzte ein. In seiner Fantasie hätte es hier bald nur so von Leben gestrotzt. Mindestens zwei Kinder wollte er. Doch Lisa war die Falsche. Gab es die Richtige überhaupt?

Alles war so oberflächlich, und Rick hatte keine Lust mehr auf Dating. Wenn er mit Leon unterwegs war, stand er in dessen Schatten. Mit seinem Aussehen hatte sein Partner das große Los gezogen, und er schätzte es nicht mal. Leon hielt alle Frauen auf Armlänge von sich weg, gab den Unnahbaren. Genau diese Masche zog bei den Weibern. Und nicht nur bei denen. Rick dachte an Alex, ihren bisexuellen LKA-Kollegen, der etwas mit seiner verheirateten Kollegin am Laufen hatte. Sie betrog ihren Mann, setzte ihre Familie aufs Spiel, und für Alex war es genau das: ein Spiel! Die Affäre hielt ihn nicht davon ab, jede und jeden anzubaggern und flachzulegen, der nicht bei Drei am Baum war. Auch Leon flirtete er immer wieder an. Bei ihm hatte er keinen Erfolg, aber bei vielen anderen, denn Alex konnte ebenfalls als Model durchgehen.

Rick selbst hatte es bei Weitem nicht so einfach. Früher, in Uniform, kriegte er die Mädels noch leichter rum. Aus irgendeinem Grund standen Frauen auf Uniform. Vielleicht

lag es aber auch am immer schlimmer werdenden Haarausfall, der schon mit Anfang 20 begonnen hatte. Vielleicht sollte
er sich eine Glatze scheren, doch irgendwie hielt er noch an
seiner letzten Haarpracht fest.

Vermutlich spielte es auch keine Rolle, sein Gesicht war
nun mal nicht so symmetrisch und markant wie das von Leon
oder Alex. Durchschnitt, das beschrieb Rick ganz gut. Früher hatte er das Geld seiner Eltern benutzt, um Mädchen zu
beeindrucken, doch auch das war er leid. Er wollte keine
Goldgräberin an seiner Seite, sondern eine Frau, die ihn liebte.
Vermutlich konnte er da noch lange warten.

Frustriert steuerte Rick die Bar an und zögerte. Er wollte
nicht zum Alkoholiker mutieren und das Klischee des saufen-
den Bullen erfüllen. Sehnsüchtig starrte er auf die Whiskey-
Flasche, schloss den Schrank dann aber und schnappte sich
stattdessen seine Zigarettenpackung. Damit verzog er sich
auf den Balkon, auf dem immer noch Lisas verfluchte Deko
stand. Ein Wunder, immerhin wollte sie ihm alles wegnehmen.

Rick zündete die Zigarette an. Das Nikotin beruhigte seine
Nerven. Eigentlich wollte er nicht mehr rauchen. Aber scheiß
drauf! Jeder brauchte irgendein Laster.

Mit der Kippe in der einen und seinem Handy in der anderen Hand öffnete er *TikTok*. Diese Video-App war zu einer
seiner Lieblingsbeschäftigungen geworden, obwohl er dafür
vermutlich zu alt war. Egal. Auf seiner *For-you-Page*, also
jener Seite, in der der Algorithmus alle Inhalte einspielte,
die interessant für Rick sein könnten, aufgrund von Videos,
die er zuvor angesehen und geliket hatte, erschien sogleich
Flo Portugal. Wieder so ein gut aussehender Kerl, doch ihn
mochte Rick, auch wenn die Inhalte des »Influencers« teils
grenzwertig waren.

»Influencer?« Rick erinnerte sich an den verständnislosen
Gesichtsausdruck seines Vaters, als das Thema beim Sonn-

tagsessen zur Sprache gekommen war. »Das ist eine Krankheit.«

»Du meinst Influenza, die Grippe, Papa«, hatte er geduldig erklärt. Sein Vater zählte zu den älteren Semestern, er war schon über 70, hatte Rick spät bekommen und erst in zweiter Ehe.

»Dass man nicht einfach Deutsch reden kann«, hatte der alte Herr gemurrt, ehe er sich wieder seinem Schweinsbraten zuwandte. Lustig, denn vermutlich hatten Flo und Ricks Vater ähnliche Ansichten, zumindest in Bezug auf die Frauenwelt.

Ricks Mutter war nie arbeiten gegangen und hatte sich ihr Leben lang von ihrem Mann aushalten lassen. Dafür stand jeden Tag, wenn er nach Hause kam, ein Abendessen parat, und sein Vater traf alle wichtigen Entscheidungen. Sie war die Chefin innerhalb des Hauses und er außerhalb. Für die beiden hatte es gut funktioniert. Vielleicht lag Flo also gar nicht so falsch mit seinen Ansätzen, überlegte Rick.

»Ich kann diese Manipulation von Frauen nicht ab«, sprach Flo in diesem Moment mit ernster Stimme in ein Mikro. Im Hintergrund lief dramatische Musik. »Sie heulen und wollen eine Entschuldigung aus dir herauspressen.« Ihm gegenüber saß ein Rick unbekannter Mann, der nickte. »Sie wollen dir einreden, dass du was falsch gemacht hast, und beschuldigen dich. Ständig ist der Mann an allem schuld. Und wir lassen uns das gefallen! Es wird Zeit, dass wir wieder auf den Tisch hauen und für uns einstehen. Für uns und unsere Entscheidungen. Machen Männer immer alles richtig? Nein, natürlich nicht! Aber weißt du was? Echte Männer stehen zu ihren Entscheidungen. Sie entschuldigen sich nicht ständig dafür. Meistens geht es Frauen gar nicht darum, eine Entschuldigung zu hören. Sie wollen einfach nur ihren Kopf durchsetzen. Sie wollen, dass du klein beigibst. Aber ein echter Mann gibt die Zügel niemals aus der Hand.«

Damit endete das Video. Rick dachte an Lisa. Sie wollte ihn ausnehmen. Wie durch Gedankenübertragung trudelte eine *WhatsApp*-Nachricht ein. »Kannst du bitte endlich meinem Anwalt antworten?« Kein Gruß, kein Hallo. Sie behandelte ihn wie einen Fußabtreter.

Ja, dieses blöde Anwaltsschreiben. Rick hatte keine Zeit dafür gehabt, mit dem Mord und allem. Er würde sich in den nächsten Tagen darum kümmern. Vielleicht.

Er klickte auf Flos Profil und sah sich ein Work-out-Video an. Über diese war Rick auf den TikToker aufmerksam geworden. Als Polizist betrieb er gern Sport, und manche Tipps waren sehr nützlich. Neidisch betrachtete Rick den gestählten Körper. Scheinbar mühelos pumpte Flo seine Arme in Liegestützposition auf und nieder, teils einhändig, teils klatschte er zwischendurch, im Takt der Hintergrundmusik.

Rick wischte weiter und landete bei einem Smoothie-Rezept. Flo mixte sich das giftgrüne Getränk, während im Hintergrund seine bildhübsche Freundin im engen bauchfreien Trainingsanzug, der ihren Hintern besonders betonte, durch das Bild lief.

»Hey, Babe!« Flo grinste, drehte sich um und gab ihr einen Klaps auf den Po. Sie quittierte das mit einem künstlichen Lachen. »Ist sie nicht heiß?«

Rick scrollte weiter und verließ schließlich Flos Profil. Stattdessen ging er zurück zu seiner *For-you-Page*, auf der er alte Ausschnitte der Bully-Parade, Sportvideos, Kabarettisten und natürlich Katzen vorfand. Diese Viecher waren überall. Sie regierten das Internet.

Seine Finger waren eiskalt, und schockiert stellte er mit einem Blick auf die Uhr fest, er lehnte seit fast einer Stunde auf dem Balkon. Verdammtes *TikTok*. So ein Zeitfresser! Morgen wäre er wieder müde. Vor allem, weil ihn die Albträume wieder quälen würden. Seufzend betrat er die Wohnung und machte sich bettfertig.

KAPITEL 11 – RÉKA

Freitag, 10. November 2023

Die Nachricht von Gabis Tod hatte im Bordell schnell die Runde gemacht, dennoch ging alles weiter wie sonst. Business as usual. Réka hatte keine Angst. Wer so dumm war und Kunden mit nach Hause nahm, war selbst schuld. Das *Starship* bot einen sicheren Rahmen, klar waren die Mieten nicht günstig, aber ihr Leben war mehr wert als ein paar 100 Euro.

Eben hatte sie einen Kunden bedient und stand nun unter der Dusche. Der Sex war schweißtreibend gewesen und recht gut. Leider besuchte dieser Kerl sie selten, ihr nächster Termin wäre keiner der angenehmen Sorte. Dabei spielte das Aussehen der Männer keine Rolle. Wichtiger war Réka, wie sie behandelt wurde. Manche sahen nur ein Stück Fleisch in ihr, das war auch okay. Die Männer kamen für schnellen Sex, sie erwartete keine tiefen, innigen Gefühle, wie das beim Geschlechtsakt eines Pärchens der Fall war. Was sie wollte, war Respekt. Der wurde ihr nicht von jedem Gast entgegengebracht. Manchmal schickte sie daher auch potenzielle Kunden fort. Früher hatte sie sich das nicht getraut, doch mit den Jahren waren Erfahrung und Selbstbewusstsein gestiegen.

Réka verließ die Dusche und dachte wieder an Gabi. Vielleicht war auch kein Kunde schuld an ihrem Tod gewesen. Der Streit zwischen Gabi und Gerry kam Réka in den Sinn. »Gigi« wurden sie hier liebevoll genannt, in Anlehnung an die englische Aussprache ihrer beiden Anfangsbuchstaben und an einen DJ, den Gerry besonders mochte. Gigi D'Agostino. Jetzt blieb nur noch ein G übrig.

Gabi kam nicht mehr.

Traute Réka ihrem Chef tatsächlich einen Mord zu? Nein, eigentlich nicht. Er hatte Gabi geliebt. Das hatte sie gespürt. Doch wie hieß es in diesen Crime-Dokus, die sie so gerne schaute? Jeder Mensch konnte unter den richtigen Umständen zum Mörder werden.

Ein Klopfen. Puh, war die Zeit echt so schnell vergangen? Ohne ein »Herein« abzuwarten, drückte ihr Kunde die Tür auf. Er roch nach Knoblauch und Alkohol. Innerlich seufzte Réka, sie hätte mit der Dusche warten sollen. Meist war es am einfachsten, gemeinsam mit stinkenden Freiern zu duschen. Immer wieder putzte sie auch zusammen mit ihren Gästen die Zähne, wenn sie extremen Mundgeruch hatten.

Schweißflecken zeichneten sich auf dem hellgrauen Shirt des beleibten Mittvierzigers ab, der nun von ihr stand.

»Hallo, Manni!« Sie gab ihrer Stimme einen verführerischen Klang.

»Hey!« Er knallte die Tür hinter sich zu.

Für gewöhnlich holte Réka ihre Kunden ab. Ihr Blick auf die Uhr verriet ihr, Manni war früh dran.

»Ich hab mich gerade für dich frisch gemacht, aber ein wenig brauche ich noch. Vielleicht willst du in der Zwischenzeit auch duschen?« Sie klimperte mit ihren Wimpern und streichelte sanft über ihre nackten Brüste.

»Nein, nicht nötig.«

»Ich habe ein neues Duschgel, der Duft macht mich richtig geil!« Den Zeigefinger ihrer freien Hand legte sie auf ihre Unterlippe und schob sie nach unten, während sie genüsslich die Augen schloss.

Mannis Gestank umhüllte sie, er stand nun direkt vor ihr. Réka war nicht geruchsempfindlich, aber das war grenzwertig.

Sie schob seine Hände weg, die ihre Brüste ansteuerten, und wedelte mit einem gespielten Lächeln mit ihrem Zeigefinger vor Mannis Gesicht. »M-m. Zuerst die Dusche.«

Ein frustrierter Laut. »Komm schon!«

»Später. Nach der Dusche.« Sie wandte sich ab und wollte den Kondomvorrat checken, da spürte sie einen Luftzug und sah eine Bewegung aus dem Augenwinkel. Gleich darauf schubste Manni sie aufs Bett. Sein Blick glitt unfokussiert über ihren Körper. Shit, wie betrunken war er?

In ihrer Panik klang ihr ungarischer Akzent stärker durch. »Bitte aufhören! Du tust mir weh!«

Seine großen Hände packten ihre Handgelenke und hielten sie über Rékas Kopf gefangen, während Manni mit seinen Beinen ihre Füße auseinanderschob. Er war ein großer, kräftiger Mann, sie hatte keine Chance. Panisch schrie sie auf.

»Halt die Fresse, Schlampe! Du magst das. Du findest das doch geil!«

Réka kannte Mannis Vergewaltigungsfantasien und war in der Vergangenheit darauf eingegangen. Davor hatten sie allerdings Regeln festgelegt, die Kontrolle hatte stets sie behalten. Das war nun anders. Nichts davon war abgesprochen, und er überraschte, verletzte und bedrängte sie. Für solche Fälle gab es Notfallknöpfe am Nachtkästchen. Drückte sie diesen, würden Vito oder Rudi gleich hier stehen. Doch dazu musste sie ihn erst erreichen.

»Manni, bitte hör auf!« Sie versuchte, ruhig zu bleiben, doch in ihrer Stimme klang die Panik durch.

Ihr Kunde schob umständlich seine Hose runter, wohl um seinen Schwanz zu befreien. Handelte Réka nicht gleich, würde er sie vergewaltigen. Da sie erst aus der Dusche getreten war, besaß sie keine Kleiderbarriere. Er könnte sie einfach so nehmen, ohne Kondom. Panisch drehte sie ihren Kopf und biss in seinen Arm. Er schrie auf, doch sie zögerte nicht, rutsche ein Stück nach oben bis zum Bettgestell und trat nach ihm, während sie gleichzeitig mit ihrem Arm nach dem versteckten Knopf langte. Bevor sie ihn drücken konnte, zog er sie an seinem Haar zurück.

»Du blöde Schlampe!«

»Hilfe! Hilfe!«, brüllte sie aus Leibeskräften, doch nicht lang genug, denn schon wurde ihr abermals die Luft aus der Lunge gedrückt. Tränen liefen über ihre Wangen, Mannis Gestank ließ sie beinahe würgen. Seine Erektion presste sich an ihren Oberschenkel.

»Jetzt zeig ich dir, was ein richtig guter Fick ist, du kleines Luder!«

KAPITEL 12

Freitag, 10. November 2023

»Können wir reden?« Der Anrufer klingt gehetzt.

Stöhnend wirft er einen Blick auf die Uhr. 2 Uhr früh.

»Nicht jetzt. Ich muss morgen arbeiten und …«

»Es ist wichtig.«

Unwillig setzt er sich im Dunkeln auf. »Was willst du?«

»Kannst du mir schon etwas sagen?«

»Allerdings kann ich das! Du bist ein verdammter Idiot.«

Stille.

»Ich hab dir gesagt, was du tun sollst, aber …«

»Ja, ich weiß, das war nicht klug. Ich bin aufgehalten worden, und dann war es so spät, und ich dachte, es geht sich noch aus, aber dann kam etwas dazwischen und …«

Er greift sich in der Dunkelheit auf den Kopf. Wie kann man nur so dumm sein? Und ausgerechnet so ein Idiot hat ihn in der Hand.

»Hörst du mir noch zu?« Der Anrufer klingt hysterisch.

»Reg dich ab und bleib ruhig.«

»Wie denn? Die Nachrichten sind voll davon! Die pushen das. Ich hätte sie nicht dort aufhängen sollen. Ich hätte nicht auf dich hören sollen. Wenn sie mich schnappen, dann erzähle ich ihnen alles, das schwöre ich bei Gott.«

Genervt rollt er die Augen. Diese Drohung kann er nicht mehr hören. Wieso war er auch so dumm und hat alles zugegeben? Ein Moment der Schwäche … Wieder ein Beweis dafür: Man darf niemandem vertrauen. Er kann den Ärger aus seiner Stimme nicht mehr raushalten, als er antwortet: »Hättest du auf mich gehört, würde niemand davon berichten. Dann wären alle von einem Suizid ausgegangen, und die schaffen es selten in die Medien wegen der Nachahmungsgefahr.« *Wie damals.* Diesen Gedanken behält er für sich.

»Ich hätte sie nicht am helllichten Tag da raufschleppen können.«

»Dann hättest du sie besser in der Nacht erwürgt und wärst gleich gefahren.« Er schüttelt den Kopf, obwohl der Anrufer ihn nicht sehen kann. Wäre es Mord im Affekt gewesen, hätte er es ja noch verstanden. Wie bei ihr … Er drängt die Gedanken weg, sein Ärger schwillt an. »Jeder Idiot hätte gesehen, dass das kein Selbstmord war, bei diesen Totenflecken. Herrgott, das müsstest du in deinem Job eigentlich wissen!«

»Schrei mich nicht an! Sonst erzähle ich jedem, was du getan hast. Du hast gleich zwei Menschen auf dem Gewissen.«

Er schnaubt bitter. Und so was nannte sich mal Freund. »Hör auf mit deinen dummen Drohungen, wie oft noch? Ich kann gerade nicht mehr für dich tun. Und jetzt lass mich schlafen.« Damit beendet er den Anruf und legt das Handy auf den Nachttisch. Er schließt die Augen. Sofort sieht er den Galgen vor sich. Wie er selbst da oben baumelt.

Ein gequälter Laut verlässt seine Lippen, er presst den Kopf in seinen Polster und versucht zu schlafen. Morgen liegt ein langer Tag vor ihm. Doch die Geister ruhen nicht. Nacht für Nacht suchen sie ihn heim. Quälen ihn. Bis er Buße tut. Doch wie soll er das anstellen? Manche Dinge kann man nicht wiedergutmachen. Vielleicht sollte er endlich die Wahrheit sagen. Für seine Taten geradestehen. Und selbst wenn es eine Tonaufnahme gibt … für eine Verurteilung würde es nicht ausreichen. Oder? Das Risiko ist zu groß. Er muss weiter schweigen.

Ein leises Wimmern entkommt ihm. Immer wieder sieht er in ihr Gesicht. Und in seines. Sie verfolgen ihn. Bis in alle Ewigkeit.

KAPITEL 13 - DAS MÄDCHEN

Freitag, 10. November 2023

Eine Hand streichelt ihr Bein entlang. Reflexartig tritt das Mädchen danach, in der Erwartung, ein Stöhnen zu hören. Doch es bleibt still. Sie blinzelt und richtet sich auf. Die vermeintliche Hand existiert nicht, die Blätter eines Busches haben sie berührt. Wo ist sie? Verwirrt sieht sie sich um. Ein Park. Der Stadtpark. Sie muss hier geschlafen haben. Am Horizont färbt sich der Himmel langsam rot. Ein neuer Tag bricht an. Welches Datum, das weiß das Mädchen nicht. Im Keller hat sie jegliches Zeitgefühl verloren. In der Klinik wurde es nicht besser. Sie ist auf der Flucht, kann nirgends hin.

Leon.

Immer öfter dringt sein Name in ihr Bewusstsein. Er kann ihr nicht helfen. Auch wenn die Versuchung groß ist, ihn zu kontaktieren, aber sie will ihm keine Schwierigkeiten machen und sie wüsste gar nicht, wo sie suchen sollte. Keine Nummer, keine Adresse. Das Elternhaus wäre die einzige Anlaufstelle, doch sie wird den Teufel tun, einen Fuß auch nur in die Nähe zu setzen.

Langsam richtet sie sich auf. Ihr ist kalt. Ständig ist ihr kalt. Nur wenn das süße Gift durch ihren Körper fließt, lässt sich die Situation aushalten. Ihr Leben ist bestimmt von den Drogen. Ein Trip folgt auf den nächsten. Kaum kommt sie runter, lechzt sie nach dem nächsten High. Mittlerweile ist es wie Russisches Roulette. Jeder Schuss könnte in einem Horrortrip enden, der sie zurück in den Keller oder die Klinik bringt.

Zu den Händen und den Schmerzen.

Leon.

Nein, sie kann ihn da nicht mit reinziehen. Er wollte ihr helfen, immer wollte er das, und es hätte ihn fast ins Grab gebracht. Sie muss ohne ihn klarkommen. Doch wie?

Wo soll sie hin?

Auf wackeligen Beinen durchquert sie den Park und begegnet einigen Menschen, die so tun, als sei sie nicht da. Das Mädchen kennt dieses Verhalten nur zu gut. Abschaum. Das ist sie. Anzugträger ignorieren sie, in ihre Welt passen keine Drogensüchtigen.

Sie erreicht das Ende des Parks. Kraftlos sinkt sie auf eine Bank. Wohin jetzt? Sie sollte die Stadt verlassen. Wien wäre eine Option. Nur weg von ihm. Leider hat sie kein Geld mehr.

Ihr Kopf schmerzt, ihre Hände zittern. Es wird von Stunde zu Stunde schlimmer. Sie braucht Kohle. Für den nächsten Schuss. Und für ein Busticket. Wenn die sie überhaupt so einsteigen lassen.

Gabi.

Die arme Gabi. Wird jemand herausfinden, wer sie umgebracht hat?

Eine Idee kommt ihr: Sie muss ins *Starship*. Dort hat Gabi gearbeitet. Sie muss jemandem erzählen, was sie gesehen hat. Dann ist es nicht mehr ihre Verantwortung.

Leider dauert es, bis das Bordell öffnet. Sie muss den Tag irgendwie überstehen, muss sich den nächsten Schuss sichern. Eine junge Frau hetzt den Weg entlang, sie wirkt gestresst, in ihrer Hand ein Handy, die Tasche ist offen.

Das ist ihre Chance. Das Mädchen holt tief Luft und steht auf. Sie rempelt die Frau an, reißt ihr die Tasche aus der Hand und läuft davon.

»Hey!« Empörte Rufe folgen ihr. Sie hört Schritte. Ihre Seiten stechen, doch sie bleibt nicht stehen und rennt und rennt, bis sie vor Erschöpfung fast zusammenbricht. Die Frau hat die Verfolgung aufgegeben, in einer dunklen Seitengasse durchstöbert das Mädchen die Tasche. Nur das Bargeld interessiert sie. 30 Euro. Sie hätte sich mehr erhofft. Enttäuscht lässt sie ihre Beute sinken und haut mit dem Bargeld ab. Ein paar Stunden muss sie totschlagen, ehe sie in ein neues Leben starten kann.

KAPITEL 14 - JOSY

Freitag, 10. November 2023

Wenn Josy eines nicht leiden konnte, war es, vor ihrem ersten Kaffee gestört zu werden. Unangemeldete Besucher verabscheute sie ebenfalls. Sie hinderten ihre Energieflüsse. Um die aktuelle Zeit – 5.30 Uhr morgens – flossen diese noch gar nicht. Deswegen wollte sie das Klingeln zuerst ignorieren. Als jedoch Steine an ihre Fensterscheibe flogen, riss ihr Geduldsfaden.

Sie schob die Fensterlade hinunter und brüllte: »Sind Sie komplett irre?«

Fast hätte sie ein Stein an der Stirn getroffen, im letzten Moment duckte sie sich. »Was zur Hölle …?«

»Fräulein Josy?«

Nicht schon wieder dieser Psycho! Vielleicht sollte sie sich bewusstlos stellen. Hätte der Stein sie getroffen, wäre dieser Zustand immerhin nicht auszuschließen.

»Bitte! Ich brauche Ihre Hilfe!« Es klang kläglich und sie wägte ab. An diesem aufdringlichen Kerl hatte sie sich in den letzten Wochen eine goldene Nase verdient. Und für die unangemeldete Störung zu dieser Uhrzeit könnte sie das Doppelte des gewöhnlichen Preises draufschlagen. Also holte sie tief Luft und versuchte, ihre Energien zu bündeln. Im pinkfarbenen Schlafanzug trat sie ans Fenster und sah hinunter in den Hof.

»Wie kommen Sie hier rein?«

Eine berechtigte Frage, immerhin schottete sie sich von ihrer Umwelt ab. Zwei Meter hohe blickdichte Zäune hielten Gaffer fern. Seit sich in der Gemeinde herumgesprochen hatte, dass eine Hellseherin hier lebte, stand sie ständig unter Beobachtung.

Hellseherin! Allein dieses Wort! Fast genauso schlimm wie Wahrsagerin.

Sie war ein Medium, besaß eine direkte Leitung ins Jenseits. Die meisten Menschen verstanden ihre Gabe nicht und hielten sie für eine Schwindlerin. Nun, manchmal musste sie improvisieren. Geister waren in etwa so pünktlich wie die Deutsche Bahn. In neun von zehn Fällen tauchte der erwünschte Verstorbene nicht zur Session auf. Natürlich verschwieg Josy dies ihren Klienten. Diese hatten ohnehin eine völlig falsche Vorstellung von der Konversation ins Jenseits. Dies war kein Hollywoodfilm, in dem die durchsichtige menschliche Gestalt des Verstorbenen bereitwillig alle Fragen beantwortete.

Josy arbeitete mit Energien. Die Aura des Mannes, der im gefrorenen Gras stand und hinauf zu ihrem Zimmer blickte, als wäre er Romeo, der auf seine Julia wartete, war dunkel. Am liebsten hätte sie ihn wieder weggeschickt, manchmal machte er ihr Angst, doch dann sah sie wieder die Eurozeichen in seinen verzweifelten Augen.

»Ich bin über den Zaun geklettert.«

Ungläubig starrte sie auf die hagere Gestalt.

»Warum?«

»Sie haben nicht geöffnet.«

»Weil ich zu dieser Uhrzeit noch keine Klienten empfange.«

»Es ist ein Notfall.« Tränen standen in seinen Augen.

Sie fluchte leise, dann sprach sie ihre vorigen Gedanken aus: »Das kostet Sie das Doppelte.«

»Geld spielt keine Rolle«, versicherte er.

»Schön. Warten Sie noch einen Moment. Ich muss mich anziehen.«

Zehn Minuten später saß sie ihm in ihrem Arbeitszimmer gegenüber, auf dem kleinen Tisch zwischen ihnen stand die Glaskugel, die kaum zum Einsatz kam und mehr als Dekoelement diente. Häufiger verwendete Josy da schon ihre Karten oder sie las aus den Händen. Die des Mannes zitterten. Nervös rutschte er hin und her.

»Was ist denn los, Herr Richter?«

»Die Träume sind wieder da. Ich ... baumle am Galgen. Ich halte das nicht mehr aus.« Er brach in Tränen aus.

Josy unterdrückte ein Seufzen und musterte den Mann vor sich. Zur Familienaufstellung hatte sie ihm bereits geraten, meist lag das Übel dort begraben oder in einem früheren Leben. Sagte sie ihren Klienten zumindest. Mittlerweile glaubte Josy selbst nicht mehr daran. Früher hatte sie sich als spirituell angesehen, doch die große Erleuchtung war ausgeblieben. Gewiss gab es da noch viel mehr, als Menschen mit ihren herkömmlichen Sinnen erfassten, doch offenbar waren ihre energetischen Fühler in den letzten Jahren verkalkt. Da ihre Existenz jedoch auf ihrer übernatürlichen Gabe aufgebaut war, würde sie einen Teufel tun und das zugeben. Der Glauben ihrer überwiegend weiblichen Klientinnen war größtenteils stärker als Josys, und das spielte der in die Karten. Mit Menschen- und Psychologiekenntnissen, die sie sich über die Jahre erworben hatte, und etwas Verstand kam sie meist durch.

In ihrem Gewerbe war es ähnlich wie in der Kirche: Pfarrer hatten bestimmt auch immer mal wieder Glaubenskrisen.

Endlich beruhigte sich ihr Klient und hörte auf zu heulen. Josy hatte in der Zwischenzeit geschwiegen. Was für ihn taktvoll und verständnisvoll wirkte, war bezahlte Zeit, in der sie nur still dasaß.

»Geht es wieder?« Sie lächelte ihn gutmütig an.

»Ja. Was soll ich nur machen?«

»Sie müssen die Ursache erkennen. Vielleicht sollten Sie zu einer Therapeutin gehen.« Ein Rat, den sie selten gab, doch bei ihm hier war mehr als eine Schraube locker.

»Nein!«

Sie unterdrückte ein Seufzen.

»Ich muss ... können Sie Kontakt für mich herstellen? Zu Raini?«

»Jetzt nicht.«

»Warum nicht?«

»Weil es zu früh ist.«

Er runzelte die Stirn.

»Wir können uns gern einen Termin ausmachen und ...«

»Ich bin dazu verdammt, jede Nacht zu sterben, und Sie ...«

»Beruhigen Sie sich! Geister sind kein abgerichtetes Hündchen, das kommt, wenn man pfeift.«

»Sie elende Schwindlerin!« Er sprang auf, der Sessel kippte um. »Vermutlich haben Sie niemals mit ihm gesprochen, nicht wahr? Er ist gar nicht mehr hier! Ich ... ich bin so ein dummer Idiot! All die Kohle, die ich Ihnen in den Rachen geworfen hab, all die Geschichten, die ...«

»Beruhigen Sie sich!« Sie verlieh ihrer Stimme etwas Rauchiges und starrte ihn an, ohne zu blinzeln. Eine Fähigkeit, die sie perfektioniert hatte. »Natürlich hatten wir Kontakt zu Raini.«

»Ich muss mit ihm sprechen.«

»Was wollen Sie ihm sagen?«

»Ich muss mich entschuldigen. Er muss endlich die Wahrheit erfahren und dann muss er mir verzeihen, damit dieser Teufelskreis ein Ende findet ...« Er brabbelte weiter wirres Zeug vor sich hin.

Beiläufig warf sie einen Blick auf ihr Handgelenk. Im Raum befand sich keine Uhr, sie sagte ihren Klientinnen gern, Zeit spielte keine Rolle, aber auf die eine oder andere Art musste sie doch den Überblick behalten.

»Denken Sie, ein Dämon hat von mir Besitz ergriffen?«

»Wie bitte?« Sie runzelte die Stirn.

»Ich hab sein Grab besucht und vergessen, meinen Nacken zu schützen. Ich hab keinen Schal und keine Kapuze getragen. Sie hatten doch gesagt, ich soll mich schützen am Friedhof, aber das hab ich nicht getan, und vielleicht ist ein böser Geist in mich geschlüpft. Der wollte aber vielleicht nicht bloß eine rauchen.«

»Was wollte er dann?«

»Einen Mord begehen.«

Sie blinzelte. Einige Sekunden verstrichen. Zum ersten Mal fühlte sie so etwas wie Angst. »Wollen Sie mir sagen, Sie haben jemanden getötet?«

»Nein.«

Josys Hals wurde trocken. »Ich möchte Sie bitten, jetzt zu gehen.«

»Nein, warten Sie! Ich habe nicht … Sie müssen sich nicht fürchten, es war nur …«

»Ich habe bald den nächsten Termin.« Sie stand auf, er blieb sitzen. Wieder standen Tränen in seinen Augen.

»Herr Richter, bitte …«

»Jaja, ich gehe schon.« Er stand auf, fahrig fuhr er durch sein Haar. »Was … bekommen Sie von mir?«

»70 Euro.«

»70 Euro für diese paar Minuten?« Seine Stimme wurde lauter, sie schrak zurück, doch dann zwang sie sich, ihm die Angst nicht zu zeigen.

»Exakt 70 Euro, für den frühen unangemeldeten Besuch.«

Er schnaubte. »Na schön, aber wissen Sie was? Sie sind Ihr Geld nicht wert. Sie sind wie alle anderen Weiber. Wollen einen nur ausnutzen.«

Sie ließ das Gerede an sich abprallen und streckte ihre Hand aus. Wartend. Zerknirscht legte er einen Fünfziger und einen Zwanziger in ihre Hand, dann verließ er das Haus. Erleichtert atmete Josy auf. Nachdem ihr Klient endlich verschwunden war, ging sie in die Küche und kochte Eier. Für sie war Frühstück die wichtigste Mahlzeit des Tages. Langsam entspannte sie sich und holte die Zeitung aus dem Postkasten.

Wenige Minuten später blätterte sie durch die Seiten, als sie stutzte. Eine Frau war erhängt im Galgenwald Thannhausen gefunden worden. Die Polizei ging von einem Verbrechen aus. Ihr Herzschlag beschleunigte sich, dann ermahnte sie sich, nicht hysterisch zu werden. Ihr Klient hatte diesen Traum schon seit Wochen, warum sollte er … Nein, das war nur ein Zufall! Ganz sicher.

Sie blätterte weiter und aß nebenbei ihre Eier, als sie ein Klopfen zusammenzucken ließ. Vor Schreck ließ sie den kleinen Löffel los. Dumpfes Hämmern. Immer wieder.

Josy nahm all ihren Mut zusammen und näherte sich der Lärmquelle. Sie ortete den Krach im Schlafzimmer. Vorsichtig drückte sie die Tür auf und stieß gleich darauf einen spitzen Schrei aus.

KAPITEL 15 - ELISA

Freitag, 10. November 2023

Kurz vor 11 Uhr vormittags kämpfte Elisa sich aus dem Bett. Ihr Rücken schmerzte, nachdem sie einige Stunden auf dem Küchenboden gelegen hatte. Gegen 7 Uhr morgens war sie zurück ins Bett gekrochen und hatte ewig geweint. Zumindest erschien es ihr wie eine Ewigkeit. Kein Wunder, dass sich zu den Rücken- auch mörderische Kopfschmerzen mischten.

In Zombiemanier taumelte sie ins Badezimmer und erschrak bei ihrem Anblick. Die rot umrandeten Augen waren verquollen, sie bot einen erbärmlichen Anblick. Eiskaltes Wasser landete in ihrem Gesicht, sie putzte ihre Zähne und tauschte den Pyjama gegen einen weiten Pulli und Jeans, das Haar band sie zu einem schlampigen Zopf. Und jetzt?

Gestern Nacht war ihre To-do-Liste im Sekundentakt gewachsen, doch im Augenblick schien ihr Kaffeekochen schon wie eine Herkulesaufgabe. Der Drang, sich auf der Couch zusammenzurollen, wuchs, doch sie widerstand ihm.

Während der Kaffee kochte, öffnete sie die Webseite des *Tagesblick*. Augenblicklich wurde ihr schlecht. Sie berichteten vom Tod ihrer Mutter. Natürlich.

Vermutlich sollte sie ihre Kollegen informieren. Bestimmt ging es in der Redaktion rund, für gewöhnlich schwärmten die Redakteure aus, um Nachbarn zu befragen. Das würde im Fall ihrer Mutter schwierig werden.

Vermutlich begriffen die meisten von Gabis Nachbarn gar nicht, dass es sich bei der Toten um eine Hausbewohnerin handelte. Elisas Mutter hatte viel Wert auf Privatsphäre gelegt. Na gut, der alte, schrullige Mann von der Wohnung gegenüber im selben Stock hatte sich öfter über die häufigen Männerbesuche beklagt. Daran erinnerte sich Elisa noch. Wer wusste allerdings, ob der noch lebte. Immerhin war er damals schon über 80 und gesundheitlich angeschlagen gewesen. Nein, sie konnte sich nicht vorstellen, dass die Nachbarn gute Quellen waren. Vermutlich wussten ihre Kollegen noch nicht mal, wo ihre Mutter gelebt hatte.

Elisas Magen rumorte, sie legte das Handy auf den Küchentisch. Wann hatte sie zuletzt gegessen? Sie wusste es nicht, doch gerade brachte sie keinen Bissen runter. Mit der Kaffeetasse in der Hand setzte sie sich an den Küchentisch, die heutige *Tagesblick*-Printausgabe blieb in der Zeitungsbox. Dafür hatte sie keine Nerven, die Online-Version hatte gereicht.

Ihr Chefredakteur würde einen Exklusivbericht von ihr begrüßen. Wie geht es der Tochter der Erhängten? Was kann sie über die Tote verraten? Nein, dafür würde Elisa sich nicht hergeben.

Gestern hatte sie von familiären Problemen gesprochen und sie würde die Informationen auch nicht vertiefen. Das ging niemanden in der Arbeit was an und schon gar nicht die Leserschaft. Später würde sie vielleicht Ärger dafür bekommen. Oder doch nicht? Sie wusste es nicht. Egal.

Der Kaffee weckte ihre Lebensgeister, und sie griff abermals zu ihrem Handy, um ihre Mails zu checken. Mehrere Einladungen zu Pressekonferenzen, ein Interviewpartner hatte ihr ausständige Fotos für einen Bericht übermittelt, weitere Polizeiaussendungen, einige interne Mails, wie etwa wer in welchem Ressort Tagesverantwortlicher war. Der Hinweis über den verfrühten Andruck des heutigen Tages, die Todesanzeigen und eine Info zum neuen Redaktionssystem. Elisa leitete die Presseeinladungen an die Mail-Adresse der Weiz-

Redaktion weiter, auf die alle Redakteurinnen und Redakteure Zugriff hatten. Dann schrieb sie ihrer Chefin eine kurze Nachricht: »Hey, mir geht's leider noch immer nicht gut, ich melde mich am Sonntag.«

Gleich darauf trudelte eine Antwort ein, die Elisa ignorierte. Für einen Moment hatte sie überlegt, bei der Pressestelle der Polizei über den Fall ihrer Mutter nachzuhaken, doch vermutlich wäre es besser, direkt mit dem LKA-Team zu reden, das ermittelte. Wann meldeten die sich endlich? Mit ihren Geschwistern hatten sie doch auch gesprochen.

Elisa verließ ihren Platz in der Küche, schlüpfte in ihre Jacke und wollte die Wohnung verlassen, als es klingelte.

»Was machst du denn hier?«, begrüßte sie ihren Bruder.

»Ich war bei Mama und hab das hier gefunden.« In seinen Händen hielt Andrei ein braunes Büchlein.

»Was ist das?« Misstrauisch betrachtete sie den in Mitleidenschaft gezogenen Einband.

»Das, meine Liebe, ist vielleicht die Antwort auf unsere Frage.«

»Welche Frage?«

»Hey, bist du zugedröhnt oder so? Sonst brauchst du nicht so lange, um zu schalten.« Eine Furche zeichnete sich auf seiner Stirn ab. »Ist doch glasklar: Wer hat Mama umgebracht?«

KAPITEL 16 – LEON

Freitag, 10. November 2023

Gestresst setzte Leon den Blinker, eigentlich hatte er noch bei der gegenüberliegenden *Jet*-Tankstelle seinen Benzinvorrat auffüllen wollen, doch dafür war keine Zeit. Er hatte verschlafen – mal wieder. Nachts kam er nicht zur Ruhe, sein Hirn gönnte ihm keine Pause, und er wälzte sich unruhig von einer Seite auf die andere. Wenn er dann schlief, suchten ihn die Albträume heim. Schweißgebadet war er um 4 Uhr morgens aufgewacht.

Seit seiner Kindheit verfolgten ihn die Träume, manchmal hatte er sie besser unter Kontrolle, doch derzeit war es besonders schlimm. Er rannte durch den Wald und rief panisch nach seiner Schwester. Wenn er ohne sie zu Hause aufkreuzte, hätte das schlimme Konsequenzen.

Obwohl er derzeit im Auto saß und darauf wartete, dass sich der Schranken öffnete, der zum Parkplatz führte, hörte Leon den Gürtel schnalzen.

Heftig blinzelte er und versuchte, die Bilder zu vertreiben. Höchste Konzentration war bei seinem Job gefragt, da hatte er keine Zeit für Flashbacks. Er stellte seinen Wagen ab und eilte auf den Eingang des steirischen Landeskriminalamts zu, einem mehrstöckigen, lang gezogenen, hellgrauen Gebäudeklotz, dabei unterdrückte er ein Gähnen. Selbst die Kälte schaffte es nicht, ihn vollends wachzukriegen. Wenn er nur abends mal so gut schlafen würde wie vormittags.

Gedankenversunken bahnte er sich seinen Weg in das Büro,

das er sich mit Rick teilte, fand es jedoch leer vor. Stirnrunzelnd sah Leon auf sein Handy, keine Nachricht. Für gewöhnlich hätte Rick sich gemeldet, immerhin war Leon eine halbe Stunde zu spät.

Er beschloss, sich erst mal sein Lebenselixier einzuflößen. Auf dem Weg zum Kaffeeautomaten begegnete er Alex. Wie immer grinste sein Kollege ihn breit an. »Du siehst scheiße aus. Harte Nacht gehabt?«

»Dir auch einen guten Morgen!« Leon rollte die Augen. Eigentlich mochte er Alex – allerdings nicht vor dem ersten Kaffee.

»Welche Laus ist dir denn über die Leber gelaufen?« Ungefragt begleitete Alex ihn. Er war gleich alt wie Leon – 30 – aber damit hörten die Gemeinsamkeiten auch schon auf. Wie Rick entstammte Alex reichem Elternhaus, doch im Gegensatz zu diesem stellte er alles andere als den perfekten Sohn dar. Wo es nur ging, ärgerte er seine Eltern, und soweit Leon wusste, hatten sie nicht sonderlich gut auf Alex' Outing und seine sexuellen Eskapaden reagiert. Alex ließ nichts anbrennen, wie es so schön hieß – das war auch auf der Dienststelle ein offenes Geheimnis. Sein Ruf als männliche Schlampe schien ihn nicht zu stören, ganz im Gegenteil. Bei jeder Gelegenheit flirtete er Leon an. Dem war das im Normalfall egal, immerhin gab Alex ihm damit einen Ego-Boost, doch heute war er nicht in Stimmung.

»Ich bin einfach müde.« Sie hatten den Automaten erreicht, Leon wählte einen Espresso und bemerkte verärgert, seine Hände zitterten noch. Er war nicht der Einzige, dem das auffiel. Alex' Grinsen verschwand und wich einem besorgten Ausdruck. »Bist du okay?«

»Ja, nur schlecht geschlafen. Hast du Rick gesehen?«

»Der ist in Besprechungszimmer eins.«

»Jetzt schon?« Leon exte seinen Espresso.

»Ja. Die Kollegen haben eine Prostituierte zu ihm geschickt, die im gleichen Puff arbeitet wie eure Tote.«

»Warum weiß ich nichts davon?« Ärger breitete sich in ihm aus.

»Keine Ahnung, vermutlich weil du noch nicht da warst. Ist doch nicht so schlimm. Alina und ich kleben auch nicht immer aneinander. Manchmal könnte man glauben, ihr seid ein altes Ehepaar, wo keiner einen Schritt ohne den anderen macht.«

»Offenbar schon.«

»Reg dich ab.« Alex klopfte ihm auf die Schulter. »Ich muss jetzt los. Mein Fall wartet. Man sieht sich.«

»Ja, bis dann.« Leon warf den Becher in den nächsten Mülleimer und machte sich auf den Weg ins Besprechungszimmer. Kurz und kräftig klopfte er, dann trat er ein. Rick gegenüber saß eine Frau, die Leon auf Mitte 30 schätzte. Ihr langes Haar hing lockig über ihre Schultern und reichte bis zur Hüfte, es war zweifellos gefärbt. Das Schwarz wirkte unnatürlich wie auch die Fingernägel, oder eher schon die Krallen, die mit Sternen auf dunkelblauer Farbe verziert waren. Das hübsche Gesicht war mit Make-up zugekleistert, die Lippen schimmerten kirschrot. Sie kam Leon bekannt vor.

»Ah, der Herr Kollege ist auch da.« Rick drehte den Kopf in seine Richtung. »Ich unterhalte mich mit Réka Fodor. Sie arbeitet im *Starship,* und die Kollegen dachten wohl, sie hätte zweckdienliche Hinweise zu unserem Fall und haben sie deswegen an uns weiterverwiesen. Die Daten hab ich bereits aufgenommen, allerdings wollte sie sich nur über einen Kunden beschweren.«

»Nur?« Réka sprang auf, ihre Hände zitterten vor Wut. »Er wollte mich vergewaltigen.«

Rick lachte leise. »Seit wann könnt ihr denn vergewaltigt werden? Immerhin nehmt ihr doch Geld …«

»Rick!«, unterbrach Leon mit scharfem Ton und erntete einen verärgerten Blick.

»Bitte entschuldigen Sie meinen Kollegen, er kann manchmal ein Idiot sein. Bitte nehmen Sie wieder Platz.« Um sie zu ermutigen, setzte Leon sich. Réka zögerte, ließ sich dann aber auch wieder nieder.

»Ich bin Inspektor Leon Esposito.«

»Sie sind der Hübsche, der neulich bei uns nach Gabi gefragt hat.« Réka verschränkte die Arme vor ihrer Brust. Na toll! Das brachte ihm sicher keine Sympathiepunkte ein, immerhin war Gabi ermordet worden.

»Ja, aber das ist nicht Gegenstand dieses Gesprächs. Sie wollten eine Anzeige aufgeben?« Das zu bearbeiten, lag nicht in ihrem Zuständigkeitsbereich, aber wenn sie schon mal hier war …

»Mein Kunde hätte mich fast vergewaltigt. Gerade noch rechtzeitig ist Rudi gekommen und … ich wollte das melden.« Sie hielt keinen Blickkontakt zu Leon.

»Wie heißt Ihr Kunde?«

»Manni.«

»Und weiter?«

Hilflos zuckte Réka die Schultern. »Ich verlange keine vollen Namen. Die meisten Männer wollen anonym bleiben.«

Leon unterdrückte ein Seufzen. »Gut, also ich schätze mal, ›Manni‹ steht für ›Manfred‹.« Wenn das denn sein echter Name ist, dachte Leon.

»Wahrscheinlich.«

»Und was hat er Ihnen getan?«

»Er war betrunken und … dann er hat mich auf Bett geschubst.« Mit jedem Satz wurde der Akzent stärker, vermutlich der Nervosität geschuldet.

»Sie machen das gut.« Leon versuchte, so viel Ruhe und Verständnis auszustrahlen wie möglich. Leider machte Rick seine Bemühungen kaputt, er schnaubte. Leon warf ihm einen wütenden Blick zu. Natürlich hatte Réka das bemerkt. »Ich gehe.« Dieses Mal hatte sie die Tür fast erreicht, doch Leon überholte sie noch rechtzeitig: »Warten Sie! Mein Kollege wird den Raum gleich verlassen, und wir unterhalten uns ungestört weiter, versprochen.«

Zögern in ihren grünblauen Augen, die von aufgeklebten Wimpern umrahmt wurden. »Ihre Kollegin wurde ermordet. Jeder Hinweis zu aggressivem Verhalten Ihrer Kundschaft könnte hilfreich sein. Wissen Sie, ob Manni auch zu Gabi ging?«

»Nein.« Ihre Haltung entspannte sich. »Ich glaube nicht. Meistens ist er zu mir gekommen. Er stand auf Vergewaltigungsspiele, aber diesmal wir haben nichts abgesprochen. Er hat mich auf Bett geschubst und festgehalten und … ich hatte solche Angst.« Sie begann zu weinen. Leon reichte ihr ein Taschentuch und fasste sie dann sanft an der Schulter. »Bitte erzählen Sie mir, was geschehen ist. Mein Kollege holt in der Zwischenzeit einen Kaffee für uns«, ergänzte er mit einem strengen Blick auf Rick.

Eine halbe Stunde später betraten sie ihr Büro, und wie nicht anders zu erwarten, explodierte Rick. »Hast du sie noch alle?«

»Witzig! Dasselbe wollte ich dich fragen!«, schoss Leon zurück.

»Du wirfst mich bei einer Befragung einfach raus?« Rick pfefferte eine Akte auf den Tisch, doch Leon zeigte sich davon unbeeindruckt. Wer mit seinem Vater aufgewachsen war, den erschütterte so schnell nichts.

»Du hast sie eingeschüchtert und nicht ernst genommen.« Er stützte beide Arme auf seinem aufgeräumten Schreibtisch ab. Nichts hasste er mehr als Unordnung. Wenn er Alex' Arbeitsplatz sah, setzte fast Schnappatmung ein. Rick war irgendwas dazwischen und entsprach damit vermutlich einem guten Mittelmaß.

»Sie ist eine Nutte und will vergewaltigt worden sein?« Rick lachte. »Komm schon! Wir haben Wichtigeres zu tun, als …«

»Und warum sollten Prostituierte«, er betonte das letzte Wort extra, »nicht vergewaltigt werden können?«

Rick atmete aus. »Weil sie dafür bezahlt werden?« Er sprach mit Leon, als wäre der ein kleines, dummes Kind.

»Und? Es ist und bleibt eine Dienstleistung, die auch von den Sexarbeiterinnen abgelehnt werden kann. Wenn sie also sagt, sie möchte es nicht, und er gegen ihren Willen …«

»Jaja, schon gut. Ich war nicht einfühlsam genug. Zufrieden?«

»Nein.« Wütend ließ Leon sich in seinen Sessel fallen. »Hör auf, so ein Arsch zu sein! Sie ist kein Mensch zweiter Klasse, nur weil sie nicht mit dem Silberlöffel im Mund geboren wurde.«

»So wie ich, meinst du.« Rick schnaubte. »Das ist … glaubst du ernsthaft, dass ich so denke? Scheiße, fühlst du dich von mir persönlich angegriffen? Du bist kein Stück wie sie, Leon. Du bist Polizist und …«

»Meine Schwester ist anschaffen gegangen.«

Totenstille erfüllte das Büro.

»Das … hab ich nicht gewusst.«

»Jetzt weißt du's.« Leon startete seinen PC. Einige Sekunden herrschte Stille, bis Rick sie kleinlaut brach. »Tut mir leid.«

»Nicht bei mir musst du dich entschuldigen. Bei ihr hättest du das müssen. Sie hat Hilfe gesucht, genau dafür ist die Polizei da. Aber wegen Aktionen wie der von dir gerade kommt sie das nächste Mal vielleicht nicht.«

»Ja, du hast ja recht, Herrgott, ich hab mich doch entschuldigt.«

Leon erwiderte nichts, gab stattdessen sein Passwort ein, woraufhin sein Laptop zum Leben erwachte.

KAPITEL 17

Klirrendes Besteck. Das einzige Geräusch, unterbrochen von
»Reichst du mir bitte mal den Käse?.« Ein gewöhnliches Sonn-
tagsessen im Kreise der Familie. Mama hat aufgetischt, ich
habe keinen Hunger. Lustlos stochere ich im Essen herum.
Bevor der Teller nicht leer ist, darf ich den Tisch nicht verlas-
sen. Eine alte Regel.

Mein Blick streift jenen meines Bruders. Aufmunternd nickt
er auf die duftenden Speisen vor mir. Mama ist eine ausge-
zeichnete Köchin.

»Warum isst du nichts?« Papa greift nach dem Weinglas
und legt den Kopf schief, als säße ein Alien vor ihm. Oft sieht
er mich so an, als fragte er sich, wie ich sein Sohn sein könnte.
Ob ich nicht im Krankenhaus vertauscht wurde. Unwahr-
scheinlich.

»Papa, lass ihn halt.« Mein Verteidiger, mein Bruder, mein
einziger Vertrauter spricht.

Das Weinglas landet schwungvoll am Tisch, rote Flüssig-
keit färbt das Tischtuch. Papa flucht.

»Lass nur, mein Schatz, ich mach das schon.« Mama springt
auf und holt den Lappen, um das kleine Missgeschick zu besei-
tigen.

Immer noch ruhen Papas Augen auf mir. »Was macht die
Schule?«

Länger kann ich dem Druck nicht standhalten, ich starre
auf die gefalteten Hände auf meinem Schoß. Wieder erschei-
nen sie mir wie Fremdkörper.

»Junge! Ich rede mit dir!«

»Franz!« Eine Bewegung aus dem Augenwinkel. Mama greift nach Papas Schulter, um ihn zu beruhigen.

»Was denn? Er ist alt genug! Das kann ja nicht sein, dass er es nicht schafft, Augenkontakt zu halten.«

»Vielleicht solltet ihr noch mal mit ihm zum Arzt.«

Panisch schaue ich meinen Bruder an. Bitte nicht. Nicht schon wieder.

»Pff! Arzt!«

»Wie läuft es denn bei dir in der Schule, mein Schatz?«

Nicht ich bin gemeint, sondern mein Bruder. Ein Versuch meiner Mutter, die angespannte Situation zu entschärfen. Zum Glück beginnt er zu reden. Nur mit halbem Ohr höre ich zu, bevor ich mich vollständig aus der Unterhaltung ausklinke. Etwas anderes hat meine Aufmerksamkeit erregt. Die Muster auf dem Glas verwischen und bilden eine andere Form. Irritiert blinzle ich und sehe weg. Auch das Messer sieht irgendwie anders aus.

»Nimm es!« Diese Stimme. Schon wieder. »Nimm es und ramm es deinem Vater in die Brust!«

Erschrocken springe ich auf und hetze vom Esstisch weg. Durch die Pillen sollte die Stimme gedämpft werden, aber sie ist stärker. Sie kommt zurück. Immer wieder.

»Warum läufst du weg? Du Feigling! Wehr dich! Lass nicht zu, dass er so mit dir redet!«

»Sei still!« In meinem Zimmer angekommen, falle ich aufs Bett und verstecke den Kopf unter dem Kissen. »Hör auf! Hör auf! Hör auf!« Ein Wimmern, wie ein kleines Kind. »Du bist nicht echt.«

»Natürlich bin ich das!«

»Nein! Nein, bist du nicht!«

Ein Klopfen, wahrscheinlich existiert es nur in meinem Kopf, doch dann geht die Tür auf.

»Hey, Alter!«

Die Matratze sinkt ein, mein Bruder liegt dicht neben mir. »Tut mir leid, dass er so ist.«

»Nicht er ist das Problem.« Immer noch habe ich meinen Kopf im Kissen vergraben. »Ich bin es. Etwas stimmt nicht mit mir!«

»Du bist krank.«

»Nein, bist du nicht!« Die Stimme klingt wütend. Amara. Nein, ich werde ihr keinen Namen mehr geben. Sie ist nicht real. Oder doch? Woher soll ich wissen, was echt ist und was nicht?

»Hey!« Eine Hand auf meiner Schulter, ich fahre zusammen.

Irrationale Wut befeuert mich und ich schlage sie weg. Wie ein wildes Tier fauche ich: »FASS MICH NICHT AN!«

»Okay, okay! Sorry!« Er springt auf. »Ich hab nur gedacht...«

»Ich hasse dich!«

Da sind so viele Emotionen im Gesicht meines Bruders, doch ich kann sie nicht lesen. Ich ticke anders als die anderen. Sie verstehen mich nicht, ich verstehe sie nicht. Augenkontakt ist für mich eine Qual, und jetzt fühle ich ... nichts. Glaube ich. Keine Ahnung.

»Warum hat es nicht dich treffen können?« Die Worte verlassen meine Lippen, ehe ich über sie nachgedacht habe.

Schritte. Mein Bruder dreht um, die Tür fällt zu. Der Knall ist so laut. Ohrenbetäubend laut. Mir wird bewusst, ich habe meinen letzten Verbündeten verloren. Schwere befällt mich, die Dunkelheit zieht mich in ihren Schlund. Ich ziehe die Decke über meinen Kopf und wünsche, das alles würde endlich enden. Ich will nicht mehr leben.

KAPITEL 18 - ELISA

Freitag, 10. November 2023

»Sie hat Tagebuch geführt.« Erstaunt blätterte Elisa durch das Büchlein, während Andrei neben ihr auf der Couch hin und her rutschte. Noch nie hatte ihr Bruder still sitzen können.

»Ein Fick-Tagebuch.«

Sie warf ihm einen Seitenblick zu.

»Was denn?« Andrei hob beide Hände in einer entschuldigenden Geste. »Ist doch so.«

Fasziniert und gleichzeitig angewidert las Elisa, wie ihre Mutter »ihre Männer« bewertet hatte. »Sie ist nach Schulnotenprinzip vorgegangen«, sagte sie fassungslos.

»Ja. Schon lustig, oder? Vielleicht sollte ich das auch machen. Was? Spar dir die Giftblicke. Man sollte Spaß an der Arbeit haben und alles mit Humor nehmen.«

Steht auf Deepthroating und Analverkehr, las Elisa stumm.

»Fehlt nur noch die Schwanzlänge, hm?« Andrei klang viel zu amüsiert.

»Wir versuchen, ihren Mörder zu finden.« Elisa blätterte nach hinten, es gab nur wenige leere Seiten in dem Buch. »JR, der Bulle.« Stirnrunzelnd starrte sie auf den letzten Eintrag. »Meinst du, er ist Polizist, oder ist das irgendein Synonym für die Art, wie er sie gevögelt hat?«

»Gute Frage.« Andrei sah ihr über die Schulter. »Aber der Bulle hat sie in der letzten Zeit recht oft besucht. Ganze zehn Mal in einem Monat. Er muss viel Kohle gehabt haben.«

»Wann haben seine Besuche angefangen?«

»Seit Beginn der Aufzeichnungen in dem Büchlein. Er war ihr Stammfreier, und ich würde sagen, er ist unser Hauptverdächtiger.« Mit selbstgefälligem Ausdruck verschränkte Andrei die Arme vor der Brust.

»Du kannst ihn nicht zum Hauptverdächtigen erklären, nur weil er ihr letzter Freier war.« Elisa starrte auf die vertraute Handschrift ihrer Mutter. Sie hatte die Einträge in einer Rumänisch-Deutsch-Mischung verfasst, was die Sache erschwerte. Zwar beherrschte Elisa Rumänisch bruchstückhaft, doch keinesfalls perfekt. Als sie klein war, hatte Gabi in ihrer Muttersprache mit ihren Kindern gesprochen, doch sobald sie Gerry kennengelernt hatte, war das weniger geworden. Elisas Kenntnisse reichten zur Verständigung, doch gerade vulgäres Vokabular hatte sie nicht gelernt.

»Telefonnummern wären hilfreicher gewesen als irgendwelche Sexualpraktiken«, murrte sie.

»Und was hättest du mit denen getan?«, fragte Andrei, während er nervös an den Bändern seines schwarzen Trainingsanzugs zupfte. »Angerufen und gesagt: Entschuldigung, aber haben Sie meine Mutter umgebracht?«

»Natürlich nicht, du Idiot!« Elisa rollte die Augen, manchmal fragte sie sich, wie sie überhaupt verwandt sein konnten. »Ich hätte sie zu einem Treffen überredet und versucht, mehr rauszukriegen. Wenn du einer Person gegenüberstehst, ist es einfacher, sie einzuschätzen.«

»Aha, du hast also keinen ›Gaydar‹, sondern einen ›Murdar‹ eingebaut.« Ihr Bruder lachte laut über seinen eigenen Scherz. Als schwuler Mann behauptete er stets, seinesgleichen mit einem eingebauten Radar zu erkennen – einem Gaydar. »Das klingt gut, oder? Murdar!«

»Kannst du dich bitte zusammenreißen?« An guten Tagen

zählte Geduld schon nicht zu Elisas Stärken. Einen Tag, nachdem sie vom Tod ihrer Mutter erfahren und kaum geschlafen hatte, lag ihre Toleranzgrenze sehr niedrig.

»Schon gut.« Andrei verdrehte die Augen und beugte sich über das Büchlein, dabei berührte er Elisas Schultern. Sie rutschte ein Stück zur Seite und atmete aus. Die Euphorie über Andreis Fund hatte sich verflüchtigt. Es würde ewig dauern, die Identität der Kunden ausfindig zu machen. »Vielleicht kann Gerry uns helfen«, überlegte sie laut.

»Hm, meinst du?«

»Er betreibt den Puff, da werden ihm doch einige der Freier bekannt sein. Du könntest ihn fragen.«

Andrei zog die Augenbrauen hoch. »Warum ich?«

»Weil du sein Sohn bist.«

»Er hat nie einen Unterschied zwischen uns gemacht. Er sieht dich als seine Tochter. Also, was meinst du? Die verlorene Tochter kommt nach Hause.«

Elisa schnaubte und verließ die Couch, um in die Küche zu wandern. Dort schenkte sie Mineralwasser in ihr leeres Glas. »Nach Hause? In den Puff.«

»Ich hab im übertragenen Sinn gesprochen, das weißt du.« Wie ein Gummiball sprang Andrei auf, Elisa beneidete ihn um seine Energien. »Vielleicht solltest du wirklich anfangen, so ein Tagebuch zu führen. Aber bitte mit Telefonnummern und echten Namen.«

»Mich bringt keiner um.«

»Du bist viel gefährdeter als Mama. Sogar ich war schon mehrmals kurz davor, dir den Hals umzudrehen, weil du so eine Nervensäge bist.«

Er lachte und umarmte sie. »Oh, ich hab dich auch lieb, Schwesterherz.« Sie pflückte seine Arme von sich und wollte etwas erwidern, als die Türglocke sie unterbrach.

»Erwartest du Besuch?«, fragte Andrei.

»Eigentlich nicht, wobei … vielleicht lässt sich die Polizei mal blicken.« Während sie sprach, marschierte sie zur Tür und öffnete. Zwei Unbekannte standen vor ihr und maßen sie mit ernstem Blick. Beide wirkten noch recht jung, in Elisas Alter, vielleicht etwas älter.

»Frau Avram?« Der hübschere der beiden meldete sich zu Wort, er erinnerte Elisa an einen Südländer.

»Ja?«

»Ich bin Inspektor Leon Esposito, mein Kollege Inspektor Schantl. Wir sind vom LKA und würden uns gern mit Ihnen über Ihre Mutter unterhalten.«

Elisa schluckte. Zwar hatte sie die Ermittler bereits erwartet, doch ihnen jetzt gegenüberzustehen, versetzte sie aus irgendeinem Grund in Nervosität. »Ja, sicher. Kommen Sie rein.«

Sie folgten ihr ins Wohnzimmer, wo Andrei saß.

»Ah, Herr Avram«, sagte Esposito.

Ihr Bruder nickte den Polizisten zu. »So schnell sieht man sich wieder. Wissen Sie schon, wer unsere Mutter umgebracht hat?«

»Leider noch nicht, aber wir ermitteln.«

»Darf ich Ihnen was zu trinken anbieten?«, fragte Elisa, was die beiden verneinten.

»Was haben Sie denn da für ein Büchlein?« Neugierig näherte sich Esposito Andrei und dem Tagebuch.

Die beiden Geschwister tauschten zögernde Blicke. Elisa war nicht bereit, das Büchlein aufzugeben. Zuvor wollte sie eine Kopie davon machen. Sie hätte die Seiten sofort fotografieren sollen und schalt sich eine Idiotin.

»Einige Aufzeichnungen meiner Mutter«, meinte Andrei.

»Darf ich mal sehen?« Esposito streckte die Hand erwartungsvoll aus.

»Ah … wollen Sie nicht zuerst meine Schwester nach dem

Verhältnis zu unserer Mutter fragen und wo sie war und diesen Scheiß.«

Eine Augenbraue wanderte in die Höhe. Elisa musste sich eingestehen, das Gesicht des Polizisten war attraktiv. Sofort ärgerte sie sich über den Gedanken, der völlig fehl am Platz war.

»Mich würde interessieren, was Ihre Mutter notiert hat«, beharrte Esposito.

Andrei entkam ein Seufzen, dann setzte er sein flirtendes Grinsen auf und meinte: »Einem heißen Cop kann ich keinen Wunsch abschlagen.«

»Dein Ernst?« Elisa könnte ihren Bruder für diesen unpassenden Kommentar erwürgen, der Polizist jedoch ging nicht darauf ein und betrachtete stattdessen das Tagebuch. »Können wir das behalten?«

»Ich würde zuerst gern Fotos machen«, warf Elisa ein, während der Ermittler durch das Tagebuch blätterte. Sein Kollege schaute ihm über die Schulter. »Haben Sie eine Ahnung, wer hinter diesen Pseudonymen steckt?« Esposito sah Elisa und Andrei fragend an.

»Nein, aber vielleicht würde mir was auffallen, wenn ich mir das Buch näher anschauen kann. Andrei hat es gerade erst gefunden und hergebracht.«

»Wo haben Sie es gefunden?«

»Bei meiner Mutter.« Andrei verschränkte die Arme.

Ein leises Seufzen, dann entschied Esposito: »Schön, machen Sie Fotos. Falls Ihnen was einfällt zu der Identität der Herrschaften, geben Sie bitte gleich Bescheid.«

Artig nickten Elisa und Andrei.

»Wie war das Verhältnis zwischen Ihnen und Ihrer Mutter?«, wollte der Inspektor als Nächstes von Elisa wissen, während sie die Seiten fotografierte.

»Nicht gut.«

»Warum nicht?«, meldete sich Schantl das erste Mal zu Wort.

»Es gab ein paar Meinungsverschiedenheiten.«

»Worüber?«, hakte der Polizist mit Haarausfall nach.

»Euer Ernst?« Andrei schlenderte auf sie zu. »Elisa wird Mama kaum umgebracht haben.«

»Sie halten sich jetzt bitte raus, Herr Avram, sonst müssen wir Sie bitten zu gehen.« Espositos Tonfall klang kompromisslos.

»Ich war mit ihrem Job nicht einverstanden. Ich hätte es lieber gesehen, wenn sie etwas Normales gearbeitet hätte. Das hat immer wieder zu Spannungen geführt. Unter anderem.«

»Sexarbeit ist normal. Im Übrigen zählt das zum ältesten Gewerbe der Welt. Es gab Nutten, bevor es Journalistinnen gab.« Elisa warf ihrem Bruder einen Giftblick zu.

Mit einer hochgezogenen Augenbraue sah Esposito zwischen Elisa und Andrei hin und her.

»Wie lange hatten Sie keinen Kontakt zueinander?«

»An Weihnachten wären es zwei Jahre.« Sie legte eine kleine Pause ein. »Ich war zu hart zu ihr. Das tut mir jetzt leid. Ich hoffe wirklich, ihr findet denjenigen, der ihr das angetan hat. Habt ihr schon eine Spur?«

»Wir ermitteln auf Hochtouren.« Espositos Blick bohrte sich in ihren. »Sie haben zwei Jahre nicht mit Ihrer Mutter gesprochen, weil Sie als Prostituierte arbeitete?« Elisa gefiel Espositos anklagender Tonfall nicht.

»Nein, es hat einige Meinungsverschiedenheiten gegeben. Meine Mutter arbeitet immerhin schon ihr ganzes Leben lang als Sexarbeiterin, da hätte ich schon viel länger nicht mit ihr reden dürfen.«

»Die da wären?«

Elisa atmete aus und straffte ihre Schultern. »Ich hab es

unverantwortlich gefunden, dass sie Kunden bei sich zu Hause empfängt. Manchmal hat sie sich auch mit fragwürdigen Kerlen getroffen. Einer hat sie geschlagen. Damit war ich nicht einverstanden, aber sie wollte nicht auf mich hören. Sie meinte, ich bevormunde sie, dabei hab ich mir nur Sorgen gemacht, und am Ende haben wir gestritten.« Elisa fiel es schwer, ruhig sitzen zu bleiben, als sie mit weiteren Fragen bombardiert wurde. Als Redakteurin war es für gewöhnlich sie, die fragte, doch die Polizisten schwiegen sich über die bisherigen Ermittlungen aus.

Dafür wollten sie von Elisa wissen, wo sie in der Todesnacht gewesen war. Als hätte sie ihre eigene Mutter getötet! Auch über den Galgenwald quetschten sie Elisa aus, denn immerhin arbeitete sie in der Nähe.

»Haben Sie eine Ahnung, warum Ihre Mutter ausgerechnet dorthin gebracht wurde?«, fragte Esposito.

»Keine Ahnung.« Elisa unterdrückte ein Seufzen.

»Sie arbeiten nicht weit vom Galgenwald entfernt, richtig?«

»Ja, aber ich hab dem Mörder ganz sicher keinen Tipp gegeben, sie dort aufzuhängen.« Ihr Tonfall war bissiger als geplant. »Tut mir leid, ich hab nicht sonderlich viel geschlafen und …« Auf einmal stiegen ihr wieder Tränen in die Augen, heftig blinzelte sie. Espositos Blick wurde weicher. »Das verstehe ich. Es sind Routinefragen, die wir Ihnen stellen müssen.«

Als die Ermittler endlich die Wohnung verließen, fühlte sich Elisa wie ein ausgewrungener Schwamm.

»Bist du okay?« Mitfühlend legte Andrei ihr einen Arm um die Schulter.

»Haben sie dich auch so ausgequetscht?«

»Sie machen nur ihren Job.«

»Hm.« Ihr Handy vibrierte auf dem Couchtisch, und sie zog es zu sich heran. Mist, den hatte sie völlig vergessen.

»Wer ist das?« Neugierig lugte Andrei auf das Display. »Uh, *Tinder*! Ich hab gar nicht gewusst, dass du dich da rumtreibst.«

»Tu ich normalerweise auch nicht.«

»Mhm.«

»Nein, ehrlich, es ist nur … ich hätte eigentlich ein Date gehabt, aber wegen Mamas Tod hab ich völlig darauf vergessen und nicht abgesagt.«

»Zeig mal her den Kerl.« Andrei langte nach dem Handy.

»Nein, hör auf!«

»Komm schon!« Bei seinem Dackelblick rollte Elisa die Augen, klickte aber auf das Profil des Kerls und hielt Andrei das Display hin. Sie erwartete ein Grinsen und einen dämlichen Kommentar, doch stattdessen weiteten sich seine Augen in Unglauben.

»Was?«

»Mit ihm wolltest du dich treffen?«

»Ja, warum? Was ist das Problem?«

»Weißt du nicht, wer das ist?«

KAPITEL 19 - JOSY

Freitag, 10. November 2023

Josy verstummte, langsam beruhigte sie sich. Nur ein Ast.
Ein dämlicher Ast, der gegen die Scheibe ihres Schlafzimmer-
fensters klopfte. Ein Lachen entkam ihr. Sie beschäftigte sich
eindeutig zu viel mit Geistern und Übernatürlichem. Dazu
der seltsame Besuch heute Morgen ... Erleichtert trat sie zum
Fenster, sie musste endlich mal diesen Kirschbaum zurecht-
stutzen. Den Baum hatte ihr Großvater gepflanzt, dieser hatte
Josy auch das Häuschen vererbt. Möge er in Frieden ruhen!

Leider hatte das Alter Spuren hinterlassen, viele Äste des
Baumes waren längst morsch, er war krank, und vermutlich
wäre es am besten, nicht nur die Äste abzuschneiden, sondern den ganzen Baum zu fällen. Die Unwetter wurden dank
des Klimawandels immer heftiger. Sie wollte sich nicht aus-
malen, was wäre, wenn ein Sturm den Baum umriss und er
auf ihr Haus stürzte. Wehmütig starrte sie auf den Kirschbaum, mit dem sie so viele Kindheitserinnerungen verband,
als sie es sah!

Josys Herz begann abermals schneller zu schlagen. Spielten ihre Augen ihr einen Streich? Nein, eindeutig baumelte
da ein Strick an der Stelle, wo ihr Opa damals eine Schaukel
für sie aufgehängt hatte. Sie blinzelte. Irgendjemand hatte
aus dem Ast einen provisorischen Galgen gemacht. Wann
war das passiert? Und wieso war es ihr nicht eher aufgefallen?

Mit zittrigen Händen griff sie nach ihrem Handy, das sie
in der Hosentasche verwahrte. Diesen Vorfall musste sie der

Polizei melden. Das war doch eindeutig eine Drohung! Doch wer wollte ihr Angst machen?

Ein Klingeln ließ sie zusammenschrecken, fast hätte sie das Handy fallen gelassen. Einen Fluch ausstoßend rannte sie zur Tür und öffnete einem großen, breitschultrigen gut aussehenden Mann mit grauem Haar. Sofort verfluchte Josy sich, sie hätte sich mehr zurechtmachen sollen. Wie eine Vogelscheuche stand sie da, ungeschminkt, in ihren alten Sachen.

»Ja? Wie kann ich Ihnen helfen?« Sie versuchte, wenigstens ihrer Stimme einen rauen, verführerischen Klang zu verleihen.

»Sind Sie die Wahrsagerin?«

»Ich bevorzuge den Ausdruck ›Medium‹, aber ja, das wäre ich. Und Sie sind?«

»Gerry.«

Sie runzelte die Stirn. »Haben Sie einen Termin – Gerry?«

»Nein, ich platze tatsächlich unangemeldet hier rein, aber ich hab gehofft, Sie haben ein paar Minuten für mich?«

Sie zögerte. Noch nie war sie ein Fan von Überraschungen gewesen, und nach dem heutigen Morgen schon gar nicht.

»Bitte. Es geht um eine gute Freundin von mir. Gabi Avram. Sie hat erzählt, dass Sie immer mal wieder bei Ihnen Rat gesucht hat.«

Aha, also mal wieder ein neugieriger Ex. Josy verschränkte die Arme vor der Brust und lehnte sich gegen den Türrahmen. Das Windspiel klimperte über ihrem Kopf, es hing direkt neben einem Traumfänger. Sie tat alles Mögliche, um böse Geister abzuschirmen. Leider lagen die Probleme meist im irdischen Leben, nicht im Jenseits.

»Ich darf keine Auskunft über meine …«

»Sie ist tot. Ermordet worden.«

Josy riss die Augen auf, automatisch sah sie rüber zu dem Kirschbaum, an dessen Ast der Galgen baumelte. Gerry folgte ihrem Blick. »Ja, den hab ich auch schon bemerkt. Ich bezweifle, dass Ihnen diese Deko so gut gefällt, wobei vielleicht ist das noch ein Überbleibsel von Halloween?«

»Nein.« Josy hasste, wie piepsig ihre Stimme klang.

»Darf ich reinkommen?«

Sie zögerte.

»Sie brauchen keine Angst vor mir haben.«

Tja, das würde ein Mörder auch sagen. Aber warum sollte der Kerl ihr etwas tun?

»Ich möchte wirklich nur herausfinden, was mit Gabi geschehen ist.«

»Also gut.« Widerwillig trat sie zur Seite. »Hereinspaziert!«

KAPITEL 20 - ELISA

Fassungslos legte Elisa das Handy beiseite. Soeben hatte sie *Tik-Tok* geschlossen, nachdem sie sich mehr als nur ein fragwürdiges Video von ihrem *Fast-Tinder*-Date angesehen hatte. Da hatte sie sich einiges erspart. Andrei hatte ihr das Profil von Flo Portugal gezeigt, einem selbstverliebten Kerl, der offenbar Frauen verachtete und am liebsten die 50er-Jahre zurückgeholt hätte.

Frauen haben sich Männern zu unterwerfen. Die Familiensituation war früher viel besser, denn Mütter haben nicht gearbeitet, und die Väter haben sich um das Finanzielle gekümmert. Wie wird man zu einem echten Mann?

Solchen Content verbreitete Flo zwischen Fitness- und Ernährungstipps. Immer wieder teilte er Videos von anderen Influencern und gab seinen Senf dazu. Beispielsweise von einem Kerl, der Frauen mit einem Auto verglich, das wertlos wurde, je mehr gefahrene Kilometer und Vorbesitzer es hat. Fahrer jedoch würden erfahrener und besser werden, je mehr Kilometer sie zurückgelegt hatten.

Angewidert schüttelte Elisa sich. Was lief nur falsch mit den Menschen? Allein die Tatsache, dass hier die Frau mal wieder als Objekt dargestellt wurde, war so typisch für dieses Gedankengut.

Die Krönung? Der Typ hatte ernsthaft ein Buch geschrieben, das nächste Woche erschien. Auf seiner Webseite erfuhr sie, es gab auch Promotion-Termine in Weiz, dem Bezirk, für den sie verantwortlich war.

Die Entwicklung bereitete ihr große Sorgen, doch sie beschloss, genug Zeit für diesen Idioten geopfert zu haben. Immerhin wollte sie herausfinden, wer ihre Mutter auf dem Gewissen hatte. Das Gespräch mit den Polizisten war nicht sehr ergiebig gewesen, doch der Leichenfundort gab ihr zu denken. Der Thannhausener Galgenwald. Das musste doch etwas bedeuten.

Sie holte ihren Laptop und machte es sich damit auf ihrer Couch bequem. Die Polizisten wie auch Andrei waren vor einer ganzen Weile gegangen. Am Abend würde Elisa dem *Starship* und Gerry einen Besuch abstatten. Sie hatte versucht, ihn telefonisch zu erreichen, doch er war nicht rangegangen. In seinem Klub würde sie ihn gewiss antreffen. Doch bis dahin wollte sie sich über den mysteriösen Ort informieren.

Die Berg- und Naturwacht veranstaltete immer wieder mystische Wanderungen rund um den Galgenwald, zuletzt in Zusammenarbeit mit einer heimischen Autorin, las Elisa aus einem Zeitungsbericht. Von 1678 bis 1778 wurden laut diesem Artikel mindestens 18 Todesurteile im Galgenwald vollstreckt, teilweise sollten auch Unschuldige getötet worden sein. Die Todesurteile wurden im nahegelegenen Schloss Thannhausen ausgesprochen, das bis zum Jahr 1848 Sitz des Landesgerichts war.

Elisa klickte sich durch die Bilder, die die Überreste des Galgens zeigten. Drei Steinsäulen, umringt von hohen Bäumen, verbunden durch Holzbalken. Die alte Hinrichtungsstätte befand sich auf einem Hügel auf der Einöd. Elisa kannte den Ort, vor einigen Jahren hatte sie ihn besucht. Als Fan von Mystik und *True Crime* zog es sie immer wieder an *Lost Places*, aber eben auch an Orte wie den Galgenwald, von dem es im Bezirk Weiz neben jenem in Thannhausen auch einen in Birkfeld gab.

Die Vorstellung, ihre Mutter sollte an einem dieser Holzbalken gebaumelt sein, bescherte Elisa Übelkeit. Wer hatte ihr das nur angetan? Und warum?

Sie klickte sich durch sämtliche Webseiten und las, wer dort zum Tode verurteilt worden war. Unter anderem eine Kindsmörderin aus Albersdorf bei Sankt Ruprecht an der Raab, die am 17. März 1776 verhaftet und am 16. September hingerichtet worden war. Allerdings nicht durch Erhängen, sondern durch das Abschlagen des Kopfes und der rechten Hand. Ihr Leichnam wurde in eine Grube unter den Galgen gelegt und mit einem Pfahl durchbohrt. Kopf und Hand wurden zur Abschreckung ausgestellt, das verriet eine Tafel, die neben dem Galgen angebracht war.

Zum Glück waren diese Zeiten vorüber. Elisa hatte genug gelesen und schloss den Internetbrowser. Kopfschmerzen quälten sie, aus der Küche holte sie Schmerztabletten, die sie mit einem Schluck Mineralwasser hinunterspülte. Und jetzt? Klüger war sie durch ihre Recherche nicht. Was hatte die alte Hinrichtungsstätte mit ihrer Mutter zu tun?

Ein verrückter Kunde? Elisa nahm abermals ihr Handy in die Hand und zoomte näher an die Handschrift ihrer Mutter heran. Die Polizisten hatten ihr erlaubt, Fotos von dem Tagebuch ihrer Mutter zu machen. Vielleicht würde ihr ja etwas einfallen. Elisa bezweifelte dies. Sie hatte noch nicht mal Gabi richtig gekannt, geschweige denn deren Kunden. Antworten würde sie vielleicht im Bordell finden.

Ungeduldig sah sie auf die Uhr. Am liebsten wäre sie gleich losgefahren, doch Gerry traf immer erst später ein, und seine aktuelle Adresse kannte sie nicht. Sie hätte Andrei danach fragen sollen. Ein Gespräch im Wohnzimmer ihres Ziehvaters wäre angenehmer gewesen als im Puff, gleichzeitig zog es Elisa ins *Starship*, auch wenn sie als Frau dort nicht gern gesehen war. Egal, als Gerrys Fast-Tochter besaß sie bestimmt so etwas wie einen VIP-Status. Vielleicht würde sie etwas Verdächtiges finden.

Bei diesen Gedanken entkam ihr ein leises Schnauben. Wollte sie ernsthaft Detektivin spielen? Was befähigte sie, den Tod ihrer Mutter aufzuklären? Aber sie konnte nicht herumsitzen und nichts tun.

Elisa wischte sich durch die Fotos, als sie bei einem Namen innehielt. »Josy«. Seit wann bediente ihre Mutter Frauen? Noch dazu um diese Uhrzeit? Sie hatte diese Josy immer am frühen Nachmittag getroffen. Fieberhaft überlegte Elisa, ob ihre Mutter mal eine Freundin mit diesem Namen erwähnt hatte. Sie glaubte nicht. Warum nur hatte Gabi keine Adressen oder Telefonnummern hinterlassen oder zumindest Nachnamen?

Frustriert stand Elisa auf und tigerte durch die Wohnung. Da kam ihr eine Idee. Warum hatte sie nicht gleich an ihre Schwester gedacht? Marina hatte am meisten Kontakt zu ihrer Mutter gepflegt, vielleicht wusste sie, wer Josy war.

20 Minuten später parkte Elisa ihren alten Ford vor einem schmucken Zweifamilienhaus. Die linke Doppelhaushälfte bewohnte Marina mit ihrem Mann und ihren beiden Kindern. Matteo war vier und Cassandra gerade mal ein Jahr alt, weswegen Marina noch in Karenz war. Wenn Elisas Schwester also nicht gerade einkaufte oder andere Erledigungen tätigte, standen die Chancen gut, sie anzutreffen. Ein weißer Zaun trennte den kleinen Garten von der Straße, Marina lebte mit ihrer Familie in einem Grazer Vorort in Gössendorf, in einer kleinen Siedlung.

Nervosität befiel Elisa. Seit Ewigkeiten war sie nicht mit ihrer Schwester allein gewesen, vielleicht lockerten die Kinder die Stimmung etwas auf. Zu der Aufregung verspürte sie auch Scham. Obwohl sie die Tante der beiden war, kannte sie ihre Nichte und ihren Neffen nicht. Vielleicht sollte sie das ändern. Sofern Marina es zuließ.

Elisa öffnete das Gartentor und trat auf die Haustür zu. Ein *Bobby Car* lehnte an der Hausmauer, ansonsten suchte sie vergeblich nach Spielzeug. Alles war blitzblank aufgeräumt, Herbstanemonen wuchsen in einem Blumentrog. Idylle. Diese wurde zerstört, je näher Elisa dem Fenster kam. Gebrüll dröhnte aus dem Haus. Eine männliche Stimme: »Ich hab gesagt, du sollst das wegräumen, und jetzt haben wir den Salat!«

»Es tut mir leid, ich hab doch nur …«

»Sei still! Ich muss jetzt los.« Die Tür ging auf, und Elisa sah sich ihrem wütenden Schwager gegenüber. Es dauerte einige Sekunden, bis Simon die Situation erfasste. Ein falsches Lächeln auf seinen Lippen. »Elisa! Was für eine Überraschung!«

Darauf kannst du wetten, dachte sie.

»Hallo, Simon. Komme ich ungelegen?«

Er warf einen Blick über seine Schulter, dann sagte er übertrieben freundlich: »Du bist Familie, die stört niemals. Ich muss nur leider los – Nachtdienst.« Simon arbeitete als Psychiater im Krankenhaus. »Marina und die Kinder sind aber drin, also … viel Spaß euch. Und mein herzliches Beileid zum Tod deiner Mutter.«

»Danke.« Die Worte klangen falsch, immerhin hatte Simon ihre Mutter gewiss öfter gesehen als Elisa. »Das … wünsche ich dir auch.«

»Danke.« Sein Lächeln wurde weicher und ein Stück ehrlicher.

»Elisa?« Marina erschien im Vorraum, sie sah verweint aus, ihre Schultern waren eingesunken.

»Hey. Darf ich rein?«

»Ja klar, es ist nur gerade etwas unaufgeräumt, aber … ich hab vergessen, das Geschirr vom Tisch zu räumen, seit Mamas Tod stehe ich etwas neben mir. Dann ist Matteo mit seinem Auto gegen den Tisch gekracht, und ein paar Teller sind auf den Boden gefallen, und jetzt hatten wir Scherben, und bei kleinen Kindern ... die sind so schnell.« Nervös kratzte Marina sich über den Unterarm.

»Das kann passieren, Schatz«, sagte Simon nachsichtig, doch es wirkte unehrlich auf Elisa. Sie dachte an das Gebrüll. Klar, in Familien ging es nicht immer harmonisch zu, wer wüsste das besser als sie selbst? Leider hatte sie ihren Schwager noch nie leiden können, auch wenn er ihr gegenüber stets höflich aufgetreten war. Übertrieben höflich, das war das Problem. Es wirkte wie ein Schauspiel auf sie.

»Kann ich dir irgendwie helfen?«, bot Elisa an.

»Nein, nein, schon gut. Komm rein.«

»Bis morgen, Schatz!«, sagte Simon.

»Ja, ich hoffe, du hast einen ruhigen Dienst.«

Er verließ die Veranda und steuerte seinen Wagen an, in der Zwischenzeit streifte Elisa ihre Schuhe ab und hängte die Jacke an die Garderobe. Alles hier drin war blitzeblank, keine Schuhe standen im Vorraum herum, die Spiegel glänzten trotz der beiden Kleinkinder im Haus. Elisa bewunderte ihre Schwester, wie schaffte Marina das nur?

»Willst du was trinken?«

»Ein Glas Wasser, bitte.«

Ein kleines Mädchen torkelte auf sie zu, in dem unsicheren Gang von Einjährigen. »Hey, Cassandra!« Elisa ging in die Knie. Zuletzt hatte sie ihre Nichte als Neugeborenes gesehen. Ihr großer Bruder war da schon etwas vertrauter, doch auch er hatte sich verändert. Neugierig musterte Matteo sie.

»Geht was spielen, Kinder!« Marina klang müde.

»Sie sind richtig groß geworden.«

»Ja, zum Glück!«

»Geht es dir gut?« Elisa musterte Marina besorgt.

»Mama ist ermordet worden, natürlich geht es mir nicht

gut. Und die Kinder sind anstrengend, aber ...« Marina atmete tief ein und aus, »ich bin dankbar für sie, es ist nur ...«

Elisa wartete ab, doch ihre Schwester beendete den Satz nicht.

»Setz dich!«, wies Marina sie stattdessen an.

Auch im Esszimmer und im restlichen Haus suchte Elisa vergeblich nach einem Staubkorn. »Du hast die Scherben aber schnell aufgeräumt.«

»Tja, man muss nur dahinter sein, dann geht das alles. Was führt dich zu mir?« Marina zupfte an den Ärmeln ihres weiten Pullovers.

»Warum bist du so nervös?«

»Ist das nicht offensichtlich? Wir reden normalerweise kaum miteinander und jetzt ...«

»Ich wollte mich entschuldigen.«

»Entschuldigen?« Eine tiefe Furche bildete sich auf Marinas Stirn.

»Ja. Ich hab nachgedacht und ... vermutlich hab ich tatsächlich zu schnell geurteilt. Über Mama und ... über dich.«

»Weil ich eine Hausfrau und Mutter sein will?«

»Das war nie das Problem, Marina. Jede Frau sollte selbst entscheiden, wie sie ihr Leben führen möchte. Und wenn es dich erfüllt, zu Hause bei der Familie zu sein, dann freut mich das für dich.«

»Aber? Denn es kommt doch gleich ein Aber.« Marina verschränkte die Arme, dabei rutschte ein Ärmel nach unten und offenbarte einen lila verfärbten Unterarm.

»Was hast du da gemacht?« Schockiert starrte Elisa auf die Blutergüsse.

»Nichts.« Hastig zog Marina den Stoff wieder hinauf.

»War das Simon?« Wütend stand Elisa auf.

»Nein, würdest du dich bitte wieder setzen? Matteo! Lass das!« Marina sprang auf und rannte zu den Kindern ins Wohnzimmer. Besorgt blickte Elisa ihr hinterher. Nie hatte sie ein gutes Gefühl bei Simon gehabt, aber dass er seine Frau schlug?

»Marina, bitte rede mit mir!« In sanftem Tonfall sprach Elisa mit ihrer Schwester, als diese zurück ins Esszimmer kam.

»Ich wüsste nicht, worüber. In meiner Ehe läuft alles gut. Simon ist ein toller Mann. Ein angesehener Arzt, der viel verdient, ein guter Vater …«

Zweifelnd sah Elisa sie an.

»Hör auf damit!«, fauchte Marina.

»Womit?«

»Mit diesem Blick. Es geht mir gut. Ich bin gern Hausfrau und Mutter!«

»Ich verurteile dich nicht dafür.«

»Nein, aber meinen Mann. Er zwingt mich nicht dazu. Ich bin glücklich, wie es ist.«

Elisa unterdrückte ein Seufzen und beschloss, die Sache fürs Erste auf sich beruhen zu lassen. So kam sie ohnehin nicht weiter. Zeit, den wahren Grund für ihren Besuch anzusprechen. »Kennst du eine Josy?«

Bildete Elisa es sich ein oder wurde Marina etwas blasser um die Nase?

»Warum fragst du mich das?«

»Weil Mama sich mit ihr getroffen hat. In dem Tagebuch, in dem sie ihre Kunden eintrug, war Josy der einzige weibliche Name.«

»Das … muss ein Missverständnis sein.«

Elisa runzelte die Stirn. »Ich kann lesen, Marina. Es steht da drin. Schwarz auf weiß.«

»Josy ist … sie ist eine Wahrsagerin.«

»Warum sollte Mama zu einer Wahrsagerin gehen?«

»Das frage ich mich auch.«

»Ich verstehe nicht …«

»Nicht sie war bei Josy.«

Elisa wollte widersprechen, doch Marina ließ sie nicht zu Wort kommen: »Ich war dort.«

Elisas Mund klappte auf. »Warum zur Hölle …?«

»Ich rechtfertige mich nicht vor dir. Und ich gehe auch nicht mehr zu Josy. Simon war ohnehin nicht einverstanden damit, also …«

»Was wolltest du von einer Wahrsagerin?«

»Unwichtig.«

»Marina, rede mit mir!«

»Das geht dich nichts an.« Ihre Schwester stand auf, sie räumte Elisas halb volles Glas weg. »Ich muss die Kinder baden, gleich ist ihre Schlafenszeit.«

»Ich verurteile dich nicht. Ich will einfach nur verstehen …«

»Es ist nicht deine Sache!« Marinas Tonfall war kalt. »Josy hat Mama ganz bestimmt nicht umgebracht, und alles andere ist unwichtig. Danke für deinen Besuch, Elisa, aber es ist spät.«

Hörbar atmete Elisa aus, ehe sie sich erhob. »Keine Sorge, ich gehe schon. Aber … falls du Hilfe brauchst, Marina …«

»Ja, klar, dann hilfst du mir.« Sie lachte auf. Es tat weh.

»Ich war vielleicht nicht die beste Schwester, aber …«

»Du kümmerst dich immer nur um dich, Elisa! Das war immer schon so. Deine Karriere, deine Befindlichkeiten. Du warst die Arme, die Tochter der Hure, dabei hast du vergessen, es ging uns allen gleich. Aber bei dir war natürlich immer alles schlimmer. Denn du warst ja die Schlaueste, die was aus sich machen wollte, und als du dann an dieser blöden Fachhochschule angenommen worden bist, hast du dich sowieso nur noch für uns geschämt.«

»Das stimmt nicht.«

»Lüg mich nicht an. Ich hab deinen Blick gesehen, als ich dir Simon vorgestellt hab. Du hast dir gedacht: Wie hat sie den nur abbekommen!«

»Das ist nicht wahr! Das hab ich mir nicht gedacht.« Elisa machte einen Schritt auf Marina zu. »Er war einfach so herrisch, und ich hatte das Gefühl, er bestimmt alles und du hast fast nichts zu melden und …«

»Ich mag es aber so.« Marinas Stimme wurde kalt. »Ich hab eine bahnbrechende Info für dich, Elisa: Nicht jede Frau ist eine Emanze, und nicht jede glaubt, Karriere ist das Wichtigste auf der Welt.«

»Das glaube ich nicht.«

»Ach nein?«

»Ich … Scheiße, warum streiten wir eigentlich schon wieder?« Elisa schüttelte den Kopf. »Ich wollte mich mit dir versöhnen, meine Nichte und meinen Neffen besser kennenlernen, aber …«

»Ja, weil du jetzt sentimental bist, weil Mama gestorben ist. In ein paar Wochen sieht die Situation schon wieder anders aus. Du magst Kinder doch nicht mal.«

»Nur, weil ich selbst keine will, heißt das nicht …«

»Ich muss jetzt wirklich, Elisa. Es ist spät, und die Kinder gehören ins Bett.«

»Okay, schön.« Die Wut kehrte zurück, sie konnte sie nicht länger im Zaum halten. Bestimmt hatte Marina recht und es war besser, sie ging, bevor sie etwas Falsches sagte. »Dann wünsche ich noch eine gute Nacht! Ciao, Kinder!« Mit diesen Worten verließ sie das Haus ihrer Schwester.

KAPITEL 21 - FLO

Freitag, 10. November 2023

Der Whiskey brannte Flos Kehle herunter, während eine heiße Brünette ihren Hintern an seinem Schritt rieb. Seine Kumpels grölten anerkennend, als er die freie Hand auf ihren freiliegenden Po drückte. Die Stripperin trug schwarze Dessous inklusive Strapse. Flos Hose wurde eng, als sie auf seinem Schoß herumturnte.

Emma wusste nichts von seinem kleinen Ausflug ins *Starship*. Die Besuche in dem Bordell hatte Flo reduziert, seit er Emma kannte, doch hin und wieder brauchte er sie für den Stressabbau. Sein Kopf fühlte sich leicht an, der Alkohol benebelte seine Gedanken, und er vergaß den Druck, unter dem er stand. Nur noch wenige Tage bis zur Buchpräsentation. Wäre sein erster Roman ein Erfolg? Oder ein Flop?

Die Brüste in seinem Gesicht lenkten ihn ab. Er drückte sie und erntete ein Lächeln. Ja, die Stripperin war wirklich scharf.

»Wie viel, damit ich dich bumsen kann?«

»Sorry, Süßer, aber ich tanze nur. Die Mädels an der Bar würden sich aber bestimmt über einen heißen Kerl wie dich freuen.« Sie zwinkerte.

»Jede Braut freut sich über mich.«

Sie verließ seinen Schoß und wandte sich einem von Flos Kumpels zu, um den Lapdance dort fortzuführen. Seufzend stand Flo auf und rückte seine Hose zurecht. Na, dann würde er mal schauen, welche Angebote es an der Bar gab. Abgesehen vom Alkohol.

Eine Blondine mit riesigen Titten saß neben einer Schwarzhaarigen, die Flo mehr zusagte. »Hey, Ladies!«

»Hallo, mein Hübscher!«, schnurrte die Schwarzhaarige, während sie ihren Vorbau zur Schau stellte.

»Ich würde … dich gern vögeln.« Ein leichtes Lallen verließ seine Lippen. Scheiße, hoffentlich kriegte er ihn noch hoch. Er hatte es mit dem Trinken übertrieben. Morgen könnte er sich wieder was von Emma anhören. Seit wann dachte er eigentlich so oft an seine Freundin? Irgendwas hatte die Kleine mit ihm gemacht.

»Du bist direkt. Das mag ich.« Ein leichter Akzent klang bei der Schwarzhaarigen durch. Egal. Er war nicht hier, um zu reden.

»Wie viel nimmst du?«

»Kommt drauf an, was du willst.« Während sie sprach, wurde ihre Körperhaltung angespannter, und sie sah über ihn hinweg. Warum das? Er sollte ihr Mittelpunkt sein. Flo drehte den Kopf. Zwei junge Kerle steuerten selbstbewusst auf ihn zu.

Der hübschere der beide begann zu sprechen. »Frau Fodor? Wir würden uns gern noch mal mit Ihnen unterhalten.«

»Ich arbeite.«

Ein Seitenblick traf Flo.

»Es wird nicht lange dauern.«

»Was wolln die 'n von dir?«, nuschelte er.

»Mich über meine tote Kollegin ausquetschen, glaube ich mal.«

»Deine …«

»Das sind Bullen …«

Eine Synapse in seinem Hirn brannte durch. Ohne nachzudenken, rannte Flo los.

KAPITEL 22 – LEON

Freitag, 10. November 2023

»Verfluchte …« Leon redete nicht weiter, sondern nahm die Verfolgung auf. Weit kam Rékas Freier nicht, noch nicht mal den Hauptraum hatte er verlassen, da stoppte Leon ihn. »Was soll das? Warum rennen Sie weg?«

»Lassen Sie mich los! Das is Polisseig…gewalt!«, stieß er aus.

Leon lockerte seinen Griff um den Oberarm. »Ich wende keine Gewalt an, aber verraten Sie mir, warum Sie abhauen?« Der Gang, der unter anderem zu Gerald Kolitschs Büro führte, war nur wenige Meter entfernt, hier war die nervige Musik etwas erträglicher. Leon hatte nie Gefallen an diesem dröhnenden Bass gefunden, der seine Kopfschmerzen verschlimmerte.

»Weil … ich brauch gute P…Publicity für mein B…Buch.«

»Ihr Buch?«

»Leon! Der ist total fett.« Mit einem angewiderten Gesichtsausdruck näherte sich Rick, doch als er den Bordellbesucher genauer in Augenschein nahm, veränderte sich dieser. »Shit! Ich glaub's ja nicht!«

»Was?« Verwirrt sah Leon von seinem Kollegen zu dem besoffenen Kerl und wieder zurück.

»Das ist der Influencer. Flo Portugal.«

»Scht! Nicht so laut!« Flo legte einen Finger auf seine Lippen und sah sich um, als hätte hier drin irgendwer Augen für ihn. Manchmal bereute Leon seine Entscheidung, Polizist geworden zu sein. Die Betrunkenen, mit denen sie immer wieder zu tun hatten, erinnerten ihn an seine Kindheit. Im Streifendienst war es richtig schlimm gewesen, beim LKA hatten sich die Arbeitsbedingungen etwas gebessert, doch Fakt blieb: Polizisten hatten meist mit den unteren Gesellschaftsschichten zu tun.

»Und deswegen hauen Sie ab?« Genervt machte Leon einen Schritt nach hinten und stieß fast mit Réka zusammen. Anscheinend wollte die Prostituierte ihren potenziellen Freier nicht so schnell abschreiben. Wenn der heute noch in der Lage war zu bumsen, fraß Leon einen Besenstiel.

»Ich … hab ein Buch geschrieben.«

»Das ist schön für Sie.« Leon schüttelte den Kopf, während Rick den Betrunkenen weiterhin fasziniert anstarrte.

»Bist du ernsthaft ein Fan von dem?«, rutschte Leon raus.

»Ich schau mir hin und wieder seine Videos auf *TikTok* an«, gab Rick zu.

»Ehrlich?« Ein dämliches Grinsen auf den Lippen des Betrunkenen.

»Wie auch immer. Kennen Sie eine Gabi Avram?«

»Gabi wer?«

»Eine Prostituierte, die bis vor Kurzem hier gearbeitet hat.«

»Ähm … nein, ich glaube nicht.«

Leon wollte eine weitere Frage stellen, doch etwas lenkte ihn ab. Tumult im Eingangsbereich. »Nachdem du ja so ein großer Fan von ihm bist, sei so gut und unterhalte dich mit ihm, ja?« Leon wartete Ricks Nicken ab, dann machte er sich auf in Richtung Eingang. Der tätowierte Türsteher schien ziemlich genervt zu sein – wie war noch mal sein Name gewesen? Rudi.

»Was ist hier los?«

Der Schrank von einem Mann wich einen Schritt zur Seite und gab den Blick frei auf eine hübsche, zierliche Frau. Leon kannte sie. »Was machen Sie denn hier?«

KAPITEL 23 - ELISA

Freitag, 10. November 2023

Elisa starrte in diese dunkelbraunen, fast schwarzen Augen. Für einen Moment fehlten ihr die Worte. Der Kerl war echt hübsch. Der Polizist. Leon Esposito, das war sein Name gewesen. Sogleich ärgerte sie sich über sich selbst. Sie war eine erwachsene Frau, kein Schulmädchen. Nur weil ihr ein hübscher Mann gegenüberstand, sollte sie nicht sprachlos werden. Noch dazu, wenn er versuchte, den Tod ihrer Mutter aufzuklären. Ihre Reaktion war unpassend.

Sie räusperte sich. »Ich wollte mit Gerry sprechen. Aber er will mich nicht reinlassen.«

»Frauen sind hier nicht erlaubt.«

»Ziemlich diskriminierend, aber keine Sorge, ich bin keine eifersüchtige Ehefrau, die eine Szene macht.«

»Das haben schon mehrere behauptet.« Der Türsteher klang gelangweilt. Elisa bezweifelte, dass hier viele Frauen aufschlugen.

»Sie ist die Ziehtochter von Ihrem Boss, also wenn ich Sie wäre, würde ich Sie reinlassen.« Zum zweiten Mal innerhalb weniger Minuten überraschte Leon sie. Warum sie ihn gedanklich beim Vornamen nannte, wusste Elisa nicht recht. Vielleicht, weil sie über ein schlechtes Namensgedächtnis verfügte. Keine gute Eigenheit, vor allem in ihrem Job, doch wer täglich mit so vielen Menschen zu tun hatte, die man meist nur für ein Interview traf, konnte sie vielleicht verstehen.

»Ziehtochter«, echote Rudi.

»Ja, sag ich doch schon die längste Zeit.« Elisa schlang die Arme um ihren Körper, langsam wurde es kalt. Zwei Typen drängten sich an ihnen vorbei, der Türsteher hinderte sie nicht daran.

»Ich kann ihre Identität bestätigen.«

Zweifelnd wandte der Hüne seinen Blick von Elisa ab und betrachtete Leon.

»Schön, von mir aus!«

»Danke!«, wisperte Elisa, ehe sie eintauchte in diese Welt voll Sex und Lärm. Überwältigt blieb sie im Eingangsbereich stehen und starrte einen Moment lang die halb nackten Kellnerinnen an, die Wein, Bier und Cocktails auf eleganten Tabletts zu den Gästen brachten. Die Decke – oder wie Gerry es bezeichnen würde »der Sternenhimmel« – funkelte. Frauen tanzten an Polestangen oder räkelten sich bei Lapdances in den Lounges, während einige Prostituierte versuchten, die Männer mit in die *Spielzimmer* zu nehmen. Elisa kannte all das, doch es war eine Weile her, seit sie es live gesehen hatte. Frauen waren hier nicht erwünscht, sie war die einzige anwesende, die nicht arbeitete.

»Hey, Süße! Bist du nicht ein bisschen zu viel angezogen?« Ein betrunkener Mittfünfziger grinste sie an und wollte ihr an die Jacke fassen. Eilig trat Elisa einen Schritt zurück und krachte gegen eine menschliche Wand. Sie fuhr herum. Leon lächelte sie an. »Hoppla!«

Ein unpassendes Kribbeln in ihrem Magen.

Hastig ging sie zur Seite, der Betrunkene folgte ihr.

»Ich arbeite nicht hier.«

Dieser Satz löste Gelächter aus.

»Kommen Sie!« Beschützend legte Leon seine große Hand auf ihre Schulter und führte sie damit durch den Raum. Unzählige Eindrücke prasselten auf Elisa ein. Sie hatten beinahe die Hälfte durchquert, da löste sie sich von seinem Griff und meinte: »Das ist das Lokal meines Stiefvaters. Ich finde mich schon allein zurecht.«

»Entschuldigung, ich wollte Ihnen nicht zu nahetreten.« Sofort ließ Leon von ihr ab. »Ich dachte nur, da wir denselben Weg haben …«

Der Lärm bereitete Elisa Mühe, seine Worte zu verstehen. Sein hübsches Gesicht wurde in unterschiedliche Farben getaucht, denn der Lichttechniker spielte mit den Scheinwerfer-Effekten.

»Sie wollen zu Gerry?«

»Ja.« Leon sah sich um und winkte jemandem, wenig später kam der zweite Polizist zu ihnen. Der mit Haarausfall. Elisa hatte den Namen vergessen.

»Was macht sie denn hier?« Seine Frage richtete sich an Leon.

»Sie will zu ihrem Stiefvater.«

Stirnrunzeln. »Was wollen Sie von ihm?«

»Mit ihm über Mama reden.«

»Dann müssen Sie ein bisschen warten.« Die Aussage klang endgültig, doch Elisas Neugierde war entfacht.

»Sie haben doch schon mit Gerry gesprochen. Warum sind Sie wieder hier?«

»Wir sprechen nicht über laufende Ermittlungen, tut mir leid.«

»Sie wollen mit ihm über Mamas Tagebuch reden, oder?« Elisa riet ins Blaue, doch die Reaktion der Ermittler zeigte ihr, sie behielt recht. Ehe sie hätten antworten können, sprach sie weiter: »Darüber wollte ich auch mit ihm sprechen. Vielleicht könnten wir also gemeinsam …«

»Nein.« Dieses eine Wort kam schneidend scharf aus Leons Mund. Der Beschützer von eben war verschwunden. In etwas milderem Tonfall ergänzte er. »Es ist verständlich, dass Sie herausfinden wollen, was mit Ihrer Mutter geschehen ist, aber wir können keine Familienangehörigen an Befragungen teilnehmen lassen.«

»Vielleicht weiß ich etwas. Und Andrei war doch auch bei meiner Befragung dabei.«

»Trinken Sie in der Zwischenzeit was an der Bar«, riet Schantl – so war sein Name! – ihr.

Ein Blick in die Gesichter verriet ihr, sie würde nicht weiterkommen. Na gut, dann musste Gerry ihr eben nachher von dem Gespräch erzählen. Nickend wandte Elisa sich ab, während die Polizisten sich in Richtung Büro aufmachten.

Und jetzt? Die Nervosität befiel sie erneut. So lange lag ihr letztes Gespräch mit Gerry zurück. Wie würde er auf sie reagieren? Es gefiel Elisa nicht, jetzt noch Zeit hier totschlagen zu müssen. Sie steuerte die Bar an.

»Hast du dich verirrt?«, fragte die vollbusige Kellnerin.

»Nein, ich bin Gerrys Stieftochter. Gabi war meine Mutter.«

»Oh.« Die Feindseligkeit schwand. »Tut mir leid. Was darf ich dir bringen?« Die Blondine sprach akzentfrei.

»Einen Hugo, bitte.«

»Kommt sofort.« Sie wandte sich ab, Elisas Blick streifte ihren Hintern, der in einem glitzernden Tanga steckte. Schnell sah sie wieder weg und zog ihren Mantel aus. Hier drin war es viel zu heiß, sie hätte ihn an der Garderobe abgeben sollen, aber beim Betreten des Puffs war sie der Meinung gewesen, direkt in Gerrys Büro zu gehen. Was besprachen die Polizisten gerade mit ihm? Würde Gerry ihnen mehr verraten als Elisa? Wusste er überhaupt etwas?

»Hier bitte!«

»Danke!« Elisa bezahlte das Getränk, da ließ sich eine Schwarzhaarige neben ihr auf einen Barhocker sinken.

»Hallo! Was machst du denn hier?« Sie besaß einen Akzent, wenn auch einen schwachen.

»Sie ist Gabis Tochter«, antwortete die Blondine.

»Ist nicht wahr!« Die rot umrandeten vollen Lippen öffneten sich in Erstaunen. »Mein herzliches Beileid.«

»Danke.« Elisa zwang sich zu einem schwachen Lächeln. »Habt ihr Gabi gut gekannt?«

Die Blondine zuckte die Schultern. »Wie eine Kollegin halt. Réka etwas besser, sie arbeitet schon ziemlich lange hier.«

Réka war dann wohl die Schwarzhaarige. »Ich hab nicht so viel mit Gabi geredet«, meinte diese sogleich.

»Habt ihr etwas von ihren Kunden mitgekriegt? Waren da auffällige Kerle dabei?«

Ein kehliges Lachen folgte auf ihre Frage, dann meinte Réka: »Ach Süße! Hier ist vieles auffällig. Und nur weil jemand ist auffällig, es nicht heißt, er ist Mörder. Gefährlich sind meist die Ruhigen. Tiffany war mal grün und blau, weil ein Buchhalter sie hat verdroschen.«

»Oh ja!« Der Blick der Blondine verdüsterte sich. »Ich hab ihn angezeigt. Leider nehmen die Bullen einen oft nicht ernst. Es wird besser, aber … gegen unseren Job haben sie immer wieder Vorbehalte. Vor allem, wenn ich als Österreicherin hinkomme, ernte ich schiefe Blicke. Sie denken, jede wird zur Prostitution gezwungen, und versteh mich nicht falsch, es kommt vor, viele werden das. Und das ist furchtbar. Aber Gerry ist nicht so. Er ist ein Guter.«

Das zu hören, beruhigte Elisa. Gleichzeitig fühlte sie sich wieder schlecht aufgrund der abwertenden Worte, die sie an ihre Mutter gerichtet hatte.

»Warum stehst du hinter der Bar, wenn du doch eigentlich Prostituierte bist?«

»Die Kellnerin ist krank, ich helfe nur aus«, antwortete Tiffany.

»Verstehe.«

Mit halbem Ohr lauschte Elisa dem Geplänkel zwischen

Réka und Tiffany, bis erstere mit einem Kunden verschwand und zweitere weiter ihrem Job als Barkeeperin nachging. Mehrere Kerle sprachen Elisa an, sie fühlte sich zusehends unwohler und war erleichtert, als die beiden Polizisten zu ihr kamen.

»Sie können jetzt zu ihm.« Leons Worte.

»Hat er Ihnen was Hilfreiches gesagt?«

»Das können Sie ihn am besten gleich selbst fragen.«

Sie seufzte leise, stand dann aber auf und machte sich auf den Weg.

»Was für eine Überraschung!« Mit ausgebreiteten Armen trat Gerry auf sie zu. »Darf ich?«

»Klar.« Die Tür stand noch offen, da drückte er sie fest. »Du zerquetschst mich.« Sie lachte.

»Entschuldige. Es ist nur … ich hab dich so lange nicht gesehen. Gut siehst du aus, also … etwas erschöpft, aber …« Er redete nicht weiter, das musste er nicht. Elisa schloss die Tür und sah sich in Gerrys Büro um.

»Darf ich dir einen Drink anbieten?«

»Eine Cola, bitte.«

»Nicht mehr?«

»Nein, ich hab gerade einen Hugo an der Bar gehabt.«

»Den hast du wohl hoffentlich nicht bezahlt?«

»Natürlich hab ich bezahlt.«

»In meinem Haus geht für dich alles aufs Haus.«

Elisa lächelte. »Danke, Gerry, aber das ist nicht nötig.«

Er reichte ihr die Coladose und ein Glas, ehe sie sich setzten.

»Wie geht es dir?« Gerry faltete die Hände auf seinem Schreibtisch und sah sie neugierig an.

»Nicht so gut. Ich will wissen, wer Mama das angetan hat.«

»Ja, das wollen wir alle.« Ein tiefes Seufzen.

»Die Polizisten haben mit dir vermutlich über Mamas Tagebuch gesprochen, oder? In dem sie ihre Kunden notiert hat.«

»Ganz genau.«

»Hast du eine Ahnung, wer hinter den Pseudonymen steckt?«

Nachdenklich musterte er sie.

»Gerry!«, stieß Elisa ungeduldig aus.

»Bei ein paar Herren hab ich das tatsächlich, ja.«

»Das ist gut.« Aufregung breitete sich in ihr aus, und sie zog ihren Block aus der Tasche, den sie immer bei sich hatte. Er war vollgeschrieben mit Infos von Interviews und Pressekonferenzen.

»Elisa, ich hab den Polizisten gerade alles gesagt.«

»Dann wiederhole es eben.« Sie versuchte, ihre Ungeduld zu verbergen.

»Nein.«

Entgeistert ließ sie den kleinen Block sinken. »Wie bitte?«

»Du bist ihre Tochter, du solltest nicht ermitteln. Du solltest das den Profis überlassen. Ich hab außerdem kein gutes Gefühl, wenn du bei ihren Kunden aufschlägst. Es reicht, wenn die Bullen das tun.«

»Du hast kein gutes Gefühl, weil du dir Sorgen um meine Sicherheit oder um deine Integrität machst?« Wütend sah sie ihn an.

»Elisa, sie war deine Mutter. Du solltest um sie trauern und das Begräbnis organisieren, wenn sie den Leichnam irgendwann freigeben. Du solltest dich um deine Geschwister kümmern, aber …«

»Ich bin es ihr schuldig, ihren Mörder zu finden.« Während sie sprach, war sie aufgesprungen.

»Nein, das bist du nicht. Das ist der Job der Polizei.« Gerrys Ruhe machte sie noch wütender. »Sie ist weg, Mäuschen. Du kannst sie nicht zurückbringen.«

»Aber ich kann ihr Gerechtigkeit verschaffen.«

»Sie hat dir längst verziehen.«

Tränen bildeten sich in ihren Augen, und sie schluckte. »Das weißt du nicht! Und ich weiß es auch nicht. Ich werde es nie erfahren.«

»Sie war deine Mama, natürlich hat sie dir verziehen. Sie hat dich geliebt. Euch alle. Sie wollte nur das Beste für euch.«

Tränen liefen über Elisas Wangen, sie ärgerte sich über sich selbst.

»Hey, Mäuschen.« Gerry stand auf, umrundete den Schreibtisch und zog sie in seinen Arm. Sie ließ es zu.

»Ich war furchtbar zu ihr«, quetschte Elisa hervor. »Ich hab mich für sie geschämt, dabei hatte ich keine Ahnung, wie es für sie war. Und jetzt kann ich mich nie mehr ausspre-chen mit ihr. Ich hab sie so lange nicht gesehen und … ich war nicht mal mehr richtig wütend, aber ich war einfach so beschäftigt. Meine Karriere war mir wichtiger, und jetzt ist sie tot.« Sie brach in Tränen aus.

»Scht! Ist ja gut!« Eine Weile hielt er sie fest, bis sie sich beruhigt hatte. Elisa wollte etwas sagen, als es an der Tür klopfte. »Ja?«

Tiffany streckte ihren Kopf rein. »Gerry? Kannst du bitte mal kurz kommen?«

»Ich bin gleich wieder da, okay?«

»Ja, sicher.« Mit dem Handrücken wischte Elisa die Tränen fort. Gerry verließ das Büro, und sie atmete tief durch. So ein Gefühlsausbruch sah ihr nicht ähnlich, aber im Moment befand sie sich in einer Ausnahmesituation, und Gerry hatte sie stets wie seine Tochter behandelt. Vielleicht sollte sie zu ihm wieder regelmäßiger Kontakt halten. Sogar seine Mädels hier hatten bestätigt, er behandelte sie gut. Wenigstens zu ihm könnte sie wieder ein gutes Verhältnis aufbauen. Während Elisa diesen Vorsatz fasste, sah sie sich in seinem Büro um.

Sein Schreibtisch ähnelte ihrem in seiner Unordnung, was ihr ein schwaches Schmunzeln entlockte. Gerry war so altmodisch und besaß noch einen Stehkalender. Elisas Blick streifte über die handgeschriebenen Einträge. Bei einem Namen blieb er hängen. Ihr Herzschlag beschleunigte sich. »Josy.« Der gleiche Name wie in Mamas Tagebuch. Die Wahrsagerin, zu der angeblich Marina gegangen war. Was hatte Gerry mit ihr zu schaffen?

KAPITEL 24

Leblose Augen starren mich an. Traum oder Realität?

Wahnvorstellungen. Unter denen leide ich, sagt der Arzt. Alle glauben, ich bin verrückt. Sie denken, ich sehe Dinge, die nicht existieren.

Vermutlich zählt die Tote zu diesen Dingen.

Warum sollte sie hier herumliegen? Mitten im Wald? In der Nacht.

Mutter würde ausflippen, wenn sie wüsste, dass ich mich hier herumtreibe. Die Natur zog mich immer schon an. Ihre Ruhe beruhigt mich. Der Alltag ist so laut, so viele Eindrücke, die ich nicht verarbeiten kann, so viele Stimmen. Ich liebe den Wald. Meine Großeltern besitzen ein Haus, nicht weit von hier. Als Kinder haben mein Bruder und ich zahlreiche Wochenenden hier verbracht, tagsüber gingen wir mit Opa und seinem Hund im Wald spazieren. Es sind friedliche Erinnerungen. Von einem Galgenwald.

Die alte Hinrichtungsstätte hat mich in der Kindheit nie gestört. Erst mit den Stimmen wurde sie gruselig. Dennoch zieht es mich hierher. Wie in einem Horrorfilm erscheint das Setting und dazu noch die Leiche zu meinen Füßen. Sie ist immer noch nicht verschwunden.

Neugierig gehe ich in die Knie und betrachte ihr Gesicht. Oh nein! Ich kenne sie. Das ist Verena. Die Freundin meines Bruders. Aber was macht sie hier? Ihr Hals ist blau.

»Raini!«

Wieder eine Stimme. Dieses Mal ist es nicht Amara. Sie schweigt heute.

»Raini, was machst du hier?« Atemlos hält mein Bruder neben mir. In seiner Hand eine Leiter.

»Sie ist tot.«

Die Kiefer meines Bruders mahlen. »Ja.«

»Was tust du mit der Leiter?«

»Wir müssen sie aufhängen.«

»Aber …?«

»Die Stimme hat es befohlen.«

Verwirrt sehe ich ihn an. »Seit wann redet Amara mit dir?«

Nervös sieht er sich um, ich kenne das Gefühl. Die Paranoia. »Paranoide Schizophrenie«, damit wurde ich diagnostiziert. Die Ärzte verstehen nicht, dass die Bedrohung real ist. Sie wollen mich mit Medikamenten vollpumpen.

»Raini, wir haben keine Zeit dafür. Komm schon! Hilf mir!«

»Aber … sollten wir nicht die Polizei rufen?«

»Nein!«

»Warum …«

»Weil sie dich einsperren werden.«

»Mich?« Ich verstehe nicht. Mein Blick wandert von meinem Bruder zum toten Mädchen.

»Du hast sie hier raufgetragen, weißt du nicht mehr?«

Habe ich das?

»Du hast sie getötet.«

Es ist wie ein Schlag ins Gesicht. Hat er recht? Oder lügt er? Immer wieder habe ich geträumt, jemanden zu töten. Allerdings war es meist Mama, nicht Verena. Doch Amaras Befehle wurden lauter. Ich denke an das Messer, mit dem ich beim Sonntagsessen meine Eltern verletzen wollte.

»Zwangsgedanken«, so nennt es der Psychiater.

Habe ich wirklich jemanden getötet? Ein junges Mädchen umgebracht?

»Raini! Konzentriere dich! Hier!« Er hält mir die Leiter hin. »Stell die auf! Wir müssen uns beeilen.«

Alarmiert schaue ich auf den Strick in seiner Hand.

»Das alles ist ein Spiel, okay? Wir müssen schnell sein, denn die Zeit läuft.«

Ich verstehe nicht. Seine Hände zittern, er sieht hektisch aus.

»Was ...«, setze ich an, doch er lässt mich nicht ausreden.

»Wenn sie gleich hängt, dann glauben alle, sie war das selbst. Und du musst nicht ins Gefängnis. Ich beschütze dich, okay? Also beweg dich endlich!«

KAPITEL 25 - EMMA

Samstag, 11. November 2023

Ein Poltern riss Emma aus dem Schlaf. 4 Uhr morgens. Die Wohnungstür fiel geräuschvoll ins Schloss, gleich darauf ertönten trampelnde Schritte. Ein Indiz, wie besoffen Flo war. Seufzend drehte Emma sich auf die Seite. Wenn er so drauf war, stellte sie sich besser schlafend. Schon in nüchternem Zustand zählte Flo nicht zu den umgänglichsten Menschen, angetrunken war er eine mittlere Katastrophe.

WUMM.

Die Schlafzimmertür glitt auf, und gleich darauf sank die Matratze neben ihr ein. Der Alkohol trat Flo aus allen Poren und vermischte sich mit Zigarettengestank. Und da war noch etwas anderes. Emma blähte ihre Nasenflügel auf. Ein süßlicher Duft. Damenparfum?

»Bist du wach, Baby?«

Mist! Sie hatte sich wohl verraten.

»Emma?« Er beugte sich über sie, ihre Lider flatterten. Bemerkte er, sie war wach, stritten sie gewiss. Zum Glück ließ er nach wenigen Sekunden von ihr ab und rutschte zurück auf seine Seite. Ein Schnaufen verließ seinen Mund, nur wenige Minuten später schnarchte Flo. Erleichtert atmete Emma auf, erst jetzt wurde ihr klar, sie hatte sich die ganze Zeit nicht gerührt und war steif wie ein Brett dagelegen.

Einige Zeit verstrich, in der sie sich unruhig hin und her wälzte, ehe sie das Bett verließ und ins Badezimmer ging. Seine Kleidung hatte Flo achtlos über die Badewanne geworfen. Emma nahm sein Hemd in die Hand und roch daran. Eindeutig! Damenparfum. Sie besah das Kleidungsstück und hielt inne, als sie auf dem hellblauen Kragen Reste eines roten Lippenstifts ausmachte.

Ihr Verdacht bestätigte sich. Flo betrog sie. Wie lange schon?

Emma hätte gedacht, die Gewissheit würde sie treffen wie ein Kübel Eiswasser, doch in ihrem Inneren war es seltsam ruhig. Sie starrte das Hemd an, dieser sichtbar gewordene Beweis für das Ende ihrer Beziehung. So konnte sie nicht mehr weitermachen. Flo behandelte sie die vergangenen Monate wie den letzten Dreck, und sie hatte es sich gefallen lassen.

Die Worte ihrer Mutter kamen ihr in den Sinn: »Ich glaube nicht, dass er gut für dich ist, Emmi.« Ähnlich hätte es Emmas beste Freundin formuliert. Ehemals beste Freundin. Der Kontakt zu Natascha war abgebrochen – wegen Flo. Von Anfang an hatten die beiden einander nicht leiden können.

»Er sperrt dich ein, siehst du das nicht?«

Damals hatte Emma diese Formulierung als übertrieben empfunden. Sie wollte doch selbst Zeit mit ihrem Freund verbringen. Klar, etwas seltsam war es, dass Flo immer und überall dabei sein wollte. Er durfte mit seinen Kumpels allein weggehen, doch wenn Emma einen Mädelsabend haben wollte, spielte er die Eifersuchtskarte aus. Sie hatte es nicht wahrhaben wollen, die rosarote Brille hatte sie über seine Macken hinwegsehen lassen. Jetzt sah sie auf einmal glasklar, als hätte dieses Hemd ihr die Brille vom Gesicht gefetzt.

Ich muss gehen.

Morgen. Nein, heute. Warum bis zum Tagesanbruch warten? Sie würde ihr Zeug zusammenpacken und zurück nach Hause gehen. Die Tür ihrer Mutter stand ihr immer offen, das hatte diese mehrmals versichert. Und danach würde Emma

Natascha anrufen und sich entschuldigen. Hoffen, sie könnte die Freundschaft noch retten.

Flo war Geschichte. Alles, was ihn derzeit interessierte, waren sein blödes Buch und seine Follower. Sollte er sich doch eine neue Freundin suchen. Bestimmt standen die Mädels Schlange und ließen sich von ihm blenden so wie sie einst.

Sollte sie auf *Insta* vor ihm warnen? Nein, dann könnte er sie verklagen. Oder?

Sie wusste es nicht. Vielleicht könnte Natascha ihr einen Rat geben. Doch fürs Erste musste sie weg. Flo schlief wie ein Stein, sie könnte jetzt das Wichtigste zusammenpacken und morgen Vormittag, wenn er unterwegs war, den Rest holen.

Entschlossen betrat sie das Schlafzimmer und öffnete die Schranktür. In ihre Sporttasche stopfte sie ein paar Jeans, T-Shirts, Pullover, Unterwäsche und Socken. So leise wie möglich schloss sie den Reißverschluss und wollte das Zimmer verlassen, doch als sie sich umdrehte, stand Flo auf einmal vor ihr.

»Wo willst du denn hin?« Seinen Kopf neigte er zur Seite, immer noch war sein Blick glasig vom Alkohol.

»Mama hat mich angerufen. Es geht ihr nicht gut und …«

»Und warum packst du dein Gewand ein?«

»Ich …« Ihr fielen keine plausiblen Lügen mehr ein.

»Leg das zurück in den Schrank.« Leise und drohend sprach er die Worte aus.

»Flo, komm schon, ich …« Sie verstummte, als seine flache Hand auf ihre Wange klatschte. Die Sporttasche rutschte zu Boden. Tränen bildeten sich in ihren Augen. Nicht aufgrund des Schmerzes, sie spürte ihn kaum. »Du hast mich betrogen.«

»Blödsinn!«

»Ich hab ihr Parfum gerochen, du riechst immer noch nach ihr. Und auf deinem Hemd ist ihr Lippenstift.«

»Spionierst du mir hinterher?« Seine Sprache klang immer noch etwas verwaschen. Sie sollte still sein, in diesem Zustand mit ihm zu diskutieren, brachte nichts.

»Flo, lass mich gehen.«

»Nein. Du legst dich jetzt zu mir ins Bett.« Er drängte sie nach hinten, bis ihre Oberschenkel an die Matratze stießen. Verzweifelt versuchte sie, sich von ihm zu lösen, da gab er ihr einen Stoß, und sie verlor das Gleichgewicht. Luft entwich ihren Lungen, als sie auf die Matratze fiel, gleich darauf plumpste er wie totes Gewicht auf ihren Körper und begrub sie unter sich. Eine Horrorsekunde lang dachte sie, er würde mit ihr schlafen wollten, doch er regte sich nicht mehr. Emma wartete. Wenn er wieder einschlief, könnte sie abhauen. Doch sobald sie sich bewegte, machte er sich schwer auf ihr. Das würde eine lange Nacht werden …

Irgendwann schlief sie doch ein. Sonnenstrahlen weckten sie. Flo lag immer noch auf ihr, es war unbequem und alles tat weh. Sie wollte abrücken, da öffnete er seine Augen.

»Guten Morgen, Baby!« Früher hatte sie seine raue Stimme am Morgen sexy empfunden, jetzt verabscheute sie nicht nur sie, sondern Flo als Ganzes.

»Geh runter von mir.«

Tatsächlich rückte er ab. »Was ist los?« Ahnungslos und unschuldig musterte er sie.

Spielte er ein Spiel? Oder konnte er sich wirklich nicht mehr erinnern? »Du hast mich geschlagen!«

»Was?« Er lachte, ließ sich von ihrem anklagenden Blick nicht beeindrucken. »Das hast du geträumt.«

Wütend verließ sie das Bett.

»Emma!«

»Nein!« Ihr Blick streifte die Sporttasche. Da lag der Beweis. Flo konnte sie nicht mehr manipulieren. Wieder eines der Dinge, die sie an ihm hasste. Er stellte sie hin wie eine Irre, verdrehte alles, und am Ende war sie diejenige, die an ihrem eigenen Verstand zweifelte. Aber die Tasche zeigte: Sie war nicht verrückt.

»Es ist aus zwischen uns.«

»Was? Warum?« Er sprang auf und taumelte.

»Du hast mich betrogen.«

»Wie kommst du denn auf so was?«

»Ich weiß es.« Sie bückte sich, schnappte die Tasche und wollte das Zimmer verlassen, doch er war schneller und stellte sich ihr in den Weg. »Lass mich gehen!« Ihre Stimme zitterte.

»Nein.«

»Ich bin nicht deine Geisel.«

Er schnaubte. »Du drehst gerade völlig durch! Lass uns doch wie zwei Erwachsene reden. Du benimmst dich wie ein kleines Kind.«

»Ich will nicht mehr reden. Ich will dich nicht mehr sehen.«

Grob packte er sie an den Oberarmen. »Du denkst nicht klar.«

»Ich …«, setzte sie an, doch er ließ sie nicht zu Wort kommen.

»Du wirst es bereuen, wenn du jetzt gehst. Du wirst nie mehr so einen Mann wie mich finden. Wer sollte dich wollen? Du bist dumm und unsicher. Ohne mich wärst du nur eine armselige Friseurin. Ich hab dir all deine Follower beschert, ich hab dir geholfen, dich und dein Leben zu perfektionieren. Du warst mollig und verzweifelt, als du mich kennengelernt hast, aber ich hab dir eine Chance gegeben.«

Tränen liefen über ihre Wangen.

»Nicht mal dein eigener Vater wollte dich, also …«

»Hör auf!«

»Nein, du hörst auf! Du reißt dich jetzt gefälligst zusammen. Es dauert nicht mal mehr eine Woche bis zu meinem

Buch-Release, da kann ich eine Trennung nicht gebrauchen. Du bleibst offiziell noch mindestens drei Monate meine Freundin. Danach kannst du tun, was du willst.«

»Du spinnst doch! Glaubst du ernsthaft, irgendwen juckt es ...« Sie verstummte, als er sie gewaltsam gegen die Wand drückte.

»Du hältst jetzt den Mund und tust, was ich dir sage. Kapiert?«

Verängstigt nickte sie.

»Gut.«

Endlich ließ er sie los. »Mach dich zurecht. Du siehst aus wie ein zerrupftes Huhn.« Mit diesen Worten verließ er das Schlafzimmer. Weinend sackte sie zu Boden, die Knie zog sie an ihren Körper. Ein paar Minuten vergoss sie stumme Tränen, ehe sie ihr Handy zu sich zog und ihrer Mutter schrieb.

»Mama? Kann ich dich heute Nachmittag besuchen kommen?«

Keine Antwort, vermutlich schlief sie noch. Immer schon war ihre Mutter eine Nachteule gewesen, an Wochenenden lag sie meist bis Mittag im Bett. Das war schon so gewesen, als Emma noch ein Kind war.

Vielleicht sollte sie Natascha schreiben? Mit zittrigen Fingern wählte sie den Kontakt, brachte es aber doch nicht über sich. Scham. So viel Scham. In der Schule hatte Emma ihre Freundin schon immer für deren Selbstbewusstsein bewundert. Wenn Natascha sie jetzt sehen würde ... buchstäblich am Boden. Nein, sie schaffte das allein.

Emma öffnete *Instagram* und scrollte durch ihren Feed. An einem Beitrag des *Tagesblick* blieb sie hängen. »Tote im Galgenwald gibt nach wie vor Rätsel auf.« Mit großen Augen starrte sie auf die Schlagzeile und las die wenigen Infos. Eine Gänsehaut befiel sie. Konnte das ein Zufall sein? Die Dusche prasselte, jetzt war ihre Chance. Sie musste weg. Zur Polizei.

KAPITEL 26 - ELISA

Samstag, 11. November 2023

Nieselregen begleitete Elisa auf dem Weg zum Galgen. Die Kapuze ihrer Jacke verrutschte immer wieder, einzelne dunkelbraune Haarsträhnen klebten in ihrem Gesicht. Genervt wischte Elisa sie fort. Bei diesem nasskalten Wetter neigte ihr Haar dazu, sich zu kräuseln, sodass sie aussah wie ein Pudel.

Trotz der dunklen Wolken, die über dem Galgenwald schwebten wie düstere Omen, begegneten ihr drei Teenager und ein älteres Pärchen. Gewalt und Morde lösten Faszination in den Menschen aus. Warum sonst boomten Crime-Podcasts wie *Delikt* von der *Kleinen Zeitung* oder *Netflix*-Dokumentationen über berühmte Serienkiller wie Ted Bundy und Jeffrey Dahmer. Morbides wirkte anziehend, und wenn das Böse vor der Haustür lauerte, kam die Sensationslust zum Vorschein.

Seit dem Tod ihrer Mutter hatte Elisa keine Nachrichten mehr verfolgt und ihre Kollegen ignoriert. Vielleicht ahnten sie etwas? Egal. Am Montag würde Elisa sich damit befassen. Oder eher morgen Abend. Nicht jetzt.

Beinahe rutschte sie auf einem nassen Ast aus, ein erschrockener Laut entfuhr ihr. Mit den Armen ruderte sie, um das Gleichgewicht nicht zu verlieren. Wie weit war es denn noch bis zum Galgen?

Seit der Todesnachricht hatte sie keinen Sport mehr betrieben, eigentlich war sie fit, doch die schlaflosen Nächte und das wenige Essen machten sich an ihrem Kreislauf bemerkbar. Da!

Endlich! Die Steinsäulen gerieten in ihr Blickfeld. Erleichtert atmete Elisa auf. Nur wenige Sekunden später befiel sie Beklemmung. Hier hatte eine Joggerin ihre Mutter gefunden. Auf einem dieser Balken hatte Gabis Leiche gehangen.

Unvorstellbar.

Hohe Bäume umschlossen die todbringenden Überbleibsel. Eine Steintafel neben dem Galgen informierte über die verlorenen Seelen, die ihr Leben hier lassen mussten. Gabi zählte nicht zu ihnen. Immer noch war ihr Todesort unbekannt. Vielleicht wussten die Polizisten bereits mehr, doch sie hielten die Informationen zurück.

Elisa trat näher und fragte sich, an welchem der drei erneuerten Holzbalken ihre Mutter gehangen hatte. Eine Gänsehaut überkam sie. Normalerweise hielt Elisa nichts von mystischem Quatsch. Gabi und Marina hatten Geistersendungen geliebt oder Dokus, in denen irgendwelche Geisterjäger die Existenz von Übernatürlichem beweisen wollten.

Elisa hatte sie deswegen belächelt. Sie war Journalistin und glaubte nur, was sie sah. Fakten interessierten sie, keine Energien oder Erscheinungen. An diesem Ort überdachte sie ihre Einstellung. Was, wenn es mehr gab, als man sah? Wenn ihre Mutter als rastloser Geist umherstreifte, unfähig, ins Licht zu gehen, ehe man ihren Mörder gefunden hatte.

Elisa unterdrückte den Impuls, zu Gabi zu sprechen. Sie war doch nicht verrückt!

Ihre Gedanken wanderten zu Josy. Eine kurze Internetrecherche nach dem Besuch in Gerrys Büro hatte Elisa die Kontaktdaten des Mediums offenbart. Gerry hatte ihr nicht verraten, was er von Josy gewollt hatte, aber Elisa würde es trotzdem herausfinden. Sie würde die Geisterfrau kontaktieren.

Während ihre Gedanken kreisten, trat sie auf eine der Steinsäulen zu und berührte sie ehrfürchtig. Immer noch fragte

sie sich, warum ihre Mutter ausgerechnet hierher gebracht
worden war.

Schritte.

Elisa drehte sich um und sah sich einem jungen Mann
gegenüber, der ihr bekannt vorkam. Noch ehe sie ihn einord-
nen konnte, veränderte sich sein Gesichtsausdruck. Wütend
sah er sie an und stieß aus: »Du?«

KAPITEL 27 - LEON

Samstag, 11. November 2023

»Dilara? Dilara, wo bist du?«

Die Dunkelheit verschluckte Leons Rufe. Er stolperte vorwärts und wäre beinahe gestürzt. Ein morscher Ast. Leon taumelte weiter. Kälte fraß sich in seine Knochen, doch er blieb nicht stehen.

»Dilara, sag doch was!«

Atemwölkchen lösten sich von seinen Lippen, die Temperatur kühlte merklich ab. Schritte, die sich näherten. Und Stimmen. Nein, eine Stimme. Eine vertraute, tiefe, die ihn schaudern ließ.

»Kinder? Wo seid ihr?«

Leons Herz klopfte schneller. Ihr Vater durfte Dilara nicht vor Leon finden. Er musste sie beschützen. Einen Fuß vor den anderen. Sein Weg war beschwerlich. Hände hielten ihn zurück. Er trat nach ihnen.

»DILARA!« Seine Stimme überschlug sich. Er stürzte. Auf allen vieren kroch er weiter, steil bergauf. Kleine Steine schürften seine Handflächen auf, Geäst verfing sich in seiner Jacke und hinterließ Kratzer auf seiner Haut.

»Leon!«

Nein, nein! Er durfte ihn nicht einholen. Aber hatte er das nicht längst?

Ein Blick über die Schulter, da war niemand, dennoch spürte er die Hände auf sich. Sie drückten ihn zu Boden, hielten ihn fest. Angestrengt kroch er weiter, seine Muskeln brann-

ten, Schweiß lief über seinen Rücken und tropfte von seinen Augenbrauen zu Boden.

Da! Die Bäume lichteten sich. Der Vollmond erleuchtete den dunklen Nachthimmel. Wie in der Kulisse eines Horrorfilms ragten die Steinsäulen in die Höhe. Von Leons Platz am Waldboden wirkten sie noch riesiger. Ein letztes Mal mobilisierte er all seine Kräfte und stemmte sich hoch. Da baumelte sie. Ihr dunkles Haar verdeckte ihr Gesicht, dennoch erkannte er sie, hätte sie überall wiedererkannt. Ihre feingliedrigen Hände hingen schlaff herab. Tot.

»Nein! Nein, nein, nein!« Er rannte zu ihr, griff nach ihren Beinen, irgendwie musste er sie da runterholen. Das Seil hatte ihr in den Hals geschnitten.

»Dilara!«

Ein Handy vibrierte. Verstört sah Leon an sich herab. Seine zerrissene Kleidung hing in Fetzen an ihm. Wann war das denn passiert? Das Vibrieren schwoll an und erinnerte ihn an einen wütenden Bienenschwarm. Er öffnete die Augen. Der Galgen war verschwunden, wie auch seine Schwester.

Benommen tastete er nach dem Handy, das verstummt war. Er entsperrte das Display und wählte die entgangenen Anrufe aus. Das Gefängnis. Na, da hatte er ja nichts verpasst. Leon wusste genau, wer versucht hatte, ihn zu erreichen. Auf ein Gespräch mit dieser Person hatte er keine Lust.

Es gab Wichtigeres zu tun, einen Mord zu klären. Erschöpft quälte er sich aus dem Bett und gönnte sich eine lange heiße Dusche. Danach kochte er Kaffee und wurde abermals von seinem Handy gestört. Dieses Mal war es Rick.

»Hey«, meldete Leon sich.

»Hey, kommst du ins Büro? Eine Emma Rosenstein möchte mit uns sprechen. Ich hab mir gedacht, ich warte auf dich.«

Da sprach eindeutig das schlechte Gewissen aus Rick, weil er Réka in Leons Abwesenheit befragt hatte.

»Bin gleich da.«

Auch an einem Samstag ging es beim LKA geschäftig zu. Auf dem Weg zu Rick und dieser mysteriösen Zeugin begegnete Leon Alex und Alina, die auf der Suche nach einem entflohenen Serienkiller waren und dementsprechend erschöpft und gestresst aussahen. Etwas Gutes hatte die Sache – dank diesem Fall rückte Leons in den Hintergrund. Ein entlaufener Frauenmörder versetzte die Bevölkerung in größere Unruhe als eine tote Prostituierte.

Verrückte Welt, in der sie lebten. Derzeit wurden monatlich etwa drei Frauen in Österreich ermordet. Fassten die Kollegen den entflohenen Serienkiller nicht bald, würde er den Schnitt wohl anheben.

»Hey, da bist du ja!« Am Gang kam Rick ihm entgegen, auch er wirkte müde. »Emma Rosenstein wartet schon auf uns.«

»Wer ist sie?«

»Die Freundin von Flo Portugal.«

»Wem?«

»Der Influencer.«

»Aha.« Verwirrt sah Leon seinen Partner an. »Und was will sie von uns?«

»Das wird sie uns gleich selbst sagen. Komm schon.«

Emma Rosenstein war eine hübsche Frau mit hohen Wangenknochen und blondem Haar, das sie zu einem schlampigen Dutt hochgesteckt trug. Fast so hübsch wie die Journalistin. Wo kam der Gedanke denn jetzt her? Leon schüttelte über sich selbst den Kopf.

»Guten Morgen, Frau Rosenstein. Ich bin Inspektor Esposito, meinen Kollegen haben Sie ja bereits kennengelernt.«

»Ja.« Sie räusperte sich. »Ich hab erst heute von der Toten im Galgenwald mitbekommen.« Nervös strich sie eine Haarsträhne hinter ihr Ohr, die sich gelöst hatte. »Vielleicht sehe ich auch Gespenster, aber ...« Sie atmete aus und sah Leon direkt ins Gesicht. »Die Ex-Freundin meines Ex-Freundes wurde vor ein paar Jahren auch am Galgen gefunden. In Thannhausen.«

Leon musterte sie, ihre Hände spielten nervös mit den Ringen an ihren Fingern, sie trug ganz schön viele davon. »Was sind ein paar Jahre?«

»Ich weiß es nicht mehr genau. Er hat es mir mal erzählt. Sie sind damals von einem Suizid ausgegangen, aber ...«

»Wo ist der Zusammenhang zu unserem Fall?« Rick klang unfreundlich, woraufhin Rosenstein zusammenzuckte.

»Na ... na der Galgen. Das ist der Zusammenhang.« Ihre Stimme klang nun piepsig, und sie sackte in sich zusammen.

»Wie war denn der Name der Ex-Freundin?«

»Ähm ... Verena. Glaube ich. Flo hat ziemlich oft über sie geschimpft. Sie hat ihn wegen einem anderen verlassen, und das hat er nicht gut aufgenommen. Er ... ist ziemlich eitel und ... wer weiß, ob es damals Suizid war.« Sie flüsterte jetzt.

»Wie kommen Sie zu der Annahme?« Leon gab sich Mühe, ein Gähnen zu unterdrücken. Wie konnte man nur so müde sein?

»Er ist gestern handgreiflich geworden. Er hat mich geschlagen. Er ist besitzergreifend und ... er wollte mich nie allein weggehen lassen. Er will auch jetzt die Trennung nicht akzeptieren, weil er ein Buch rausbringt, und er hat gesagt, ich muss noch mindestens drei Monate bei ihm bleiben.« Sie begann zu weinen. »Ich habe Angst vor ihm.«

»Hat er Sie früher schon mal geschlagen?«

»Nein, aber er hat mich betrogen. Ich hab ihn zur Rede

gestellt, und da ist er wütend geworden, und dann wollte ich in der Nacht meine Sachen packen, und da ist er noch wütender geworden.«

»Wohin hat er Sie geschlagen?«, fragte Rick.

»Ins Gesicht.«

Leons Partner verengte die Augen. »Ich sehe kein Veilchen.«

»Es war nur eine Ohrfeige. Nicht so fest. Aber heute hat er mich festgehalten und gegen die Wand gedrückt.«

»Haben Sie Schmerzen?«, fragte Leon.

Sie schüttelte den Kopf.

»Wir können gern eine Anzeige wegen Körperverletzung aufnehmen, aber ich bin ehrlich – ohne sichtliche Blessuren steht es Aussage gegen Aussage. Sie können ein Betretungs- und Annäherungsverbot …«

»Hören Sie mir nicht zu?«, unterbrach Rosenstein aufgebracht. »Es geht mir nicht um die Ohrfeige. Flo könnte ein Mörder sein!«

Leon und Rick tauschten Blicke.

»Wie hieß Verena denn mit Nachnamen?«, fragte Leon.

»Das weiß ich nicht.«

»Sie denken also, weil Ihr Freund Sie betrügt und sie einen Streit hatten, ist er gleich ein Mörder?« Rick schnaubte.

Ungläubig sah Rosenstein ihn an. »Sie glauben mir nicht.«

»Es spielt keine Rolle, was ich glaube. Das Gesetz ist, was zählt. Sie können nicht ohne Beweise solche Behauptungen über jemanden aufstellen. Er könnte Sie wegen Verleumdung anzeigen.«

Rosenstein sah zu Leon. »Stimmt das?«

Leon holte tief Luft. »Wie kommen Sie auf die Idee, dass er seine Ex-Freundin ermordet hat?«

»Er … ach, vergessen Sie es! Sie glauben mir sowieso nicht.« Rosenstein stand auf.

»Warten Sie!« Leon tat es ihr gleich.

»Nein, Sie haben ja recht. Vermutlich hab ich überreagiert. Er ist einfach … Er ist ein Monster. Jeder sieht nur sein hübsches Gesicht, aber das ist Fassade. Er behandelt mich seit Wochen wie den letzten Dreck und …«

»Sie können ihn anzeigen und …«

»Nein, das … damit provoziere ich ihn nur noch mehr.«

»Ich gebe Ihnen einen Flyer von *Innova* mit. Das ist eine Frauenberatungsstelle.«

»Danke.«

Leon seufzte innerlich. Sie hatte dichtgemacht und ließ sich zwar das entsprechende Infomaterial von ihm geben, doch dann war sie weg.

Rick wartete in der Zwischenzeit schon in ihrem Büro.

»Du musst lernen, einfühlsamer zu sein.« Leon hielt seine Verärgerung nicht im Zaum.

»Einfühlsamer?« Rick lachte. »Ich bitte dich! Das ist doch Schwachsinn, was sie von sich gibt. Ich hab ihr einen Gefallen getan.«

»Er hat sie geschlagen.«

»Behauptet sie.«

»Sie hat verstört gewirkt.« Wut breitete sich in Leon aus. »Niemand geht an einem Samstagmorgen zur Polizei und beschuldigt seinen Ex-Freund, weil es so lustig ist. Ich hab mir übrigens ein paar Videos von diesem Typen reingezogen. Das ist grenzwertig, was der von sich gibt. Ich verstehe nicht, wie der so viele Likes und Follower haben kann. Ich verstehe nicht, wie du dir so was anschauen kannst.« Leon ließ sich auf seinen Schreibtischsessel sinken.

»Nicht alle Inhalte sind gut, aber …«

»Der Großteil ist scheiße.« Leon schüttelte den Kopf. »Kein Mensch tut nur Schlechtes, sogar Trump hat ein paar helle Momente, aber das heißt nicht, dass er ein guter Mensch ist, und vor allem sollten sich nicht so viele von ihm beeinflussen lassen.«

»Seit wann werden wir hier politisch?«

»Dieser Typ hat ein furchtbares Frauenbild, Rick. Und anscheinend hast du das eine oder andere Video zu viel angeschaut, denn er färbt auf dich ab. Wie du mit der Frau eben umgegangen bist oder mit der Prostituierten …«

»Ist das dein verfluchter Ernst?« Zornig funkelte Rick ihn an. »Dann beschwer dich doch beim Boss über mich.«

Leon stieß einen Fluch aus. »Was ist eigentlich los mit dir? Ich kenne dich überhaupt nicht wieder!«

»Ach ja? Das kann ich dich auch fragen. Du siehst aus, als hättest du drei Wochen lang nicht geschlafen und du treibst dich in irgendwelchen Puffs rum in deiner Freizeit, um nach Dilara zu suchen. Sieh es endlich ein, Leon: Sie ist abgehauen!«

»Nein. Sie wäre nie …«

»Ach, ich bitte dich! Schließ endlich mit der Vergangenheit ab.«

Leon ballte die Hand zur Faust und bereute es, Rick jemals von Dilara erzählt zu haben. »Ach, so wie du oder was? Der nicht mal ein Wort über seinen Zwillingsbruder verliert.«

»Das ist ein schwieriges Thema, okay?«

»Natürlich.« Leon schnaubte. »Ich muss jetzt mal raus hier.« Mit diesen Worten stürmte er aus dem Büro und ging zum Kaffeeautomaten. Als er nach einer Viertelstunde ins Büro zurückkehrte, war Rick fort. Gut so.

Leon setzte sich an seinen Computer, und dann jagte er den Namen »Flo Portugal« in Verbindung mit einer Verena durch die Suchdatenbanken. Es dauerte eine Weile, bis sie Ergebnisse ausspuckten, doch als Leon dann die Akte las, wurde ihm schlecht. »Das kann doch nicht sein!«

KAPITEL 28 - ELISA

Samstag, 11. November 2023

Elisa erkannte ihn. Flo, der Influencer, mit dem sie fast ein *Tinder*-Date gehabt hätte. Was hatte der denn hier zu suchen? Im Galgenwald wirkte er mit seinem teuren Markenoutfit und den für das Gelände völlig unpassenden weißen Sneakers fehl am Platz.

»Du hast mich versetzt«, stieß er aus.

»Ich bin ehrlich überrascht, dass du mich erkennst.«

Seine Augen verengten sich. »Keine Entschuldigung?« Langsam kam er näher, seine Hände steckten in seinen Jackentaschen. Weit und breit keine andere Menschenseele in Sicht, wie Elisa bei einem Blick über ihre Schulter feststellte.

»Ich hätte dir schreiben sollen, du hast recht. Aber ich war abgelenkt. Meine Mutter ist gestorben.«

Flos Blick wanderte zum Galgen und wieder zurück zu ihr.

»Hier?«

»Ja.«

»Sie ist die Tote im Galgenwald?«

»Ja.«

Die Wut in seinem Gesicht schwand, nun wirkte er verdutzt.

»Was machst du hier?« Elisa straffte ihre Schultern und zwang sich, nicht wie ein verängstigtes Mädchen auszusehen, obwohl sie sich mutterseelenallein in einem Wald mit einem Fremden befand.

»Ich ... spazieren.«

»Wohnst du hier in der Gegend?«

»Wird das ein Kreuzverhör?« Seine Körpersprache drückte plötzlich Aggression aus. Sein wechselhaftes Verhalten bescherte Elisa Kopfschmerzen. Sie gab sich Mühe, ihrer Stimme einen ruhigen Klang zu verleihen.

»Nein, ich versuche nur herauszufinden, ob du einer von den Schaulustigen bist oder …«

»Meine Jugendfreundin hat sich hier erhängt.« Flos Schultern sackten ein. »Verena. Sie war damals gerade mal 18. Wir waren nicht lang zusammen, sie hat mich für einen anderen stehen lassen.«

Kommt daher der Frauenhass?, überlegte Elisa, hütete sich jedoch davor, die Worte auszusprechen.

»Ich hab nie an die Suizid-These geglaubt. Welche 18-Jährige erhängt sich hier? Allein schon die Leiter, die sie hier raufschleppen müsste.«

Im Stillen gab Elisa ihm recht. Sie selbst war sportlich, trotzdem war der Weg hier rauf ein anstrengender Spaziergang. Eine junge Frau würde sich vermutlich eher in die Mur oder vor den Zug stürzen. Oder vielleicht doch nicht? Was wusste sie schon? Menschen tickten unterschiedlich.

»Hatte der Ort irgendeine Bedeutung für sie?«

»Keine Ahnung. Wir waren nur ein halbes Jahr zusammen und danach haben wir keinen Kontakt mehr gehabt. Aber ich hab sie wirklich geliebt. Sie hat mir das Herz gebrochen.« Während er sprach, starrte er auf die Balken, vielleicht sah er Verena in seinem geistigen Auge noch hier hängen.

»Tut mir wirklich leid.« Elisa räusperte sich. »Wenn du nicht an einen Suizid glaubst, was ist deine Theorie?«

»Irgendwer hat sie getötet.«

»Aber wer? Und warum?«

»Keine Ahnung.« Auf einmal klärte sich Flos Blick. »Vielleicht war es der Bulle.«

»Welcher Bulle?«

»Der, der jetzt den Todesfall deiner Mutter bearbeitet. Ich hab ihn zuerst nicht wiedererkannt, weil ich so betrunken war, aber im Nachhinein betrachtet … er war Verenas Neuer.«

KAPITEL 29

Samstag, 11. November 2023

»Können wir reden?« Wieder dieser nervige Anrufer.

»Ich hab keine Zeit.« Hektisch sieht er sich über die Schulter. Niemand soll von diesem Gespräch mitbekommen.

»Es ist wichtig. Kannst du mir schon irgendwas sagen?« Die Stimme klingt erschöpft.

»Nein. Wir haben noch keinen Verdächtigen.«

Erleichtertes Aufatmen. »Das ist gut. Richtig?«

Ein Schnauben. »Nein. Gut wäre es, wenn es einen Mörder gäbe.«

»Dann … müssen wir eben einen finden.« Eindeutig eine Aufforderung.

»Ich hab nicht gewusst, dass so viel kriminelles Blut durch deine Adern fließt.«

»Ich hab viel zu verlieren, das weißt du ganz genau!« Die Stimme klingt aufgebracht.

»Dann hättest du sie besser nicht getötet.« Er gibt sich keine Mühe, die Gereiztheit zu verbergen.

»Das sagst ausgerechnet du. Wer im Glashaus sitzt, sollte nicht mit Steinen werfen.«

Er kommentiert das nur mit einem weiteren abgehackten Lachen.

»Findest du das lustig?« Jetzt klingt er wütend.

»Nein, aber du erinnerst mich an einen kaputten Leierkasten. Ich leide nicht an Demenz, und durch deine ständigen Drohanrufe ändert sich die Situation nicht.«

»Ich will nur, dass du nicht vergisst, wie viel auf dem Spiel steht. Auch für dich. Ich hab so viele Geheimnisse für dich bewahrt. Vielleicht rutscht mir eines davon raus. Dann bist du genauso ruiniert wie ich.«

Wütend ballt er seine Fäuste und blickt in den hässlichen Innenhof.

»Wenn ich untergehe, reiße ich dich mit. Das ist ein Versprechen.« Damit ist das Gespräch beendet.

Ein kalter Schauer kriecht über seinen Rücken. Er sollte die Anrufe ignorieren so wie heute Morgen. Doch ewig kann er ihnen nicht aus dem Weg gehen. Dieser blöde Idiot. Hätte der Anrufer auf ihn gehört, wären sie nicht in dieser Situation, und die Suizidstatistik wäre um eine Tote reicher.

Er flucht laut, dann steckt er das Handy ein. Grübeln bringt nichts. Er hat viel zu tun.

KAPITEL 30 - ELISA

Samstag, 11. November 2023

»Also, was willst du?« Marinas Körpersprache drückte Ablehnung aus, ihre Arme hielt sie verschränkt vor ihrer Brust, die Beine übergeschlagen. Zwar hatte sie Elisa etwas zu trinken angeboten, doch das war gewiss ihrem Gastgeber-Gen geschuldet und nicht dem Wunsch, ihre Schwester länger als nötig hierzubehalten.

Die Sonne war vor ein paar Stunden untergegangen, Marina hatte Elisas Besuch zugestimmt, unter der Voraussetzung, dass sie kam, wenn Simon in der Arbeit und die Kinder im Bett waren.

»Warum ist es so zwischen uns?« Traurigkeit befiel Elisa, ein Gefühl, das sie seit dem Tod ihrer Mutter ständig begleitete.

Ein verächtlicher Laut verließ Marinas Lippen. »Willst du dich jetzt versöhnen? Weil Mama tot ist.«

»Du bist meine Schwester.«

»Aber wir haben nicht sonderlich viel gemein.«

»Und deswegen können wir uns nicht verstehen?« Elisa rutschte näher zu Marina. »Wie heißt es so schön? Gegensätze ziehen sich an.«

»Ich bitte dich!« Abgehackt lachte Marina auf. »Du verachtest meinen Lebensstil!«

»Das stimmt nicht.«

»Nicht? Warum predigst du dann immer, Frauen müssen selbstständig und emanzipiert sein? Ich als Hausfrau und

Mutter, die sich von ihrem Mann aushalten lässt, muss für dich doch ...«

»Marina, hör auf damit! Beim Feminismus geht es nicht darum, andere schlechtzumachen. Jede Frau sollte so leben, wie sie das möchte. Und wenn es dich erfüllt, Hausfrau und Mutter zu sein, ist das völlig okay, und es freut mich für dich.«

Marinas Arme lösten sich, Verunsicherung zeichnete sich auf ihrem Gesicht ab.

»Ich will, dass du glücklich bist, und wenn dich dieses Leben glücklich macht, warum sollte ich dich dafür verurteilen?«

»Und Mama?«

Elisa atmete aus. Das war ein schwierigeres Thema. »Ich hab mich geschämt, du hast recht. Auf der FH waren die meisten gebildeter als ich. Ich hatte so viel aufzuholen, hab so viel nicht gewusst, bin mir dumm vorgekommen ... ich wollte nicht wieder die Tochter der Nutte sein.«

»Mama hat alles für uns gegeben.« Tränen glitzerten in Marinas Augen.

»Ich weiß. Jetzt schäme ich mich dafür, aber damals ...« Feuchtigkeit bildete sich in Elisas Augen. »Ich wünschte, ich könnte es rückgängig machen und mit ihr reden. Ich hab sie nicht für die Prostitution verurteilt, na ja, vielleicht ein bisschen«, fügte sie hinzu, als Marina die Augenbrauen hochzog. »Wir haben doch beide mitbekommen, wie sehr sie es gehasst hat.«

»Sie hat es nicht gehasst. Niemand geht immer gern arbeiten. Und schau dir mal Andrei an.«

»Er bedient ein anderes Klientel.«

»Ja, das mag schon sein, aber ...«

»Was ich sagen will: Ich hab es nie böse gemeint. Ich konnte es einfach nicht mitansehen, wenn diese Kerle Mama so würdelos behandelt haben oder dieser eine Typ ... Er hat sie

geschlagen, und sie hat sich trotzdem mit ihm getroffen.«
Elisa entging nicht, wie Marinas Schultern einsanken. Die
Anspannung war wieder da. Die blauen Flecke! Beinahe scho-
ckiert sah Elisa ihre Schwester an. »Schlägt er dich?«

»Was?« Ein gekünsteltes Lachen. »Mach dich nicht lächerlich. Willst du etwas zu knabbern?« Marina stand auf, da
schnellte Elisas Hand automatisch hervor und sie hielt ihre
Schwester am Unterarm zurück. Wie elektrisiert zuckte diese
zusammen.

»Tut mir leid.« Sofort ließ Elisa sie los.

»Du entschuldigst dich häufig heute.« Marinas Ton war
eiskalt.

»Ich will dir nicht zu nahetreten.«

»Dann lass es.«

Es tat unerwartet weh. Wie eine Ohrfeige.

»Schau mal, wir haben nicht viel gemein. Du bist die Karrierefrau, und ich gehe in meiner Mutterrolle auf. Wenn
du mit der Arbeit fertig bist, muss ich die Kinder schlafen
legen und kann nirgends hingehen. Da sind kaum Gemeinsamkeiten außer unserer DNA, und nicht mal die ist völlig
ident, immerhin kennen wir unsere Väter nicht. Wir hatten
die letzten Jahre kaum Kontakt, warum sollte ein Todesfall
das ändern?«

»Mama hätte gewollt, dass wir uns vertragen«, versuchte
Elisa. »Bitte, Marina, ich bin nicht dein Feind.«

»Nein, aber du willst in meinem Leben herumschnüffeln
und sagen, wie falsch alles ist.«

»Das stimmt nicht! Ich will einfach nur …«

»Du solltest jetzt gehen.«

Fassungslos sah Elisa sie an. »Marina, du …«

»Bitte!« Sie drehte sich weg, und Elisa sah ein, sie hatte
verloren. So würde sie nicht weiterkommen.

»Okay, aber ich meine es ernst. Wenn du mal reden willst

oder etwas brauchst … Du bist meine Schwester, und ich hab dich lieb.«

Wieder nur ein verächtlicher Laut.

»Was hab ich dir eigentlich getan?«, fragte Elisa, die langsam die Geduld verlor.

»Du glaubst, alles muss immer nach deinen Regeln ablaufen. Wenn du Kontakt willst, müssen wir diesen halten. Wenn du deine Ruhe willst, igelst du dich ein. Du bist sowieso die Klügste, und alles, was du machst, ist richtig.«

»Nein, das hab ich nie behauptet.«

»Aber du denkst es. Du bist arrogant und …«

»Okay, ich gehe.«

»Und verträgst keine Kritik.« Marina lachte.

»Ich werde ständig kritisiert in meinem Job, glaub mir.« Nun fauchte auch Elisa. »Und arrogant? Dein Ernst?«

Marina sagte nichts mehr und ging demonstrativ in die Küche. Ein leiser Fluch entkam Elisas Lippen, dann stürmte sie aus der Wohnung. In ihrem Auto rief sie via Freisprechanlage Andrei an. Es klingelte so häufig, sie dachte schon, er würde nicht rangehen, als er sich doch noch meldete.

»Ja?«

»Hey, wo bist du?«

»Ist das ein Kontrollanruf?«

»Nein. Ich würde dich nur gern sehen. Ich war gerade bei Marina.« Elisa setzte den Blinker und bog auf die Hauptstraße ein, die sie nach Graz bringen würde. Gerade mal zehn Kilometer von der steirischen Hauptstadt lebte Marina entfernt. Ein Katzensprung.

»Ich schaue gerade meine Bestellung durch. Wenn du willst, kannst du vorbeikommen.«

»Okay, ja, bis gleich.«

Eine Viertelstunde später bereute Elisa, nicht genauer nachgehakt zu haben, um welche Bestellung es sich handelte. Ihr Bruder öffnete ihr in einem knallroten engen String.

»Gott, zieh dir bitte was an! Ich kriege Augenkrebs.« Theatralisch schirmte sie ihre Augen mit der Handfläche ab. Andrei lachte laut. »Von diesem heißen Body?« Demonstrativ deutete er an sich herunter und posierte übertrieben.

»Du bist mein Bruder!« Elisa hängte die Jacke an die Garderobe, streifte die Schuhe ab und drängte sich an Andrei vorbei ins Wohnzimmer.

»Na und? Deswegen darf ich nicht heiß sein?«

Elisa zögerte, ehe sie sich auf der Couch niederließ. Welche Flüssigkeiten hier wohl schon verteilt worden waren …?

»Sei nicht so prüde, Schwesterherz.« Andrei klopfte ihr auf die Schulter. »Das ist meine Arbeitskleidung.«

»Hast du mittlerweile einen Gewerbeschein?«

»Was ist das?« Andrei grinste.

»Lalala, ich höre nichts!« Elisas Hände wanderten auf ihre Ohren. Von den kriminellen Machenschaften ihres Bruders wollte sie nichts wissen. Illegale Prostitution gehörte dazu.

»Ach, komm! Mach dich mal locker! Ein bisschen Sex würde dir auch nicht schaden. Dann wärst du besser drauf.«

»Ich bin schlecht drauf, weil unsere Mutter ermordet wurde.«

»Ja.« Ein Schatten huschte über Andreis Gesicht. »Willst du einen Drink?«

»Ich wollte mit dir über Marina reden.«

»Gut.« Abwartend stand er vor ihr und präsentierte seinen Körper. Zugegeben, er war wirklich trainiert. Das lag daran, dass Andrei keiner geregelten Arbeit nachging und daher mehr als genug Zeit für seine Fitness hatte. Elisa hatte mittlerweile aufgegeben, ihn bekehren zu wollen. Vielleicht machte es irgendwann klick. Entweder in Andreis Kopf oder bei einer Zellentür in einer Justizanstalt. Sie hoffe auf Ersteres.

»Kannst du dir was anziehen?«

Theatralisch seufzte er, langte dann aber nach einem T-Shirt und einer Jogginghose, die auf der Couch verstreut lagen, neben einem Karton voll Kleidung.

»Wie viel hast du bestellt?«

»Genug. Ich muss den Männern immerhin was bieten.« Andrei zwinkerte. »Und das behalte ich nicht alles.«

Elisa sparte sich den Vortrag, wie unökonomisch es war, haufenweise Klamotten zu bestellen, nur um sie wieder zurückzuschicken, und dann verbrannten Großhändler wie *Amazon* die Waren irgendwo.

Nachdem Andrei die Couch einigermaßen freigemacht hatte, sagte Elisa: »Weißt du, ob Simon Marina schlägt?«

Die Mimik ihres Bruders gefror, er wich ihrem Blick aus. »Warum fragst du?«

»Ich hab recht, oder?«

»Elisa!« Ihr Name kam als Seufzen über seine Lippen.

»Du weißt es und …«

»Und ich kann nichts tun.«

Diese Antwort war unglaublich frustrierend.

»Wie lange weißt du es schon?«, fragte Elisa.

»Eine Weile. Ich hab einen Bluterguss gesehen und anscheinend einen guten Moment gehabt, denn sie ist in Tränen ausgebrochen und hat mir alles erzählt. Danach musste ich schwören, kein Sterbenswort zu verraten.« Andrei kaute an seinem Fingernagel herum. Eine nervöse Geste, die Elisa nur zu gut deuten konnte.

»Wem hast du es gesagt?«

»Was? Niemandem.«

»Du lügst.«

»Ich bin ein guter Lügner.«

»Bist du nicht. Und ich bin deine Schwester. Also raus mit der Sprache.«

Er stand auf und ging zu seiner Bar, dort schenkte er sich ein Glas Whiskey ein. »Willst du auch?«

»Ist das das widerliche Zeug von neulich?«

»Es ist derselbe edle Tropfen.«

»Dann nein.«

»Darf ich dir was anderes anbieten?«

»Du darfst mir sagen, wem du davon erzählt hast. Bitte«, fügte Elisa in zuckersüßem Ton hinzu.

Mit einem tiefen Seufzen kippte Andrei den Whiskey hinunter, dann sagte er: »Mama.«

»Du …«

»Ja, ich weiß. Sie hat es nicht gut aufgenommen. Sie hat Marina gesagt, sie soll nicht denselben Fehler machen. Sie wollte, dass Marina die Kinder einpackt und zu ihr zieht.« Ein bitteres Lachen. »Wo hätten die alle in Mamas Wohnung Platz haben sollen? Und vor allem hat Marina selbst kein Einkommen. Vor den Kindern hat sie als Verkäuferin gearbeitet, Simon finanziert alles. Sie ist abhängig von ihm und sie weiß es. Mama wollte es nicht wahrhaben, sie hat gemeint, es gibt immer einen Weg. Marina hat sie angeschnauzt, ob sie sich etwa auch prostituieren soll. Das war, soweit ich weiß, eines der letzten Gespräche, das die zwei geführt haben.«

Elisas Augen wurden groß. »Hast du das der Polizei erzählt?«

»Bist du bescheuert?« Andrei schenkte nach. »Damit sie Marina verdächtigen?«

»Du Idiot!« Elisa sprang auf. »Nicht Marina! Simon! Wenn Mama ihn bedrängt hat, dann …«

»Das hat sie doch nicht! Ich bitte dich! Glaubst du ernsthaft, Simon würde sie umbringen? Deswegen?« Andrei schüttelte den Kopf.

»Was ist mit der Wahrsagerin? Dieser Josy. Sowohl Mama als auch Marina sind zu ihr gegangen.«

»Ja, ich weiß.«

»Weißt du auch, warum?«

»Keine Ahnung. Ich hab's mit Esoterik nicht so.«
Angestrengt dachte Elisa nach.

»Renn damit nicht zur Polizei. Tu mir den Gefallen, ja?
Marina würde ausflippen, wenn sie das erfährt, und es würde
nichts ändern. Simon würde wütend werden und sie erst recht
verdreschen.« Andrei atmete aus, er wirkte auf einmal unend-
lich müde für seine 24 Jahre. »Du weißt, wie das mit Frauen
ist, die geschlagen werden. Sie müssen selbst wegwollen. Die
meisten brauchen Jahre für diesen Schritt. Marina ist nicht
so weit. Wer weiß, ob sie es jemals sein wird.«

»Und wir sollen das einfach akzeptieren?«

»Wir müssen. Uns bleibt nichts anderes übrig.«

Eine Weile schwiegen sie, die sexy Unterwäsche und das
Sexspielzeug wirkten angesichts der düsteren Themen völlig fehl am Platz. Elisa schätzte, jeder ging wohl anders um
mit schwierigen Situationen. Manche ertränkten die Probleme in Alkohol und Sex wie Andrei. Andere rackerten und
wollten etwas aus sich machen und die Karriereleiter hoch-
klettern so wie sie.

Nach einer Weile brach Elisa die Stille. »Wenn Simon nicht
Mamas Mörder ist, wer dann?«

»Tja, das ist die Frage aller Fragen, nicht wahr?«

KAPITEL 31 - RICK

Samstag, 11. November 2023

»Ich hab jetzt keine Zeit, ich muss einen Mord aufklären!«

»Du hast nie Zeit, ich laufe dir schon seit Wochen hinterher. Überhaupt: Es ist Samstag.« Mit jedem Wort wurde Lisa lauter. Ricks Noch-Frau neigte zu Schreianfällen.

»Polizisten arbeiten auch am Wochenende, falls du das vergessen hast.«

»Unterschreibe endlich diese verfluchten Papiere!«

»In denen du mir alles wegnehmen willst?« Rick gab sich Mühe, seine Stimme gesenkt zu halten. Immer noch war er im Präsidium und wollte nicht von einem Kollegen belauscht werden. Der Flurfunk funktionierte einwandfrei.

Ein verächtlicher Laut. »Du bist mit dem Silberlöffel im Mund geboren! Was tun dir ein paar Möbel oder Einrichtungsgegenstände weniger weh? So spartanisch wie du lebst …«

»Ich hab jetzt keine Zeit.«

Sie holte Luft, doch er ließ sie nicht mehr zu Wort kommen und drückte auf den roten Hörer, der den Anruf beendete. Verflucht noch mal! Was hatte ihn eigentlich dazu geritten, diese Frau zu heiraten?

»Alles klar?« Alex schlenderte auf ihn zu.

»Ja.« Sein Ton war unfreundlicher als geplant, was der Kollege mit einem Stirnrunzeln quittierte. »Meine Ex«, fügte Rick deswegen hinzu.

»Oh, ist die Scheidung immer noch nicht durch?« Unbewusst schlug Alex sich auf Lisas Seite und senkte Ricks Laune weiter. »Ich muss noch arbeiten.« Eigentlich hätte ihn interessiert, wie es mit der Suche nach dem entflohenen Serienkiller voranging, doch das bedeutete, er müsste weiter Konversation betreiben. Ihm reichte Leon.

Der sah ihn finster an, als Rick das Büro betrat.

»Bist du immer noch sauer?«

»Du hast mir nicht gesagt, dass du Verenas neuer Freund warst!«

»Wie bitte?« Rick spürte, wie sämtliche Farbe aus seinem Gesicht wich. Sein Partner stand auf, umrundete seinen Schreibtisch und lehnte sich mit seinem Hintern an der Tischplatte an, während er einen Haufen Zettel neben sich klatschte.

»Kein Wunder, dass du die Rosenstein so schnell loswerden wolltest! Scheiße, Alter! Ich hab gedacht, wir sind Partner, und dann verheimlichst du mir so was?«

Hitze stieg in Rick auf. »Das … ich hab gedacht, das ist nicht wichtig.«

»Nicht wichtig?« Leon lachte und stand auf. Er trat auf Rick zu, um diesen wütend zu schubsen.

»Du bist ein verdammter Lügner!«

»Na gut, dann hat sich meine Ex-Freundin aufgehängt! Das ist alles ewig her. Wir waren damals noch halbe Kinder. Das hat sicher nichts mit dem Mord zu tun.«

Ärger blitzte in Leons Augen auf. »Wenn es so unbedeutend ist, hättest du mir auch davon erzählen können!«

»Oder wir reden darüber, dass du Nachforschungen über mich anstellst!« Rick richtete sich zur vollen Größe auf. Er würde sich von Leon nicht zur Sau machen lassen.

Ein abgehacktes Lachen. »Ich hab keine Nachforschungen über dich angestellt, sondern über Verena, weil ich dem Hinweis einer Zeugin nachgegangen bin.«

»Ein bescheuerter Hinweis. Das ist um die 15 Jahre her.

Verena hat Gabi nicht gekannt, da besteht kein Zusammenhang außer dem Fundort. Verena hat Suizid begangen, und Gabi wurde ermordet.« Rick war lauter geworden.

»Nur hat Rosenstein berechtigte Zweifel an der Suizid-Theorie. Welche 18-Jährige hängt sich auf dem Galgen auf?«

»Warum sollte sie das nicht tun? Abgesehen davon ist das nicht unser Fall.« Am liebsten wäre Rick aus dem Büro gestürmt, doch das wäre einem Schuldeingeständnis gleichgekommen.

»Du hast nie erwähnt, dass deine Freundin sich umgebracht hat.«

»Vielleicht, weil ich nicht gern darüber rede. So wie du nicht gern darüber redest, dass dein Vater dich verdroschen hat, deine Schwester ein Junkie ist, die sich vermutlich an irgendeinem Bahnhof die Todesdröhnung gegeben hat, und deine Mutter im Knast sitzt!«

Leon starrte ihn nur an. Rick hatte ihn verletzt, aber es tat ihm nicht leid. Gerade fühlte er nur Genugtuung.

Recht schnell hatte Leon sich unter Kontrolle und sagte in eisigem Tonfall: »Und wenn wir schon dabei sind, Lügen aufzudecken: Was hattest du im Bordell zu suchen?«

»Das war nicht ich. Hab ich doch schon gesagt.«

»Ach nein? Wer denn dann? Der Geist deines Bruders, der zurück auf die Erde gekehrt ist, um noch einmal zu vögeln?«

»Was ...«

»Dein Bruder ist tot, Rick! Rainhard Schantl hat Suizid begangen. Er hat sich am Galgen in Thannhausen erhängt!«

Eine Welle der Übelkeit überrollte ihn.

»Also frage ich dich noch einmal: Was hattest du im Bordell zu suchen und warum hast du mich belogen?«

KAPITEL 32 - DAS MÄDCHEN

Samstag, 11. November 2023

Grell blinkende Lichter blenden das Mädchen, die Intensität erinnert sie an den Rausch. Gestern schon wollte sie das *Starship* aufsuchen, doch sie hat verschlafen. Mit ihren abgebrochenen, kaputten Nägeln kratzt sie über die Haut ihrer Unterarme, um imaginäre Insekten wegzuwischen. Sie sind unsichtbar, aber da, davon ist sie überzeugt.

Das dunkle Haar hängt ihr verfilzt und fettig in die Stirn. Ihre letzte Dusche liegt Tage zurück. In Gabis Wohnung. Die tote Gabi.

Zögernd macht sie einen Schritt auf das Bordell zu, da biegt ein Auto in den Hinterhof und stellt sich auf einen der freien Parkplätze. Viel los heute. Der Mut verlässt sie. Mit wem soll sie reden? Kommt sie überhaupt rein? Will sie das?

Der Gedanke, gaffenden Männern ausgeliefert zu sein, behagt ihr nicht. Vielleicht war das alles eine schlechte Idee. Gabi ist nicht mehr zu helfen. Sie ist fort. Wie ich es sein sollte, denkt das Mädchen.

Nach Wien.

Und dann?

Egal, so weit denkt sie nicht voraus. Ein Schritt nach dem anderen. Sie will umkehren, als sie abermals geblendet wird. Scheinwerfer strahlen in ihr Gesicht, und für einen Moment ist sie blind. Wütendes Hupen, dann geht die Scheibe runter, und eine Frau mault heraus. »Bist du bescheuert, Mädchen? Ich hätte dich fast überfahren!«

Sie hat einen ausländischen Akzent wie Gabi, wenn auch einen schwächeren.

»Entschuldigung.«

Weitere Flüche folgen, die Frau lenkt das Auto mit offener Scheibe an ihr vorbei. Das Mädchen weiß, es ist Zeit zu gehen, doch es bleibt wie fest gefroren stehen. Bis Schritte erklingen.

Klack. Klack. Klack.

Hohe Absätze.

»Hey!« Eine Hand auf ihrer Schulter.

Wie ein wildes aufgeschrecktes Tier dreht sie sich um. Zweifelsohne eine Prostituierte, das stark geschminkte Gesicht und das aufreizende Outfit verraten sie. Der Mantel ist länger als ihre Kleidung, nur die Netzstrümpfe sind zu sehen und die hochhackigen Schuhe.

»Was willst du hier?« Kaugummi kauend steht die Frau vor ihr, die Hände in die Seiten gestemmt.

Das Mädchen sollte sprechen. Jetzt.

»Hallo?« Fuchtelnde Hände vor ihrem Gesicht. »Ist jemand zu Hause?«

»Ich …«

»Gerry stellt keine Junkies ein, Kleine.«

»Ich bin wegen Gabi hier.«

Das Gesicht der Prostituierten nimmt dieselbe Farbe an wie der weiße Fiat Punto, mit dem sie eben gekommen ist.

»Was weißt du?« Eine Hand packt ihren Arm.

»Ich hab drei Nächte bei Gabi geschlafen. Sie hat mich aufgegabelt und hatte Mitleid. Als ich … ich wollte noch mal zu ihr und da hab ich gesehen, wie er sie rausgetragen hat.«

»Wer?«

Das Mädchen zögert, dann holt sie tief Luft und beginnt zu reden.

KAPITEL 33 - ELISA

Sonntag, 12. November 2023

»Danke, dass Sie sich an einem Sonntag die Zeit für mich nehmen.« Freundlich lächelte Elisa die Hellseherin an. Josy sah anders aus als in ihrer Vorstellung. Vor ihr stand eine hübsche Blondine in ihren 50ern, deren Kleidungsstil extravagant und gewöhnungsbedürftig war. Das bunte Kleid wirkte wie ein Relikt der Hippie-Zeit, die krokodilgrünen Schuhe dazu verbuchte Elisa als Modesünde. Riesige Klunker baumelten von den Ohrläppchen, Josys Hände zierten zahlreiche Ringe, die allesamt nicht miteinander harmonierten. Alles war dabei, angefangen von Silber bis hin zu Goldschmuck und riesigen Klunkern, die man als Schlagring hätte verwenden können.

Ein knallroter Lippenstift passte nicht zu dem rosa Lidschatten, den Josy großzügig aufgetragen hatte. Sie könnte eine sehr hübsche Frau sein, würde sie sich anders stylen. Elisa war jedoch nicht die Modepolizei.

»Keine Ursache, kommen Sie rein.«

Neugierig betrat Elisa das kleine Häuschen, das einladend wirkte, was man von dem Grundstück nicht behaupten konnte. Zwei Meter hohe Zäune sperrten neugierige Blicke aus und erinnerten Elisa an die Mauern einer Festung.

Gegen 10 Uhr hatte sie Josy angerufen, sich vorgestellt und um einen Termin gebeten. »Jetzt berate ich bald die ganze Familie.« Das Medium stieß ein raues Raucherlachen aus, das Elisa an Gerry erinnerte. Noch klärte sie Josy nicht auf, dass sie nicht daran interessiert war, sich die Karten legen zu lassen.

»Darf ich Ihnen was zu trinken anbieten? Kaffee oder Tee?«

»Sehr gern Kaffee.«

»Sie können schon mal vorgehen. Hier entlang.« Josy deutete auf einen Verbindungsgang ins Nebengebäude. Ein moderner Zubau zu dem kleinen Häuschen. Dort hielt die Wahrsagerin wohl ihre Sessions ab.

Elisa schlug den vorgegebenen Weg ein, der sie zu einem Warteraum führte, in dem eine schwarze Ledercouch mit zwei Sitzplätzen sowie ein alter Ohrensessel, die genauso konträr wie Josys Ringe wirkten, dazu einluden, Platz zu nehmen.

»Öffnen Sie ruhig die Tür und gehen Sie rein.«

Elisa drehte sich um zu Josy, die ein Tablett mit zwei dampfenden Tassen trug. Wie befohlen drückte Elisa die Klinke, gleich darauf eröffnete sich ihr eine völlig neue Welt. Zahlreiche Engelsfiguren zierten den Schreibtisch und die Regale. Zudem waren die Himmelsboten Motiv einiger Bilder, die die Wände schmückten. Sie standen für etwas Positives, lösten dennoch Beklemmung in Elisa aus. Wie die alten Puppen, mit denen ihre Mutter sie hatte spielen lassen, wirkten die Gesichtszüge der Engel böse. Sofort fühlte Elisa sich unruhig.

Ihr Blick streifte die Glaskugel, und sie fragte sich, was Josy darin wohl erkennen konnte. Der Raum war in seltsam orangefarbenes Licht getaucht, die Wandfarbe trug wesentlich zu der Atmosphäre bei.

»Sie sind ein sehr wachsamer Geist.« Wieder diese rauchige Stimme. »Bitte – nehmen Sie!« Josy wies auf die Kaffeebecher, die sie soeben samt Tablett auf dem Tisch abgestellt hatte.

»Darf ich ganz unverschämt fragen, wie genau Sie arbeiten?« Zwar hatte Elisa sich zuvor auf Josys Webseite schlau gemacht, doch sie konnte sich unter Kartenlesen und Geisterbeschwörungen nicht viel vorstellen.

»Ich arbeite mit Energien.« Josy setzte sich und bedeutete Elisa, ebenfalls Platz zu nehmen. »Besonders auf den Kontakt zu Verstorbenen habe ich mich spezialisiert. Viele Angehörige haben noch offene Fragen, ich beantworte diese und helfe ihnen dabei abzuschließen.«

»So wie in *Ghost – Nachricht von Sam*«, konnte Elisa sich nicht verkneifen.

Josy lachte. »Nein, die Geister sprechen nicht zu mir. Es sind Energieflüsse, Bilder, die ich erhalte. Stellen Sie es sich wie eine Telefonleitung vor, aber die Verbindung ist schlecht.«

Das fiel Elisa schwer.

»Sie haben im Übrigen auch jemanden mitgebracht.«

»Wie bitte?« Sie umfasste ihre Tasse mit beiden Händen.

»Eine Seele hat Sie begleitet.«

»Ähm … und wer soll das sein?«

»Hm … es ist kein Verwandter, auch kein Tier.« Josy verengte die Augen.

»Ein Tier? Tiere könnten doch gar nicht sprechen.«

»Das können Tote auch nicht mehr. Sagte ich bereits. Es dürfte ein Schutzgeist sein.«

»Okay, ähm …« Elisa atmete aus und dachte an Andreis Worte. Auch sie hielt nicht viel von Esoterik.

»Ich bin wegen meiner Mutter hier. Sie wurde ermordet. Gabi Avram.« Angespannt musterte Elisa ihr Gegenüber in der Hoffnung, keine Regung zu versäumen.

»Ja, ich hab in der Zeitung davon gelesen.« Josys Gesichtsausdruck wurde betrübt, es wirkte einstudiert.

»Können Sie mir sagen, was sie bei Ihnen wollte?«

»Die Geheimnisse meiner Klientinnen sind bei mir sicher.«

»Sie ist tot. Sie würde bestimmt wollen, dass ihr Mörder gefasst wird.«

»Denken Sie, ich kenne den Mörder Ihrer Mutter?« Ein Stirnrunzeln.

»Können Sie das nicht in Ihrer Glaskugel sehen oder die Geister befragen? Oder meinetwegen Engel?«

»Engel sind übersinnliche Wesen und keinesfalls mit Geistern gleichzusetzen.«

»Das ist mir gerade egal, bei allem Respekt.« Elisa zwang sich, ruhig zu bleiben. »Meine Schwester war hier und meine Mutter und …«

»Auf meinem Kirschbaum hing ein Strick.«

Elisas Hals wurde trocken. »Wie bitte?«

Josy strahlte Nervosität aus. »Ich weiß nicht, warum mir jemand droht.«

»Sie müssen zur Polizei gehen.«

»Gerry hat mir davon abgeraten.«

»Gerry?« Ein ungläubiger Laut entkam Elisa. Warum sollte er das tun?

»Er wollte wissen, ob ich etwas über das Mädchen weiß.«

»Welches Mädchen?« Elisa stützte die Hände auf die braune Tischplatte und unterdrückte den Impuls, Josy zu packen und alle Antworten aus ihr herauszuschütteln.

»Ihre Mutter ließ eine obdachlose Drogensüchtige bei sich schlafen. Sie hat mir in unserem letzten Treffen davon erzählt. Sie hat sie vor ihrer Wohnung aufgelesen und Mitleid mit ihr gehabt.«

Elisa runzelte die Stirn.

»Das Mädchen hatte Geheimnisse.«

»Was ist jetzt mit ihr?«

»Das weiß ich nicht. Ihre Mutter hat nur einmal von ihr gesprochen, dann kam sie nicht mehr. Gerry hat mir erzählt, sie wurde ermordet.«

»Was wollte sie von Ihnen wissen?«

»Sie hat mit mir über ihre Tochter gesprochen. Marina. Sie hat sich Sorgen gemacht, weil deren Mann sie schlägt. Sie war kein Fan von ihrem Schwiegersohn und sie hat ihn mit ihrem Wissen konfrontiert. Er hat alles abgestritten, und dann hat sie mit Marina gestritten.«

»Was wollte Marina von Ihnen?«

»Sie lebt noch, deswegen werde ich ihre Privatsphäre wahren.«

Elisa nickte, es würde nichts bringen, weiter nachzubohren.

»Woher wusste Gerry, dass meine Mutter zu Ihnen kam?«

»Sie hat es ihm wohl erzählt.« Josy zögerte, irgendetwas wollte sie sagen, doch sie traute sich nicht recht.

»Was? Was wollen Sie loswerden?«

»Ich will wirklich keine Probleme …«

»Die mache ich Ihnen nicht. Versprochen.«

»Ach, es ist nur … Ich bin dahintergekommen, dass Ihre Mutter und ich denselben Klienten hatten.«

Elisa runzelte die Stirn.

»Anfangs war er recht harmlos, aber in letzter Zeit … Mir ist nicht mehr ganz wohl bei ihm. Er wirkt fanatisch, ich hab ihm schon einige Male geraten, eine Therapeutin aufzusuchen. Er redet wirres Zeug und letztens stand er unangemeldet vor meiner Haustür. Er kämpft mit seiner Vergangenheit, gibt sich die Schuld am Tod seines Bruders.« Nervös drehte Josy die Ringe auf ihren Fingern hin und her. »Ihn quälen Albträume. Er sieht sich selbst am Galgen hängen.«

Eine Gänsehaut überzog Elisas Rücken. Konnte das ein Zufall sein?

»Er hat davon geträumt, jemanden zu töten.«

»Sie müssen das unbedingt der Polizei sagen.«

»Das kann ich nicht.« Energisch schüttelte Josy den Kopf. »Haben Sie den Strick vergessen? Das ist eindeutig eine Drohung. Und die Polizei?« Sie schnaubte. »Die nimmt jemanden aus meiner Berufsgruppe nicht ernst. Die verhöhnt mich. Ich kann keinen Klienten wegen Albträumen verdächtigen.«

»Aber der Strick ist ein Beweisstück. Was haben Sie damit getan?«

»Ich hab ihn in die Mülltonne geworfen.«

Ungläubig sah Elisa die ältere Frau vor sich an.

»Was? Gerry meinte, es wäre besser so.«

Sah so aus, als müsste Elisa ein ernstes Wörtchen mit ihrem Stiefvater reden. »Sie sollten den Strick unbedingt wieder rausholen und …«

»Das geht nicht. Die Müllabfuhr war schon da. Und ich werde auch nicht zur Polizei gehen. Ich werde den Klienten nicht mehr empfangen.«

»Er könnte ein Mörder sein.«

»Das könnte jeder sein, Kindchen.«

Elisa unterdrückte ein frustriertes Aufatmen. »Können Sie mir seinen Namen verraten?«

»Das ist Datenschutz.«

»Ich bitte Sie.«

Josy zögerte.

»Oder irgendwas anderes. Was arbeitet er?«

»Das hat er mir nicht erzählt. Er sprach meistens über seinen Bruder und über die Albträume. Über die Geister, die ihn heimsuchen, und über seine Schuld. Ständig wollte er mit seinem Bruder in Kontakt treten. Im Moment macht er auch eine Scheidung durch …«

»Wie sieht er aus?«

Josy lieferte ihr eine knappe Beschreibung, die Elisa stutzen ließ.

»Heißt er zufällig Richard Schantl?«

Josy schüttelte irritiert den Kopf. »Nein.«

»Wie dann?«

Noch immer Widerwille.

»Bitte!«

Die Wahrsagerin holte tief Luft, dann meinte sie. »Also gut: Er heißt Jan Richter.«

Irgendetwas klingelte bei dem Namen, auch wenn Elisa nicht sofort dahinterkam.

»Nachdem Sie offenbar nicht für eine Session hier sind, muss ich Sie jetzt bitten zu gehen.« Josy stand auf.

»Ja, natürlich.« Elisa stellte die beinahe unberührte Tasse Kaffee zurück auf den Tisch, nachdem sie noch einen schnellen Schluck genommen hatte. Josy begleitete sie nach draußen und schüttelte Elisa mit festem Druck die Hand. »Ich würde es sehr begrüßen, wenn Sie mich künftig raushalten könnten.«

Elisa nickte. »Danke für Ihre Zeit.« Auf dem Weg zum Auto fiel es ihr auf einmal wie Schuppen von den Augen. Jan Richter! Natürlich. Aufgeregt zog sie ihr Handy hervor. Sie musste unbedingt mit Leon sprechen.

KAPITEL 34

Sonntag, 12. November 2023

Bei Tag haben die Sterne ihren Glanz verloren. Helle Punkte an der Decke, ohne die Dunkelheit und die Lichteffekte kommt ihre Wirkung nicht zur Geltung. Ähnlich einer Frau, die am Morgen danach ungeschminkt im Bett liegt und die in der Nacht in angetrunkenem Zustand wunderschön wirkte. Die Nacht legt ihren Filter über die Hässlichkeit des Tages.

Ein riesiger Raum, die verlassene Bar, vereinsamte Stangen. Die Reinigungskraft hat ihre Arbeit vollendet, gerade hat er beobachtet, wie sie das Bordell verließ. Er hat gewartet. Vielleicht ist es Wahnsinn, hier aufzukreuzen. Mit ihr. Ein Blick auf die tote Frau zu seinen Füßen.

Du hast zu viel gewusst, tut mir leid.

Es ist nicht meine, sondern ihre Schuld.

Er drängt die Gedanken zurück. Sie sind hinderlich. Dieses Mal hat er nicht so lange gewartet. Hoffentlich reicht es aus. Vermutlich nicht. Egal. Es ging nicht anders.

Einen passenden Platz hat er schon ausgemacht. Die Käfige, in denen die Tänzerinnen sich rekeln. Sie sind nicht verschlossen, er hat es ausprobiert. Mit dem Strick in der Hand schreitet er darauf zu. Wenigstens ist es diesmal nicht so kräftezehrend. Geschickt befestigt er den Strick und reißt einige Male probehalber daran. Er hält. Gut so.

Über seine Schulter schaut er zurück zu der Toten. Mit seinem Einbruch beging er ein Risiko, das weiß er. Aber wer sollte zu Mittag in einem Bordell vorbeischneien? Das *Star-*

ship öffnet erst am späten Nachmittag. Dennoch flattern seine Nerven.

Mit dem Handy der Toten schrieb er gestern Abend eine Nachricht an »Gerry – the big Boss«. Wer speichert seinen Chef so ein? Als er das las, schüttelte er den Kopf, tippte dann aber: »Tut mir leid, ich kann heut nicht kommen. Bin krank.«

Bleibt zu hoffen, niemand hat ihr Auto bemerkt. Wobei, sie könnte auch in die Arbeit gefahren sein, gemerkt haben, ihr ist nicht gut, und umgekehrt sein.

Schnaufend bückt er sich zur Leiche, hebt sie hoch und trägt sie zum Käfig. Ob sie einst hier tanzte? Er weiß es nicht. Solche Etablissements sucht er für gewöhnlich nicht auf. Ihren Kopf positioniert er in der Schlinge, dann zieht er zu. Ein Ruck fährt durch ihren Körper. Fasziniert beobachtet er, wie sie baumelt. Letzte Bewegungen im Tod.

Immer schon hat er ihn fasziniert. Die Vergänglichkeit. Wie aus einem lebendigen, denkenden Wesen ein verwesender, stinkender Fleischberg wird. Eine Weile beobachtet er sie. Ihre Schönheit schwindet von Sekunde zu Sekunde. Immer noch trägt sie ihre Arbeitskleidung, er hat sich nicht die Mühe gemacht, sie umzuziehen.

Sein Blick streift durch den Raum. Bei Nacht drängen sich hier die Leiber aneinander. Erregte Männer, erschöpfte Frauen. Nach dem Fund wird nichts mehr sein, wie es war. Angst, ein menschlicher Urinstinkt, wird den Klub erfüllen.

Ein letztes Mal sieht er sie an und wischt mit seinem behandschuhten Finger eine Haarsträhne aus ihrem Gesicht.

»Flieg, Engel!«

Mit diesen Worten dreht er um und wirft den Schlüssel, den er der Putzfrau gestohlen hat, in die Mülltonne. Er wird nicht zurückkehren.

KAPITEL 35

Leblose Augen. Sie starren mich an. Anklagend. Immer wieder. Nachts, wenn ich die Augen schließe. Tagsüber, wenn ich mich auf die Ausbildung konzentrieren soll. Langsam glaube ich ihnen: Ich bin verrückt.

Amara schweigt. Niemals hätte ich es für möglich gehalten, doch ich vermisse sie. Die Ruhe ist beunruhigend. Laute Stille. Genau wie im Tod. Denke ich. Wie ist es wohl, tot zu sein?

Vielleicht sollte ich es herausfinden.

Nicht zum ersten Mal kommt mir der Gedanke.

Die toten Augen erscheinen wieder. Sie sah gequält aus. Hatte sie Schmerzen? Habe ich ihr das angetan? Immer noch kann ich mich nicht erinnern.

Wir reden nicht darüber. Niemand darf je davon erfahren. Ein Geheimnis, das wir mit ins Grab nehmen. Er ist nicht wütend auf mich. Sollte er das sein?

Seit wir sie hier aufgehängt haben, ist er netter zu mir. Ich verstehe es nicht. Gleichzeitig ist er traurig, aber er sagt, er will nicht darüber reden, jedes Mal, wenn Mama das Thema anspricht.

»Sie ist tot«, sagt er immer. »Was gibt es da zu reden?«

Die Polizei hat nicht ermittelt. Sie haben sie mitgenommen, und dann wurde sie begraben. Niemand zweifelte an der Suizid-These.

Was, wenn sie sich wirklich selbst umgebracht hat. Habe ich alles nur geträumt?

Nein.

Wir standen hier. Genau an der Stelle. Ich starre auf das Moos zu meinen Füßen. Die Sterne leuchten hell. Es sollte gruselig sein, doch ich habe keine Angst und horche in die Stille. Spricht Amara zu mir? Befiehlt sie mir etwas?

Nein. Sie schweigt.

»Das ist wegen der Medikamente«, sagt der Psychiater. Er will auch nichts von Verena hören. Anfangs war er interessiert und fragte nach, doch auf einmal versiegte die Neugierde und schlug um in etwas anderes. Jedes Mal, wenn ich von ihr redete, befahl er mir, das Thema sein zu lassen und mich auf mich und meine Gesundheit zu konzentrieren. Ich verstehe die Menschen einfach nicht. Sie verstehen mich nicht.

Die Steinsäulen vor mir lenken mich ab. In ihrer morbiden Schönheit ragen sie vor mir in den Nachthimmel. Ehrfürchtig berühre ich die Steine, sie sind rau unter meinen Fingern. Hier lehnte die Leiter. Ich habe sie gesehen. Es war keine Einbildung, ich bin mir sicher. So sicher, wie ich heute ihr Grab besuchte.

Sie ist tot.

Ich habe sie getötet.

Ich bin ein Monster.

Papas enttäuschter Blick. Immerzu ist er enttäuscht von mir.

Mamas Sorge. »Was wird nur aus ihm werden?« Das hat sie gestern zu Papa gesagt.

Mein Bruder war mein einziger Lichtblick. Jetzt ist dieses Licht der Dunkelheit gewichen. Er zog mich in sie. Ich sollte mich nicht länger wehren. Ein letztes Mal starre ich die Holzbalken an. Dort oben hing sie. Werden sie auch mich tragen?

Ich werde es herausfinden. Die Leiter ist im Auto, genau wie der Strick. Ich hätte es nicht lenken dürfen, habe keinen Führerschein, aber ich habe es oft genug gesehen, und vom Haus meiner Großeltern ist es hierher nur ein Stück.

Unruhe breitet sich in mir aus. Lange habe ich sie nicht mehr gespürt. Die Medikamente haben sie unterdrückt, haben mich taub gemacht. So lange in der Klinik. Ich bin ausgebrochen. Bin ihr entkommen. Der Dunkelheit entkomme ich nicht. Ich bin es so leid, es zu versuchen. Zu müde. Ich bleibe stehen. Heute Nacht. Ich werde sie empfangen. Vielleicht bringt sie mich zurück zu Amara. Vielleicht finde ich Frieden.

KAPITEL 36 - LEON

Sonntag, 12. November 2023

Der Wind fährt durch ihr Haar, es schaukelt in der kühlen Brise. Leon streckt die Hand aus, um die dunklen Strähnen zur Seite zu wischen. Sie sind so weich unter seinen Fingerspitzen. Im Kontrast dazu steht ihr steifer Körper. Die kalte Haut. Er zuckt zurück, als er ihre einst so rosigen Wangen berührt. Die wunderschönen dunkelbraunen Augen starren leblos vor sich hin. Ihre Lippen sind verzogen zu einem letzten qualvollen Schrei.

»Dilara!« Ein kraftloses Wort.

Er sollte sie hier runterholen, doch wie soll er das anstellen? Die Säulen sind so hoch. Wie konnte er eben noch ihr Gesicht berühren? Dimensionen sind völlig verdreht, nichts macht Sinn. Am allerwenigsten, weshalb seine Schwester hier hängt.

»Was ist nur passiert?«

Sie antwortet nicht.

»Es tut mir so leid. Ich hätte dir helfen müssen.«

Er streckt die Arme nach ihr aus, doch er erreicht sie nicht. Etwas zieht ihn hinunter, Hände packen ihn. Er kann nicht atmen. Wie ein Fisch auf dem Trockenen schnappt er verzweifelt nach Luft.

Die Hände drücken ihn zu Boden, ein Gewicht auf ihm. Der Geruch des Waldbodens dringt in seine Nase, doch bald ersetzt ein weiches Kissen das Gras und die Erde. Schmerzen.

»Dilara!«

Sein Schrei schallt als Echo durch den Wald. Befindet er sich noch im Wald?

Leon reißt die Augen auf.

Zittrig strichen seine Finger über sein Gesicht und landeten im feuchten Haaransatz. Nachtschweiß. Er kannte das zu gut. Eklig. Verschlafen setzte er sich im Bett auf und kreiste seine verspannten Schultern. Alles tat weh. Das weiße T-Shirt klebte an seinem Rücken, das Leintuch unter ihm war ebenso feucht. Die Decke lag am Boden, er musste sie im Schlaf heruntergestrampelt haben.

Wunderbar.

Ein Blick auf die Uhr verriet ihm, es war 8 Uhr morgens. Sonntag, heute hatte er frei. Erschöpft quälte er sich aus dem Bett. Zuerst eine schöne heiße Dusche. Während das Wasser über seinen Körper prasselte, dachte Leon an sein gestriges Gespräch mit Rick ...

»Dein Zwillingsbruder ist tot. Also frage ich dich noch einmal: Was hattest du im Bordell zu suchen und warum hast du mich belogen?«

Rick wich seinem Blick aus. Nur mühsam unterdrückte Leon das Verlangen, seinen Partner zu packen und die Antworten aus ihm herauszuschütteln.

»RICK!«

»Ja, ähm ... lass uns reden. Aber nicht hier.«

Misstrauisch verengte Leon die Augen, willigte dann aber ein. Sie fuhren zu Leons Lieblingsitaliener und wurden sogleich freundlich vom Wirt begrüßt. Heute fiel es Leon schwer, das Lächeln zu erwidern. Ricks Anspannung färbte auf ihn ab.

Sie bestellten beide ein Bier, die Speisekarten auf dem Tisch ignorierten sie.

»Also?« Länger würde Leon nicht mehr warten.

»Mein Bruder hat sich erhängt. Im Galgenwald. Ein paar Wochen nach Verenas Tod.« Rick strich über seinen Bart und seufzte tief. »Er war schizophren und hat sich in seinem Wahn wohl eingebildet, er sei schuld.«

Leon musterte Rick und suchte im Gesicht seines Partners nach Zeichen einer Lüge. Vor einigen Wochen hatten sie eine Schulung mit einem Profiler gehabt. Das sollte Polizisten und Justizbeamten bei Verhören helfen. Frühzeitig sollten sie Lügen und mögliche Angriffe erkennen. Es war sehr spannend gewesen, doch leider im Moment nicht hilfreich.

Ricks Gesicht drückte ausschließlich Trauer und Schmerz aus, soweit Leon das beurteilen konnte.

»Wieso hat er sich die Schuld gegeben?«

»Verena war 18 und die Familie glaubte nicht an den Suizid. Es gab damals eine riesige Aufregung, ihr Vater wollte eine Obduktion, doch die Mutter konnte ihn davon abhalten.«

»Vielleicht wäre das besser gewesen. Es hätte Klarheit gebracht.«

Rick zuckte die Schultern. Der Kellner unterbrach ihr Gespräch und brachte das Bier.

»Wisst ihr schon, was ihr essen wollt?«

»Noch nicht. Gib uns noch ein bisschen«, bat Leon.

»Geht klar.« Er verschwand, und Leon sah sich im Lokal um. Es war gut besucht. Vermutlich nicht der beste Ort für solche Gespräche. Andererseits: Im Stimmengewirr wäre es schwer, sie zu belauschen.

»Raini hat immer Stimmen gehört. Vor allem eine Stimme. Er nannte sie Amara. Sie hat ihm befohlen, Dinge zu tun. Manchmal verlangte sie Schlimmes von ihm. Wie etwa unsere Mutter zu töten. Er hat es mir erzählt. Er hatte Angst, war fertig mit den Nerven. Unser Vater hatte kaum Verständnis für seine Krankheit. Es hat lange gedauert, bis meine Eltern Raini endlich die nötige Hilfe holten. Sie wollten nicht wahrhaben, dass ihr Sohn nicht perfekt war, hatten Angst davor, was die anderen davon halten würden. Erst nach seinem ersten Suizidversuch gingen sie mit ihm zum Arzt. Damals war er 17. Er bekam Tabletten, und damit wurde es besser. Seine paranoiden Episoden wurden weniger. Aber die Krankheit ist und bleibt die Hölle. Es gibt verschiedene Formen, er litt unter der paranoiden Schizophrenie, für die Wahnvorstellungen und Halluzinationen typisch sind. Immer wieder hatte er Depressionen und ist in ein schwarzes Loch gefallen, hat sich verkrochen. Seine Gefühlswelt war anders als die von gesunden Menschen. Oft reagierte er auf Situationen völlig unpassend. Es war hart. Für uns alle.

Wir haben uns in der Kindheit so gut verstanden, haben alles miteinander gemacht. Und dann auf einmal wurde er seltsam. Tat total verrückte Dinge, wie bei der Schullandwoche aus dem Fenster im vierten Stock zu klettern und zu behaupten, ihm würde nichts passieren, wenn er runterspringt. Es war beängstigend.«

Rick drehte das Glas in seinen Händen hin und her. »Verenas Tod hat ihm zugesetzt, seine Symptome wurden schlimmer, und dann hat er sich aufgehängt im Galgenwald. Unsere Großeltern hatten ein Haus, das nur einen Katzensprung vom Wald entfernt war. Im Sommer hatten Verena, Raini und ich viel Zeit bei ihnen verbracht, wir waren gemeinsam im Wald unterwegs. Raini mochte Verena, und sie konnte erstaunlich gut mit ihm umgehen.« Rick schwieg und starrte auf sein Bier.

»Das tut mir leid. Und das ist wirklich furchtbar, aber ich begreife noch immer nicht, warum du mich belogen hast. Warum erzählst du mir, dein Bruder wäre noch am Leben?«

»Ich weiß nicht. Ich rede nicht gern darüber.«

»Dein Ernst?« Leon schnaubte. »Du lügst mich an, bevor du sagst, er ist tot? Ich hätte dich nicht gedrängt, mir von ihm zu erzählen, Rick. So gut müsstest du mich kennen.«

»Haben die Herren schon etwas ausgewählt?« Mit seinem höflichen Lächeln stand der Kellner vor ihnen. Leon seufzte und sagte aus dem Bauch heraus: »Für mich bitte Spaghetti Carbonara und einen kleinen gemischten Salat.«

»Ich nehme eine Pizza Hawaii, bitte.«

»Kommt sofort.« Eilig sammelte der Kellner die Speisekarten ein und machte sich auf den Weg zum nächsten Tisch.

»Ich weiß, es war dumm.« Immer noch mied Rick den Blickkontakt.

»Ja, und vor allem führt es zu der nächsten Frage: Wenn dein Bruder tot ist, kann er nicht im Bordell gewesen sein. Was hattest du dort also zu suchen?«

Rick atmete aus, dann sah er Leon in die Augen. »Ich wollte Dilara finden.«

Leon runzelte die Stirn. »Ja, aber …«

»Ich wollte dir nichts sagen, weil ich dir keine falschen Hoffnungen machen wollte, aber ein alter Bekannter, der derzeit undercover bei den Giftlern arbeitet, meinte, sie wäre dort gesehen worden. Und nachdem du ja offensichtlich auch dort warst an diesem Abend und nach ihr gesucht hast …«

»Hast du mit Bauer geredet?«, fragte Leon. Der alte Kollege war seine Quelle gewesen. »Du suchst doch deine Schwester, oder? Angeblich ist sie in der Nähe dieses Puffs gesehen worden. Kann sein, dass sie jetzt dort anschafft. Eine Gabi soll sie unter ihre Fittiche genommen haben. Wenn ich du wäre, würde ich das auschecken.«

Leon erinnerte sich genau an die Worte.

»Nein, nicht Bauer. Sein Partner Pichler.«

»Hm. Du hättest mir was sagen müssen.«

»Ich weiß. Es tut mir leid. Wie gesagt, ich wollte nicht wieder schlafende Hunde wecken. Ich weiß, wie das ist.«

»Warum hast du Probleme gemacht?«

»Weil ich mit ziemlich viel Nachdruck gefragt hab. Du

weißt doch, wie das ist. Die wollen meistens nicht mit der Farbe rausrücken.«

»Du hast Gabi nicht gefunden?«

»Nein. Und du offenbar auch nicht.«

»Nein.« Leon seufzte. »Sie wird uns keine Antworten mehr geben.«

Eine Weile schwiegen sie, bis das Essen kam. Appetitlos würgte er die Spaghetti hinunter, während er sich fragte, wo seine Schwester abgeblieben war.

Dieselbe Frage stellte er sich, als er mit dem Badetuch seine nasse Haut trocknete. Die Dusche hatte gutgetan und seine Lebensgeister geweckt. Stand Gabis Tod in Zusammenhang mit Dilara?

Das schlechte Gewissen befiel Leon. Längst hätte er seinen Vorgesetzten darüber informieren müssen, aber dann hätte der ihn vielleicht wegen Befangenheit vom Fall abgezogen, und das wollte Leon nicht riskieren. Es gab keinerlei Beweis, dass Gabi und Dilara sich je begegnet waren.

Leider gab es generell keine Spuren zum Täter. Sie hatten kaum Fortschritte gemacht. Sein Handy klingelte, hastig schlang er das Badetuch um seine Hüften. Eine unbekannte Nummer.

»Esposito?«

»Hallo, hier spricht Elisa Avram. Die Tochter von Gabi Avram.«

»Ich weiß, wer Sie sind, Frau Avram.«

»Ja, also … könnten wir uns vielleicht treffen und reden? Ich bin auf etwas gestoßen und ich denke, das könnte wichtig sein.«

Während sie sprach, klopfte im Hintergrund der nächste Anrufer an.

»Worauf sind Sie gestoßen?«

»Vielleicht ist es Zufall und ich will auch niemanden zu Unrecht beschuldigen, aber … es wäre mir wirklich lieber, wir könnten uns treffen.«

»In Ordnung. Ich melde mich sofort bei Ihnen, aber mein Kollege versucht gerade, mich zu erreichen. Bleiben Sie eine Weile dran, ja?«

Leon wechselte die Anrufer. »Rick?«

»Hey, wir haben eine weitere Leiche.« Sein Partner klang atemlos.

»Scheiße!«, stieß Leon aus.

KAPITEL 37 - LEON

Sonntag, 12. November 2023

Bei Tag wirkte das *Starship* heruntergekommen und unspektakulär. Oft schon hatte Leon diese Wirkung bei Nachtlokalen verspürt. Ohne die Lichter, die Gäste und den Alkohol waren es seelenlose, langweilige Räume. Von Langeweile konnte man heute allerdings nicht sprechen.

Rund um einen der Käfige tummelten sich zahlreiche Menschen: die Gerichtsmedizinerin, Ermittler der Spurensicherung, der Polizeifotograf, Rick und auch Leons Vorgesetzter, Werner Winter. Als Letzter schloss Leon sich der Gruppe an.

Nina Blanzano kniete neben der Leiche. Leon durchbrach den Kreis der Kollegen und erkannte die Tote sofort wieder. »Das ist Réka Fodor.«

»Richtig.« Leon fiel die angespannte Haltung seines Vorgesetzten auf, bestimmt stand er unter immensem Druck mit einem entflohenen Serienkiller und nun schon dem zweiten Prostituiertenmord innerhalb einer Woche.

»Sie wurde in diesem Käfig aufgehängt«, riss Rick das Wort an sich. Insgesamt befanden sich zwei davon in dem Raum, sie erinnerten Leon an jene Gefängnisse, in denen Zirkusse ihre wilden Tiere hielten, zumindest seiner Vorstellung nach.

Für gewöhnlich tanzten die Stripperinnen in den ovalen, von metallenen Gitterstäben eingegrenzten Käfigen. Heute lag Réka reglos am Boden, ihre Augen aufgerissen, ihr Hals unnatürlich in die Länge gezogen und von Hämatomen gezeichnet. Sie trug Arbeitskleidung, rote Dessous und Strapse, die ihre weiße Haut noch heller leuchten ließ.

»Wer hat sie gefunden?«, fragte Leon.

»Der Inhaber des Bordells, Gerald Kolitsch. Die Kollegen haben ihn in sein Büro gebracht und die Erstbefragung durchgeführt«, antwortete sein Partner.

»Wissen wir, ob sie wieder zuerst erwürgt wurde?« Die Antwort konnte Leon sich bereits denken, im Gesicht der Toten sah er die kleinen Stauungsblutungen.

»Ich denke, ja.« Blanzano richtete ihre Stableuchte auf die kleinen Pünktchen. »Sie deuten darauf hin. Außerdem sind da wieder die Totenflecke auf ihrer Seite, sieht so aus, als hätte er sie wieder eine Weile irgendwo liegen lassen, bevor er sie aufgehängt hat. Näheres kann ich euch aber wie immer erst nach der Obduktion sagen.«

»Was denkst du, wann ist sie gestorben?«

»Die Leichenstarre ist noch vollständig ausgeprägt, ich schätze, vor etwa 12 bis 15 Stunden, aber nagelt mich nicht daran fest.«

»Das Seil sieht aus wie jenes im Wald«, bemerkte Rick.

Leon wollte etwas erwidern, doch dann fiel sein Blick auf die Hände der Toten. Entsetzen stieg in ihm auf, ohne nachzudenken streckte er seine behandschuhte Hand aus. Blanzano hatte recht, die Gliedmaßen waren völlig steif und unbeweglich.

»Was tust du denn da?«, fragte die Gerichtsmedizinerin, als er Rékas Hand hochhob.

»Der Ring.« Ein dunkelblauer Stein leuchtete ihm entgegen, das Silber verfärbte sich bereits grünlich. Ein kleinerer Stein fehlte, Leon kannte dennoch die einstige Farbe davon: hellblau. Er hatte den gleichen Ring zu Hause, irgendwo in der Schublade.

»Was ist damit?«

»Er gehört Dilara.«

»Wem?« Leon spürte die Präsenz seines Chefs hinter sich, es fiel ihm schwer, sich zu sammeln. »Meiner Schwester.«

Es war eines der wenigen Geschenke ihrer Mutter gewesen. Nach ihrem ersten Gefängnisaufenthalt war sie mit ihren Kindern auf die Grazer Herbstmesse gefahren und hatte bei irgendeinem Stand die beiden Ringe gekauft. Dilara trug ihn seitdem ständig, Leons verstaubte im Kasten. Der Ring symbolisierte ein weiteres gebrochenes Versprechen ihrer Mutter: Ich lasse euch nicht mehr allein.

Ihr aktueller Aufenthaltsort unterstrich die Lüge; sie saß im Gefängnis. Zum vierten Mal in ihrem Leben.

»Was hat denn der Ring Ihrer Schwester an der Toten verloren?«, sagte Winter. Gleichzeitig stieß Rick aus. »Woher willst du wissen, dass es der gleiche ist? Vermutlich gibt es zig von diesen Teilen und …«

Leon ließ die Hand los und stürmte aus dem Raum. Er musste mit Kolitsch sprechen. Wenn Dilara hier gewesen war, musste der Bordellbetreiber das doch mitbekommen haben.

»Hey, Esposito! Wo wollen Sie hin?"

»Zu Kolitsch.« Er beschleunigte seine Schritte und hörte seinen Chef hinter sich schnaufen. Winter stand kurz vor der Pension, seine Zeiten als durchtrainierter Polizist waren längst vorüber. Der Schreibtischjob und das gute Essen zeichneten sich an seiner Leibesmitte ab, der dicke Bauch wurde mühsam von einem Gürtel zurückgehalten.

Leon erreichte die Bürotür vor seinem Chef, klopfte an, wartete jedoch keine Antwort ab. Zwei Streifenpolizisten sahen ihn verwirrt an, da zog Leon seine Marke. »Ich bin vom LKA und bearbeite den Fall. Bitte lassen Sie mich kurz mit Herrn Kolitsch allein.«

Sie tauschten Blicke.

»Jetzt!«

»Ja, aber …«

»Esposito, was soll das?« Keuchend blieb Winter im Türrahmen hinter ihm stehen, doch Leon ignorierte ihn. Er hatte nur Augen für Kolitsch. »Wo ist meine Schwester?«

»Wie bitte?« Entweder der Bordellbetreiber besaß Schauspielfähigkeiten, für die ihm ein *Oscar* gebührte, oder er war tatsächlich ahnungslos.

»Dilara Esposito. Dunkelhaarig, schlank, vermutlich drogensüchtig, 26 Jahre alt.«

»Sie reden von dem Mädchen.«

»Was wissen Sie über sie?« Leon durchquerte das kleine Büro, bis er vor Kolitschs Schreibtisch hielt.

»Esposito!« In seinem Namen schwang eindeutig eine Drohung mit, doch Leon ignorierte seinen Chef abermals. Später würde sein Verhalten Konsequenzen nach sich ziehen, da machte er sich keine Illusionen. Doch so eine heiße Spur wie jetzt hatte er nicht mehr zu Dilara gehabt, seit sie vor zehn Jahren spurlos verschwunden war.

Kolitsch öffnete den Mund, da hörte Leon Schritte, und Rick betrat das Büro. »Was ist hier los?«

»Esposito verliert gerade den Verstand, das ist los. Nehmen Sie ihn mit und bringen Sie ihn nach draußen.« Eindeutig ein Befehl von Winter.

»Nein, er weiß von einem Mädchen und …«

»Nein, ich … ich dachte, Sie meinen eine meiner Mitarbeiterinnen, aber …«

Das war eine eindeutige Lüge. Frustriert schnaubte Leon. »Das ist doch nicht Ihr Ernst! Gerade eben haben Sie gesagt …«

»Das reicht jetzt! Auf ein Wort, Esposito!«, donnerte Winter.

Leon warf einen letzten Blick auf Kolitsch, dann gab er sich geschlagen und folgte seinem Chef nach draußen.

»Was sollte das? Sind Sie irre?« Winter gab sich nicht die Mühe, die Stimme gesenkt zu halten. Die Wutader auf seiner Stirn trat hervor, und sein Gesicht nahm eine ungesunde rote Farbe an. Wenn sein Boss gleich einen Herzinfarkt erlitt, ging das wohl auf Leons Kappe.

»Die Kollegen vom Suchtdezernat meinten, Gabriela Avram hätte Kontakt zu meiner Schwester gehabt. Sie haben mich hierhergeschickt, aber ich konnte nicht mehr rechtzeitig mit ihr reden. Sie wurde ermordet. Und jetzt ist eine zweite Prostituierte tot, und sie trägt den Ring meiner Schwester.«

Mit seinen Händen machte Winter eine abwehrende Bewegung, als wollte er Fliegen verscheuchen. »Das beweist nichts, Esposito, das wissen Sie so gut wie ich. Wie Ihr Partner schon anmerkte: Es ist nicht mal bewiesen, dass es sich um das Schmuckstück Ihrer Schwester handelt.«

»Ich bin mir …«

»Abgesehen davon: Warum höre ich heute zum ersten Mal davon?«

Leon schrumpfte um einige Zentimeter. »Ich …«

»Wenn Sie annahmen, dass Ihre Schwester etwas mit dem Tod von Avram zu tun hatte …«

»Ich wusste es nicht.«

»Aber jetzt wissen Sie es?« Die kleinen Augen seines Vorgesetzten bohrten sich in ihn, aber nicht nur Winter beobachtete ihn. Leon spürte die Blicke der Kollegen in seinem Rücken. Sie standen im Gang vor den Büros und Toiletten, nur wenige Meter entfernt von dem Hauptraum, in dem Rékas Leiche wohl bald abtransportiert werden würde.

»Ich habe überreagiert«, quetschte er hervor.

»Das haben Sie. Eindeutig. Und jetzt rücken Sie endlich raus mit der Sprache: Was hat es mit Ihrer Schwester auf sich?«

»Sie ist vor zehn Jahren verschwunden.« Leon konnte den Augenkontakt nicht länger halten. Wie immer fiel es ihm schwer, über Dilara zu reden. Er hatte sie im Stich gelassen, hatte seine Ausbildung angefangen und immer weniger Zeit für sie gehabt. Nein, das war gelogen. Er wollte sich die Zeit nicht nehmen, denn sie ließ ihn ständig abblitzen und machte dicht. Sie rutschte ab, gab sich mit den falschen Personen ab und konsumierte Drogen. Die meiste Zeit trieb sie sich irgendwo herum. Leon hatte das auch getan, aber er hatte sich von Drogen, abgesehen von Alkohol, ferngehalten. Und auch diesen trank er nicht übermäßig. Auf keinen Fall wollte er enden wie seine Eltern.

Seine Mutter saß mal wieder im Gefängnis, als Dilara verschwand, dennoch hatte sie ihr Verschwinden vor Leon bemerkt. Nachdem sie mehrmals versucht hatte, ihn zu erreichen, hatte er sich ein Herz gefasst und ihr zugehört.

»Dilara ist weg.«

Leon hatte ihr nicht geglaubt.

»Sie hat mich schon seit zwei Wochen nicht mehr besucht.«

»Vermutlich hat sie keinen Bock auf dich«, hatte er seiner Mutter an den Kopf geworfen und sich dabei kein bisschen schuldig gefühlt. Diese Frau hätte sich um sie kümmern müssen. Sie hätte sie vor ihrem Vater beschützen müssen. Aber das tat sie nicht, hatte sie nie getan. Und jetzt war es zu spät.

Dilara war wohl mit irgendeinem Kerl oder einer Freundin durchgebrannt. Schon als Achtjährige war sie weggelaufen und hatte sich tagelang im Wald versteckt. Die Träume suchten Leon immer noch heim. Er rief verzweifelt nach ihr, suchte sie. Zu Hause prügelte sein Vater ihn krankenhausreif. Dehydriert und abgemagert tauchte Dilara einige Tage später wieder auf. Sie und Leon kamen in die Obhut des Jugendamts. Dort blieben sie nie lange. Immer wieder kehrten sie zurück in ihre Ursprungsfamilie. Immer wieder dachten die Sozialarbeiter, ihre Eltern rissen sich zusammen. Und Dilara wollte zurück. Leon nicht. Er hasste es dort. Dilara zuliebe schluckte er die Wut hinunter und schwieg, äußerte seine Bedenken vor den Sozialarbeitern nicht. Vielleicht hatten ihre Eltern sich ja dieses Mal geändert. Vielleicht fror eines Tages auch die Hölle zu. Und vielleicht stand Réka gleich auf, spazierte zu ihnen und erzählte ihnen, wo Dilara war. Alles drei war gleich wahrscheinlich.

»Esposito!«

Geschockt bemerkte er, er war vor seinem Chef gedanklich völlig abgedriftet, nur wenige Meter von einem Tatort entfernt.

»Gehen Sie nach Hause. Ich will Sie heute nicht mehr sehen. Ich übertrage den Fall einem Kollegen, und Sie sprechen mit der Psychologin.«

Winter drehte sich um und ließ ihn stehen, da spürte Leon eine Hand auf seiner Schulter. Mitfühlend sah Rick ihn an. »Na komm. Ich bringe dich nach Hause.«

KAPITEL 38 - DAS MÄDCHEN

Sonntag, 12. November 2023

Hoffnung. Sie wurde zerschlagen. Wie immer.

Kälte frisst sich durch ihre Haut bis in ihre Knochen. Ihre Zähne klappern aufeinander. Das Mädchen möchte die Arme um sich schlingen, doch ihre Handgelenke sind hinter ihrem Rücken mit Kabelbindern an ihre Fußgelenke gefesselt. Wehrlos. Schon wieder.

Was hat sie nur verbrochen? Tränen laufen über ihre Wangen, das Schluchzen ist verstummt. Die Kräfte aufgebraucht. Getobt hat sie und geschrien, doch niemand hört sie.

Sie ist zurück. In der Dunkelheit. Ist sie ihr jemals entkommen?

War das alles nur in ihrem Kopf?

Ist sie den Käfigen nie entflohen?

Sie weiß es nicht mehr, weiß gar nichts.

In ihren Armen kribbelt es, die Ameisen beginnen ihre Wanderung. Mit jeder verstreichenden Minute wird es schlimmer, bis sie es nicht mehr aushält. Sie braucht den Stoff. Ihr Kopf dröhnt, ihre Mundhöhle ist völlig ausgetrocknet, wie ein trockener Schwamm klebt ihre Zunge am Gaumen. Die Fesseln schneiden in ihre Haut, sie spürt Blut über ihren Unterarm laufen.

Er hat sie geschlagen und beschimpft, so wütend war er auf sie.

Was wohl mit der Prostituierten geschehen ist? Sie hätte niemals ins Bordell zurückkehren sollen. Vielleicht hat er dort auf sie gewartet, ihr aufgelauert. So viel Zeit kann er doch gar nicht haben, oder?

Er ist verheiratet, trägt einen Ring.

Der Ring. Das Stichwort. Sie hat ihn Réka gegeben, hat ihr alles erzählt. Sie dachte, der Ring würde helfen, Leon zu überzeugen. Réka hatte versprochen, mit ihm zu reden.

Das Mädchen dachte, es sei jetzt sicher, doch auf dem Weg zur nächsten Bushaltestelle überwältigte er sie.

Die einzige Hoffnung, die bleibt, ist, er hat nichts von dem Gespräch mit Réka mitbekommen. Vielleicht hilft die Ungarin ihr. Wahrscheinlich nicht. Bestimmt glaubt sie, das Mädchen ist verrückt. Wie alle.

Ich hätte zu Leon gehen sollen.

Zu spät. Alles zu spät.

Die Tür zu ihrem Gefängnis geht auf, ein schmaler Lichtschein trifft sie. Zum ersten Mal kann sie etwas erkennen. Neben ihr sind hölzerne Skier gelagert und ein alter Rasenmäher. Wer benutzt denn heutzutage noch solchen Schrott?

Wenigstens wird ihr klar, wo sie sich die ganze Zeit über befunden hat: in einem Schuppen.

Für einen Moment treffen sich ihre Blicke. Seine Augen sind ausdruckslos und kalt wie die eines Fisches. Stumm fleht sie ihn an, ihr nicht wehzutun. So oft hat sie das getan. Wie alle Male davor wird es auch dieses Mal vergeblich sein.

»Du weißt, dass du die Nutte auf dem Gewissen hast, oder?«

Sie schweigt.

Er trägt keinen weißen Kittel, dafür einen schwarzen Regenschutz. Es regnet nicht, sie hätte die Tropfen gehört. Nein, das Material soll ihn nicht vor Nässe schützen. Zumindest nicht vor der Nässe des Regenwassers.

»Bitte lass mich laufen.« Ihre Stimme bricht. Sie fängt wieder an zu weinen.

»Das geht nicht. Das weißt du.«

»Ich sage niemandem was. Kein Wort. Versprochen.«

Er beugt sich zu ihr hinunter und streichelt sanft durch ihr dunkles Haar, wickelt eine Strähne um seinen Finger. »Du hast schon viel zu viel gesagt, mein Engel.«

Sie hasst das Kosewort.

»Du hast zu viel gesehen.«

»Bitte bring mich nicht zurück. Alles, nur nicht … nur nicht das.«

Er zieht seine Hand zurück, sieht sie nachdenklich an. »Keine Sorge. Du musst nicht zurück. Du musst keine Schmerzen mehr ertragen. Es wird alles gut. Du kannst fliegen, kleiner Engel.«

Sie ist so abgelenkt von seinen Worten und den Entzugserscheinungen, viel zu spät bemerkt sie die Spritze, die er aus seiner Tasche zieht. In einer geübten Bewegung jagt er den Inhalt in ihre Venen. Sie schreit leise auf, halbherzig wehrt sie sich, doch längst hat sie verloren. Ihre Lider werden schwer, ihre Augen fallen zu, und sie ist dem Monster hilflos ausgeliefert.

KAPITEL 39 - ELISA

Sonntag, 12. November 2023

Elisas Laufschuhe federten über den Waldboden, kaum eine Menschenseele begegnete ihr. Kein Wunder bei dem Wetter. Vor einer halben Stunde war die Sonne untergegangen, Elisa verabscheute den Winter und die damit verbundene frühe Dunkelheit. In den Sommermonaten tummelten sich um 17.30 Uhr noch zahlreiche Leute rund um die Au. Manchmal zu viele, ihrem Geschmack nach. In ihrer Kindheit gab es mehr Bäume, man musste die Waldwege kennen, um den Weg zur Mur zu finden. Mit dem Bau des Kraftwerks waren viele Bäume gefällt worden, und das Naherholungsgebiet zog die Grazer über die Stadtgrenze hinaus nach Gössendorf. Hier lebte Elisa in einer kleinen Mietwohnung.

Die Laufstrecke war optimal, heute brachte sie die gewünschte Entspannung nicht. Viel zu viele Gedanken wirbelten durch ihren Kopf, und wenn der Sport für gewöhnlich half, diese zu sortieren, wurde sie heute unruhiger.

Leon hatte sich immer noch nicht zurückgemeldet, und langsam fragte sich Elisa, ob es ein Fehler gewesen war, ihn zu kontaktieren. Sie konnte falschliegen mit ihrer Vermutung, die im Grunde nichts bewies.

Immer schneller wurde sie, die Sport-App verkündete nach jedem Kilometer ihre durchschnittliche Laufgeschwindigkeit. Fünf Minuten und 55 Sekunden pro Kilometer. Je aufgewühlter sie war, umso schneller rannte sie. Das war immer schon so gewesen.

Streit mit ihrem Ex-Freund verwandelte sie gefühlt in einen Geparden. Wie lange es her war, seit sie sich mit Männerproblemen herumschlagen musste. Zwei Jahre. Ihre Beziehung war damals in die Brüche gegangen, weil er Kinder wollte und sie nicht.

»Du bist 27, und wir sind schon seit drei Jahren zusammen.« Immer wieder fing Chris damit an.

»Es ist keine Frage des Alters. Ich will keine Kinder. Das hast du gewusst.«

»Ich hab gedacht, du änderst deine Meinung. Du bist noch jung und …«

»Ich will auch in zehn Jahren keine Kinder, Chris.«

»Das gehört doch zum Leben. Du bist eine Frau.«

Sie hatte die Beziehung beendet. Kinder waren nun mal eine Lebensentscheidung, bei der es keinen Kompromiss gab. Wenn er unbedingt welche wollte, wer war sie dann, ihm diesen Wunsch zu verwehren?

»Ich bin dir nicht wichtig genug«, hatte er ihr vorgeworfen und sie eine egoistische Karrierefrau geschimpft.

Vielleicht hatte er recht. Immerhin musste sie sich auch von Marina den Vorwurf gefallen lassen, arrogant zu sein und nur an sich zu denken.

Elisas Seiten stachen, sie verausgabte sich; alles, damit diese negativen Gedanken endlich verstummten. Das zwischen Chris und ihr war Geschichte, sie zählte nicht zu der Sorte Mensch, die der Vergangenheit ewig nachtrauerte. Ihr Alltag war ausgelastet, sie hatte durch ihren Job wenig Freizeit, und erzwingen ließ sich nichts. Auch, wenn sie sich manchmal einsam fühlte. Meist kurz vor Weihnachten. Wie würde sie heuer feiern? Allein mit Andrei?

Außer ihren Geschwistern hatte sie keine Familie, und Marina würde sie nicht sehen wollen. Das restliche Jahr über wurde Elisa niemals langweilig. Sie hatte ihre Freundinnen, doch auch diese verbrachten die Feiertage mit ihren Lieben.

Wenn Andrei also nicht gerade irgendeinen Kerl an der Angel hatte, war er wohl die einzige Option. Vermutlich würden sie sich betrinken und an Mama denken und beide heulen. Tolle Aussichten.

Schwer atmend hielt Elisa vor ihrem Siedlungsblock und deaktivierte die App, die ihr in monotoner Computerstimme erzählte, wie lange sie für die zehn Kilometer gebraucht und wie viele Kalorien sie verbrannt hatte. Elisa streckte sich durch und machte ein paar Dehnübungen, für die sie sich heute nicht viel Zeit nahm.

Erschöpft eilte sie die Stufen hinauf zu ihrer Wohnung, zog den Schlüssel aus der Trainingsjacke, streifte die Schuhe ab und stellte sich unter die heiße Dusche.

Wieder dachte sie an Weihnachten und an ihre tote Mama. Salzwasser vermischte sich mit dem heißen Wasser aus dem Strahl. Sie ließ sich Zeit, wusch ihr Haar und checkte etwas später im Wohnzimmer ihre Nachrichten. Immer noch nichts von Leon. Das war verdächtig. Hatte er sie vergessen?

Sie wollte es ein weiteres Mal probieren, als eine Eilmeldung aufpoppte: »Zweite Leiche gefunden.« Elisa öffnete den Link. »*Eine zweite Frauenleiche wurde heute Vormittag in einem Grazer Bordell aufgefunden. Die Identität der Toten konnte geklärt werden, es handelt sich um eine 32-jährige Ungarin, die laut ersten Angaben in dem Bordell als Prostituierte arbeitete. Die Ermittlungen laufen.*«

Sie las die Worte ein zweites und ein drittes Mal. Noch eine Tote. Handelte es sich um Gerrys Bordell? Sie rief ihn an, doch er nahm nicht ab. Ein leiser Fluch verließ Elisas Lippen. Sie sprang von der Couch auf und tigerte in ihrem Wohnzimmer auf und ab. Wen könnte es getroffen haben? Wieso stand nichts von der Todesursache in dem kleinen Bericht?

Sollte sie bei der Zeitung anrufen? Nein. Vielleicht direkt bei der Pressestelle der Polizei. Die kannten sie bereits, niemand würde den Anruf einer Journalistin infrage stellen.

Oder aber sie zapfte die direkteste Quelle an. Leon.

Nach dem dritten Klingeln ging er ran.

»Esposito?« Er klang erschöpft, doch Elisa sprudelte sogleich los. »Endlich! Sie haben sich nicht gemeldet.«

»Ja, ich hatte zu tun.«

»Ist die zweite Frauenleiche jemand aus dem *Starship*?«

Stille.

»Leon?« Sie wusste nicht, weswegen sie ihn mit Vornamen ansprach, vermutlich war es unhöflich, doch immer schon war Elisa eine Freundin des Du-Worts gewesen, das in der Medienbranche sehr weit verbreitet war. Leon war in ihrem Alter, und sie befand sich in einer Ausnahmesituation.

»Ich darf keine Auskunft über laufende Ermittlungen geben. Wenden Sie sich bitte an die Pressestelle oder …«

»Schon gut, ich wollte ja eigentlich auch über etwas anderes mit Ihnen reden.« Zurück zum Sie.

Ein leises Seufzen drang an ihr Ohr.

»Ich denke, ich weiß, wer der letzte Kunde meiner Mutter war.«

»Wie bitte?«

»›JR Bulle‹, das stand in ihrem Tagebuch.« Elisa machte eine kurze Pause. »Ich glaube, JR könnte für Jan Richter stehen.«

»Und wer ist das? Wie kommen Sie darauf?«

Sie hatte nun Leons volle Aufmerksamkeit. Seine Aufregung übertrug sich auf sie. »Bitte hören Sie mir fertig zu und ziehen Sie keine voreiligen Schlüsse.«

»Was …«

»Hören Sie zu!«, unterbrach sie ihn.

»Ja, ich höre.«

Ein Geräusch im Hintergrund, es klang wie ein Kühlschrank. Elisa holte tief Luft. »Meine Mutter war bei einer Hellseherin vor ihrem Tod. Josy. Ihr Name stand in dem Tagebuch. Meine Schwester hat diese Dame ebenso besucht und offenbar auch Gerry.« Sie legte eine kleine Pause ein. »Ich hab mich mit ihr unterhalten und sie sagte mir, dass sie einen gemeinsamen Klienten mit meiner Mutter hatte. Einen Jan Richter.«

»Ich werde den Namen gleich mal durch die Datenbanken jagen und …«

»Nein, warten Sie. Hören Sie mir fertig zu.« Elisa marschierte zu ihren bodentiefen Fenstern und starrte nach draußen in die Dunkelheit, die von den Straßenlaternen erleuchtet wurden. Ein Nachbar parkte seinen Wagen in den Carport ein.

»Ich glaube, es handelt sich um einen Decknamen. Kennen Sie *Alarm für Cobra 11*?«

»Die RTL-Serie?« Leon klang verwirrt.

»Genau.«

»Was hat die denn …«

»Es gab einen Kommissar, der Jan Richter hieß, in der Serie.«

»Sie glauben also, der Kerl ist ein *Alarm-für-Cobra-11-* Fan.«

»Wahrscheinlich.«

»Na ja, ich kann mir vorstellen, viele würden nicht ihren echten Namen angeben, wenn sie zu einer Prostituierten oder einer Wahrsagerin gehen.«

»Auf einem Baum in Josys Garten hing ein Strick. Sie denkt, Jan Richter ist gefährlich.«

»Warum ruft sie dann nicht die Polizei?«

»Sie denkt, die glauben ihr nicht.«

Leon stieß ein Schnauben aus.

»Josy erzählte mir, Jan Richter würde fanatisch auf sie wirken und mit seiner Vergangenheit kämpfen. Angeblich gibt er sich die Schuld am Tod seines Bruders und sieht sich selbst immer wieder am Galgen hängen. Er steckt mitten in der Scheidung und ist Mitte 30 mit beginnendem Haarausfall, braunem Haar, einem rundlichen Gesicht und einer breiten Nase.«

Stille.

»Klingelt da bei Ihnen was?«

»Was ... wollen Sie andeuten?«

»Ich denke, Ihr Partner ist Jan Richter. Er ist Polizist. Meine Mutter hat ihn ›JR Bulle‹ genannt. Die Beschreibung passt auf ihn. Hat er einen toten Bruder? Lässt er sich scheiden?«

»Ich ...muss aufhören. Reden Sie in der Zwischenzeit mit niemandem darüber.«

Die Verbindung war tot. Ungläubig starrte Elisa auf das Handy. Hatte sie einen Fehler begangen? Ihr Gefühl sagte ihr, sie lag richtig. Vielleicht hätte sie ihren Verdacht jedoch offiziell auf einer Polizeiinspektion äußern und protokollieren lassen sollen. Leon war Ricks Partner. Vermutlich verstanden sie sich auch privat. Wie würde sie reagieren, wenn ihr jemand sagte, ihre Arbeitskollegen seien potenzielle Kriminelle?

Nur, weil Schantl ihre Mutter und Josy besucht hatte, machte ihn das noch nicht zum Mörder. Aber definitiv zu einem Verdächtigen. Und wenn er Wind davon bekam, dass Elisa seine Identität aufgedeckt hatte ... Ein Schauer durchlief sie. Eilig checkte sie, ob ihre Wohnungstür verschlossen war. Das war sie.

Beruhigt war sie dennoch nicht. Das würde eine lange Nacht werden. Und morgen musste sie wieder arbeiten. Es wurde Zeit, sich bei ihrer Vorgesetzten zu melden. Wie sollte sie bei all dem Chaos nur arbeiten und so tun, als sei nichts passiert?

KAPITEL 40 - LEON

Sonntag, 12. November 2023

Wie immer gestaltete sich die Parkplatzsuche in der Grazer Innenstadt als Herkulesaufgabe. Nachdem Leon mehrere Runden beim Joanneumring und Marburger Kai gedreht hatte, fand er endlich eine Lücke, in die er seinen Wagen quetschte. Zu Fuß marschierte er zehn Minuten zu Ricks Wohnung, der Spaziergang half nicht annähernd, seine Nerven zu beruhigen.

Hatte Elisa Avram recht? War es dumm, Rick zu konfrontieren? Doch was sollte Leon sonst tun? Seinen Partner und Freund auf der Dienststelle anschwärzen ohne jeglichen Beweis? Ihr Verhältnis zueinander war im Augenblick ohnehin angespannt, was zum Teil seine eigene Schuld war.

Die vermeintliche Spur zu Dilara hatte Leon aufgewühlt, die Vergangenheit drängte an die Oberfläche. Die Schläge und ... nicht daran denken!

Mit zittriger Hand drückte er auf die Klingel und lauschte angespannt.

»Ja?« Ricks knarzige Stimme drang zu ihm auf die Straße.

»Hey, ich bin's. Können wir reden?«

»Komm rauf.«

Das Surren des Türöffners ertönte, Leon trat ein und fuhr mit dem Lift in den obersten Stock zur Penthouse-Wohnung, in der sein Partner lebte. Fast schon konnte man sie als Loft bezeichnen, sie war schick und groß, mit einem riesigen Balkon, der Ausblick über die Dächer von Graz bot.

»Was gibt's?« Rick unterdrückte ein Gähnen, als er Leon die Tür öffnete.

»Ich muss mit dir reden.«

»Klar, komm rein. Ein Bier?«

Leon zögerte, dann zuckte er die Schultern. »Gern.«

»Wenn es wegen heute ist … mach dir keinen Kopf, der alte Winter beruhigt sich schon wieder. Klar, deine Reaktion war etwas unpassend, aber …«

»Darum geht's nicht.«

»Nicht?« Rick runzelte die Stirn, während er ein kaltes Bier aus seinem hypermodernen Kühlschrank holte, der von allein Eiswürfeln produzierte, wie er Leon bei einem früheren Besuch stolz erklärt hatte. Er reichte Leon die Flasche, die Kühle half, sich etwas zu sammeln.

»Sagt dir der Name Jan Richter was?« Aufmerksam beobachtete er Ricks Regungen. Für eine Millisekunde meinte er, eine Emotion aufflackern zu sehen, doch Leon war sich nicht sicher, ob und was er gesehen hatte. Er sollte wohl noch mal Privatstunden bei dem Profiler nehmen.

»Wer soll das sein?«

»Er war der letzte Kunde von Gabriela Avram.«

»Gut, dann … suchen wir nach ihm in den Datenbanken. Vielleicht spucken sie was aus. Vielleicht weiß auch Kolitsch mehr über ihn. Ich werde das morgen überprüfen. Woher weißt du davon?«

Zögern. Rick wirkte keineswegs nervös.

»Leon?«

»Ich denke, du wirst in den Datenbanken nichts finden. Jan Richter dürfte ein Deckname sein.«

»Okay.« Rick zog das Wort lang. »Wie wäre es, wenn du mir dann sagst, wie du auf den Namen gestoßen bist?«

»Eine Zeugin kennt Richter. Sie hat ihn beschrieben.«

»Und?« Rick verbarg seine Ungeduld nicht mehr. »Wie

wäre es, wenn du mit der kryptischen Scheiße aufhörst und endlich Klartext sprichst?«

»Die Beschreibung passt zu dir.«

Rick blinzelte. Eine Sekunde herrschte Stille, dann brach Leons Partner in Gelächter aus. »Dein Ernst? Du denkst, ich hab es nötig, zu einer Nutte zu gehen?«

Leons Anspannung wuchs.

»Scheiße! Leon, denkst du das ernsthaft von mir? Und welche Zeugin sollte das sein, hm?«

Leon öffnete den Mund und schloss ihn wieder. Seine Intuition riet ihm, sowohl Elisa als auch Josy zu schützen. Vor wem? Vor seinem Partner, mit dem er gemeinsam die Polizeischule absolviert hatte? Rick war kein Mörder. Und selbst wenn er bei einer Prostituierten und einer Hellseherin gewesen war … das bewies nichts.

Dennoch schwieg Leon. In seinem Job hatte er schon oft erlebt, wie gut Menschen sich verstellen konnten. »Er war immer ruhig und hat so nett gegrüßt. Ich hätte mir niemals gedacht, dass er so was tun würde«, sagten die Nachbarn nach Gewaltverbrechen gern.

Wenn er so nachdachte, fragte er sich, wie gut er Rick tatsächlich kannte. Bis vor Kurzem hatte er nichts von einem toten Zwillingsbruder gewusst, der sich im Thannhausener Galgenwald erhängt hatte, genauso wenig wie von der Ex-Freundin, die auf mysteriöse Art und Weise gestorben war.

Hinzu kamen die fragwürdigen Videos, die Rick ansah, von diesem Möchtegern-Lebenscoach.

»Leon, würdest du bitte was sagen?« Rick kam näher, instinktiv wich Leon zurück.

»Scheiße, was …«

»Es tut mir leid, ich hätte dich nicht damit belästigen sollen. Ich bin etwas durcheinander. Die Sache mit Dilara macht mir zu schaffen …«

Ricks Blick wurde weicher, er legte Leon eine Hand auf die Schulter. Dieser musste sich zusammenreißen, um sie nicht abzuschütteln. Leon war kein Fan von Berührungen, wann hatte ihn das letzte Mal jemand angefasst? Er wusste es nicht. Doch er ertrug Ricks Hand, wollte den Zwist zwischen ihnen nicht verstärken.

»Willst du darüber reden?«, bot Rick an.

»Nein.« Die Antwort kam vielleicht einen Tick zu schnell. Leon zwang sich zu einem Lächeln. »Danke für das Angebot, aber …«

»Ich werde die Augen nach diesem Jan Richter offen halten, in Ordnung? Morgen rede ich mit Kolitsch. Und noch mal mit Winter. Ich will immerhin meinen Partner zurück, und der Boss soll etwas Nachsicht haben.«

»Danke.«

»Kein Ding. Wir sind Partner, wir passen aufeinander auf, nicht wahr?« Bildete Leon sich die unterschwellige Drohung ein, die in den Worten mitschwang? Er wusste es nicht. Shit, er war erschöpft. Er sollte nach Hause, doch zuerst musste er noch etwas erledigen. »Danke für deine Zeit, aber ich gehe jetzt.«

»Klar, wie gesagt, wenn ich was für dich tun kann …«

»Alles gut.« Er verabschiedete sich und überlegte auf dem Weg zum Auto, ob er nicht noch eine Nacht darüber schlafen sollte, entschied sich aber dagegen. Sollte Rick Dreck am Stecken haben, galt es, keine Zeit zu verlieren.

In seinem Handy suchte er nach Josy und wurde bald fündig. Sie hatte ihre Praxis, oder wie auch immer man das bei einem Medium nannte, außerhalb der Stadt. Leon gab die Adresse ins Navi ein und fuhr los.

Eine halbe Stunde später parkte er vor einem Grundstück, das wie eine Festung von einem zwei Meter hohen Zaun umgeben war. Einige Baumkronen ragten darüber hinaus und verliehen ihm gespenstisches Flair.

Auf dem Weg hierher hatte Leon sich einige Sätze zurechtgelegt und hoffte, Josy war zu Hause und bereit, mit ihm zu sprechen. Seine Hand zitterte nicht mehr, als er auf die Klingel vor dem Tor drückte.

»Ja?«

»Guten Abend, Frau Reitmann. Mein Name ist Leon Esposito, ich arbeite beim LKA und ermittle in dem Todesfall einer Ihrer Klientinnen. Ich würde mich sehr gern mit Ihnen unterhalten.«

»Halten Sie Ihren Dienstausweis vor die Kamera.«

Leon unterdrückte ein Seufzen; als würde ein Laie erkennen, ob die Marke echt war oder nicht. Und wenn Josy ein Medium war, hätte sie seinen Besuch dann nicht in ihrer Kristallkugel vorhersehen müssen? Er tat ihr jedoch den Gefallen und zeigte seine Marke. Ein Glück, dass Winter sie ihm nicht abgenommen hatte. Er hatte Leon für morgen ins Präsidium bestellt, dort sollte er Waffe und Marke abgeben.

»Danke. Sind Sie allein hier?«

»Ja.«

»Wo ist Ihr Partner?«

»Heute ist Sonntag, deswegen bin ich allein hier.« Hoffentlich kaufte sie ihm das ab und hörte auf, Fragen zu stellen.

»Hm, in Ordnung.« Ein Surren beendete die Befragung, gleich darauf öffnete sich das Tor langsam. Neugierig sah Leon sich in dem Inneren der Festung um, das ihn an einen Dschungel erinnerte. Ein Landschaftsarchitekt hätte seine Freude mit der Umgestaltung, wild durcheinander wuchsen Pflanzen in dem Garten, der vor einem kleinen Häuschen und dessen Nebengebäude lag.

Im Bademantel öffnete eine Frau um die 50. »Entschuldigen Sie meinen Aufzug, aber am Sonntagabend habe ich nicht mehr mit Besuchern gerechnet. Ungeschminkt empfange ich ungern Gäste, aber …«

»Ich werde Sie nicht lange aufhalten, danke, dass Sie sich die Zeit nehmen«, unterbrach Leon, dem nun wirklich piepegal war, ob sie geschminkt war oder nicht.

»Kommen Sie!« Sie führte Leon einen Gang entlang, der vermutlich im Nebengebäude endete. Leon behielt recht. Sie durchquerten ein kleines Wartezimmer und landeten in einem Raum, den Josy wohl als Arbeitszimmer verwendete. Man brauchte kein Polizist zu sein, um die Glaskugel, die Engel und die Karten richtig zu deuten.

»Darf ich Ihnen etwas zu trinken anbieten?«

»Nein, danke.«

»Setzen Sie sich.« Josy deutete auf den freien Stuhl, sie nahm gegenüber Platz. Ein kleiner Tisch trennte sie. Sie stützte ihre Arme darauf und sah Leon fragend an.

»Es geht um Gabriela Avram und einen ihrer Kunden. Jan Richter.«

»Ja.« Neugierig musterte sie ihn, die vielen Engelsfiguren hinter ihrem Kopf irritierten Leon genauso wie das seltsame orangefarbene Licht, doch er ließ es sich nicht anmerken.

»Richter ist auch einer Ihrer Kunden.«

»Klienten.«

»Ja natürlich, einer Ihrer Klienten.«

»Das ist richtig.«

»Was können Sie mir über ihn sagen?«

Ihre Haltung wurde angespannt. »Ich darf keine näheren Details über meine Klienten ausplaudern. Was würden Sie denn davon halten, wenn Sie sich mir anvertrauen und dann …«

»Frau Reitmann, zwei Frauen wurden ermordet, und ich habe gehört, dass Sie Angst vor Ihrem Kunden haben.«

Sie schluckte.

Leon seufzte leise, dann zog er sein Handy hervor. »Ich zeige Ihnen jetzt ein Foto und ich möchte, dass Sie mir ehrlich sagen, ob er das ist oder nicht.«

Zögerlich nickte sie.

Er suchte nach einem Foto von Rick und hielt es ihr hin. Stoisch starrte sie auf den Bildschirm, dann ging ihr Kopf ruckartig hinauf und wieder hinunter. »Das ist er.«

Es kostete Leon sämtliche Mühe, ruhig zu bleiben. »Wieso haben Sie Angst vor ihm?«

»Er ist unangekündigt in der Früh vor meiner Tür gestanden. Er wollte, dass ich Kontakt zu seinem toten Bruder aufnehme. Er war von Schuld getrieben und wollte, dass der Tote ihm verzeiht.«

»Warum sollte er ihm verzeihen?«

»Jan Richters Bruder beging Suizid, da ist es nicht unüblich, dass die Hinterbliebenen mit Schuldgefühlen kämpfen, aber bei ihm ging es schon in eine etwas fanatische Richtung. Und dann baumelte da ein Strick von meinem Kirschbaum.«

Ein Schauder schüttelte ihren Körper.

»Denken Sie, er hat ihn dort hingehängt?«

»Ich weiß es nicht, aber es ist ein großer Zufall, nicht wahr? Die Prostituierte wird aufgehängt in diesem Wald, und er redet ständig davon, dass sein Bruder sich dort erhängt hat, und er träumt davon, dass er selbst dort hängt und … und dann hängt dieser Strick da in meinem Garten.«

Von dem vielen »Hängen« bekam Leon Kopfschmerzen. Nicht nur davon. »Warum sind Sie nicht zur Polizei gegangen?«

»Was hätte ich denen denn sagen sollen?«

»Genau das, was Sie mir jetzt sagen.«

Josy schnaubte. »Die glauben mir doch nicht. Einem Medium.« Sie musterte Leon eindringlich. »Sie kennen Jan Richter, oder?«

»Ja.«

Ihr Blick bohrte sich eindringlich in ihn und erinnerte ihn an all die Therapeuten aus seiner Kindheit. Er hatte es gehasst, von ihnen so angestarrt zu werden, hatte sich stets unwohl gefühlt. Genau wie jetzt.

»Gabis Chef war bei mir.«

»Was wollte er?«

»Er hat nach dem Mädchen gefragt.«

Also hatte Leons Intuition nicht getrogen. Kolitsch wusste mehr, als er zugab.

»Was wissen Sie über das Mädchen?« Er versuchte, seine Aufregung zu verbergen. War das die lang ersehnte Spur zu Dilara?

»Das Mädchen war obdachlos. Gabi hat es bei sich aufgenommen. Die Kleine war nur ein paar Tage dort, dann ist sie verschwunden.«

»Wohin ist sie verschwunden?«

»Keine Ahnung.«

»Warum hat Gabi sie bei sich aufgenommen?«

»Aus Mitleid.«

»Und was hat sie Gabi erzählt?«

»Sie behauptete, sie sei vergewaltigt worden.«

Übelkeit stieg in Leon auf.

»Sie sei aus einer Klinik geflohen, und der Arzt hätte ihr was angetan. Davor sei sie in irgendwelchen Käfigen gehalten worden. Gabi war sich nicht sicher, ob sie die Wahrheit erzählte. Sie stand unter Drogen und redete viel wirres Zeug. Sie hat auch irgendwas von Einhörnern gesprochen.«

Leon verkniff sich den Kommentar, ob Josy als Hellseherin nicht Gefallen an Einhörnern und wirrem Zeug finden müsste.

»Gabi wollte, dass sie mit zu mir kommt. Sie wollte das Bewusstsein des Mädchens öffnen. Aber das lehnte sie ab. Sie hatte Angst.«

»Und dann?«

»Ich weiß es nicht. Sie war weg, und Gabi kam nicht mehr, und dann hab ich erfahren, dass sie tot ist.«

»Hat sie irgendwas Näheres über die Käfige gesagt oder die Klinik, in der sie war?«

»Nein, tut mir leid. Mehr weiß ich nicht.«

»Haben Sie das auch Kolitsch erzählt?«

»Ja.«

»Wie hat er reagiert?«

»Schockiert.«

Leon überlegte. Könnte der Bordellbetreiber etwas mit den Vergewaltigungen zu tun haben? Allein der Gedanke, seiner Schwester könnte so etwas zugestoßen sein … Leon ballte die Hände zu Fäusten. Stets hatte er sie davor beschützen wollen, doch er hatte versagt.

»Geht es Ihnen nicht gut?« Besorgt sah Josy ihn an.

»Doch, ich … alles in Ordnung.« Fieberhaft überlegte er. »Haben Sie nähere Infos zu dem Arzt, der ihr etwas angetan haben soll?«

»Tut mir leid.«

»Wissen Sie etwas zu der Identität des Mädchens?«

»Nein. Gabi hat immer nur als ›das Mädchen‹ von ihr gesprochen.«

»Was ist mit Ihrem Klienten – Jan Richter? Wann hat er den nächsten Termin?«

»Vorerst gar nicht. Nachdem er unangemeldet und völlig durch den Wind hier aufkreuzte, habe ich ihm geraten, eine Therapeutin aufzusuchen. Vermutlich hat er diesen Ratschlag nicht angenommen, aber meine Dienste haben ihre Grenzen. Er behauptete, jede Nacht im Schlaf zu sterben, und er wollte, dass sein toter Bruder endlich die Wahrheit erfährt. Er hat von Mordfantasien gesprochen, aber er meinte, er habe niemanden getötet. Wenn ich ehrlich bin, wäre es mir lieber, er kommt nicht mehr.«

»Das mit den Mordfantasien haben Sie zuvor nicht erwähnt.«

»Ich weiß.« Sie seufzte und wandte zum ersten Mal den Blick ab. »Denken Sie, er ist der Mörder?« Während sie sprach, betrachtete sie ihre Kristallkugel.

»Können Sie das da drin nicht sehen?«

Sie schnaubte. »Machen Sie sich ruhig lustig über mich.«

»Tut mir leid, das war unpassend.« Leon seufzte und stand auf. »Hier ist meine Karte! Zögern Sie nicht, mich anzurufen, wenn Ihnen noch etwas einfällt.«

»Muss ich Angst vor Jan Richter haben?«

Leon zögerte. Die Wahrheit? Er wusste es nicht. Er wollte sie nicht anlügen, sie aber auch nicht beunruhigen. »Ich werde herausfinden, was hier los ist. Seien Sie in der Zwischenzeit vorsichtig und melden Sie sich bei mir, wenn etwas Seltsames vorfällt oder wieder ein Strick vom Baum baumelt. Wo ist der eigentlich?«

»Ich habe ihn weggeworfen.«

»Das war nicht schlau.«

»Das weiß ich jetzt auch, aber … ich hatte Angst und wollte, dass er verschwindet.«

Einige Minuten später verließ Leon den gruseligen Garten, in Gedanken ließ er das Gespräch Revue passieren. Spätestens jetzt konnte er nicht mehr ignorieren, dass etwas mit seinem Kollegen nicht stimmte. Wie sollte er vorgehen? Rick noch mal zur Rede stellen oder gleich mit Winter reden? Er zog den Autoschlüssel aus seiner Jackentasche und sein Handy. Dann wählte er die Nummer seines Kollegen.

»Pichler?«

»Hey, Hans. Leon Esposito da.«

»Ah hey, Leon! Grüß dich! Was gibt's?«

»Ich hab mich mit Rick unterhalten, und er meinte, du hättest ihm einen Tipp zu meiner Schwester gegeben. Dilara.

Ich hab mich nur gefragt, warum du es ihm gesagt hast und nicht mir.«

»Ähm … ich hab Rick keinen Tipp gegeben. Ich weiß nichts von deiner Schwester.«

Es war wie ein Schlag ins Gesicht.

»Leon? Bist du noch dran?«

»Ja,… bist du dir ganz sicher?«

»Mhm. Aber vielleicht war es Marco. Kann ja sein, dass Rick sich vertan hat.«

»Ja, kann sein.« Ganz bestimmt nicht. Rick hatte ihn angelogen. Schon wieder. Er hatte in dem Bordell nicht nach Dilara gesucht. Zumindest nicht aus dem Grund, den er Leon hatte weismachen wollen.

Ich muss dringend mit Winter reden.

»Danke dir, ich wünsch dir noch einen schönen Abend.« Er legte auf und wollte einsteigen, da hörte er Schritte auf dem Asphalt. Eine Spiegelung in der Autoscheibe der Fahrertür. Er drehte sich um und sah eine Brechstange auf sich zurasen. Zu langsam, dachte er und spürte im nächsten Atemzug grauenhaften Schmerz in seinem Kopf aufflammen. Er wollte sich wehren, doch sein Angreifer setzte bereits zu einer weiteren Attacke an. Bewusstlos sackte Leon auf dem Asphalt zusammen, eine Blutlache breitete sich unter seinem Körper aus, doch das bekam er nicht mehr mit.

KAPITEL 41 - ELISA

Sonntag, 12. November 2023

Elisa parkte ihren Wagen im Hinterhof des *Starship*. Der Parkplatz war wie ausgestorben, das lag bestimmt am Leichenfund heute Vormittag. Würde sie Gerry antreffen? Sie musste es versuchen. Kein missmutiger Türsteher, keine laute Musik. Das Bordell hatte geschlossen. Elisa verfluchte sich selbst, Gerry nicht vorher angerufen zu haben. Sie hätte sich den Weg sparen können. Na gut, dann würde sie das jetzt eben nachholen.

»Hallo, Elisa!«

»Hey.« Sie räusperte sich, es war lange her, seit sie miteinander telefoniert hatten. »Ich stehe vor deinem Klub und wollte mit dir reden.«

»Dann komm doch in meine Wohnung. Es ist immer noch dieselbe. Du hast die Adresse wohl nicht vergessen?«

»Nein.«

»Na dann. Ich musste heute schließen, aber ich schätze mal, du kennst den Grund, du bist ja Journalistin.«

»Ja, ich hab's gehört. Wen hat es getroffen?«

»Réka.«

»Die Schwarzhaarige?«

»Woher kennst du sie?«

»Ich habe mich kurz mit ihr unterhalten.«

»Hm, ja ... es ist wirklich schlimm.« Gerry klang niedergeschlagen.

»Ich bin in zehn Minuten bei dir, wenn es in Ordnung ist.«

»Klar.«

Die Wohnung sah genauso aus, wie Elisa sie in Erinnerung hatte, noch nicht mal die Dekoration hatte sich verändert. Zahlreiche Kissen mit Sternmotiven lagen auf der schwarzen Couch verstreut, das alte Bücherregal brach fast zusammen unter seiner Last an Weltraum-Lektüre. Ein Globus fand zwischen Stereoanlage und Flachbildfernseher Platz. Gerrys Wohnwand quoll über, genau wie der Küchentisch, auf dem sich Prospekte neben alten Zeitungen und etwas Geschirr fanden.

Verlegen kratzte er sich am Kopf, als er Elisas Blick folgte. »Wenn ich gewusst hätte, dass du kommst, hätte ich aufgeräumt.«

»Kein Ding, Gerry. Es bin nur ich, kein Staatsbesuch.«

»Na ja, ›nur du‹, würde ich nicht sagen. Wann warst du das letzte Mal hier?«

Schlechtes Gewissen breitete sich in ihr aus.

»Aber du warst beschäftigt, schon klar. Ich kann mich noch schwach daran erinnern, wie es ist, jung zu sein. Ein Drink?« Er öffnete den Kühlschrank. »Ich hab sogar *Malibu* hier und Orangensaft.«

»Ich bin mit dem Auto da. Also für mich nur Orangensaft, bitte.« Schweigend beobachtete sie, wie er die Getränke einschenkte.

»Ein Mord geschieht, und du stehst wieder auf der Matte. Hab ich dir nicht beim letzten Mal gesagt, du sollst die Polizisten ihre Arbeit machen lassen und dich nicht einmischen, Mäuschen?«

»Was wolltest du bei Josy?«

»Bei wem?«

»Verkauf mich nicht für dumm, Gerry!«

Er seufzte und reichte ihr das Glas. »Hier! Prost!«

Sie stießen an.

»Lenk nicht vom Thema ab.«

»Du warst immer schon so neugierig.«

»Gerry! Warum hast du Josy nach dem Mädchen gefragt?«

»Weil ich ein schlechtes Gefühl hatte. Das hab ich deiner Mutter auch gesagt. Die Kleine ist vor meiner Haustür herumgelungert, ich hab ihr geraten, sich an die Drogenberatung zu wenden. Sie sah furchtbar aus. Deine Mutter hatte Mitleid und hat ihr was zu essen gegeben. Ich hab ihr gesagt, sie soll das lassen. Man kann nicht die ganze Welt retten. Wir haben gestritten. Mal wieder.« Gerry schnaubte und trank einen tiefen Schluck. Er sah müde aus. Alt. Falten lagen um seine Mundwinkel, die Stirn- und Augenfalten waren tiefer geworden.

Wir werden alle nicht jünger, dachte Elisa.

»Gabi hat sich Sorgen gemacht. Sie hat mir erzählt, Dilara wurde angeblich vergewaltigt. Sie ist vor irgendwem davongelaufen. Meine Alarmglocken haben geschrillt, aber sie wollte nicht zur Polizei. Deine Mutter hat eine Aversion gegen die Bullen, seit sie ihr damals nicht geglaubt haben, bei diesem Schlägerkerl.«

»Ja, ich weiß.« Elisa drehte das Glas in ihren Händen. Gerry hatte noch in der Gegenwart von ihrer Mutter geredet. Als wäre sie noch hier. Als käme sie jeden Moment zur Tür rein.

»Wann wird das Begräbnis sein?«, fragte Gerry.

»Ich weiß nicht. Die Polizei hat ihre Leiche noch nicht freigegeben. Sie ist jetzt ein Beweisstück.« Elisa starrte den Globus an.

»Das ist so ... falsch. Sie sollte nicht tot sein.«

»Nein, sollte sie nicht.« Wieder diese Traurigkeit.

»Wie geht es dir, Mäuschen?« Gerry legte seine Hand auf Elisas.

»Ich will herausfinden, warum sie sterben musste.«

»Natürlich willst du das.« Er atmete geräuschvoll aus.

»Wenn du etwas weißt, sag es mir. Bitte! Es hat doch einen Grund, warum du zu der Hellseherin gegangen bist.«

»Ich wollte Klarheit. Und ich traue den Bullen nicht. Beide haben im *Starship* herumgeschnüffelt, kurz bevor deine Mutter starb. Beide haben nach dem Mädchen gesucht.«

»Beide?« Elisa wurde schlecht. Hatte sie einen Fehler begangen?

»Ja. Der eine, der mit der Halbglatze, war ein Kunde deiner Mutter.«

Das bestätigte Elisas Verdacht. Richard Schantl war Jan Richter.

»Hast du ihnen etwas gesagt?«

»Nein. Ich wollte die Kleine nicht in Gefahr bringen. Ich hab versucht, sie zu finden, aber sie ist wie vom Erdboden verschluckt.« Gerry zögerte.

»Was? Was willst du mir sagen?«

»Ich weiß nicht, ob ich es dir wirklich sagen will, Mäuschen.«

Elisa hasste den Spitznamen. »Spuck es aus! Bitte.«

»Es gibt so ein Gerücht über Menschenhändler. Sie sollen Mädchen und Frauen verkaufen. Ich weiß nicht, was wirklich dran ist. Eine Rumänin, die für ein paar Monate in meinem Klub gearbeitet hat, meinte, ihre Schwester sei denen zum Opfer gefallen. Sie sollen in Käfigen gehalten werden. Ich weiß nicht, woher sie das weiß, aber … vielleicht ist es auch Blödsinn. Als das Mädchen Gabi aber von den Käfigen erzählt hat, ist irgendeine Alarmglocke in mir losgeschrillt. Ich hab überlegt, es den Polizisten zu sagen, aber was, wenn das alles gar nicht stimmt? Es ist …« Gerry atmete pfeifend aus. »Ach, was weiß ich.«

»Hast du noch Kontakt zu der Rumänin?«

»Nein, die ist weg. Ich glaube, sie ist wieder zurück nach Hause.«

»Hm.« Elisa überlegte. Das alles nahm unerwartete Wendungen. Stille breitete sich zwischen ihnen aus.

»Versprich mir, dass du keine Alleingänge machst.« Eindringlich sah Gerry sie an.

»Warum sollte ich das tun?«

»Ich kenne dich.« Er lächelte sie schwach, aber besorgt an.

Elisa erwiderte das Lächeln, dann exte sie ihren Drink. »Ich werde vorsichtig sein. Versprochen. Jetzt muss ich nach Hause.« Morgen wurde sie in der Redaktion erwartet. Wie sie sich im Moment auf irgendwelche Pressekonferenzen oder lokale Nachrichten konzentrieren sollte, war ihr schleierhaft.

»Danke für deine Zeit.«

»Du bist jederzeit willkommen.«

»Danke!«

Sie umarmten einander zum Abschied. Kaum saß Elisa im Auto, klingelte ihr Handy. Eine unbekannte Nummer.

»Avram?«

»Hallo, hier ist Josy.« Die Hellseherin klang aufgebracht.

»Was ist los?«

»Da ist eine Menge Blut. Direkt vor meiner Einfahrt!«

KAPITEL 42 - FLO

Schwer atmend marschierte Flo den Trampelpfad hinauf. So steil hatte er den Weg nicht in Erinnerung, dabei war er erst vor Kurzem hier gewesen. Bestimmt lag es an seiner schweren Last, das Gewicht hatte er unterschätzt. Egal, nur noch ein paar Meter.

Die Wut trieb ihn an. Blöde Emma!

Hatte sie ernsthaft gedacht, sie könnte ihn so stehen lassen? Ihn! Da hatte sie die Rechnung ohne ihn gemacht. Nie wieder würde er verlassen werden, das hatte er sich damals geschworen. Und dann schon gar nicht von so einer wie Emma. Verena hatte wenigstens mehr Klasse gehabt.

Die Steinsäulen tauchten in seinem Blickfeld auf. Ein zufriedenes Lächeln umspielte seine Lippen.

»Das hast du jetzt davon«, murmelte er leise und ließ seine Last auf den unebenen Waldboden sinken. Die Sonne war am Untergehen. Perfekt für sein Vorhaben. Düster lag der Wald vor ihm in all seiner Pracht. Eine Gänsehaut breitete sich auf seinen Armen aus, als er an Verena dachte.

»Das ist vergangen.«

Jetzt startete ein neues Kapitel. Sein Durchbruch. Zahlreiche Männer sahen zu ihm auf. Sie baten um Tipps und Ratschläge, um echte Männer zu sein. Nicht diese Waschlappen, die heutzutage wegen jedem Blödsinn heulten und sich die Nägel lackierten. Wohin sollte das denn noch führen? Die Welt würde elend zugrunde gehen.

Es brauchte definitiv mehr von seinem Schlag. Echte Männer.

Flo kreiste mit den Schultern, die Muskeln brannten, doch er fühlte sich gut. Fit. So, wie ein Mann zu sein hatte. Stark. Er betrachtete seine Last. Zeit, Emma zu zeigen, wo ihr Platz war.

Sie hatte ihr Zeug gepackt und ihn verlassen. »Ich gehe zu meiner Mutter«, hatte sie gesagt. Als könnte er das zulassen.

»Jetzt beruhige dich doch mal.« Er hatte nach ihrer Hand gegriffen, doch sie war vor ihm zurückgewichen, als sei er der Teufel in Person. Hysterisches Weib!

»Mein Buch kommt …«

»SCHEISS AUF DEIN BUCH!« Vor Wut hatte sie gezittert, dann hatte sie wieder geheult. Immer diese Emotionalität.

Flo schnaubte verärgert, während er die Seile rund um seine Last löste. Das hatte sie jetzt davon. Er starrte hinab auf die Plane. Zuerst hatte er sich gefragt, ob das wirklich eine gute Idee war. Immerhin war erst vor Kurzem eine Leiche hier gefunden worden. Und doch war der Ort so passend. Er starrte auf die Holzbalken. Hier hatte man Verena gefunden. Vor so vielen Jahren.

Es tat immer noch weh. Hätte sie ihn nicht verlassen, hätte sie nicht sterben müssen, davon war er überzeugt. Doch das konnte er nicht mehr ungeschehen machen. Er musste nach vorn schauen. In die Zukunft. Sich auf seine Karriere konzentrieren, auf seine Mission. Stark musste er sein. Geistig und körperlich. Also bückte er sich und schritt zur Tat. Wie ein echter Mann.

KAPITEL 43 - ELISA

Sonntag, 12. November 2023

Grelle Lampen erleuchteten die Nacht, viel konnte Elisa dennoch nicht erkennen. Zahlreiche Einsatzfahrzeuge standen vor Josys Haus, die Einsatzkräfte schirmten die Blicke der Schaulustigen ab, unter denen Elisa sich befand. Nach Josys Anruf war sie zur nächsten Polizeiwache abgebogen und hatte die Diensthabenden über das Blut in der Einfahrt der Hellseherin informiert, und den möglichen Zusammenhang der Ermittlungen im Todesfall ihrer Mutter und Rékas angesprochen.

Die Beamten nahmen alles auf, ihre Blicke verrieten jedoch nicht, was sie von der Sache hielten. Elisa versuchte, mehr aus ihnen herauszubekommen, doch vergeblich. Nachdem die Polizisten ihre Aussage protokolliert hatten, war Elisa wieder ins Auto gestiegen. Auf dem Weg zu Josy versuchte sie abermals, Leon zu erreichen, doch der nahm noch immer nicht ab. Sein Handy war ausgeschaltet. Elisas Sorge wuchs. Wenn es sein Blut war …?

Josy hatte ihr von seinem Besuch erzählt. Vielleicht hatte Rick ihm etwas angetan. Sie hatte den Verdacht bei der Polizei geäußert, hatte alle Karten offen auf den Tisch gelegt. Mehr konnte sie nicht tun. Oder?

Die Ungewissheit nagte an ihr, ihre Nerven waren gespannt. Vergeblich versuchte sie, an dem Sichtschutz vorbeizulugen. Die Straße hatte sich langsam geleert, die meisten Neugierigen waren zurück in ihre Häuser gekehrt, immerhin war keine

Leiche gefunden worden, sondern bloß Blutflecken. Sonntagabend hatten die meisten Besseres zu tun, als auf den Gehsteigen herumzulungern, Infos erhielten sie ohnehin keine. Mehrmals hatte Elisa versucht, etwas aus den Polizisten herauszubekommen.

Vielleicht sollte sie sich ebenfalls langsam auf den Heimweg machen. Josy befand sich in ihrem Haus, kurz hatten sie miteinander telefoniert, doch aktuell war die Hellseherin wohl damit beschäftigt, der Polizei Auskunft zu erteilen. Seufzend kehrte Elisa um, es war kurz nach 22 Uhr.

Zu Hause fand sie keinen Schlaf, unruhig wälzte sie sich von einer Seite auf die andere. Ging es Leon gut? Hatte Rick ihm etwas angetan? War er der Mörder ihrer Mutter? Aber wieso? Nichts machte Sinn. Und was hatte es mit dem Mädchen auf sich? Wie hatte Gerry sie genannt? Dilara.

Länger hielt Elisa es nicht mehr in ihrem Bett aus, sie stand auf und setzte sich an ihren Schreibtisch. Langsam erwachte der Laptop zum Leben, ungeduldig trommelte sie mit den Fingern auf die Tischplatte. Als der Computer endlich hochgefahren war, googelte sie nach Leon Esposito. Viel spuckte die Suchmaschine nicht aus. Noch nicht mal auf *Facebook* oder *Instagram* schien er angemeldet zu sein. Zumindest nicht unter seinem echten Namen. Viele verwendeten Spitznamen, gerade in solchen Jobs, um nicht gleich von jedermann gefunden zu werden.

Ein Ergebnis zog Elisas Aufmerksamkeit auf sich. Es war der Artikel eines kleinen Regionalblatts.

»Polizist sucht noch immer nach seiner Schwester«, lautete der Titel. Aufgeregt klickte Elisa auf den Link. Das Titelbild zeigte Leon mit grimmiger Miene an einem Tisch sitzend. Der Lead informierte über Dilaras Verschwinden vor fünf Jahren.

Dilara!

Der Groschen fiel. Bei dem Mädchen handelte es sich um Leons Schwester. Kein Wunder, dass er nach ihr suchte. Offenbar tat er das schon seit zehn Jahren, wie sie mit einem Blick auf das Veröffentlichungsdatum feststellte. Auf dem Foto sah Leon noch jünger aus, er war glatt rasiert, mittlerweile überschattete ein Dreitagebart sein Gesicht. Sein Haar war auf dem Foto kürzer als heute.

»Es gibt keine Hinweise auf ein Gewaltverbrechen«, wurde Leon in dem Artikel zitiert. »Deswegen wird nicht offiziell nach ihr gesucht. Aber ich bin davon überzeugt, ihr ist etwas passiert.«

Ob er sich für den Artikel Ärger eingehandelt hatte? Wie verzweifelt musste er gewesen sein. Aber immerhin hatte Elisa jetzt einen vollständigen Namen: Dilara Esposito. Sie scrollte weiter nach unten und fand ein Foto, das ein hübsches, dunkelhaariges Mädchen zeigte. Genau wie ihr Bruder wies sie südländische Gesichtszüge und einen dunklen Teint auf.

»Wo bist du nur, Dilara?«, murmelte Elisa und öffnete einen weiteren Tab. Sie suchte nach Dilara Esposito, fand jedoch nichts Nützliches. Eine Weile starrte sie auf den Computer. Bald war Mitternacht. Morgen würde sie völlig hinüber sein. Vielleicht sollte sie doch noch nicht arbeiten. Schlechtes Gewissen befiel sie bei dem Gedanken, ihre Kollegen hängenzulassen. Stets waren sie unterbesetzt, wenn Elisa noch länger ausfiel …

Aber das hier war wichtiger.

Eine andere Idee kam ihr. Sie zog ihr Handy hervor, suchte gleichzeitig die Nummern der Krankenhäuser heraus. Vielleicht hatte sie Glück und würde Auskunft erhalten, ob eine Dilara Esposito kürzlich eingeliefert worden war. Oder ein Leon Esposito. Sie machte sich nicht allzu viele Hoffnungen, seit der neuen Datenschutzgrundverordnung gab es solche

Auskünfte eher selten, doch war man Journalistin bei einer der meistgelesenen Zeitungen des Landes, öffnete dies manchmal Türen. Hin und wieder war Elisa selbst überrascht über die Auskunftsfreudigkeit mancher Menschen. Immerhin konnte jeder behaupten, für die Zeitung zu schreiben.

Sie wählte, es dauerte eine Weile, bis jemand abnahm. Sie verstand den Namen nicht, die Dame am Telefon klang gestresst.

»Grüß Gott, hier spricht Elisa Avram vom *Tagesblick*. Ich rufe in einer wichtigen Angelegenheit an. Es geht um vermisste Personen. Wurde vielleicht eine Dilara Esposito oder ein Leon Esposito bei Ihnen eingewiesen?«

»Ich darf keine Auskunft erteilen. Wenden Sie sich morgen an die Pressestelle.« Damit war das Telefonat beendet. Elisa unterdrückte ein Seufzen. So ähnlich hatte sie sich das vorgestellt. Dennoch gab sie nicht auf. Sie telefonierte 15 Minuten, bis endlich eine Psychiatrie-Mitarbeiterin länger als zehn Sekunden mit ihr sprach.

»Ja, Dilara Esposito war immer wieder bei uns. Allerdings nie lange. Vor ein paar Wochen habe ich sie das letzte Mal gesehen. Ich weiß nicht, was aus ihr geworden ist.«

Aufregung breitete sich in Elisa aus. »Warum war sie bei Ihnen?«

»Das darf ich Ihnen nicht sagen.«

»Schon klar. Eines noch: Wissen Sie, wer ihr behandelnder Arzt war?«

Kurze Pause, dann sagte sie: »Ich denke, das müsste Doktor Waldsteiner gewesen sein.«

Elisas Herz machte einen Satz. »Das gibt's doch nicht!«, flüsterte sie.

KAPITEL 44 - LEON

Montag, 13. November 2023

Grauenhafte Kopfschmerzen. Ein Stöhnen. Es dauerte, bis Leon begriff, es stammte von seinen eigenen Lippen. Mühevoll öffnete er seine Augen und blinzelte ein paar Mal. Dunkelheit, es musste noch Nacht sein. Nach einer Weile hörte die Umgebung endlich auf sich zu drehen, und die verschwommenen Umrisse nahmen Konturen an.

War das ein Fahrrad? Leon wollte danach greifen, doch seine Hände waren hinter seinem Rücken gefesselt. Handschellen. Leon ertastete Holzbalken, er lag auf der Seite auf kaltem Boden, der mit stinkendem Stroh bedeckt war. Ein alter Stall? Oder ein Schuppen?

Durch die Holzbalken pfiff kalter Wind, als Leon den Kopf nach oben streckte, sah er den Mond am Himmel leuchten. Ein Loch in der Decke.

Wo zur Hölle befand er sich? Und wie kam er hierher?

Er suchte nach den Erinnerungen, doch in seinem Kopf war es genauso finster wie in dem Stall. Metallener Geschmack lag auf seiner Zunge und drang in seine Nase. Jemand hatte ihn niedergeschlagen. Vor Josys Haus. Langsam drängten sich die Bilder zurück in sein Bewusstsein. Er musste raus hier.

Seine kalten Zehen berührten einander, der Mistkerl hatte ihm sowohl Schuhe als auch Socken ausgezogen. Nur noch Jeans und ein T-Shirt. Ohne Hilfsmittel würde es schwer werden, die Handschellen abzustreifen. Vielleicht gaben die Balken nach, an die er gefesselt war. Das Holz könnte morsch sein.

Leon spannte seine Armmuskulatur an und zog kräftig, während er sich mit seinen Füßen gegen die Holzbalken stemmte, um mehr Kraft aufzubringen. Sein Brustkorb hob sich vom Boden, seine Muskeln brannten. Nichts. Verflucht. Er probierte es ein weiteres Mal. Schweiß brach aus, tropfte von seiner Stirn und durchdrang sein T-Shirt, das sich klamm an seinen Rücken presste. Schwindel erfasste Leon, und eine Welle der Übelkeit. Er erbrach sich. Das war nicht gut. Vermutlich eine Gehirnerschütterung. Ein Schauer durchlief ihn, der Brechreiz war immer noch nicht verklungen, und in seinem Kopf spielte eine ganze Blasmusikkapelle auf. Es pochte und hämmerte, und mit jeder Sekunde fiel es Leon schwerer, einen klaren Gedanken zu fassen.

Er brauchte Hilfe. Dringend.

Erst jetzt wurde ihm bewusst, da steckte kein Knebel in seinem Mund. Er musste um Hilfe rufen. Bevor er seine Stimme erhob, räusperte er sich. Leider kam ihm nur ein Krächzen über die Lippen. Er probierte es wieder und wieder, bis er Stimmen vernahm. Endlich! Holte ihn gleich jemand raus? Von der gegenüberliegenden Seite des Schuppens hörte er ein Geräusch, jemand öffnete die Tür.

Seine aufkeimende Hoffnung wurde zerschlagen. Er musste sich zusammenreißen, um die Tränen zurückzuhalten. Heulen brachte ihn nicht weiter.

»Du bist wach.« Diese vertraute Stimme, Leon erkannte sie, noch bevor er in Ricks Gesicht sah. Gleich darauf trat sein Partner in sein Sichtfeld und ging vor ihm in die Knie, sodass er auf Augenhöhe mit Leon war. Hasserfüllt starrte Leon Rick an. »Was soll das?«

Mit der Zungenspitze befeuchtete Rick seine Lippen und seufzte anschließend laut. »Glaub mir, ich wollte nicht, dass es so weit kommt, Partner.«

»Partner? Binde mich los!« Leon riss erneut an seinen Fesseln, der Kampfgeist war zurück, da tauchte hinter Rick eine weitere Person auf. Ein unbekannter Mann, den Leon auf Anfang 40 schätzte. Eine unscheinbare Gestalt mit hellem Haar, einer Brille und einem Schnauzbart, der aussah wie aufgeklebt und ihn lächerlich wirken ließ.

»Wer ist das?« Fieberhaft suchte Leon in seinen Erinnerungen nach einem Anhaltspunkt.

»Das ist …«, setzte Rick an, doch der Fremde schnitt ihm das Wort ab, »… jetzt nicht wichtig.« Ein strenger Blick traf Rick.

»Bitte, Rick!« Leon drängte die Wut zurück und sah seinen Kollegen flehend an. Zeit, die Taktik zu ändern. Wer auch immer der Unbekannte war, wohlgesonnen war er ihm gegenüber sicher nicht. Rick wäre eher sein Ticket raus hier. Wenn er es nicht gewesen war, der ihn in dieses Schlamassel gebracht hatte.

Leon erinnerte sich an Elisas Worte. War die Journalistin auch in Gefahr? Wenn Rick herausfand, woher er den Tipp hatte … Nein, Elisa war klug genug, die Kollegen zu informieren. Bestimmt war bald Hilfe auf dem Weg. Vielleicht sollte er bluffen und den beiden etwas Druck machen? Zeit schinden war definitiv nicht verkehrt.

»Wer von euch beiden hat mich hierhergebracht?«

»Das war ich.«

Fassungslos sah er Rick an. Also doch.

»Und warum?«

»Weil es notwendig war.« Dieses Mal sprach der Fremde, er hatte eine tiefe Stimme und klang ruhig und autoritär. Was er wohl beruflich machte?

»Wer sind Sie?«

»Du stellst zu viele Fragen.« Der Typ kam auf ihn zu. Instinktiv wollte Leon zurückweichen, doch hinter ihm befanden sich nur die Balken. Der Kerl holte verdrängte Erinnerungen an die Oberfläche. Leons Vater, der … Nein! Nicht daran denken!

Der Fremde fischte ein Tuch aus seiner Jackentasche, und gleich darauf folgte ein kleines Fläschchen, mit dessen Inhalt er das Tuch tränkte. Betäubungsmittel.

»Nein!«, stieß Leon aus. Hilfe suchend sah er zu Rick. »Was habt ihr beide vor? Bitte lasst mich …« Er hasste es, wie panisch seine Stimme klang. War das tatsächlich noch sein Partner? Oder ein böser Zwilling? Vielleicht war Ricks Bruder doch nicht tot und er hatte ihn entführt und hierher verschleppt.

»Simon!« Ricks Hand legte sich auf die Schulter von Mr. Schnauzbart.

»Was?« Ein genervter Seitenblick.

»Vielleicht sollten wir versuchen, das anders zu lösen.«

»Wie denn?«

»Er ist mein Partner.«

Dieser Simon atmete geräuschvoll aus, erhob sich aber aus der Hocke, das Tuch noch immer fest mit seinen Händen umklammert. »Richard!«, sagte er langsam und in einem Tonfall, als wäre Rick ein beschränktes Kind. »Er schnüffelt herum, und wir können …«

»Er ist einer von uns.«

Leon kapierte nichts mehr. Wenn er einer von ihnen war, warum hatte Rick ihn dann überhaupt niedergeschlagen und verschleppt?

»Wir können nicht …« Rick brach ab und sah wieder zu Leon. Bedauern in seinem Blick.

»Warum habt ihr mich hierher verschleppt?« Leons Stimme klang kratzig, seine Kopfschmerzen brachten ihn fast um den Verstand. »Woher kennt ihr euch? Und wo sind wir?«

»Wir sind in der Scheune meiner Großeltern. Seit sie gestorben sind, steht das Haus leer.«

»In ... Thannhausen, richtig?« Rick hatte ihm davon erzählt.

»Ja. Mein Bruder und ich haben immer die Ferien hier verbracht und sind im Sommer im Galgenwald herumgelaufen. Es war eine schöne Zeit. Aber dann wurde Raini krank und ...« Rick atmete aus. »Meine Eltern sind mit seiner Schizophrenie nicht klargekommen. Vater tat so, als wäre seine Krankheit Rainis Schuld. Er war der Meinung, Raini müsse sich nur zusammenreißen, und dann würde alles gut werden.«

»Wir sollten jetzt keine Märchenstunde abhalten.« Mr. Schnauzbart klang streng.

Leon sah zwischen den beiden hin und her. Immer wieder durchzuckten Blitze seine Schläfen, und für kurze Zeit sah er nur schwarze Punkte. Angestrengt versuchte er, der Konversation zu folgen.

»Wir müssen uns überlegen, was wir jetzt mit ihm machen.« Eindringlich sah Simon zu Rick. Leon ignorierte er völlig.

»Was hatte es mit Rainis Tod tatsächlich auf sich?«, fragte Leon.

Ein warnender Blick seitens Simons.

»Hat er Verena getötet?«

Ein Schatten huschte über Ricks Gesicht, dann schüttelte er den Kopf. »Nein, so war das nicht. Das war ...«

»Jetzt ist es genug!« Mr. Schnauzbart hatte die Stimme erhoben. »Wir quatschen hier schon viel zu lange. Was sind wir? James-Bond-Bösewichte, die ihren Plan darlegen?«

Wie interessant, dass der Kerl sich selbst als Bösewicht bezeichnete.

»Warum habt ihr Gabi Avram getötet?«

»Wer sagt, dass wir das getan haben?« Der Kerl ging vor ihm in die Knie, packte Leons Haar und zog seinen Kopf mit einem Ruck nach hinten. Ein gepeinigter Schrei, die Kopfschmerzen wurden unerträglich. Leon sah das Tuch auf sich zukommen.

»Nein! Nein, bitte nicht! Rick! Hilf mir!« Verzweifelt kämpfte er gegen den Griff.

»Keine Sorge, du wirst nichts spüren!« Wieder diese einlullende Stimme.

»Simon!«

»Was?« Der Griff in seinem Haar lockerte sich. Hektisch hob und senkte sich Leons Brustkorb. Er konnte nicht atmen, Panik hielt ihn in ihren Klauen fest. Kein klarer Gedanke in seinem Kopf.

»Ich will ihn nicht umbringen. Er ist mein Freund.«

Freund! Ha! Ein abgehackter Laut, der wohl ein Lachen darstellen sollte, löste sich aus Leons zugeschnürter Kehle. Seine Freunde schlug man nicht zusammen und man fesselte sie nicht in irgendeinem abgelegenen Schuppen!

»Das hättest du dir früher überlegen müssen! Er ist Bulle und wird uns jetzt wegen Freiheitsberaubung und Körperverletzung drankriegen, du Idiot!« Die Ruhe war verschwunden, stattdessen las Leon Wut im Gesicht von Mr. Schnauzbart.

Ein stummes Blickduell fand zwischen den beiden statt.

»Hat das hier was mit meiner Schwester zu tun?«, fragte Leon erschöpft. »Wo ist sie? Wo ist Dilara?«

Ein strenger Blick von Simon. »Ich bringe dich zu ihr.«

Leons Augen weiteten sich panisch, als das Tuch auf seine Nase und seinen Mund gepresst wurde. Verzweifelt bäumte er sich auf und drehte den Kopf wild hin und her, da spürte er wieder den festen Griff in seinem Haar. Er hatte keine Chance. Die Kraft wich aus seinen Gliedern, er verlor zusehends die Kontrolle. Die Dunkelheit schluckte ihn.

KAPITEL 45 – ELISA

Montag, 13. November 2023

»Elisa? Bist du verrückt? Hast du mal auf die Uhr geschaut?«
Im Pyjama lehnte Marina gähnend am Türstock. Ihr Haar war
zu Zöpfen geflochten, so hatte Elisa ihre Schwester zuletzt
gesehen, als diese noch ein kleines Mädchen gewesen war.

»Ist Simon da?«

Ein verständnisloser Blick. »Nein, er arbeitet. Was …«

»Kannst du mir seine Nummer geben? Es ist wichtig.«

»Es ist mitten in der Nacht, und du benimmst dich gerade
wie eine Irre.«

Eine Irre auf der Suche nach einem Psychiater, dachte
Elisa. »Der Polizist, der den Fall unserer Mutter bearbeitet, ist verschwunden. Nein, eigentlich sind beide Polizisten
verschwunden, und ich glaube, das alles hängt irgendwie mit
Leons Schwester zusammen.«

»Was redest du denn da? Ich verstehe kein Wort.«

»Simon war Dilaras behandelnder Psychiater.«

»Wer ist Dilara?«

»Leons Schwester. Leon Esposito. Er sucht seit zehn
Jahren nach ihr. Zuletzt ist sie bei unserer Mutter untergekommen. Angeblich ist Dilara vergewaltigt worden. Gerry
meinte, er hat am Rande was von Menschenhändlern mitbekommen. Vielleicht haben die Mama umgebracht, und jetzt
ist Dilara wieder weg. Und Leon und Rick auch. Also wo
zur Hölle ist dein verdammter Mann, Marina?« Elisa war
lauter geworden.

»Ich sagte doch schon: Er arbeitet! Du kannst das morgen mit ihm besprechen, bei Tageslicht.« Ihre Schwester schüttelte den Kopf. »Und jetzt entschuldige mich bitte, ich hab um 5.30 Uhr Tagwache mit den Kleinen. Ich brauche meinen Schlaf.« Sie stieß sich vom Türrahmen ab und legte ihre Hand auf die Klinke.

»Seine Nummer. Bitte, Marina.«

Eigentlich bedenklich, Elisa hatte nicht mal die Handynummer ihres eigenen Schwagers. Bisher hatte sie sie nie gebraucht. Immerhin bestand kaum Kontakt zu ihrer Schwester, und Simon war noch nie ein großer Sympathieträger gewesen.

»Gibst du dann Ruhe?«

»Ja.«

»Also schön. Warte einen Moment.« Marina drehte um, während Elisa vor der Haustür wartete. Mit dem Handy in der Hand kehrte Marina zurück, und gleich darauf vibrierte es in Elisas Manteltasche.

»Danke.«

»Ja ... wie auch immer. Gute Nacht!« Die Tür fiel vor Elisas Nase ins Schloss, doch sie machte sich nichts draus. Wenn Simon im Dienst war, würde er vielleicht wach sein und könnte mit ihr sprechen. Elisa zog das Smartphone heraus und wollte seine Nummer wählen, als eine Benachrichtigung von *Instagram* aufpoppte. Im ersten Impuls wollte sie diese schließen, dann fiel ihr Blick auf den Namen.

»Flo Portugal hat ein Live-Video gestartet.«

Um diese Zeit? Elisa drehte sich von der Haustür weg und zögerte. Auf die paar Sekunden kam es nun auch nicht mehr an. Sie öffnete die App und schüttelte den Kopf. Der filmte doch tatsächlich aus dem Galgenwald.

»Hallo, Portos! Einige von euch werden die Umgebung vielleicht aus den Nachrichten erkennen. Vor wenigen Tagen wurde hier eine Prostituierte gefunden. Sie wurde aufgehängt, bei der ehemaligen Hinrichtungsstätte. Soweit ich weiß, sucht die Polizei immer noch nach ihrem Mörder.« Eine dramatische Pause folgte. Flo schleppte einen Rucksack, er wanderte gerade den steilen Hang hinauf zur Einöd, wo sich die Steinsäulen befanden.

»Viele von euch denken jetzt vielleicht: Uh, das ist aber makaber«, redete Flo weiter, während er sich den Weg durch das Gestrüpp kämpfte. »Ist es auch, allein wegen dem Namen.« Ein Kameraschwenk zu dem Schild, das verkündete, hier ging es zum Galgenwald.

»Aber wer mich kennt, weiß: Ich stelle mich meinen Ängsten. Und das solltet ihr auch tun! Allein im dunklen Wald, in dem ein Mord geschah! Ja, das ist schon gruselig.« Flo grinste. »Aber wer mich verfolgt, weiß auch: Ich trainiere und bin fit wie ein Turnschuh. Wer, wenn nicht ich, könnte es mit einem Mörder aufnehmen?«

»So ein Vollidiot!«, murmelte Elisa und fragte sich, warum sie sich diesen Müll eigentlich reinzog. Sie wollte das Video schließen, bevor Flo weiterlaberte, wie toll und stark er doch war, doch bei seinen nächsten Worten hielt sie inne.

»Ich bin aber auch hier, um mich meiner Vergangenheit zu stellen. Meine Jugendfreundin starb hier. Sie hat sich angeblich umgebracht. Aber das ist eine Lüge!« Wut war in seinem Gesicht zu lesen. »Sie war vieles, aber nicht schwach.«

Elisa spürte Wut in sich aufsteigen. Kerle wie Flo verzapften so viel Blödsinn, der von seinen hirnlosen Followern noch aufgesogen wurde. Suizidale Menschen waren nicht schwach. Sie brauchten Hilfe, und durch solche Aussagen fiel es ihnen vermutlich schwerer, sich diese zu suchen.

»Ich nehme euch jetzt mit zu dem Galgen, und dann sagt mir ehrlich: Welche 18-Jährige würde sich hier aufhängen?« Ein Keuchen entkam Flo. »Ich bin schon vorher hinaufgegangen und hab ein paar alte Erinnerungsstücke von Verena zusammengetragen, die ich euch gleich zeigen will. Erinnert euch, ich bin fit, aber auch für mich ist es ein Training, hier rauf- und runterzulaufen. Verena war eine zarte 18-Jährige. Sie hätte niemals die Mühe auf sich genommen, eine Leiter hier raufzuschleppen.«

Das Dickicht lichtete sich, im Hintergrund ragten die Bäume bedrohlich in die Höhe. Das Handylicht erleuchtete Flos Gesicht gespenstisch und erinnerte Elisa an ein Ferienlager, bei dem sie alle um ein Lagerfeuer gesessen waren und sich Geistergeschichten erzählt hatten.

Eines musste man diesem Spinner lassen: Er wusste sich in Szene zu setzen. Vermutlich kam ihm der Tod von Elisas Mutter genau recht. Er verknüpfte seine eigene tragische Geschichte damit und erhielt somit mehr Aufmerksamkeit, die er wiederum auf sein neues Buch umlenken konnte.

Mistkerl!

»So! Gleich sind wir da, und ihr könnt euch selbst ein Bild machen!« Unpassenderweise lächelte er in die Kamera; immerhin wollte er über ein totes Mädchen sprechen. Flo setzte an, weiteren Mist von sich zu geben, da ertönte ein Schrei. Gänsehaut überzog Elisas Arme. War das wieder ein Spezialeffekt von Flo? Erzählte er gleich, Verenas Geist würde noch durch den Wald spuken? Zutrauen würde sie es ihm.

Doch als sie in sein Gesicht blickte, war da keine Überheblichkeit, sondern Angst. Entweder hatte Elisa die Schauspielkünste des Influencers unterschätzt oder er hatte tatsächlich keine Ahnung, wer hier schrie.

»Okay, das ist jetzt etwas unheimlich …« Flo flüsterte und hielt inne.

Marketingaktion inklusive Schauspiel – oder stimmte hier etwas nicht?

Misstrauisch starrte Elisa auf den Bildschirm und nahm beiläufig einige Kommentare auf. »*Wie gruselig!*«

»*Der Bre hat Eier in der Hose, das muss man ihm lassen.*«

»*Go Flo, du bist der King!*«

»*Yo, bin ich der Einzige, der glaubt, das Geistermädchen spukt hier rum?*«

Darauf folgte ein Kommentar. »*Es ist ein Galgenwald. Vielleicht ist es nicht seine Ex, sondern eine der Hingerichteten.*«

»*Run, Flo, RUN!*«

Ein unsicheres Lachen lenkte Elisas Aufmerksamkeit von den Kommentaren zurück zu Flo. »Ähem ... ja, das ... ist schon etwas gruselig, aber wie gesagt: Man muss sich seinen Ängsten stellen, nicht wahr?« Sein Adamsapfel bewegte sich. Gebannt starrte Elisa auf den Bildschirm. »Wir sind gleich da«, flüsterte Flo und dann schrie er selbst.

KAPITEL 46 - FLO

Montag, 13. November 2023

Im Schock rutschte Flo sein Handy aus der Hand. »Was zur Hölle?« Ungläubig starrte er auf den reglosen Körper, der wenige Meter entfernt zwischen den fünf Meter hohen Steinsäulen baumelte. Eine zierliche Gestalt hing an einem Strick, der an dem vordersten der drei hölzernen Balken befestigt war.

Flo blinzelte. Noch einmal. Und ein drittes Mal. Das Mädchen vor seinen Augen verschwand nicht. War es ein Mädchen? Wie von einer unsichtbaren Macht angezogen näherte er sich seinem grausigen Fund. Wie war das möglich? Er war doch nur eine Stunde weg gewesen.

In seinem Rucksack hatte er sämtliche Erinnerungsstücke von Verena verstaut: Fotoalben, das Kleid, das sie beim Maturaball getragen hatte, ihre geliebten Bücher. Ganz schön schwer, doch er wollte eine emotionale Show bieten. Wollte seinen Portos die Person hinter dem toten Mädchen zeigen und beweisen, er war kein Frauenfeind.

Er hatte Verena einst geliebt. Und wenn Emma ihn jetzt als Schläger darstellen wollte, brauchte er Gegenbeweise, um sie als Lügnerin zu entlarven. Was zog besser als ein schmerzvoller Abschied von einer Verflossenen? Noch dazu, wenn diese so jung das Zeitliche gesegnet hatte.

Der Tod der Prostituierten vor wenigen Tagen an diesem Ort würde ihm gewiss auch das Interesse der Medien bescheren. Sie würden vielleicht nach Zusammenhängen suchen, die es nicht gab. Flo hatte hoch gepokert, aber er erhoffte sich dadurch einige Interviews, in denen er sein neues Buch bewerben konnte.

Reglos stand er jetzt vor der Toten und fragte sich, ob es so was wie Karma tatsächlich gab. Bestrafte Verena ihn aus dem Jenseits? Warum sollte sie das tun? Sie hatte ihn verlassen. Für diesen hässlichen Kerl, der nicht mal ansatzweise mit Flo mithalten konnte.

Zaghaft stellte er sich auf seine Zehenspitzen, streckte den Arm in die Höhe und berührte die Zehen. Sie waren warm. Lebte sie noch? Adrenalin peitschte durch Flos Adern. Vielleicht konnte er ihr helfen. Wo war sein verdammtes Handy? Das Licht des Displays war erloschen, hektisch suchte Flo den Waldboden ab. Da drüben irgendwo musste er es fallen gelassen haben. Er ging ein paar Schritte weg von seinem makabren Fund.

»Wo bist du nur, du Scheißteil?«, murmelte er.

Der Rucksack lastete schwer auf seinem Rücken, endlich streifte er ihn ab. Vor etwas mehr als einer Stunde hatte er Verenas Zeug hinter dem Baum da hinten abgeladen und war hinunter zu seinem Auto geeilt, um das Stativ und die Ringlichter zu holen. Genervt hatte er bemerkt, das falsche Kameraobjektiv eingepackt zu haben, zudem war sein Akku bereits schwach. Also war er noch mal losgefahren, nach Hause, um das passende Equipment zu holen. In der Zwischenzeit musste jemand das Mädchen hier raufgetragen haben. Eine Gänsehaut befiel Flo bei dem Gedanken. Was, wenn er dem Mörder begegnet wäre?

Er dachte an sein Video von eben. Ja, er war fit, aber wenn der Kerl die Kleine hier raufschaffte, musste er auch trainiert sein. Und wie hatte er sie auf den Balken gebracht? Über seine Schulter sah Flo zurück. Keine Leiter. Oder doch? Was war das da hinten?

Er stand vom Waldboden auf, eben war er noch gekniet

und hatte mit seinen Händen nach dem Handy getastet. Er musste Hilfe rufen, aber zuerst musste er sie runterholen. Wenn sie noch lebte, zählte jede Sekunde. Überforderung machte sich in ihm breit. Sein letzter Erste-Hilfe-Kurs lag schon eine Weile zurück. Doch ehe er diese leisten konnte, musste er sie mal runter kriegen.

Flo rannte zu den Steinsäulen, und tatsächlich: Da lehnte eine Leiter! Wieso hatte er sie nicht vorher schon bemerkt? Mit zitternden Händen trug er sie zu dem Mädchen und stellte sie auf dem unebenen Boden auf. Eine wackelige Angelegenheit, doch das blendete er aus. Hastig stieg er die Stufen hinauf, als er auf einmal Geräusche vernahm. Vor Schreck wäre Flo beinahe runtergestürzt.

»Na, was haben wir denn hier?«

Zwei Männer standen wenige Meter entfernt, in ihrer Mitte schleiften sie einen dritten Kerl, der reglos in ihren Griffen hing. Flos Herz schlug bis zum Hals, fast verlor er die Kontrolle über seine Blase.

»Steig runter da, Bursche!« Der Typ, der am weitesten links stand, hatte zu ihm gesprochen. Flo konnte sein Gesicht in der Dunkelheit nicht erkennen.

»Habt ... habt ihr sie da aufgehängt?« Keine Ahnung, woher er den Mut nahm, diese Frage zu stellen.

»Nein.«

Flo glaubte ihm nicht.

»Wir müssen sie da runterholen.«

Der rechte Kerl seufzte und zog etwas aus seiner Jacke. Alles ging so schnell, Flo konnte nicht rechtzeitig reagieren. Ein Knall durchbrach die Stille des Waldes, und dann verlor Flo den Halt. Grauenhafter Schmerz breitete sich in seinem Oberschenkel aus. Panisch sah er nach unten. Seine Hose war zerrissen, und da war Blut. Viel Blut. Ihn schwindelte. Mit einem Schrei landete er auf dem Waldboden. Sein

Bein stand in Flammen. Sein Herz trommelte heftig gegen die Rippen. Mit aufgerissenen Augen robbte er weg von dem Kerl, der auf ihn zukam, die Waffe immer noch in der Hand und auf ihn gerichtet.

»Nein, nein! Bitte! Ich sage niemandem, was ich hier gesehen hab! Bitte!« Tränen strömten über seine Wangen. Kleine Steinchen hinterließen Abdrücke an seinen Händen. Er musste weglaufen. Doch wie sollte er das anstellen? Sein Bein tat so höllisch weh, er könnte es nicht belasten. Seine Blase hielt dem Druck nicht länger stand, warme Flüssigkeit strömte in seine Unterwäsche und nässte seine Hose ein.

Der Mörder stand jetzt direkt vor ihm, ein angewiderter Ausdruck auf seinem Gesicht. »Hast du dich etwa angepisst?«

Flo wagte nicht mehr zu sprechen. Angsterfüllt sah er den Kerl an, und dann erkannte er ihn. »Du?« Seine Stimme war nur ein Wispern.

Ein Seufzen.

»Was dauert so lang? Leg ihn schon um! Wir haben nicht die ganze Nacht Zeit«, rief der zweite Kerl zu ihm rüber.

Mit seinen Augen flehte Flo den Mann über sich an, ihn zu verschonen. Seine Lippen bebten. »Bitte!«, brachte er mühsam hervor. Da hob der Kerl die Waffe abermals. Flo schloss die Augen.

KAPITEL 47 - ELISA

Unschlüssig starrte Elisa auf das Display. Flo hatte seine Story ruckartig abgebrochen, der Schrei hatte echt geklungen. Zahlreiche Kommentare trudelten ein, in denen heftig diskutiert wurde.

»Bro, bist du okay?«

»Das ist doch sicher nur irgendein Effekt, gleich grinst er in die Kamera. Ich falle nicht auf den Marketing-Gag rein!«

»Jetzt hat ihn sich der Geist geholt.«

Ein Schauer durchlief Elisa. Steckte Flo in Schwierigkeiten? War der Mörder ihrer Mutter zurückgekehrt? Der Schrei hatte authentisch geklungen. Sie verließ die App und wählte die Nummer der Polizeiinspektion Weiz. Die wären am schnellsten vor Ort. Wenn Flo Hilfe brauchte, konnte Elisa nicht tatenlos zusehen. Wenn es tatsächlich ein dämlicher Gag war, müsste er eben mit den Konsequenzen leben.

Angespannt lauschte sie dem Freizeichen, endlich meldete sich ein Beamter.

»Guten Abend, Elisa Avram spricht hier. Bitte schicken Sie schnell jemanden rauf zum Galgenwald nach Thannhausen. Bei der ehemaligen Hinrichtungsstätte scheint was nicht zu stimmen.« In knappen Worten fasste sie das Video zusammen, der Polizist versprach, Kollegen zu verständigen. Erleichtert atmete Elisa auf. Mehr konnte sie nicht tun. Oder doch?

Einen Moment überlegte sie, dann verließ sie endlich die

Veranda ihrer Schwester und stieg in ihr Auto ein. Mit quiet-schenden Reifen fuhr sie los. Um diese Zeit schaffte sie es, in 20 Minuten in Thannhausen zu sein, wenn sie Gas gab.

KAPITEL 48 – LEON

Montag, 13. November 2023

Ein lauter Knall hatte Leon aus der Bewusstlosigkeit gerissen. Ein Schuss. Hatte er ihn sich nur eingebildet? Wo war er? Sein Kopf dröhnte immer noch, die Umgebung war verschwommen. Ihm war eiskalt und schlecht, in seinem Mund steckte ein Tuch mit einem widerlichen Geschmack. Würgereiz befiel Leon, panisch kämpfte er dagegen an. Wenn er jetzt erbrach, würde er qualvoll ersticken. Mit letzter Kraft wand er sich auf die Seite und spürte Gräser und kleine Steine unter seinen gefesselten Händen. Langsam schärfte sich sein Blick, doch was er sah, vertrieb seine Panik ganz und gar nicht.

Drei Steinsäulen, umringt von hohen Bäumen, die Leon ausblendete. Seine gesamte Aufmerksamkeit richtete sich auf die Gestalt, die vor ihm am Galgen in der Luft baumelte.

Dilara!

Er wollte ihren Namen rufen, doch der Knebel hinderte ihn daran. Ein Adrenalinschub überkam ihn und verlieh ihm neue Kräfte. Auf allen vieren robbte er zu seiner Schwester. Er musste ihr helfen. Nur noch wenige Meter trennten sie. Gleich hätte er sie erreicht. Er musste die Fesseln loswerden und dann …

Ein gequälter Laut verließ seine Lippen, als sich ein Schuh auf seinen Rücken drückte. Schmerz durchflutete Leon.

»Hiergeblieben!«

Wieder diese verhasste Stimme. Leon drehte den Kopf und blickte über seine Schulter zu Mr. Schnauzbart.

»Richard, was dauert so lange?«

Rick! Richtig. Er war auch hier. Leon suchte seinen Partner in der Dunkelheit. Da! Hinter der Steinsäule. Er stand auf einer Leiter und … Oh Gott! Was tat Rick da nur?

Jegliche Hoffnung verließ Leon. Sein Partner hängte eine weitere leblose Gestalt an den zweiten Balken. Der Statur nach handelte es sich um einen Mann.

»Der Kerl ist verdammt schwer!« Die Anstrengung war ihm anzuhören, die Leiter wackelte bedenklich. Und war das Blut? Blutete der Kerl?

Leon schloss die Augen und wünschte sich weit weg. Bestimmt war das alles nur ein Traum, gleich würde er in seinem Bett aufwachen, und am nächsten Tag würde er Rick davon erzählen, und beide würden sie darüber lachen. Rick war kein Mörder, er war niemand, der Menschen auf alte Hinrichtungsstätten hängte.

»Du bist der Nächste«, wisperte Mr. Schnauzbart in sein Ohr. »Wie gut, dass ich einen extra Strick eingepackt habe. Was denkst du, wie gut das aussehen wird, wenn ihr alle drei da oben hängt. Auf jedem Holzbalken eine Leiche.« Er lachte leise auf.

Leon öffnete die Augen und starrte ihn hasserfüllt an. »Damit kommst du nicht durch«, versuchte er, ihm durch seinen Blick zu verdeutlichen. Leider hatte Leon im Moment keine guten Karten. Wieder sah er zu Dilara. Handelte es sich tatsächlich um seine Schwester? Es war zu dunkel, und ihr Haar hing ihr ins Gesicht, außerdem hatte er sie seit zehn Jahren nicht gesehen. Unmöglich zu sagen, ob sie es war. Leon betete, er läge falsch.

Wie lang hing das Mädchen schon dort? War es noch zu retten? Aber wie sollte er das anstellen? Er fühlte sich so schwach wie ein Neugeborenes, sein Kopf schmerzte so heftig, es fiel ihm immer schwerer, einen klaren Gedanken zu fassen. Er musste sich von den Fesseln befreien, doch wie sollte er das anstellen? Und selbst, wenn es ihm gelang, war er zahlenmäßig immer noch unterlegen, verletzt und unbewaffnet.

Ein Stöhnen erklang aus der Ferne, Leon sah zu Rick, der soeben die Leiter herabstieg. Noch ein Körper, der vom Holzbalken baumelte. Tränen füllten Leons Augen. Das war es also gewesen. In wenigen Minuten würde er dieses tödliche Trio komplettieren.

Er wollte noch nicht sterben. Wer wollte das schon?

Wenn er nicht gleich mit einem Plan aufkam, war alles vorbei.

Mit der Leiter in der Hand marschierte Rick auf sie zu. »Wir müssen uns beeilen«, sagte er zu Simon. »Die Schüsse haben vielleicht Aufmerksamkeit erregt, und wer weiß, ob den Kerl nicht jemand sucht.«

»Was er wohl hier wollte«, überlegte Simon.

»Egal. Komm schon!« Rick nickte in Richtung des letzten freien Holzbalkens. »Jetzt darfst du mal. Immerhin hast du mit all dem hier angefangen.«

»Das sehe ich anders.«

»Rick!«, wollte Leon sagen, doch durch seinen Knebel entkamen ihm nur unverständliche Laute. Ein Seitenblick seines ehemaligen Partners streifte ihn. Bedauern. Leon fasste neuen Mut. Vielleicht konnte er diesen Wahnsinn noch stoppen. Irgendwie musste er zu Rick durchdringen. Mit letzter Kraft robbte er ein Stück weg, Mr. Schnauzbart hatte den Fuß von seinem Rücken genommen, und seine Aufmerksamkeit jetzt Rick zugewandt.

Ein weiterer Schuss erklang. Leon hielt inne, verharrte stocksteif auf dem Waldboden, in der Erwartung, gleich Schmerz zu fühlen, doch nichts. Schritte. Unheilvoll näherten sie sich und knirschten auf dem Unterholz. Leon zitterte. Er wagte es nicht, sich dem Grauen zu stellen. Wie ein kleines Kind schloss er die Augen, da spürte er eine kräftige Hand in seinem Haar. Sein Kopf wurde nach hinten gerissen, aus geweiteten Augen starrte er auf den Baum vor sich, und dann hörte er ein Seufzen an seinem Ohr. »Es tut mir leid, dass es so gekommen ist, Leon. Ich hab dich echt gemocht.«

Zu seiner Verwunderung löste Rick den Knebel aus seinem Mund. Augenblicklich begann Leon zu husten, der Schüttelfrost wurde schlimmer. »Was ... hast du jetzt vor?«

»Ich muss aufräumen.« Rick drehte ihn um, sodass Leon wieder den Galgen im Blick hatte. Im Gestrüpp darunter lag Simon. Reglos.

»Du hast auf ihn geschossen«, wisperte Leon. »Warum?«

»Er hat mir das alles eingebrockt.« Rick sprach in einer Tonlage, als hätte Simon Rotwein über sein Hemd gekippt und nicht, als wären sie gemeinsam auf Mord-Tour gegangen.

KAPITEL 49 - RICK

Montag, 13. November 2023

Verwirrung stand in Leons Gesicht geschrieben und mischte sich mit Abscheu, doch die größte Emotion, die Rick dort las, war Angst. Leon zitterte, eine Träne lief über seine Wange. Er verstand nicht. Wie sollte er auch?

Manchmal verstand Rick selbst nicht, wie es so weit kommen hatte können. Sein Blick wanderte auf die drei reglosen Gestalten. Nur noch ein freier Holzbalken, aber vier Leichen. Bedauern breitete sich in ihm aus. Er wollte Leon nicht töten. Doch es gab keine andere Möglichkeit. Leon würde niemals schweigen. Er war Polizist und Gerechtigkeitsfanatiker. Und nach all dem … Noch nicht mal Simon hatte geschwiegen.

»Was hast du jetzt vor?« Leons Stimme klang kratzig.

Rick befeuchtete seine Lippen und starrte in den Nachthimmel. Der Mond schien. Er erinnerte sich an ihre Kindheitstage, als Raini und er hier Räuber und Gendarm gespielt hatten. So glücklich waren sie gewesen. Dann war alles aus dem Ruder gelaufen.

»Ich habe Verena getötet.« Seine eigene Stimme klang fremd.

Leon schüttelte den Kopf, Rick fragte sich, ob ihm die Bewegung bewusst war. Blut klebte immer noch an seiner Schläfe, mittlerweile war es verkrustet. Sein Gesicht war schneeweiß, fast schon wie das einer Leiche, und selbst seine Lippen zitterten.

»Ich hab sie geliebt, es war … ein Versehen.«

»Wie tötet man jemanden aus Versehen?« Wut. Das war eindeutig Wut.

»Wir haben miteinander geschlafen. Sie stand auf Würgespiele und … da ist es passiert.« Rick seufzte. »Zuvor hatten wir Streit, ich hatte den Verdacht, dass sie mich betrügt. Sie war so hübsch, aber ein richtiges Luder. Konnte nicht treu sein. Und das in dem Alter. Ich hab sie angeschrien, und dann hat sie mich geküsst und mich zum Bett gedrängt …« Alte Erinnerungen spielten sich in Ricks Kopf ab. Er sah Verenas rotes Kleid vor sich, ihr keckes Lächeln. Die Art, wie ihre Zunge seine umspielte. Gott, wie verrückt er nach diesem Mädchen gewesen war. Er hatte gar nicht anders gekonnt, als ihr zu verfallen.

Sie hatte ihn aufs Bett geschubst und dann hatte sie seine Hose geöffnet und ihn über sich gezogen und nur gewispert: »Halte dich nicht zurück!«

Und wie hätte er gekonnt? Sie mochte es hart, genau wie er. Lisa hatte sich immer beschwert, sobald er mal etwas grober wurde, doch Verena brachte das auf Touren. Sie hatte seine Hände an ihren Hals gelegt, und er hatte zugedrückt. Sie hatte die Augen geschlossen und laut gestöhnt, und dann hatte sie ihn angesehen und mit diesem provokanten Augenaufschlag herausgequetscht: »Du vögelst mich fast so gut wie er.«

In diesem Moment war eine Sicherung in Rick durchgebrannt. So wütend war er geworden und er hatte fester gedrückt. Verenas Augen hatten sich geweitet. Der überhebliche Ausdruck verschwand, und endlich – zum ersten Mal – besaß er die Kontrolle. Er drückte fester und hörte nicht auf. Ein Rausch befiel ihn. Er ließ seiner Wut freien Lauf. Seine untreue Freundin sollte merken, was sie davon hatte. Immer schneller und wilder wurde er und dann kam er in ihr. Als er endlich wieder zur Besinnung kam, war es zu spät. Verena regte sich nicht mehr.

»Rick!« Leons raue Stimme holte ihn zurück in die Realität. Zurück in den Galgenwald, wo alles seinen Anfang genommen hatte. »Du musst sie da runterholen!« Er deutete in Richtung der Steinsäule.

»Das kann ich nicht.«

»Es ist Dilara, oder? Warum ...«

»Ich hab keine Zeit mehr. In Filmen halten die Täter immer Kaffeekränzchen, und dann werden sie geschnappt. Das kann ich nicht bringen.«

»Willst du mich etwa auch erschießen?« Da stand so viel Schmerz in Leons Augen. Rick konnte ihn nicht länger ansehen.

»Mir bleibt keine andere Wahl. Siehst du das nicht? Ich hab einen verfluchten Fehler gemacht. Einen einzigen. Einmal hab ich nicht aufgepasst, hab mich in der Dunkelheit verloren. Und es hat mich meinen Bruder gekostet.«

»Ich verstehe noch immer nicht.«

»Ich hab Verena getötet und wollte es wie einen Selbstmord aussehen lassen. Ich hab sie beim Vögeln zu hart gewürgt und wollte sie hier aufhängen. Sie stammte aus schwierigen Familienverhältnissen und ... ich hab mir gedacht, wenn ich sie gleich hier aufhänge, dann merkt es niemand. Ich hab sie also hier raufgeschleppt, aber Raini hat mich erwischt. Ich hab ihn überzeugt, dass er es war, der sie getötet hat. Er war zu der Zeit so hinüber, hat seine Medikamente nicht regelmäßig genommen, ich ... ich hab es als einzige Möglichkeit gesehen, damit er still ist. Er hat ständig halluziniert von einer Amara. Sie war die Stimme in seinem Kopf und sie hat ihm alle möglichen Dinge angeschafft. Er sollte unsere Eltern töten, doch er hat es nie getan. Es war leicht, ihn zu überzeugen, dass er der Mörder war und ich ihm helfe. Ich hab gesagt, wir dürfen nie wieder ein Wort darüber verlieren.« Rick schnaubte. »Ich konnte ja nicht ahnen, wie sehr ihm das zusetzen würde.«

»Ja, wirklich schockierend! Es hat ihn fertig gemacht, für einen Mord verantwortlich gemacht worden zu sein.« Sogar jetzt konnte Leon seinen Sarkasmus nicht zügeln, im Angesicht des Todes.

»Ich weiß, dass ich ein Arsch bin.«

»Du kannst es noch gutmachen. Es war ein Unfall damals.«

»Mord verjährt nicht. Ich bin Bulle, ich gehe ganz sicher nicht in den Knast. Noch dazu mit all den Verbrechen, die dazukommen.« Missmutig starrte Rick an den Galgen.

»Hol sie runter! Bitte!«

»Deine Schwester ist längst tot, Leon. Die hängt da seit einer Stunde.«

Da waren sie wieder – die Tränen. Sie rannen über Leons Wangen.

»Es tut mir leid.« Worte waren viel zu wenig. Genau wie bei Raini. Der war durchgedreht, Rick hatte alles versucht. »Ich hab meinen Bruder auf dem Gewissen.« Er ging in die Hocke, die Pistole hielt er fest in seinen Händen. »Er hat sich hier aufgehängt, vermutlich war das sein verdrehter Sinn von Gerechtigkeit. Niemand wusste so genau, was in seinem Kopf vor sich ging.« Er erinnerte sich an den kalten Morgen im November. Rick hatte Raini gesucht. Und dann baumelte er hier. Grauen breitete sich immer noch in ihm aus, wenn er daran dachte. Sein eigenes Gesicht, der Hals im Strick. Die Leiter hatte noch an der Steinsäule gelehnt. Rick hatte ihn hinuntergeholt, doch Raini war schon ganz steif. Keine Rettung mehr möglich. Genau wie heute.

Ein Schniefen entkam ihm. Rick heulte. »Seitdem verfolgt mich sein Geist.«

»Das ist doch Blödsinn!«, wisperte Leon.

»Nein. Er ist hier. Er lebt in mir. Vielleicht ist ein Teil seiner Seele in mich gewandert. Wir sind immerhin eineiige Zwillinge. Zu Lebzeiten hat er nicht gewusst, was ich ihm angetan hab, aber im Tod ganz bestimmt. Er … hat mich verfolgt. Ich wollte mich entschuldigen, bin sogar zu einer Hellseherin gegangen.« Rick schnaubte. Eine Fledermaus flatterte an ihnen vorbei und zog ihre Kreise in der Luft. Verdammt, er redete zu viel. Das musste aufhören. Aber hatte Leon nicht ein Recht darauf zu erfahren, warum er sterben musste? Was, wenn er ihn danach quälte wie Raini?

Rick erhob sich aus der Hocke. Die Waffe zitterte in seinen Händen. Er richtete sie gegen Leons Kopf. »Es tut mir leid, Kumpel. Ich wünschte wirklich, ich müsste das nicht tun.«

»Du musst nicht.«

»Es gibt keinen anderen Weg.«

»Den gibt es immer.«

Rick lachte auf. »Ja, und er heißt Gefängnis. Aber da gehe ich nicht hin. Ich werde sagen, dass alles Simons Schuld war. War es ja auch. Ich hab meine Geschichte schon parat.«

»Und wie lautet die?«

Rick war versucht, sie Leon zu erzählen, vielleicht würde der ihn auf Schwachstellen hinweisen, die er noch ausbügeln konnte. Doch die Zeit dafür fehlte. Er musste verschwinden, nein, er sollte die Kollegen alarmieren. Und dann das geschockte Opfer spielen.

Er starrte auf Leon hinab, der sah ihn bittend an.

»Mach die Augen zu.«

»Nein.«

»Ich sagte, mach deine verdammten Augen zu!« Rick war lauter geworden.

»Wenn du mich schon erschießt, dann sei gefälligst Manns genug und schau mir dabei in die Augen.«

Rick seufzte laut, er ging um Leon herum, legte diesem die Waffe an die Schläfe und wollte abdrücken, als auf einmal eine laute Stimme erschallte: »Polizei! Waffe fallen lassen!«

KAPITEL 50 - LEON

Montag, 13. November 2023

Leons Herz klopfte so laut in seiner Brust; jeden Moment würde es rausspringen, davon war er überzeugt. Kam tatsächlich Rettung in letzter Minute?

»Waffe fallen lassen!«, wiederholte der Polizist, der mit erhobener Pistole aus dem Schatten der Bäume trat. Er wirkte nervös. Kein Wunder, solche Szenarien gehörten nicht zum Alltag eines Streifenpolizisten. Wo war sein Kollege?

Das Zittern an Leons Schläfe hatte nachgelassen. Würde Rick ihn doch noch erschießen und anschließend seine Waffe gegen den Polizisten richten? Zutrauen würde Leon ihm nach dieser Nacht alles.

»Das … ist alles ein Missverständnis.« Nervös lachte Rick auf.

Als könnte er sich aus dieser Nummer rausreden. Aus dem Augenwinkel nahm Leon eine Bewegung wahr. Vermutlich schlich sich der zweite Polizist von hinten an.

»Legen Sie endlich die verdammte Waffe weg!«

Immer noch machte Rick keine Anstalten, dem Befehl Folge zu leisten. Der Lauf der Pistole bohrte sich schmerzhaft in Leons Schläfe. Gleich würde sich eine Kugel durch seine Schädeldecke fressen, und er würde seiner Schwester ins Jenseits folgen. Ins Nichts. Endlose Dunkelheit. Es gab Schlimmeres, richtig?

Leons Versuche, sich selbst zu beruhigen, scheiterten. Immer noch spürte er eine Heidenangst. Adrenalin peitschte durch seine Adern. »Rick, bitte!« Er hasste, wie weinerlich er klang. Es erinnerte ihn an damals, an seinen Vater, wenn der …

Ein Schuss!

Leon zuckte zusammen und erwartete, Schmerzen zu spüren, doch die Kugel war an ihnen vorbeigejagt. Ein lauter Fluch, dann zog Rick ihn in die Höhe. Leons Beine waren so taub, sie gaben nach, und er wäre zusammengesackt, hätte Rick ihn nicht gehalten. »Keinen Schritt näher oder ich knalle ihn ab!«, schrie er. Der Wahnsinn sprach aus ihm. Das war nicht mehr Leons Partner, sondern ein Verrückter.

»Jetzt beruhigen wir uns alle!« Der Polizist richtete die Waffe immer noch auf sie beide.

»Nein! Sie legen jetzt die verdammte Waffe weg, und Ihr Schoßhund, der nicht ordentlich zielen kann, soll sich zeigen.« Ricks Stimme überschlug sich.

Einige Sekunden geschah nichts.

»JETZT!«, schrie Rick. Tatsächlich tauchte hinter dem Galgen ein blutjunger Kerl auf. Er hatte vorhin wohl Rick treffen wollen und sein Ziel verfehlt.

»Wir beide gehen jetzt da runter, und ihr bleibt schön, wo ihr seid. Kapiert?« Rick schob Leon weiter. Der stemmte seine Füße in den Waldboden und machte sich absichtlich schwer. Wenn Rick ihn hier wegschaffte, war er tot.

»Rick, sei doch vernünftig!«, versuchte er an den Restverstand seines Partners zu appellieren. »Du kommst hier nicht raus. Die Straßen werden gleich nur so wimmeln vor Polizisten und …«

»HALT DEN MUND!« Sein Schrei echote gespenstisch im Wald wider. »Beweg dich!« Rückwärts gehend entfernte er sich langsam von den beiden Polizisten, Leon benutzte er als menschlichen Schutzschild.

»Kümmert euch um die drei«, rief Leon den Kollegen zu. Vielleicht konnten sie ein paar Leben retten.

Rick schleifte ihn weiter und geriet dabei immer wieder leicht ins Stolpern. Der Weg war steil und beschwerlich, und mit einer Geisel, die sich kaum auf den Füßen halten konnte, kostete es doppelte Anstrengung.

»Hilf gefälligst mit!«, zischte Rick.

»Du hast das alles nicht durchdacht. Selbst wenn wir diesen Wald verlassen können und es bis zu deinem Auto schaffen, was dann? Überall wird nach dir gefahndet werden, du wirst nicht mal aus der Stadt rauskommen.«

»Sei still, sonst jage ich dir gleich eine Kugel in den Kopf.« Grob zerrte er Leon mit sich. Dessen Kopfschmerzen verschlimmerten sich wieder. Verfluchte Gehirnerschütterung, vermutete er zumindest mal. Und das Betäubungsmittel trug auch nicht gerade zur Besserung bei.

»Rick, du …«

»Ich hab gesagt, du sollst die Klappe halten!« In seiner Wut verlor Rick abermals den Halt und taumelte. Leon sah seine Chance gekommen. Mit aller Kraft warf er sich nach hinten und brachte sie somit beide zu Fall. Wie ein Schneeball kugelten sie den Abhang hinunter, rutschten über Laub und Unterholz.

Rick stieß einen Wutschrei aus.

Alles drehte sich, ein Schwindelanfall überkam Leon und mischte sich mit Übelkeit, doch er kämpfte die Empfindungen nieder. Er musste auf die Beine. Schnell. Mit seinen noch immer hinter dem Rücken gefesselten Händen ein schwieriges Unterfangen. Er tastete nach dem Untergrund, rollte sich auf die Seite und stemmte sich hoch. Zuerst auf die Knie. Die Bewegungen wurden mit heftigen Kopfschmerzen quittiert. Leon ignorierte sie und kam taumelnd zum Stehen. Leider nicht schnell genug.

Ein Schlag traf ihn, wieder am Kopf. Leon sah Sterne um sich tanzen und verlor das Gleichgewicht. Ein Luftzug. Instinktiv rollte er sich auf die Seite und entkam damit gerade noch rechtzeitig einem weiteren Schlag. Dafür bohrte sich ein Ast in seinen Oberarm und hinterließ tiefe Kratzspuren, doch Leon nahm es kaum wahr.

Wo blieben die verdammten Polizisten?

Er kämpfte sich auf die Knie und sah sich Rick gegenüber. Bei dem Sturz hatte der offenbar seine Pistole verloren. Leons Augen suchten den Boden ab. Wo war sie? Wenn er sie zuerst in die Finger bekam … Dann waren seine Hände immer noch gefesselt. Verflucht noch eins!

Seine Gedanken wurden von einem weiteren Angriff unterbrochen. Wütend sprang Rick auf ihn zu, seine Fäuste erhoben und bereit, auf Leon einzudreschen. Der wich den Schlägen aus und rutschte nach hinten, bis er einen Baumstamm im Rücken spürte. Nicht gut. Rick packte ihn am Kragen und zog ihn hoch. Dieses Mal landete sein Schlag in Leons Nieren. Vor Schmerzen schrie er auf und sackte in sich zusammen, doch sein ehemaliger Kollege zog ihn hoch und legte die Hände um Leons Hals.

Viel zu schwach. Er konnte ihm nichts mehr entgegensetzen, dennoch versuchte es Leon. Verzweifelt wand er sich in Ricks Griff, der von Sekunde zu Sekunde unbarmherziger wurde. Gleich würde Leon sein Leben aushauchen, so wie einst Verena. Er bäumte sich auf, doch die Kraft verließ ihn immer mehr. Panisch rang er nach Luft, Ricks Hände schnürten ihm die Kehle zu, kein Sauerstoff erreichte seine Lungen. Der Wald verdunkelte sich, Leons Augen fielen zu, seine Glieder wurden schwerer und gehorchten ihm nicht mehr. Das war es also gewesen. Er hatte es versucht, hatte gekämpft.

Jetzt würde er sich den Fängen der Dunkelheit ergeben. Ein letztes Mal blinzelte er. Eine Bewegung. Vermutlich bildete er sie sich bloß ein. Ein Geräusch drang zu ihm durch, und gleich darauf ließen die Hände von ihm ab. Kraftlos sank Leon auf den Waldboden.

»Leon!« Eine helle Stimme, und gleich darauf waren sanfte Hände auf ihm. »Um Gottes willen!« Ein hübsches Gesicht. Was machte Elisa Avram denn hier? Er wollte sie fragen, doch von seinen Lippen kam nur ein gequältes Husten. »Scht! Schon gut. Hilfe ist auf dem Weg. Alles wird gut.« Sanft streichelte sie ihm durchs Haar. Er ließ sich von der Zärtlichkeit einlullen und schloss die Augen. Nur kurz. Für einen Moment würde er sich ausruhen.

»Nicht einschlafen!« Jemand rüttelte ihn.

Leon stieß nur ein Brummen aus.

»Bleib bei mir! Die Rettung ist gleich da.« Wieder eine Bewegung, und gleich darauf legte sich etwas Warmes um ihn. Elisa hatte ihren Mantel ausgezogen und ihn wie eine Decke über ihm ausgebreitet.

»Rick«, quetschte Leon besorgt hervor.

»Der pennt erst mal. Ich hab ihm einen Ast über den Kopf gezogen.«

Leon starrte sie an, da grinste Elisa und zuckte die Schultern. »Irgendwas musste ich doch tun.«

»Danke.«

»Du kannst mir danken, indem du wach bleibst. Die Wunde da auf deinem Kopf sieht gar nicht gut aus.«

»Sie fühlt sich auch nicht gut an.« Genauso wenig wie sprechen. Jedes Wort bereitete ihm Höllenqualen. Leon wollte einfach nur schlafen und keine Schmerzen mehr spüren.

»Wach bleiben!«, mahnte Elisa, und dann rief sie: »Gott sei Dank! Hierher! Schnell!«

Trampelnde Schritte, gleich darauf blendeten ihn Lichter. Eine männliche fremde Stimme sprach ihn an und stellte sich als Sanitäter vor. Sie zogen und zerrten an ihm und Leon ließ es einfach geschehen. Bis ihm ein Gedanke kam, der ihn wieder hellwach werden ließ. »Was ist mit Dilara?«

Elisa tauschte Blicke mit den Sanitätern.

»Wir kümmern uns jetzt erst mal um Sie, in Ordnung?« Das beruhigende Lächeln des Sanitäters verfehlte die Wirkung. Leon wusste, was diese Blicke bedeuteten. Und Rick hatte es auch gesagt: *Sie hängt seit einer Stunde da.* Das war viel zu lange. Seine Schwester war gewiss tot.

Tränen strömten über sein Gesicht, und ein Schluchzen entkam ihm. Höllenqualen für seine geschundene Kehle, trotzdem quetschte Leon die Wörter hervor. »Ich will zu ihr. Ich will sie sehen!« So lange hatte er nach ihr gesucht und jetzt, wo er sie gefunden hatte, kam er zu spät. »Lasst mich zu ihr.« Ein letztes Mal mobilisierte er alle Kräfte, wollte aufstehen und die Sanitäter wegdrängen, doch immer noch war er gefesselt. Wann nahmen sie ihm die blöden Handschellen ab? Egal. Alles egal. Er musste zu ihr.

»DILARA!« Ihr Name schallte durch den Wald. Wie damals, als sie noch Kinder gewesen waren und Dilara sich versteckt hatte. Vor ihrem Vater. Dem Monster. Einem von vielen. Wie vielen war seine Schwester begegnet in ihrem kurzen Leben?

»Dilara! Bitte! Ich muss sie sehen.«

»Später!« Der Tonfall war ruhig, aber bestimmt. Hinter dem Sanitäter drängten weitere Sanitäter des Roten Kreuzes den Weg hinauf zum Galgen. Könnten sie seine Schwester doch noch retten? Zusehends füllte sich der Wald. Polizisten, Feuerwehrleute, Bestatter. So viele Menschen an einem so stillen Ort.

Alles erschien Leon gedämpft wie in einem Traum. Jemand schrie, das musste Rick sein. Sie führten ihn in Handschellen ab, und dann löste endlich jemand seine Fesseln. Seine Arme brannten und waren taub, und doch spürte Leon all das kaum.

»Dilara! Was ist mit ihr?«

»Bringt ihn weg!« Winter. Was tat der denn hier? Wie viel Zeit war vergangen? Mit traurigem Blick kam sein Chef auf ihn zu und klopfte ihm auf die Schulter. »Sie müssen jetzt erst mal ins Krankenhaus, Esposito.«

»Ich muss zu meiner Schwester.«

»Sie ist tot, Junge. Es tut mir leid.«

»Ich will sie sehen.« Wie oft musste er das denn noch sagen? Winter zögerte. Leon schöpfte Hoffnung.

»Später. Sie müssen jetzt erst mal die Kollegen ihre Arbeit machen lassen. Danach … können Sie sich von ihr verabschieden.« Winter nickte den Sanitätern zu. »Bringt ihn jetzt runter.«

»Nein! Nein, ich will nicht!« Heftig protestierend wehrte Leon die Hände ab, bis er einen Einstich in seiner Armbeuge spürte. Kurz darauf legte sich wieder diese Watteschicht um seine Gedanken, und die Stille des Waldes kehrte zurück. Er schloss die Augen und wurde hin und her geschaukelt. Erst als die Bewegungen abklangen, wagte er einen Blick. Dieselbe Straße, auf der er vor wenigen Tagen geparkt hatte. Mit Rick. Wieder war sie vollgestellt mit Einsatzfahrzeugen. Die Sanitäter schoben ihn in einen Krankenwagen. Leon schloss die Augen. Er wollte nicht mehr denken, nichts mehr fühlen. Dilara war tot. Seine kleine Schwester war tot. Er hatte versagt. Der Schmerz in seiner Brust war unerträglich, tausendmal schlimmer als die Kopfschmerzen. Der Wagen setzte sich in Bewegung. An die Fahrt ins Krankenhaus hatte Leon später kaum Erinnerungen. Alles war dunkel. So dunkel.

KAPITEL 51 - ELISA

Montag, 13. November 2023

»Hammer Geschichte, Elisa!« Anerkennend grinste Valerie sie über den Bildschirmrand hinweg an. Ihre Weizer Kollegin lobte Elisas Artikel nicht als Erste. Näher dran am Geschehen als sie in der vergangenen Nacht konnte keine Reporterin sein.

In der Printversion des *Tagesblick* würde der Bericht erst morgen erscheinen. Bei einem Andruck um 23 Uhr wäre eine Publikation in der heutigen Ausgabe zeitlich unmöglich gewesen. Elisa hatte die Geschichte erst in den frühen Morgenstunden geschrieben, seit sie um 10 Uhr vormittags als Online-Aufmacher live gegangen war, verzeichneten sie zahlreiche Zugriffe. Ihr Chef war entzückt.

Elisa selbst quälten gemischte Gefühle. Ein Schauer kroch über ihren Rücken, wenn sie an die Schrecken der vergangenen Nacht dachte. Die Toten. Leons Blut. Die Furcht in seinen Augen. Immer noch erschienen ihr die Erlebnisse surreal. Viele Fragen blieben offen. Wer hatte Elisas Mama und Réka auf dem Gewissen? Rick oder Simon? Und warum hatten die beiden Frauen sterben müssen?

Die Polizei hatte heute Morgen eine Presseaussendung verschickt, doch über die Motive schwiegen sie sich noch aus. Elisa hatte versucht, ein Statement zu bekommen, doch ihr Artikel hatte die Polizisten verärgert und ihre Mitteilungsbereitschaft gehemmt.

Schlechtes Gewissen breitete sich in ihr aus. Vielleicht hätte sie warten sollen. Doch welche Journalistin wäre sie, hätte sie nicht darüber berichtet? Zumindest der berufliche Ruhm stand ihr zu. Elisa hatte genug verloren – ihre eigene Mutter.

Ihr Handy klingelte, zum wiederholten Mal versuchte ihr Chef, sie zu erreichen. Die Grazer Kollegen begingen Telefonterror und fragten im Viertelstundentakt nach neuen Erkenntnissen. Genervt nahm Elisa den Anruf entgegen.

»Hallo, Elisa! Ich wollte nur mal fragen, ob es schon was Neues gibt?« Michaels Stimme klang heiter.

»Nein, genauso wenig wie vor 15 Minuten.«

»Tut mir leid, aber du weißt doch, wie das ist. Wir dürfen ja nicht zulassen, dass die anderen schneller an Infos kommen. Und nachdem du schon so einen guten Draht hast …«

»Sie war meine Mutter, Michi.«

Stille.

»Wer war deine Mutter?«

»Das erste Opfer.«

»Warum hast du nichts gesagt?« Er klang entsetzt.

»Weil ich …« Elisa atmete aus. Die Ereignisse hatten sich überschlagen, Michi hatte nicht genau hinterfragt, woher sie von dem Einsatz gewusst hatte. Dafür war noch keine Zeit gewesen. Nein, das war gelogen. Elisa hatte mit ihren Kollegen nicht über Gabi sprechen wollen. »Ich glaube, ich brauche etwas Zeit für mich. Ich würde den verletzten Polizisten gern im Krankenhaus besuchen. Wenn er mich sehen will und sie mich zu ihm lassen.«

»Leon Esposito? Gute Idee. Vielleicht verrät er dir dann mehr.«

»Ja, vielleicht.« Das war nicht der Grund, die offenen Fragen waren zweitrangig. Leon würde ohnehin nicht mit ihr über den Fall reden. Dank ihres Artikels hatte sie sich bei der Polizei ins Out geschossen. Wieder fühlte sie sich schlecht. Was war sie nur für ein Mensch? Mehrere Personen hatten vergangene Nacht ihr Leben lassen müssen, und sie profitierte davon. Die Zeitung profitierte. Nein, was dachte sie da? Es war die Aufgabe der Medien, die Bevölkerung zu informieren.

Vielleicht wollte sie auch herausfinden, ob Leon sauer war. Und noch wichtiger: War er okay? Vermutlich nicht. Wie sollte er auch?

»Elisa?« Michaels Stimme holte sie zurück aus ihrer Gedankenwelt.

»Tut mir leid, aber ich muss jetzt aufhören. Ich gehe den restlichen Tag auf Zeitausgleich, wenn's okay ist.« Sollte doch jemand anderes den Artikel mit den aktuellen Infos ergänzen. Der Ruhm war ihr mit einem Mal egal, sie war nur noch müde.

»Ja, sicher. Wenn du was brauchst …«

»Danke.« Sie legte auf und spürte Blicke auf sich. Zum Glück war nur Valerie in der Redaktion, Chris war gerade auf Termin.

»Warum hast du nicht gesagt, dass sie deine Mama war?« Pures Entsetzen stand in ihrem Gesicht.

»Weil ich …« Elisa atmete aus. »Es ist alles so schnell gegangen. Die vergangenen Tage waren der pure Horror, ich komme gar nicht klar und …« Sie kämpfte die Tränen nieder.

»Das tut mir so leid.« Valerie kam auf Elisa zu und umarmte sie. Länger konnte sie sich nicht mehr zusammenreißen. Ein Schluchzen brach aus ihr hervor, und Tränen strömten über ihre Wangen. Hilflos tätschelte Valerie ihr den Rücken.

»Ich hätte das nicht schreiben dürfen.«

»Natürlich hättest du.« Valerie machte einen Schritt nach hinten, ihre Hände ließ sie auf Elisas Schultern ruhen. »Was letzte Nacht passiert ist, war nicht deine Schuld. Die Medien schreiben so oder so darüber. Ob du nun die Erste bist oder nicht.«

»Ich hätte nicht so detailreich erzählen dürfen. Die Leichen …« Ihr Magen drehte sich um, als sie daran dachte, wie die Feuerwehr das Mädchen von dem Balken geholt hatte. Dilara. Sie hatte einen Namen. Sie war eine Person. Leons Schwester. Jetzt war sie tot.

Wie Flo. Nur weil er ein Video hatte drehen wollen. Sein Tod war ein klarer Fall von falscher Zeit, falscher Ort. Was war mit Simon geschehen? Lebte er noch? Die Ungewissheit nagte an Elisa.

»Ich muss jetzt gehen. Es tut mir leid, dass ich euch so hängen lasse. Ich weiß, es ist viel Arbeit …«

»Ach bitte, das machen wir schon. Das ist doch klar. Ich hätte an deiner Stelle auch keinen Kopf dafür. Niemand hätte das. Ruh dich aus! Wenn du was brauchst, melde dich.«

»Danke.« Elisa lächelte. Sie schätzte das Angebot ihrer Kollegin und doch wusste sie, niemand konnte ihr helfen. Nachdem sie ihren Laptop und ihre Tasche geschnappt hatte, verließ sie die Redaktion und stieg in ihr Auto. Sie startete den Motor, kaum fuhr sie los, unterbrach die Freisprechanlage das Lied, das im Radio lief.

Andrei.

Elisa drückte ihren Bruder weg. Im Moment war sie nicht in der Lage, mit ihm zu sprechen. Später würde sie das nachholen. Zuerst musste sie zu Marina.

Das Haus sah aus wie immer. Fast empfand Elisa dies als Hohn. Da drinnen wohnte ein Verbrecher. Sein Haus sollte nicht so idyllisch wirken. Die Sonne sollte nicht scheinen. Alles war verkehrt.

Mit zitternden Händen klopfte sie. Um die Mittagszeit schliefen die Kinder, Elisa wollte sie nicht wecken. Marina öffnete nach einer Weile. Aus geröteten Augen blickte sie Elisa entgegen, ihre gesamte Körpersprache drückte Erschöpfung aus. »Was willst du hier?«

Elisa schluckte. Die ganze Autofahrt über hatte sie sich Sätze zurechtgelegt, doch jetzt war ihr Hirn wie leer gefegt. Stattdessen begann sie wieder zu weinen. Zu ihrer Verwunderung ging Marina auf sie zu und zog sie in ihre Arme. Beide heulten sie nun, direkt an der Veranda. Bestimmt warfen die Nachbarn ihnen seltsame Blicke zu, doch bald würden sie sowieso alles erfahren. Was genau war *alles*?

Langsam löste Elisa sich.

»Ich hab deinen Artikel gelesen.« Marinas Stimme brach.

Elisa wich ihrem Blick aus. »Was ist mit Simon?« Ihre Frage richtete sie an die Fußmatte.

»Er lebt. Sie haben ihn ins Krankenhaus gebracht. Er ist schwer verletzt, aber vermutlich wird er durchkommen. Die Kugel hat ihr Ziel verfehlt, oder vielleicht wollte der Polizist ihn nicht töten. Was weiß ich.« Ein schweres Seufzen. »Komm rein!«

Im Vorraum streifte Elisa die Schuhe ab und folgte ihrer Schwester ins Wohnzimmer. Stille legte sich über sie, nachdem sie auf der Couch Platz genommen hatte. Noch nie war es hier drin so ruhig gewesen.

»Weißt du, warum er es getan hat?«

Marina schüttelte den Kopf. »Sie haben nicht viel zu mir gesagt, haben mich nur informiert, dass er im Krankenhaus liegt und Hauptverdächtiger in einem Mordfall ist. Sie meinten, ich soll mit keinem darüber reden. Heute Nachmittag kommt jemand vom Kriseninterventionsteam zu mir.« Abermals füllten Marinas Augen sich mit Tränen. »Ich hab keine Ahnung, was ich denen sagen soll. Ich kann mir nicht vorstellen, dass ... Simon ist doch kein Mörder.« Sie umarmte sich selbst, wieder fiel Elisas Blick auf die Blutergüsse an den Unterarmen ihrer Schwester. »Ich weiß nicht, wie ich das ohne ihn schaffen soll. Wenn er ins Gefängnis muss ... Ich will die Kinder nicht allein großziehen. Ich hab Angst.«

»Du bist nicht allein, Marina.« Elisa zog ihre Schwester an sich. »Du bist nicht allein«, wiederholte sie immer wieder, während Marina bitterlich weinte.

KAPITEL 52 - EMMA

Montag, 13. November 2023

»Der Influencer Florian Portugal starb vergangene Nacht. Die Todesursache ist derzeit noch unklar.« Zum wiederholten Mal las Emma denselben Satz des Zeitungsartikels. Noch immer begriff sie nicht. Flo war tot. Er würde nicht wiederkommen.

»Emma, Schatz, leg das endlich weg!« Mit einem besorgten Gesichtsausdruck griff ihre Mutter nach dem Handy. Widerstandslos ließ Emma es sich abnehmen und rollte sich danach ein. Die Decke zog sie über ihren Kopf. Den ganzen Tag lang hatte sie ihr Bett nicht verlassen, weil sie heute frei hatte. Dafür musste sie am Samstag arbeiten.

Noch etwas schläfrig hatte sie um 11 Uhr vormittags nach ihrem Handy gegriffen, Emma liebte es auszuschlafen. Sobald sie all die Nachrichten auf ihrem Display sah, war sie hellwach. Zuerst hielt sie es für einen Scherz. Bestimmt wieder nur ein dämlicher Marketing-Gag von Flo. Emma wählte seinen Kontakt auf *WhatsApp* aus. Seit mehr als zwölf Stunden war er dort inaktiv. Spätestens da wusste sie, etwas war faul.

Beunruhigt hatte sie sich durch den *Instagram*-Feed gescrollt. Zahlreiche »R.I.P.«-Kommentare standen unter Flos letztem Video.

Noch immer hatte Emma es nicht glauben wollen und die Suchmaschine geöffnet. *Google* spuckte sogleich den Artikel des *Tagesblick* aus. Er bestätigte die Meldung. Flo war tot.

»Schatz!«

Emma fühlte die Hand ihrer Mutter durch die Daunendecke. Ewig schon hatte sie eine solche nicht mehr benutzt. Seit der Trennung von Flo schlief sie in ihrem alten Kinderzimmer. Die Matratze war ungewohnt schmal. Dennoch hatte Emma sich bald wohl gefühlt. Die kindlichen Bilder an der Wand von Kätzchen und Panthern versetzten sie zurück in eine Zeit, in der noch alles in Ordnung gewesen war. Nun hatte sie die grausame Realität eingeholt.

»Steh schon auf, mein Schatz! Du solltest was essen.«

»Ich kriege keinen Bissen mehr runter.« Emma lugte unter der Decke hervor.

»Du kannst nicht hungern, nur weil er tot ist.«

»Nur?« Ihre Stimme klang schrill, sogar in ihren eigenen Ohren.

Ihre Mutter seufzte. »Es ist furchtbar und …«

»Du konntest ihn nie ausstehen.«

»Emma!« Der Tonfall erinnerte sie abermals an ihre Kindheit, wenn sie mal wieder etwas ausgefressen hatte. »Denkst du ernsthaft, ich wünsche irgendwem den Tod?« Nun sprach sie etwas sanfter. »Aber er hat dich geschlagen und er wird auch nicht wieder lebendig, wenn du hungerst. Also komm schon.«

»Ich kann nichts essen. Nicht heute. Bitte versteh doch, Mama.«

Ein tiefes Seufzen, dann hob sich die Matratze. Ihre Mutter ging zur Tür und legte die Hand auf die Klinke. »Okay, heute gebe ich dir Schonfrist, aber ich werde nicht zusehen, wie du in dein Verderben rennst.« Tränen glitzerten in ihren Augen. »Ich hab vieles falsch gemacht, das weiß ich. Aber jetzt will ich für dich da sein.«

Auch Emma kamen die Tränen. Sie flüsterte: »Danke, Mama.«

Ein schwaches Lächeln, dann schloss ihre Mutter die Tür von außen. Emma war allein. Wieder griff sie nach ihrem

Handy, das ihre Mutter auf den Nachttisch gelegt hatte. Dieses Mal öffnete sie die Galerie und scrollte sich durch Fotos von sich und Flo. Sie hatte ihn mal geliebt, war fasziniert von ihm gewesen. Und jetzt war er tot. Flo war tot.

KAPITEL 53 - ELISA

Montag, 13. November 2023

»Frau Avram, ich habe wirklich keine Zeit für Sie.« Werner Winter schenkte ihr gerade mal einen Seitenblick, ehe er an ihr vorbeieilte und am Parkplatz einen alten, weißen BMW ansteuerte. Wie ein Paparazzo hatte Elisa ihn vor dem Eingang des steirischen Landeskriminalamts abgepasst, kurz vor 18 Uhr verließ er es endlich.

»Nur fünf Minuten. Bitte.« Sie beschleunigte ihre Schritte und stellte sich vor sein Auto. Ein tiefes Seufzen, dann stemmte er die Hände in seine breiten Hüften. »Wenn Sie Infos für weitere Artikel wollen, rufen Sie bei unserer Pressestelle an. Ich habe Ihnen nichts zu sagen.«

Zwei Polizistinnen gingen plaudernd vorbei und nickten ihnen zu. Winter und Elisa erwiderten den Gruß.

»Lassen Sie mich jetzt in mein Auto einsteigen.«

»Wie geht es Leon?«

Die Härte schwand und wich Müdigkeit. »Nicht so gut. Was denken Sie denn? Die Kollegen sind alle fertig, keiner kann verstehen …« Er redete nicht weiter. Elisa wartete, doch als nichts mehr kam, fragte sie: »Darf ich mit Simon sprechen?«

Wieder verfinsterte sich sein Gesicht. »Wollen Sie eine Exklusiv-Story?«

»Er ist mein Schwager.«

Verdutzt sah er sie an.

»Und Gabriela Avram war meine Mutter. Ich … möchte einfach verstehen, wie das alles zusammenhängt. Es sind noch so viele Fragen offen. Ich weiß, mit meinem Artikel habe ich mich nicht beliebt bei Ihnen gemacht, aber … ich bitte Sie!« Eindringlich sah sie ihn an.

Ein Seufzen verließ erneut seine Lippen. »Ich habe wegen Ihrem Artikel Probleme bekommen. Wir haben intern noch nicht mal alles geklärt, und dann steht alles in den Medien, und wir werden mit Fragen bombardiert, und unsere Kollegen sind betroffen.« Mit der flachen Hand fuhr er über sein bärtiges Gesicht. »Es wird dauern, bis wir das alles aufgearbeitet haben, aber …« Eine kurze Pause. »Sie haben Esposito das Leben gerettet. Wenn Sie die Kollegen nicht alarmiert hätten … Ich schätze, dafür schulden wir Ihnen etwas, also … Simon Waldsteiner ist noch im Krankenhaus. Bisher war er nicht vernehmungsfähig, doch sobald es ihm besser geht, sehe ich mal, was sich machen lässt.«

Sie wollte sich bedanken, da fiel er ihr ins Wort: »Das mache ich allerdings nur unter einer Bedingung.« Er legte eine Kunstpause ein. »Sie schreiben nichts darüber.«

Elisa nickte. »In Ordnung.«

An seinem Blick erkannte sie, er hätte mit mehr Protest gerechnet. »Gut.« Er lächelte sie schwach an.

»Darf ich Sie noch etwas fragen?«

Winter hob die Augenbrauen an.

»Woher kannten Richard Schantl und Simon einander?«

Er drehte seinen Nacken hin und her, ein leises Knacken ertönte.

»Kommen Sie schon! Ich hab gesagt, ich schreibe nicht darüber. Aber ich habe doch ein Recht, es zu erfahren.«

»Na, schön. Doktor Waldsteiner hat Schantls Bruder Rainhard behandelt. So haben sie einander kennengelernt vor mehr als zehn Jahren. Waldsteiner stand damals noch am Anfang seiner Karriere. Rainhard Schantl litt unter Schizophrenie. Richard hat seinen Bruder oft während Rainhards stationären Aufenthalts besucht, und da war wohl eine Sympathie zwischen Richard und Waldsteiner. Tja, und dann beging Rainhard Suizid. Waldsteiner und Rick sind danach noch in Kontakt geblieben. Warum, kann ich Ihnen nicht sagen.«

»Warum hat er meine Mutter ermordet?«

»Das wissen wir selbst noch nicht. Gestern und heute war er nicht vernehmungsfähig, wie ich Ihnen schon gesagt habe. Sie werden sich wohl noch eine Weile gedulden müssen. Und jetzt entschuldigen Sie mich. Hinter mir liegen verdammt lange Tage.«

Elisa machte einen Schritt zur Seite, damit der Polizist in sein Auto einsteigen konnte. »Danke, dass Sie mit mir geredet haben.«

»Ja … mein Beileid für Ihre Mutter.«

»Danke.« Elisa blinzelte. »Wird ihre Leiche jetzt freigegeben?«

»Vermutlich schon. Sie werden verständigt.«

Elisa nickte. »Danke.« Die Worte klangen schal aus ihrem Mund. Wieder fühlte sie diese Schwere. Trauer breitete sich in ihr aus und Erschöpfung. Sie beobachtete Winter beim Losfahren und wie er auf die Straße einbog. Elisas Wagen stand beim *Billa*-Parkplatz. Nachdenklich überquerte sie die Straße. Am liebsten hätte sie sich die Kante gegeben. Doch das würde nichts bringen. Gern hätte sie Leon heute noch gesehen, aber es war schon spät. Sie hätte Winter fragen sollen, ob er noch im Krankenhaus war. Vielleicht sollte sie Leon anrufen, seine Nummer hatte sie ja.

In ihrem Auto angekommen, zog sie ihr Handy hervor und starrte auf das schwarze Display. Nein. Morgen war auch noch ein Tag, heute wartete nur noch ihr Bett auf sie. Vergangene Nacht hatte sie kein Auge zugetan, und die Müdigkeit saß in jedem einzelnen Knochen. Sie startete den Motor und fuhr nach Hause.

KAPITEL 54 – LEON

Dienstag, 14. November 2023

»Leon!« Der Schrei schallte durch den Wald. »Leon! Leon
LeonLeonLeon!«

»Ich bin hier!«, wollte er antworten, doch die Worte kamen
nicht über seine Lippen. Ein Knebel hinderte ihn am Sprechen,
und er konnte sich nicht rühren. Seine Hände lagen gefesselt unter ihm, mittlerweile taub. Der Geruch von feuchtem
Laub stieg in seine Nase.

»Leon!« Dilaras panische Rufe schwollen an. Wie ein Kind
klang sie.

Angestrengt hob Leon den Kopf. In der Ferne sah er die
Steinsäulen des Galgens. Ein lebloser Körper baumelte dort.
Wie konnte Dilara noch schreien, wenn sie da hing?

»Dilara!« Der Knebel war fort, doch Leon hinterfragte die
Tatsache nicht. Er wollte aufstehen, da stellte sich ein Schuh
auf seinen Bauch. Er kannte diese Stiefel. Ein fieses Lächeln.
»Leon! Du warst ein böser Junge.« Sein Vater nahm seinen
Fuß von ihm runter und ging in die Hocke. Seine riesige Hand
streckte er aus und streichelte sanft über Leons Wange. »Du
weißt, was mit bösen Jungs passiert, oder?« Seine Finger legten sich um Leons Kehle. Sie wurden fester.

Kälte fraß sich durch Leons Körper. Nicht wieder diese
Versteinerung. Wie bei dem Kinderspiel. Versteinert. Eine
Abwandlung von Fangen. Wer vom Fänger erwischt wurde,
durfte sich nicht mehr rühren. Genauso fühlte Leon sich jedes
Mal, wenn sein Vater nachts zu ihm kam. Er durfte sich bewe

gen, doch er konnte nicht. Sein eigener Körper gehorchte ihm nicht mehr.

Wieder schrie Dilara. Aus Leibeskräften.

»Ich muss zu ihr!« Leon wollte seinen Vater von sich stoßen, doch der war so groß und stark und er so klein. Über dessen Schulter hinweg sah Leon Rick stehen. »Rick! Hilf ihr!«

Doch Rick ignorierte ihn.

»Bitte! Hilf Dilara! Hilf meiner Schwester! Rick!«

Seine Worte wurden immer leiser. Keine Kraft mehr. Rick stolzierte zum Galgen, woher kam die Leiter auf einmal? Er stellte sie neben der Säule auf, einen Strick hielt er in den Händen. Die Schlinge lag lässig über seinem Unterarm.

»Nein!« Das Wort drang als Wispern in die kalte Nachtluft. Tränen liefen über Leons Wangen und fühlten sich wenig später eiskalt an. »Nein!«

Auf einmal lag er viel näher am Galgen, immer noch bewegungsunfähig. Dilara baumelte dort. Ihr langes, dunkles Haar verdeckte ihr Gesicht. Rick stand neben ihr auf der Leiter.

»Bitte! Hol sie da runter!« Leons Flehen fand kein Gehör bei seinem Partner. Es tat so weh. Er hatte diesem Mann vertraut.

»Sie ist meine Schwester!« Leon hörte seine eigenen Worte kaum noch, so leise sprach er sie aus.

Auf einmal kam Bewegung in den baumelnden Körper. Dilara warf den Kopf zurück, ihr Haar fiel schwungvoll nach hinten und gab ihr hübsches Gesicht frei. Nur war es nicht mehr hübsch. Aufgerissene Augen, blasse Haut, rissige Lippen. Sie sah aus wie der Tod. Ruckartig verdrehte sie den Kopf, Leon hörte es knacken. Anklagend brannte sich ihr Blick in ihn.

»Du hast mir nicht geholfen!«

»Dilara!«

»Du hast gesagt, du beschützt mich! Du hast versagt!«

»Es tut mir so leid!« Er schluchzte.

»Ich hasse dich!«

»Ich wollte dir helfen, ich wollte doch …« Er verstummte. *Ungläubig beobachtete er, wie Dilara vom Galgen sprang, der Strick hing immer noch um ihren Hals, das Seil hatte sich tief in die Haut gegraben. Länger konnte Leon sie nicht beobachten, da stürmte sie mit einem Wutschrei auf ihn zu. Wie ein tollwütiger Zombie sprang sie ihn an, ihre Nägel bohrten sich in sein Fleisch. Er spürte den Schmerz nicht.*

»Ich hasse dich!«, zischte sie wie eine Furie. *»Ich hasse dich! Ich hasse dich!«*

Mit klopfendem Herzen wachte Leon auf. Zitternd setzte er sich auf, die Decke lag nicht länger in seinem Bett, er musste sie während des Albtraums auf den Boden gestrampelt haben. Das Leintuch unter ihm war genauso nass geschwitzt wie sein Shirt.

»Scheiße!«, fluchte er und brach abermals in Tränen aus. Sein Kopf schmerzte, verdammte Gehirnerschütterung, und seine Rippen pochten, doch all das war nichts im Vergleich zu den Schmerzen in seinem Inneren. Er drehte sich auf die Seite und verbarg seinen Kopf unter dem Kissen. Sein Körper wurde von Heulkrämpfen geschüttelt, versehentlich streifte er über seine verletzten Handgelenke an der Stelle, wo die Handschellen in seine Haut geschnitten hatten.

Immer wieder tauchte Dilaras Fratze vor seinem inneren Auge auf. Das war nicht seine Schwester. Sie war nicht so böse gewesen. Doch vermutlich wäre sie böse auf ihn. Er hatte ihr nicht geholfen. So viele Jahre hatte er sie nicht gefunden. Er hatte sie nicht beschützt. Nicht vor ihrem Vater, nicht vor der Welt.

Die Last auf seinen Schultern erdrückte ihn. Er fühlte sich so klitzeklein wie damals als Junge, wenn sein Vater nachts in sein Zimmer geschlichen war. Wieder versuchte Leon, die Bilder wegzudrängen, doch es wurde immer schlimmer.

Und verdammt, hatte er nicht gerade andere Probleme? Das lag Ewigkeiten zurück. Aktuell musste er sich damit befassen, dass sein Partner ein Mörder war. Rick hatte als junger Erwachsener seine Freundin getötet. Und vielleicht auch die Prostituierten. Noch immer fehlten Antworten auf die Frage, wer Gabi und Réka umgebracht hatte. Und Dilara. Flo Portugal. So viele Tote.

Langsam beruhigte Leon sich, durch das Heulen wurden seine Kopfschmerzen nicht besser. Er quälte sich aus dem Bett und ging in die Küche, wo er sich eine weitere Schmerztablette einwarf und sie mit Leitungswasser runterspülte. Kraftlos hielt er inne. Er wollte duschen, vertraute seinen Beinen aber nicht, also gab er sich lediglich damit zufrieden, seine Kleidung zu wechseln, und legte sich auf die Couch.

Leon hatte keine Ahnung, wie viel Zeit verstrichen war, als ihn die Klingel weckte. Erschöpft schleppte er sich zur Wohnungstür. Alex stand vor ihm mit einem riesigen Lebensmittelkorb.

»Hey!« Ein schwaches Lächeln. »Du schaust beschissen aus, Kumpel.«

»Danke!« Leon rang sich ebenfalls ein Lächeln ab. »Dann heißt das, du gräbst mich heute ausnahmsweise mal nicht an?«

Alex lachte auf. »Schön zu sehen, dass du deinen Humor nicht verloren hast.« Er hob den Korb leicht an. »Die Kollegen schicken liebe Grüße, wir haben ein paar Aufmunterungssnacks gekauft. Chips und Schoko, damit du nicht vom Fleisch fällst. Obst für die Vitamine und Alkohol für … na, du weißt schon.«

»Danke.« Zum ersten Mal seit Tagen breitete sich Wärme in ihm aus. »Willst du reinkommen?«

»Nur, wenn es dir nichts ausmacht.«

»Es macht mir nichts aus.«

»Okay.« Alex folgte ihm ins Wohnzimmer. Rasch öffnete Leon ein Fenster, bestimmt stank es hier drin abgestanden, doch sein Kollege sagte nichts.

»Willst du was trinken? Einen Kaffee oder so?«

»Ein Wasser reicht, danke.«

Leon warf einen beiläufigen Blick auf die Wanduhr. Schon 11.30 Uhr. Er hatte sein Zeitgefühl völlig verloren.

»Was macht dein Kopf?« Alex' Blick traf ihn im Rücken, während Leon das Wasser in ein Glas schenkte.

»Ist okay mit den Tabletten. Es gibt Schlimmeres als eine Gehirnerschütterung.«

»Ja, das Körperliche heilt immer schneller ab, hm? Danke!« Er nahm das Glas entgegen. Einladend deutete Leon auf die Couch. Sie setzten sich beide.

»Simon Waldsteiner ist über den Berg und seit heute vernehmungsfähig.«

»Hm.« Leon starrte geradeaus auf den schwarzen Bildschirm seines Fernsehers.

»Weißt du schon, wie das alles zusammenhängt?«, fragte Alex.

»Noch nicht so richtig, nein.«

»Wenn du willst, gebe ich dir Bescheid, sobald ich mehr weiß.«

»Danke.«

Kurze Zeit herrschte Stille, Alex rang offenbar mit sich.

»Was?«

Ein tiefes Seufzen. »Rick will unbedingt mit dir reden.«

Nachdenklich sah Leon in Alex' Richtung.

»Du musst das nicht tun, wenn du nicht willst.« Hastig sprudelten die Worte aus Alex' Mund.

»Ich weiß noch nicht, ob ich das will.«

»Lass dir Zeit. Überleg's dir.«

Wieder verstrichen einige Sekunden des Schweigens.

»Ich kann nicht glauben, dass er …« Leon beendete den Satz nicht.

»Das kann niemand. Alle Kollegen sind schockiert.«

»Was macht euer Serienkiller?« Leon brauchte einen Themenwechsel. Dringend.

»Wir sind dran. Aber das soll jetzt nicht deine Sorge sein.« Alex lächelte. »Wenn ich irgendwas für dich tun kann …«

»Nein, ich … werde mich noch mal hinlegen. Die Kopfschmerzen werden schlimmer«, log Leon.

»Alles klar. Wie gesagt – wenn du was brauchst, ruf mich an.« Es klang aufrichtig.

»Danke.«

»Nicht dafür.« Alex ließ ihn allein. Eine Weile lungerte Leon auf der Couch umher, ehe er endlich das Badezimmer und die Dusche aufsuchte.

KAPITEL 55 - ELISA

Dienstag, 14. November 2023

Der typische Krankenhausgeruch stieg in Elisas Nase. Diese Mischung aus Desinfektionsmittel, abgestandener Luft, Krankheit und Leid. Um kurz nach 14 Uhr hatte Winter sie angerufen und knapp verkündet: »Sie können jetzt mit Doktor Waldsteiner sprechen.«

Überrascht hatte Elisa sofort eingewilligt. So schnell, hatte sie gedacht. Nach dem gestrigen Gespräch mit Leons Vorgesetztem hätte sie gemeint, es würde noch einige Tage dauern, ehe Simon bereit für ein Gespräch wäre. Nun, wo es so weit war, fehlte ihr fast der Mut. Vor der Tür des Krankenzimmers standen zwei Uniformierte. In ihrem Job hatte Elisa viel mit Einsatzkräften wie Feuerwehr, Rettung und Polizei zu tun. Auch Justizbeamte traf sie im Bezirksgericht Weiz immer wieder. Heute flößten die beiden Männer ihr Respekt ein. Hinter dieser Tür lag ihr Schwager. Wie würde das Gespräch verlaufen? Würde Simon mit ihr reden?

Der Kloß in ihrem Hals schwoll an, leichte Übelkeit begleitete sie auf jedem Schritt, mit dem sie sich dem Zimmer näherte.

Michi hatte ihr die ganze Woche freigegeben. Im Augenblick wäre Elisa nicht in der Lage zu arbeiten. Ihre Gedanken waren ständig woanders. Sie hoffte, die freien Tage reichten aus, um abzuschließen. Alle offenen Fragen zu klären. Sich von ihrer Mutter zu verabschieden. Das Begräbnis zu planen. Gabis Leichnam war nun endlich freigegeben. Marina wollte sie das nicht zumuten, mit den kleinen Kindern und einem Mann, der fast gestorben und kriminell war. Andrei traute sie die Organisation nicht zu. Blieb also nur sie übrig. Vielleicht sollte es so sein. Die letzte Möglichkeit, etwas für ihre Mutter zu tun.

Feuchtigkeit bildete sich in Elisas Augen, und sie fühlte den Schmerz in ihrem Inneren. Würde das jemals besser werden?

Die Blicke der Uniformierten trafen sie.

»Hallo!« Sie räusperte sich. »Ich bin Elisa Avram. Herr Winter hat mich angekündigt?« Sie hasste, dass ihre Worte wie eine Frage klangen.

»Ja, hat er. Sie können rein.« Der ältere lächelte ihr aufmunternd zu und öffnete die Tür für sie.

»Danke.«

Stickige Luft empfing sie, doch Elisa nahm sie nur nebenbei wahr. Viel zu gefangen war sie von dem Anblick, der sich ihr bot. Ihr Schwager, gefesselt ans Bett. Buchstäblich. An seinen Handgelenken klirrten Handschellen. Sein leichenblasses Gesicht war zu einer Grimasse verzogen.

»Elisa. Was verschafft mir die Ehre?« Noch immer hatte er diese Großspurigkeit nicht abgelegt.

»Ich will Antworten.« Sie kam näher und zog einen unbequemen Holzstuhl ans Krankenbett. Ihr Blick wanderte über Simon, der jetzt wegsah. Doch nicht mehr so arrogant, dachte sie.

»Wie geht's Marina? Und den Kindern?«

»Was denkst du denn?«

Er seufzte leise. »Es tut mir leid. Aber wenigstens finanziell wird es ihnen an nichts fehlen. Dafür habe ich gesorgt.«

Elisa wusste nicht, was sie darauf erwidern sollte.

»Sie lassen mich nicht mit Marina reden.« In Simons Augen glänzten Tränen. »Ich will es ihr erklären, aber ...«

»Wenn du es mir erklärst, kann ich es ihr sagen.«

»Falls sie dir zuhört.« Ein abgehackter Laut folgte seinen Worten.

»Es ist immerhin einen Versuch wert, nicht wahr?«

Zum ersten Mal sah Simon ihr in die Augen. »Du wirst mich hassen.« Er befeuchtete seine rissigen Lippen. »Kannst du mir was zu trinken geben?« Sein Blick wanderte zu dem Wasserglas auf dem weißen Nachttischchen.

»Natürlich.« Elisa stand auf und hielt ihm das Glas an die Lippen. Vermutlich verging Simon in diesem Moment vor Scham. Fast schon verspürte Elisa Mitleid. Aber nur fast. Als er fertig war, stellte sie das Glas zurück.

»Ich hab heute ein Geständnis abgelegt«, erzählte Simon. Sein Blick wanderte nach links Richtung Fenster. Hässliche graue Vorhänge waren zur Seite gezogen und offenbarten die Sicht auf weitere graue Krankenhauskomplexe. Keine schöne Aussicht. Genauso wenig wie Simons Zukunftsaussichten. »Ich werde nie wieder als Arzt arbeiten. Wer weiß, ob die mich jemals aus dem Gefängnis rauslassen.« Tränen liefen über seine Wangen. »Es wäre besser gewesen, wenn dieser Mistkerl richtig gezielt hätte.«

Offenbar hatte er in der kurzen Zeit bereits intensiv nachgedacht. Kein Wunder, immerhin bot dieses kleine Krankenzimmer keine Ablenkung. Simon lag allein hier, heute Vormittag hatten sie ihn von der Intensiv- auf die normale Station verlegt. Er schwebte nicht länger in Lebensgefahr, die Kugel hatte keine lebenswichtigen Organe getroffen, der Blutverlust machte Simon allerdings zu schaffen. Bis er seine Kräfte zurückerlangt hatte, würde einige Zeit vergehen. Zeit, die er hinter Gittern verbringen würde, sobald das Krankenhaus ihn entließ.

»Was ist passiert, Simon?« Elisa versuchte, ihre Ungeduld zu verbergen.

»Ich habe deine Mutter umgebracht.«

Scharf sog Elisa Luft in ihre Lungen. Mit so einem Geständnis hätte sie rechnen müssen. Oder nicht? Unbändige Wut befiel sie, Elisa krallte ihre Finger in den Stoff ihres Pullovers. Die Jacke hatte sie zuvor über die Stuhllehne gehängt.

»Es tut mir leid.« Simon heulte. »Ich hab alles kaputt gemacht.«

»Warum hast du das getan?«

»Gabi konnte mich noch nie leiden. Egal, was ich getan hab, es war …«

»Du hast ihre Tochter geschlagen.« Elisa gab sich keine Mühe, die Anklage in ihrer Stimme zu verbergen.

Durch einen Tränenschleier sah er sie an, in diesem Moment verspürte Elisa nichts als Hass. Zum ersten Mal in ihrem Leben kamen ihr Mordgedanken. Es wäre so einfach, das Kissen zu packen und es Simon aufs Gesicht zu drücken. So wehrlos und schwach, wie er war. Schockiert über sich selbst schüttelte Elisa den Kopf. Sie wäre keinen Deut besser als er. Und er war es nicht wert, dafür ihr eigenes Leben wegzuwerfen. Davon wurde ihre Mutter nicht lebendig.

»Mir ist nur ein paar Mal die Hand ausgerutscht. Es war … nicht in Ordnung, das weiß ich. Aber mein Job ist so stressig und …«

»Das ist kein Grund«, fuhr Elisa ihn an. »Nichts rechtfertigt, dass man seine Frau schlägt.«

Simons Unterlippe zitterte, als wäre er ein kleiner Junge. »Ich weiß, das weiß ich.«

»Hast du Mama ernsthaft umgebracht, weil sie dich anzeigen wollte?« Abfällig schnaubte Elisa. »Marina hätte sich niemals gegen dich gestellt. Dir wäre nichts passiert.« Hatte Andrei am Ende doch recht behalten? Sie erinnerte sich an das Gespräch mit ihrem Bruder vor wenigen Tagen. Es schien

Elisa so lange zurückzuliegen … Seit dem Tod ihrer Mutter lief die Zeit anders. Mal schneller, dann langsamer.

»Es war nicht wegen Marina.« Er holte tief Luft. »Sondern wegen Dilara.«

Stille. Elisa wartete, doch Simon machte keine Anstalten weiterzusprechen. »Was ist mit Dilara?«

»Ich war ihr behandelnder Arzt.« Sein Blick wanderte wieder zum Fenster raus in den bewölkten Himmel. »Sie hatte so viele Probleme. Ihre Drogensucht und ein Kindheitstrauma. Sie sprach anfangs kaum, ich dachte, sie ist ein hoffnungsloser Fall.« Er seufzte. »Da war keine Familie. Niemand, den wir für sie anrufen sollten.«

»Sie hatte einen Bruder.« Elisa dachte an Leon.

»Sie hat gesagt, er sei tot. Sie sagte, sie wäre ganz allein. Sie redete wirres Zeug, meinte, sie sei auf der Flucht. Irgendwer würde sie angeblich verfolgen. Wahnvorstellungen, dachte ich.« Er befeuchtete seine Lippen.

»Und? Waren es welche?«

»Ich weiß es nicht. Sie sprach davon, vergewaltigt worden zu sein.«

Elisa dachte an Gerrys Worte. Menschenhändler. War Dilara ihnen zum Opfer gefallen? Adrenalin machte sich in ihr breit. Sie beugte sich nach vorn und stützte ihre Ellbogen auf ihren Knien ab. »Was hat sie dir erzählt, Simon? Wer sind diese Leute?«

»Sie nannte keine Namen, es war alles durcheinander und so surreal. Ich habe ihr nicht geglaubt.«

Elisa wartete ab, bis er nach einer Weile weitersprach.

»Sie war ein Junkie, und ich hab gedacht, das sind alles Hirngespinste. Ich glaube, ihr Vater hat sie als Kind vergewaltigt. Sie hat das nie verarbeitet und sich deswegen diese Geschichte zusammengesponnen. Wenn es wirklich so einen Menschenhändlerring gäbe, dann müsste das doch jemand bemerken. Und warum sollten solche Kerle jemanden laufen lassen?« Abfällig schnaubte Simon. »Nein, das arme Mädchen war nicht ganz bei sich.«

»Warum war Mama sauer auf dich?«

Reue zeichnete sich jetzt wieder auf seinem Gesicht ab. »Ich hab einen Fehler gemacht.« Er verstummte abermals.

»Welchen Fehler?«, fragte Elisa ungeduldig.

»Im Nachtdienst, da ... Dilara hatte Albträume. Sie hat geschrien, und ich bin zu ihr und wollte ihr etwas spritzen, aber sie hat mich aus großen Augen angesehen und dann ...« Simon schluckte. »Sie hat angeboten, mir einen zu blasen.«

Luft entwich Elisa, sie machte einen ungläubigen Laut. »Du wirst doch nicht ernsthaft deine Patientin ...?« Simons Blick sagte alles. Er hatte. »Du mieses Schwein! Das war ein krankes Mädchen, deine Schutzbefohlene! Wie konntest du nur?«

»Ich weiß, es war falsch, ich ... hab mich schlecht gefühlt.«

Erneut verspürte Elisa den Drang, ihm das Kissen aufs Gesicht zu drücken.

»Ich wünschte, ich könnte es rückgängig machen. Es war ein Fehler.« Simons Adamsapfel hüpfte. »Am nächsten Tag war sie weg. Ich hab sie gesucht, aber ... sie war nicht mehr auf der Geschlossenen, und wir sind ein Krankenhaus und kein Gefängnis.« Er pausierte, ehe er weitererzählte. »Ein paar Wochen später hab ich sie bei deiner Mutter getroffen. Marina hat mich gebeten, Gabi etwas vorbeizubringen, und auf einmal stand Dilara vor mir. Sie flippte aus, als sie mich sah.« Simon lachte freudlos. »Gabi hat mich zur Rede gestellt. Natürlich hab ich ihr nichts davon erzählt, aber das musste ich gar nicht. Das hatte Dilara schon getan.« Seine Stimme klang bitter.

»Gabi hat ihr geglaubt, und wir haben gestritten. Sie hat gedroht, zur Polizei zu gehen. Ich hab ihr gesagt, das kann sie gern versuchen, das wird ihr niemand glauben. Dann wollte sie es Marina sagen. Ich bin abgehauen, war so verdammt sauer.« Simons Hände ballten sich zu Fäusten. »Ich hab gedacht, sie wird es Marina sagen, aber das hat sie nicht. Sie wollte, dass ich das tue. Ein paar Tage später hat sie mir ein Ultimatum gestellt am Telefon. Wenn ich es Marina nicht sage, würde sie es tun. Sie war zudem ganz außer sich, weil das Mädchen weg war. Sie hat mich verdächtigt, irgendeiner Menschenhändler-Bande anzugehören. Als sei ich ein Massenvergewaltiger!« Er schnaubte. »Dabei hatte Dilara mir doch den Blowjob angeboten. Ich hab sie nicht gezwungen. Sie … muss da was verwechselt haben. Sie war krank im Kopf und …«

»Und gerade deswegen hättest du sie als Arzt beschützen müssen.« Elisa sprang vom Stuhl auf. Länger konnte sie sich das nicht mehr ruhig anhören. »Du bist Psychiater, Simon, und du schiebst einem traumatisierten Mädchen die Schuld in die Schuhe! Für dein Vergehen! Hörst du dir überhaupt zu?«

Betreten schwieg er.

»Und dann? Dann bringst du deine Schwiegermutter um!«

»Ich habe nicht klar gedacht. An jenem Morgen bin ich vom Dienst nach Hause gekommen, und da lag ein Brief im Postkasten. Von Gabi an Marina. Sie hat da allen möglichen Schwachsinn reingeschrieben, und ich war so sauer und wollte sie zur Rede stellen. Also bin ich zu ihr gefahren, aber als ich sie dann gesehen hab, da ist irgendeine Sicherung in meinem Hirn durchgebrannt. Ich war so voller Wut und dann hab ich sie gepackt und …«

»Du bist ein Monster«, schrie Elisa.

»Es tut mir leid.« Er flüsterte.

»Das macht sie nicht wieder lebendig!«

Die Tür ging auf, der ältere Justizbeamte sah sie besorgt an. »Alles in Ordnung da drinnen?«

Nein, gar nichts war in Ordnung. Wie konnte man sich in einer Person nur so täuschen? Aber wenn sie die ganze Geschichte hören wollte, musste sie sich jetzt zusammenreißen. Also holte Elisa tief Luft, schob eine Haarsträhne hinter ihr Ohr und nickte.

Der Justizbeamte wartete noch einen Moment, ehe er die Tür wieder hinter sich schloss.

»Es tut mir so leid, Elisa!« Jämmerlich sah Simon sie aus seinem verheulten Gesicht an. »Ich wünschte, ich könnte es rückgängig machen. Alles. Es tut mir so leid. So unglaublich leid. Du hast recht … ich bin ein Monster.«

»Warum der Galgen?« Sie spuckte ihm die Worte entgegen.

»Rick meinte, ich soll das so machen. Er hat seine Ex-Freundin damals umgebracht und ist damit davongekommen. Sie haben es als Suizid abgehakt. Sein Zwillingsbruder hat sich allerdings die Schuld daran gegeben. Ich war damals Rainhards behandelnder Arzt, und mir ist an der Geschichte gleich etwas seltsam vorgekommen. Nachdem Raini sich ebenfalls aufgehängt hat, habe ich das Gespräch mit Rick gesucht. Irgendwann im Suff hat er mir alles gebeichtet. Ich hab ihm gesagt, ich habe sein Geständnis auf Band, und hab ihn erpresst, damit er mir hilft. Als Gabi tot war, hab ich die Panik bekommen und dachte natürlich gleich an den befreundeten Polizisten, den ich in der Hand hatte. Leider war es hell, und ich hab Gabi in den Kofferraum gelegt und …«

Elisa stürmte aus dem Zimmer. Länger konnte sie das nicht mehr anhören. Allein der Gedanke, wie ihr Schwager die Leiche ihrer Mutter einen Tag lang in seinem Auto herumchauffierte. Sie rannte an den Justizbeamten vorbei, die ihr hinterherriefen, doch Elisa ignorierte es. Zum Glück befanden sich gleich in der Nähe WC-Anlagen. Sie riss die Tür auf und stürmte in eine Kabine. Ihr Mageninhalt entleerte sich schmerzhaft. Viel hatte Elisa nicht gegessen, hauptsächlich würgte sie Magensäure hoch, während Tränen über ihre Wangen liefen. Wann hatte sie sich zuletzt so erbärmlich gefühlt? Sie wusste es nicht.

Kraftlos sank sie vor der Kloschüssel auf die Knie und sehnte sich nach der Umarmung ihrer Mutter. So sinnlos kam Gabis Tod ihr vor. Sie war noch so jung gewesen. Sie könnte noch leben, wäre sie niemals dieser Dilara begegnet. Nein, jetzt dachte Elisa schon ebenso krank wie Simon. Er war der Schuldige! Er allein.

Und Rick! Welcher Polizist gab denn bitte solche Tipps? Einer, der selbst ein Mörder war.

Langsam beruhigte sie sich und stemmte sich vom kalten Boden hoch. Elisa trat an das Waschbecken und spülte den Mund aus. Den Blick in den Spiegel mied sie. Einige Minuten ließ sie verstreichen, in denen sie versuchte, sich zu beruhigen, dann kehrte sie zurück in den Gang. Geschäftig liefen Menschen an ihr vorbei, Krankenhauspersonal, Patienten, Besucher. Alle schienen viel schneller zu sein als Elisa. Wie ein Geist fühlte sie sich. Mehr tot als lebendig.

Sie wollte nur nach Hause, sich in ihrem Bett verkriechen, doch vielleicht war heute die letzte Möglichkeit, um Antworten zu bekommen. Ihre Mutter war nicht das einzige Opfer. Es waren noch mehr Menschen gestorben. Unschuldige. Elisa wollte alle Antworten. Jetzt. Auch, wenn es zu viel war, so wollte sie es doch hinter sich haben. Also steuerte sie erneut die Tür an.

»Geht es Ihnen gut?«, fragte dieses Mal der jüngere Justizbeamte.

»Nein.« Erschöpft sah Elisa ihn an. »Aber ich muss dieses Gespräch zu Ende führen.«

»Sollen wir …«

»Nein!«, wiegelte sie ab, obwohl sie keine Ahnung hatte, was er fragen wollte. Nachdem sie tief Luft geholt hatte, drückte sie die Tür auf. Simon sah sie nicht an, sein Kopf war immer noch Richtung Fenster gedreht.

»Wieso musste Réka sterben?« Mit verschränkten Armen hielt Elisa vor dem Krankenbett.

»Dilara ist zurück ins *Starship*. Sie hat Réka alles erzählt. Ich musste sie beide zum Schweigen bringen.«

»Woher wusstest du, wo Dilara war?«

»Ein Krankenpfleger hat sie in der Stadt gesehen. Sie schlief im Stadtpark. Er hat davon geredet mit einer Kollegin, das hab ich zufällig gehört. Ich hab beschlossen, Dilara zu suchen, und hab sie danach verfolgt bis zum Puff.«

»Réka hast du im Bordell aufgehängt.«

»Ich wollte die Polizei in die Irre führen. Vielleicht hätten sie gedacht, ein Serienkiller schlägt zu. So wie Jack Unterweger oder dieser Kerl, der gerade frei herumläuft. Der hat seine Opfer auch zufällig gewählt. Ich dachte, vielleicht glauben sie dann, es wäre nichts Persönliches.«

»Du bist so abartig. Ich hoffe, du verrottest in deiner Zelle. Ich hoffe, jeder Tag ist eine Qual und du wirst vergewaltigt und …« Elisa biss sich auf ihre Unterlippe.

»Ich verdiene deinen Hass.«

»Du verdienst viel mehr als das! Du hast so viele Leben zerstört! Und … was war mit Leon?«

»Er ist uns auf die Schliche gekommen. Rick hat ihn niedergeschlagen und zu mir gebracht. Wir wollten Dilara und Leon auf den Galgen hängen, aber dann war da dieser Influencer. Alles ist aus dem Ruder gelaufen.« Simon seufzte. »Ich hätte das alles niemals machen dürfen. Es tut mir so leid. Ich war … wie im Rausch. Ich wollte meine Spuren verwischen und ich wollte einfach nur mein altes Leben zurück.« Wieder heulte er auf. »Rick hat es damals doch auch geschafft, also warum nicht ich? Ich …«

»Du hast deine Schwiegermutter umgebracht und dann

bist du nach Hause zu ihrer Tochter gegangen und hast sie getröstet, während sie um ihre Mutter geweint hat!« Elisa legte Abscheu in ihre Stimme.

»Ich weiß. Ich bin …«

»Du bist gestorben. Für uns alle. Ich werde Marina alles erzählen und werde dafür sorgen, dass sie dich kein einziges Mal besucht. Deine Kinder werden dich nicht kennen, du wirst das Monster sein, das ihnen die Oma genommen hat.« Elisa trat näher an sein Bett. »Schau mich gut an. Es wird das letzte Mal sein, dass du mich siehst.«

Wie ein kleines Kind flennte er, doch die Genugtuung fehlte Elisa. »Ich hoffe, die Albträume und Schuldgefühle quälen dich bis an dein Lebensende.« Mit diesen Worten verließ sie das Zimmer. Am Gang rannte sie los. Mit jedem Schritt wurde sie schneller. Weg. Nur weg von hier.

KAPITEL 56 - ELISA

Mittwoch, 15. November 2023

Albträume hatten Elisa die ganze Nacht über gequält. Wie gerädert fühlte sie sich, als sie gegen 10 Uhr vormittags aufstand. Die ganze Woche hatte sie Urlaub genommen, am späten Nachmittag hatte sie einen Termin bei einem Bestatter vereinbart. Sollte sie zuvor mit ihren Geschwistern oder Gerry reden? Warum sollte ausgerechnet sie entscheiden, wie das Begräbnis ablaufen würde? Sie kannte Gabi am allerwenigsten.

In ihrer Brust stach es, diese Schuld und die Reue würden niemals vergehen. Sie könnte nichts gut machen, konnte sich nie mehr entschuldigen.

In der Dusche vermischte sich das Wasser mit ihren Tränen. Sie ließ sich Zeit, stellte die Temperatur viel zu heiß, bis ihre Haut krebsrot war und sie die Hitze nicht mehr ertrug. Ein Zittern durchlief ihren Körper, als sie die Duschtür öffnete und das Badetuch um ihren Körper schlang. Der Spiegel war beschlagen, doch Elisa musste sich nicht sehen, um zu wissen, der Tod ihrer Mutter hatte ihr zugesetzt. In den letzten Tagen hatte sie Gewicht verloren und keine einzige Nacht gut geschlafen.

Allein der Gedanke, nächste Woche ihren Alltag aufzunehmen, erfüllte sie mit Grauen. Wie sollte sie mit ihren Kollegen lachen und scherzen? Wie sollte sie Termine wahrnehmen und ihren Interviewpartnern aufmerksam zuhören? Wie sollte sie sich auf das Schreiben der Geschichten konzentrieren? Wie sollte sie weitermachen, bei all den schrecklichen Erlebnissen?

Kraftlos stützte sie die Ellbogen auf den Rand des Waschbeckens und verharrte eine Weile.

»Reiß dich zusammen«, murmelte sie. »Du bist stark. Du packst das.«

Diese Worte hatte ihre Mutter immer an sie gerichtet, vor Prüfungen, wenn Elisa besonders viel Angst gehabt hatte. Wieder stiegen die Tränen auf. Marina hatte recht: Sie war eine furchtbare Tochter gewesen. Stets brüstete sie sich mit ihrer Weltoffenheit und ihrer Toleranz, doch ihrer eigenen Mama hatte sie diese nicht entgegengebracht. Was für eine Heuchlerin das doch aus ihr machte.

Sie atmete aus und richtete sich auf. Selbstmitleid half niemandem. Wenn sie sich dem hingab, würde sie vielleicht nicht mehr aus dem Bett kommen, und sie wollte nicht in ein tiefes, schwarzes Loch stürzen.

Mit der Handkante wischte sie eine Stelle des beschlagenen Spiegels frei, kämmte ihr Haar, band es zu einem Dutt nach oben, trug Mascara und Eyeliner auf, schlüpfte in Jeans und einen Hoodie und kochte anschließend Kaffee. Mehr konnte sie aktuell nicht zu sich nehmen. Während ihr Lebenselixier kochte, holte sie die Zeitung in die Wohnung, schenkte ihr jedoch keine Beachtung.

Sie wartete, bis die Maschine fertig war, trank gedankenlos und war überrascht, als die Tasse leer war. Ein paar Stunden hatte sie noch bis zum Bestatter-Termin, die würde sie sinnvoll nutzen. Elisa schnappte ihre Autoschlüssel und machte sich auf den Weg ins Lebensmittelgeschäft.

Als sie ihre Einkäufe verstaut hatte, nahm sie allen Mut zusammen und rief Leon an. Es dauerte eine Weile, bis er abnahm.

»Ja?«

»Hier ist Elisa Avram.« Sie räusperte sich. »Ich wollte mich erkundigen, wie es dir geht.«

Offiziell hatten sie einander nicht das Du angeboten, doch sie waren im selben Alter, und ihm das Leben zu retten war ihrer Meinung nach intim genug, um die höfliche Ansprache hinter sich zu lassen.

»Oh hallo.« Aus seiner Tonlage konnte sie unmöglich heraushören, ob er sich freute, von ihr zu hören, oder genervt war.

»Also – wie geht's dir?«

»Es geht so. Ein bisschen Kopfweh noch, aber das wird jeden Tag besser.«

»Ich hab nicht nur die körperlichen Beschwerden gemeint.«

Ein leises Lachen, das die Dunkelheit in Elisa etwas vertrieb.

»Immer sehr direkt, die Frau Journalistin, hm?«

»Tja, ich bin es eben gewohnt, Fragen zu stellen, also …« Sie atmete aus. »Ich würde dich gern besuchen. Wenn das okay für dich ist.« Ihr Herz raste, angespannt wartete sie auf seine Antwort. Zögerte Leon so lange oder bildete sie sich das nur ein?

»Ja, das ist okay.«

»Okay.« Erleichtert atmete sie aus. »Dann … also … wo treffen wir uns?«

»Im Moment sollte ich noch nicht Auto fahren, daher … vielleicht bei mir zu Hause? Wenn dich das nicht stört«, schickte er schnell hinterher.

»Nein, gar nicht. Ich bräuchte nur die Adresse.«

»Ich schicke sie dir auf *WhatsApp*.«

»Geht klar. Und … ah … wann hast du Zeit?«

»Ich hab gerade nichts vor. Bin noch im Krankenstand, also …«

Elisas Blick glitt zur Wanduhr. »Na, wenn das so ist, dann komme ich gleich vorbei.«

Leon wohnte in Seiersberg und wie Elisa in einem Mehrparteienhaus in einer Siedlung mit vielen Besucherparkplätzen. Nachdem sie den Motor abgestellt hatte, schielte Elisa auf den Beifahrersitz. Beim Einkaufen hatte sie Pralinen mitgenommen und hoffte, Leon mochte Schokolade. Wer mochte sie nicht? Na gut, es gab ein paar ganz sonderbare Exemplare.

Sie griff nach der Schachtel und war erleichtert, weil sie Leon gleich besuchen konnte. Hätte sie noch einige Stunden warten müssen, wäre sie vor Nervosität wohl vergangen. »Was ist nur los mit dir?« Wieder die Selbstgespräche. Auch schon egal. Es sah ihr nicht ähnlich, so nervös wegen eines Treffens zu sein. »Du gehst da jetzt rein und benimmst dich wie die erwachsene Frau, die du bist.«

Leon wohnte im ersten Stock, sie fand die richtige Wohnung auf Anhieb. Die dunkelblaue Fassade hatte einen neuen Anstrich nötig, ansonsten wirkte die Siedlung freundlich. Eine Mutter mit Kinderwagen nickte ihr zu, Elisa grüßte zurück, ehe sie auf die Klingel drückte und wartete. Sie hörte, wie der Schlüssel sich im Schloss drehte, dann stand Leon schon vor ihr. Ein angenehmer Duft trat in Elisas Nase, er musste eben erst ein Aftershave aufgetragen haben. Der Dreitagebart war Geschichte, wie sie mit etwas Wehmut feststellte, Leons Kiefer und Wangen waren glattrasiert. Er trug eine schwarze Jogginghose in Kombination mit einem grauen No-Name-Shirt.

»Hi.« Sie lächelte und streckte ihm die Pralinen entgegen.

»Hey, oh danke!« Seine Mundwinkel hoben sich an. »Komm rein! Und danke für die Schoko, aber müsste nicht eigentlich ich derjenige sein, der dir was schenkt? So, wie ich das mitbekommen habe, hast du mein Leben gerettet.«

»Das hätte doch jeder getan.« Sie streifte die Schuhe ab und stellte sie in den Vorraum, wo ein einziges Paar Sneakers stand. An der Garderobe hingen zwei Jacken, alles wirkte sauber, fast schon steril. Dieser Eindruck verstärkte sich, als sie das Wohnzimmer betrat, das an eine offene Küchenlandschaft grenzte.

»Wow, hast du jetzt noch schnell alles geputzt in der kurzen Zeit?«

»Wieso?«

»Na, weil es hier so sauber ist.«

»Ich mag Ordnung.«

»Oh, okay.« Na, dann dürfte er ihren Schreibtisch in der Redaktion lieber nicht zu Gesicht bekommen.

»Was magst du trinken?«

»Nur Mineral, bitte.«

Neugierig trat Elisa näher an ein kleines Bücherregal, das überwiegend mit Thrillern und Fachliteratur gefüllt war. »Kriegst du sogar in deiner Freizeit nicht genug von Mord und Totschlag?«, scherzte sie, als sie ein dumpfes Geräusch vernahm. Natürlich hatte Leon ihr Glas auf einen Untersetzer auf dem gläsernen Couchtisch abgestellt.

»Die meisten Bücher sind aus meiner Jugendzeit. In den letzten Jahren hab ich nicht mehr so viel Zeit zum Lesen gehabt.«

Elisa wandte sich vom Regal ab und setzte sich neben Leon, der schon auf der dunkelgrauen, gemütlichen Couch Platz genommen hatte. Leon öffnete die Pralinenschachtel und hielt sie ihr hin.

»Die gehören doch dir«, meinte Elisa.

Leon zuckte die Schultern. »Ich teile gern.«

»Hm, danke.« Obwohl sie heute noch nichts gegessen hatte, wählte sie eine Nougatpraline. Schokolade konnte sie selten widerstehen. Während die Köstlichkeit auf ihrer Zunge zerging, sah sie sich weiter im Zimmer um. Der unpersönliche Eindruck, den sie schon beim Betreten verspürt hatte, verfestigte sich. Fast wie eine dieser Schauwohnungen im Möbelgeschäft sah es hier aus. »Wie lange wohnst du hier?«

»Ein paar Jahre. Wieso?«

»Nur so.«

»Ich wollte mich auch bei dir melden.« Leon sah ihr direkt ins Gesicht. »Immerhin hast du mir das Leben gerettet, und ich wollte mich bedanken. Also – danke!«

»Wie gesagt – sehr gern.«

Schweigen legte sich über sie, bis Elisa es brach. »Ich hab mit Simon gesprochen. Gestern.«

Fragend sah Leon sie an.

»Er hat gestanden, dass er meine Mutter umgebracht hat. Und Réka.«

»Ja, das hat mir Winter schon gesagt.« Leon seufzte. »Es tut mir ehrlich leid wegen deiner Mutter.«

»Danke. Mir tut es leid wegen deiner Schwester.«

»Danke.« Er senkte den Blick und betrachtete jetzt den Teppich. »Ich hab so lange nach ihr gesucht, und jetzt ist sie tot.« Trauer und Bitterkeit schwangen in seinen Worten mit. »Ich frage mich, warum sie sich nie gemeldet hat. Wo hat sie die ganze Zeit gesteckt?«

»Simon erzählte, sie hat von Menschenhändlern gesprochen. Gerry hat ebenso was in die Richtung gehört.«

»Tatsächlich?« Leons Augenbrauen wanderten in die Höhe.

»Ja, aber es ist unklar, ob das stimmt. Simon glaubt, Dilara hat halluziniert, was bei dem Drogenkonsum durchaus möglich ist. Gerry hat auch keine stichfesten Beweise, es ist alles nur Hörensagen.«

»Hm.«

Wieder Stille, Leon schien seinen Gedanken nachzuhängen.

»Warum hattest du keinen Kontakt zu deiner Schwester?«, fragte Elisa nach einigen Augenblicken.

»Das … ist kompliziert«, endete er lahm.

Elisa drängte die Enttäuschung zurück. Warum sollte Leon sich ihr auch anvertrauen? Sie kannten einander kaum. Mit hängenden Schultern saß er neben ihr, auf seinem Gesicht zeichneten sich immer noch deutlich die Verletzungen ab, sein Hals leuchtete in einer Mischung aus Lila und Gelb. An seinen Handgelenken konnte Elisa ebenfalls noch klar die Spuren der Fesselung erkennen, die Haut war nach wie vor lädiert. Der Mann hatte die Hölle hinter sich. Aus reinem Impuls streckte sie die Hand aus und legte sie auf seinen Unterarm.

Ein überraschter Blick traf sie.

»Es tut mir leid, was du durchmachen musstest. Wenn ich mir vorstelle, dass einer meiner Kollegen mich umbringen wollte … Du …« Sie suchte nach den passenden Worten und fand sie nicht. »Ehrlich gesagt fehlen mir die Worte. Und das kommt nicht häufig vor, das kannst du mir glauben.« Sie lachte leise auf.

»Ja, es ist … alles noch etwas … surreal.« Er räusperte sich, straffte seine Schultern aber. »Rick will mit mir reden.«

»Und? Wirst du das tun?«

»Ich weiß es noch nicht.« Er starrte auf die Schachtel Pralinen. »Ich warte immer noch darauf, dass ich aus dem Albtraum aufwache.«

»Verständlich.«

»Wie kann man sich nur so in einem Menschen täuschen?« Falten durchfurchten seine Stirn. »Ich hab gedacht, ich kenne ihn. Wir waren zusammen auf der Polizeischule. Und dann erfahre ich, er ist ein Mörder. Und er hat einen Mord gedeckt. Er ist völlig verrückt. Er glaubt an Geister und hat eine Hellseherin besucht und …« Leon befeuchtete seine Lippen. »Wie habe ich das nicht merken können? Was bin ich für ein Polizist, wenn ich nicht mal mitkriege, was direkt vor meinen Augen abläuft?«

»Hey, sei nicht so streng mit dir. Mit so was rechnet man doch nicht.«

»Ich sollte damit rechnen. Gewalt und Morde sind mein Alltag, und dann ist mein Partner ein Mörder und ich kapiere es erst viel zu spät. Ich bin so ein Idiot!«

»Das bist du nicht.« Elisa rückte näher und wandte sich ihm zu. Aus reinem Impuls legte sie ihm eine Hand an die Wange.

Verwirrt sah er sie an. Eine Weile hielten sie Blickkontakt, dann beugte Elisa sich vor und legte ihre Lippen auf seine. Sanft. Zögerlich. Sie wollte ihn nicht überfallen, wollte ihm die Möglichkeit geben, sich zurückzuziehen. Vielleicht war das unpassend, aber sie hatte nicht nachgedacht, sondern sich von ihrem Gefühl leiten lassen.

Leon erwiderte den Kuss, seine Hände wanderten an ihren Nacken und auf ihre Wange. Bald schon küsste er sie mit mehr Nachdruck, fast schon verzweifelt. Sie knutschten eine Weile, ehe sie sich atemlos voneinander lösten.

»Was war das denn?«, fragte er sie mit rauer Stimme.

»Ein Kuss.« Sie lächelte und zuckte die Schultern. »Keine Sorge, das ist keine Verpflichtung, es war einfach … ein Gefühl.«

Eindringlich musterte er sie, intensiver als zuvor, als würde er sie jetzt in einem anderen Licht sehen. »Du bist eine außergewöhnliche Frau.«

»Danke. Ich hoffe, das ist nicht negativ gemeint.«

»Nein, gar nicht.« Er lehnte sich wieder zurück und fuhr sich mit der flachen Hand durchs Haar. »Es ist nur … ich bin gerade so durcheinander und irgendwie eine …«

»Du musst dich nicht erklären. Und wir müssen auch nicht über den Kuss reden.« Elisa lächelte. Wieder sah er sie stirnrunzelnd an, da griff sie nach seiner Hand. »Vielleicht lädst du mich ja mal zum Essen ein. Als Dankeschön dafür, dass ich dein Leben gerettet hab.«

Ungläubig sah er sie an, dann lächelte er. Es war ein schönes Lächeln, ein ehrliches. »Das würde ich sehr gern. Hast du irgendwelche Wünsche?«

»Nein. Überrasch mich.«

»Okay.«

»Meine Nummer hast du jetzt ja.«

»Ich werde mich melden. Ganz sicher.«

»Sehr gut.« Sie stand auf. »Ich muss jetzt leider los. Zum Bestatter.«

Sein Lächeln verlor an Strahlkraft. »Ja, das … steht mir auch noch bevor, schätze ich.«

»Es tut mir ehrlich leid, dass sie deine Schwester nicht mehr retten konnten, Leon.«

»Ja, mir auch. Und mir tut es auch leid um all die Geheimnisse, die sie mit ins Grab nimmt.« Emotionen tanzten über sein Gesicht, die Elisa nicht recht deuten konnte, doch sie musste wirklich los, wenn sie nicht zu spät kommen wollte.

Er begleitete sie zur Tür, wo sie einander kurz umarmten und sich danach verabschiedeten.

KAPITEL 57 – LEON

Donnerstag, 16. November 2023

Um 6 Uhr morgens konnte Leon nicht mehr schlafen, dabei zählte er für gewöhnlich zu den Nachteulen. Der frühe Vogel konnte ihn mal. Vielleicht kam er langsam ins Alter, in dem die senile Bettflucht einsetzte. Nein, schön wäre es. Seine Schlaflosigkeit lag an den Erlebnissen der letzten Tage.

Nach Elisas überraschendem Besuch hatte er den Rest des Tages auf der Couch verbracht und sich mit Assi-TV abgelenkt. Dabei waren seine Gedanken immer wieder abgedriftet zu der hübschen Journalistin. Hatte sie ihn tatsächlich geküsst? Und sich dann quasi selbst zum Essen eingeladen? Leon schmunzelte. Definitiv eine Frau, die wusste, was sie wollte.

Wüsste er selbst das bloß auch ...

Sein Leben lag in Scherben, er bezweifelte, bereit für etwas Neues zu sein.

Sie will nur was mit dir essen gehen, weil sie dein Leben gerettet hat. Es war kein Heiratsantrag, sagte er sich stumm. Aber der Kuss ... war gut gewesen.

Seufzend setzte er sich auf, zog die Vorhänge beiseite und öffnete die Jalousien. Dadurch flutete nicht mehr Licht den Raum, es war dunkel und kalt draußen. Die Versuchung, sich erneut in die Laken zu kuscheln, war groß, doch sobald er schlief, warteten die Albträume.

Rick, der ihn fast erwürgte und mit der Waffe auf ihn zielte. Die alte Scheune. Dilara, die leblos am Galgen baumelte. In seinen Träumen schrie sie um Hilfe, doch er war machtlos. Genau wie als Kind. Sein Vater mischte stets mit, er war das größte Monster von ihnen allen.

Die Kopfschmerzen begleiteten Leon bei seiner Morgenroutine und während er durch die Zeitung blätterte, ohne etwas zu lesen. Warum bezahlte er das Abo noch? Er las sie kaum. Nicht mal jetzt, wo er zu Hause war. Er hatte die Schnauze gestrichen voll von all den Negativschlagzeilen. Leider tendierten Menschen dazu, Negatives interessanter zu finden und es sich besser zu merken. Vermutlich Überbleibsel aus der Steinzeit, in denen diese Erinnerungen davor bewahrten, erneut einen giftigen Pilz zu verzehren.

Bei seinen wirren Gedanken schnaubte er vor sich hin. Sein Blick blieb an einer Schlagzeile im Bundeslandteil hängen.

»Immer noch keine Klarheit bei Prostituiertenmorden
Innerhalb der vergangenen Tage wurden zwei Prostituierte erwürgt. Eine weitere Frauenleiche hing am Galgenwald in Thannhausen, Bezirk Weiz, auch Buchautor und Influencer Florian Portugal starb in jener Nacht. Der genaue Tathergang ist unklar, zwei Männer wurden verhaftet, darunter ein Polizist.«

Leon schlug die Zeitung zu. Seine Hände zitterten dabei, ihm wurde kalt, gleichzeitig begann er zu schwitzen. Mehrmals schluckte er, um das Engegefühl in seiner Kehle loszuwerden, das das Bild des Galgens in ihm hervorgerufen hatte. Verzweifelt versuchte er, die Bilderflut zu unterdrücken, und verließ seinen Platz am Esstisch.

In seiner Brust begann es zu ziehen, wie ein Fisch auf dem Trockenen schnappte Leon nach Luft. Seine Knie fühlten sich an wie Wackelpudding, er sank auf den Küchenboden und lehnte sich an einen der Schränke, zog seine Beine an den Körper und kämpfte gegen die Panikattacke. Die Sicht verschwamm immer mehr, die Umgebung drohte zu verschwinden, der Parkettboden wandelte sich in Laub, Kälte brach über ihn herein.

Vor ihm baumelte Dilara, ihr Gesicht war bedeckt von ihrem dunklen Haar. Leon wollte zu ihr, wollte sie anfassen, doch Fesseln hielten ihn zurück. Alles tat weh, und er hörte Stimmen, die gedämpft zu ihm durchdrangen. Da standen Rick und dieser verrückte Schnauzbart und ... was tat sein Vater denn hier?

Mit großen Schritten eilte er auf ihn zu. Gleich hätte er Leon erreicht. Er streckte die Hand aus und ... die Türglocke ertönte unerträglich laut. Beinahe sprang Leons Herz aus seiner Brust. Desorientiert sah er sich um. Die Küche. Er befand sich immer noch in seiner Küche. Ein verdammter Flashback.

Sein Shirt war durchgeschwitzt, er wollte so nicht gesehen werden, doch es klingelte abermals. Leon traute der Stabilität seiner Beine kaum, da klingelte sein Handy. »Alex« leuchtete am Display auf.

Leon nahm den Anruf entgegen, immer noch atemlos. »Hallo.« Seine Stimme zitterte.

»Hallo, Kumpel. Ich wollte nach dir sehen. Machst du mir auf?«

»Es ... ist gerade ungünstig.«

»Duschst du oder wichst du?«

Ein Keuchen entkam Leon. »Nein, was ...«

»Dann kann es nicht so schlimm sein. Mach auf.« Da schwang eindeutig ein Befehl mit, Alex ließ den Bullen raushängen. Schwerfällig erhob Leon sich und legte die wenigen Schritte bis zu seiner Wohnungstür zurück. Den Anruf hatte er mittlerweile beendet.

»Na, siehst du? Geht doch!« Alex strahlte ihn an. »Ich hab dir Frühstück mitgebracht.«

»Du musst mich nicht bemuttern.«

»Weiß ich. Und das tue ich auch nicht, keine Sorge. Ich bin vieles, aber keine Mutter Theresa.«

»Hast du nichts Besseres zu tun?« Die letzten Tage schneite Alex immer mal wieder vorbei, wie Kontrollbesuche erschien es Leon manchmal. Vielleicht wollte sein Kollege sichergehen, dass Leon sich nicht die Kugel gab. Er wäre nicht der erste Polizist, der Suizid beging.

»Ich hab keinen Hunger.«

»Wann hast du das letzte Mal was gegessen?«

Leon überlegte, es fiel ihm nicht ein. Noch nicht mal Elisas Pralinen hatte er angerührt.

»Deine Antwort dauert mir zu lange. Wenn du so hart nachdenken musst, liegt deine letzte Mahlzeit zu weit zurück.« Selbstbewusst stolzierte Alex in die Küche und ließ ein paar Sorger-Sackerl auf Leons Esstisch fallen. »Such dir zuerst was aus.«

»Ich will wirklich …«

»Leon!« Das Lächeln schwand, Alex sprach wieder eindringlich mit ihm. »Es ist scheiße, was passiert ist, aber niemandem ist geholfen, wenn du nichts isst.«

»Es sind gerade mal ein paar Tage.« Ja, er hörte selbst, er klang wie ein bockiges Kleinkind. Alex zeigte sich erneut unbeeindruckt und setzte sich an den Tisch, dann öffnete er eines der Papiersäckchen und holte ein Schokocroissant hervor. Genüsslich biss er hinein.

Leon seufzte, setzte sich aber neben ihn. »Du bist eine Plage.«

Diese Aussage wurde mit einem Grinsen quittiert. Die nächste Stunde mimte Alex beinahe den Alleinunterhalter, doch das kam Leon ganz gelegen, so musste er nicht viel sagen und war dennoch nicht allein.

»Ich muss jetzt langsam los«, sagte sein Kollege.

Leon nickte. »Danke, dass du dir solche Mühe gibst und …
danke.«

»Kein Ding.« Alex machte einen Schritt auf ihn zu, schien
sich dann jedoch zu erinnern, dass Leon kein Fan von Berührungen war, und besann sich eines Besseren.

»Ich komme wieder vorbei.«

»Ja.«

Leon sah ihm hinterher und verstaute danach die Reste des
Frühstücks. Alex hatte großzügig eingekauft, davon könnte
Leon noch zwei weitere Male essen. Er saugte die Wohnung,
putzte und stand anschließend eine Weile untätig in der Wohnung. So viel Freizeit zu haben, war er nicht gewohnt. Vielleicht war es an der Zeit, sich endlich seinen Dämonen zu
stellen. Möglicherweise half das mit den Albträumen. Wenn
er das Gespräch mit Rick hinter sich brachte, konnte er das
Thema abhaken und nach vorne schauen. Mit klopfendem
Herzen griff er nach seinem Handy und rief Winter an.

»Guten Morgen, Esposito. Wie geht es Ihnen?«

»Ich bin okay und hab nachgedacht.« Leon holte tief Luft.
»Ich werde mit Rick reden.«

KAPITEL 58- LEON

Donnerstag, 16. November 2023

Das Frühstück drohte Leon wieder hochzukommen. Mit jeder verstreichenden Sekunde, in der er auf Rick wartete, steigerte sich seine Übelkeit. Das Sicherheitsprozedere hatte er wie in Trance über sich ergehen lassen, als Polizist kannte er es zur Genüge. Allerdings war er noch niemals in der Justizanstalt gewesen, um einen Kollegen zu besuchen. Nicht irgendeinen. Seinen Partner.

Er musste nicht hinter der Glaswand Platz nehmen, die Justizbeamten hatten ihn in einen Besucherraum geführt. Ein kleiner Tisch trennte zwei Stühle, fast könnte man die Räumlichkeit mit einem Besprechungszimmer verwechseln. Unruhig rutschte Leon auf dem unbequemen Sessel hin und her.

1000 Szenarien über das Aufeinandertreffen malte er sich aus, eines schrecklicher als das andere. Die Tür ging auf, und dann stand Rick auf einmal vor ihm, mit gefesselten Händen zwischen zwei Justizbeamten, die ihn auf den freien Stuhl gegenüber von Leon führten und grüßten. Mechanisch erwiderte er den Gruß, Augen hatte er nur für seinen Ex-Partner.

Die Handschellen blieben an dessen Gelenken, er schaffte es nicht, Leons Blick zu erwidern, sondern starrte auf die Tischplatte.

Leon räusperte sich. »Du wolltest mit mir reden.«

Quälend langsam verstrichen die Sekunden, und so etwas wie Wut flammte in ihm auf. Warum bestellte Rick ihn her, wenn er den Mund nicht aufbrachte? Die zusammengesunkene Gestalt ihm gegenüber hatte nichts mit dem Kollegen und Freund zu tun, den Leon gekannt hatte. Geglaubt hatte zu kennen. Immerhin hatten die Erlebnisse im Galgenwald ihn eines Besseren belehrt.

Endlich sah Rick auf. »Es tut mir leid, Leon. Das musst du mir glauben.«

»Muss ich das?«

Ricks Adamsapfel hüpfte auf und ab, er stützte seine Unterarme auf dem kleinen Tisch zwischen ihnen ab. Jede Regung wurde von den wachsamen Augen der Justizbeamten verfolgt. Leon starrte auf die Hände, die sich um seinen Hals gelegt und das Leben aus ihm hatten würgen wollen. Hände, die bereits getötet hatten.

»Ich wollte niemals, dass es so weit kommt. Ich wollte nie, dass dir was passiert.«

Trocken lachte Leon auf. »Das hat anders ausgesehen.«

»Ich weiß. Und das tut mir leid.«

»Hast du Dilara getötet?«

»Nein.«

Leon suchte in Ricks Gesicht nach Zeichen einer Lüge.

»Das war Simon. Im Krankenhaus hat er sie vergewaltigt, deswegen ist sie weggelaufen.«

»Weißt du was von einer Menschenhändler-Bande?«

»Nein.«

Leon stand auf.

»Warte!« Rick machte eine ruckartige Bewegung, woraufhin der größere Justizbeamte eine Hand bestimmend auf Ricks Schulter legte und ihn niederdrückte.

»Ich hab dir nichts mehr zu sagen, Rick, und ich will auch nichts mehr von dir hören. Nichts, was du sagst, rechtfertigt dein Verhalten.« Leon verschränkte die Arme vor der Brust. »Du bist ein Mörder und ein Lügner. Du hast dem Psychiater deines Bruders geholfen, einen Mord zu vertuschen. Wegen dir mussten drei weitere Menschen sterben.« Er schnaubte. »Und wozu?«

»Ich wollte nicht ins Gefängnis.« Mit jedem Wort wurde Rick leiser.

»Das hat ja wunderbar geklappt.«

»Simon hat mich erpresst. Hätte ich ihm nicht geholfen, hätte er jedem erzählt, dass ich Verena getötet habe.«

»Selbst wenn er das getan hätte – ohne Beweise wäre es schwer gewesen, dir etwas nachzuweisen. Verena ist lange tot und dein Bruder auch. Du bist Polizist, Herrgott! Du weißt so gut wie ich, das wäre vor Gericht niemals durchgegangen. Im Zweifel für den Angeklagten.« Leon schüttelte über so viel Dummheit den Kopf. »Stattdessen hast du deine Mörder-Tipps weitergegeben, und meine Schwester musste deswegen sterben. Es gibt einen einzigen Grund, weswegen ich hier bin: Ich wollte wissen, ob du etwas über die Menschenhändler weißt. Doch anscheinend ist dem nicht so oder du willst es mir nicht sagen. Wie auch immer. Wir beide sind fertig miteinander.«

»Ich glaube, es gibt keine Menschenhändler. Simon war der Meinung, sie fantasiert sich irgendwas zusammen.«

»Simon war auch der Meinung, es wäre eine gute Idee, Menschen zu töten.«

Rick schlug den Blick nieder.

»Dilara muss in den letzten zehn Jahren irgendwo gewesen sein. Und ich werde nicht eher ruhen, bis ich rausgefunden hab, wo sie war.«

»Sie war ein Junkie, Leon. Sie wollte nicht gefunden werden. Du solltest dein Leben nicht wegwerfen …«

»Danke, aber ich nehme keine Tipps von Mördern an!«, zischte Leon.

Rick atmete hörbar aus. »Ich weiß, ich bin der Letzte, der

dir was raten sollte, aber … du hast schon so viele Jahre damit vergeudet, sie zu suchen.«

»Sie ist meine kleine Schwester.« Hasserfüllt sah er Rick an. »Hätte dein Psychokumpel sie nicht umgebracht, dann …«

»Ich verstehe, dass du wütend bist, und es ist klar, dass dich das fertig macht, aber mir geht es um dich. Ich will nicht, dass du dein Leben wegwirfst, weil du in der Vergangenheit lebst. Mach nicht denselben Fehler wie ich.«

Wie paradox, immerhin hatte Rick ihn doch töten wollen.

»Wir sind hier fertig.« Leon wandte sich zur Tür und drückte die Klinke hinunter. Zu spät wurde ihm bewusst, der Raum war ja abgeschlossen. Ein Justizbeamter eilte ihm zu Hilfe.

»Danke!« Als er den Raum verließ, rief Rick ihm nach: »Es tut mir leid, Leon. Ich hoffe, du kannst mir irgendwann verzeihen.«

KAPITEL 59 - ELISA

Donnerstag, 16. November 2023

Nachdem Elisa das Bestattungsinstitut verlassen hatte, fühlte sie sich so erschöpft wie lange nicht mehr. Sie brauchte einen Drink. Dringend. Den wollte sie allerdings nicht allein zu sich nehmen. Eine Stunde später fand sie sich also in der Wohnung ihres Bruders wieder. Andrei hatte spontan Zeit gehabt und ihr einen seiner berühmten Cocktails gemixt. Der war bald leer, das rosa Schirmchen steckte in dem letzten traurigen, orangefarbenen Rest des *Sex-on-the-Beach*.

»Magst du noch einen?« Andreis Glas war ebenso längst leer.

»Warum nicht?«

»Das Gleiche?«

»Ich trinke, was du trinkst.«

»So gefällst du mir.« Ihr Bruder grinste, und Elisa fragte sich, ob sie mit ihrer Aussage einen Fehler begangen hatte. Sie vertrug viel Alkohol, doch mit Andreis Trinkfestigkeit konnte sie nicht mithalten. Ihr Bruder trank auch öfter als sie.

Müde lehnte sie sich auf Andreis Riesencouch zurück und schloss die Augen. Sie döste für ein paar Sekunden weg, bis ein Geräusch sie hochschrecken ließ. Schwungvoll hatte Andrei das Glas auf dem kleinen Tischchen platziert. Ohne Untersetzer – Leon wäre nicht begeistert gewesen.

»Hier bitte!«

»Was ist das?«

»Koste.«

Sie stießen die Gläser zusammen, und Elisa nahm einen Schluck. »Boah, der ist stark!« Ein *Tequila Sunrise*. »Du willst mich heute niederwassern.«

»Willst du dich nicht selbst zuschütten?«

Sie atmete aus, dann kuschelte sie sich an Andreis Brust und meinte: »Ja, vermutlich.« Er legte seinen Arm um sie.

»So nah waren wir uns ewig nicht mehr.« Sie meinte dabei nicht nur die körperliche Nähe.

»Nein. Es stimmt wohl, was sie sagen: Hochzeiten und Begräbnisse bringen die Menschen wieder zusammen.«

»Hm.«

Eine Weile schwiegen sie, bis Andrei die Stille durchbrach. »Hast du schon mit Marina geredet?«

Elisa hatte ihrem Bruder das Gespräch mit Simon zusammengefasst. »Noch nicht. Ich hab keine Ahnung, wie ich es ihr beibringen soll. Es wird sie zerstören.«

»Stimmt. Aber sie hat die Wahrheit verdient.« Ernst sah Andrei sie an, da war nichts von seiner sonstigen Lässigkeit zu bemerken.

»Ich weiß.« Elisa nahm ihren Cocktail und rührte mit dem Strohhalm darin herum, schob das Eis von einer Seite zur anderen.

»Dieser Scheißkerl!«, fluchte Andrei leise. »Wenn er nicht wäre, würde Mama noch leben.«

»Ich war bei dem Polizisten. Bei Leon.«

»Und?«

»Ich hab mich quasi zum Essen eingeladen.«

Andreis Stirn legte sich in Falten, die Wut verschwand aus seiner Haltung. »Dein Ernst?«

»Ja.« Elisa lächelte schwach und nahm einen tiefen Schluck.

»Erzähl!«

»Vielleicht hab ich ihn auch geküsst.«

»Du hast ... *was*?« Andrei lachte auf. »Meine Schwester, die Verführerin!«

»Er war nicht abgeneigt.«

»Vielleicht ist er noch auf Schmerzmittel gewesen.«

»Arsch!« Sie schlug ihm in die Seite.

»Aua! Das war doch nur ein Scherz. Ich bin stolz auf dich. Das nennt sich mal die Initiative ergreifen. Und er ist schon echt heiß. Halte mich auf jeden Fall auf dem Laufenden.«

»Mache ich. Was läuft bei dir und den Männern eigentlich?«

»Ach, das Übliche.«

»Das da wäre?«

Andrei zögerte, dann begann er zu erzählen. Den restlichen Abend sprachen sie nicht mehr über ihre Mutter, Marina oder den Galgenwald. Sie tranken Cocktails, redeten über Gott und die Welt und lachten. Irgendwann in den frühen Morgenstunden schliefen sie beide auf dem Sofa ein.

Völlig verkatert – Cocktails zu mixen zählte wahrlich zu Andreis Stärken – verließ Elisa seine Wohnung, fuhr mit einem Taxi nach Hause, duschte und legte sich noch ein paar Stunden aufs Ohr.

Am Abend fuhr sie zu Marina, die Kinder waren bereits im Bett. Elisa hatte extra so lange gewartet, damit sie in Ruhe mit ihrer Schwester sprechen konnte.

»Hey.« Sie lächelte Marina an.

»Komm rein.«

»Danke.«

Unbehaglich rutschte Elisa auf dem Sofa hin und her, während Marina Chips und Salzgebäck auftischte.

»Ich hab mit Simon gesprochen.«

»Ja, ich auch.«

Elisa runzelte die Stirn und erntete ein trauriges Lächeln von Marina. »Ich bin seine Frau. Sie haben ihm ein Telefonat mit mir gestattet. Außerdem war die Polizei bei mir. Du musst also nicht so nervös sein. Ich weiß, was er getan hat.«

»Du … und … also … wie geht's dir? Ich weiß, das ist eine blöde Frage.«

»Ich weiß es nicht. Ich glaube das alles noch nicht.« Marina sprach ungewohnt gefasst, ihr Blick war emotionslos, fast schon leer. Ewig würde dieser Zustand nicht andauern, und dann würden die Emotionen über ihre Schwester hereinbrechen. Elisa nahm sich vor, dann für sie da zu sein.

»Es tut mir so leid.«

»Es ist nicht deine Schuld. Es ist … hätte ich ihn nur nicht kennengelernt. Mama mochte ihn nie.«

»Dann hättest du deine Kinder jetzt nicht.«

»Ja, die Kinder …« Marina seufzte laut. »Ich hab keine Ahnung, was ich ihnen sagen soll. Ich bin einfach … überfordert.«

»Das glaube ich dir. Wenn ich dir irgendwie helfen kann?«

Marina musterte sie kurz und eindringlich. »Danke.«

»Ich hab morgen einen Termin am Friedhof, um den Grabplatz auszusuchen«, sagte Elisa vorsichtig, nachdem sie eine Weile geschwiegen hatten.

»Mir ist egal, wo sie liegt. Such einfach was aus und … danke, dass du dich darum kümmerst. Ich hätte gerade keinen Kopf dafür.«

Elisa nickte. »Ist doch selbstverständlich.«

Wieder legte sich Schweigen über sie. »Du kannst ruhig gehen«, meinte Marina nach einer Weile.

»Ich muss heute nirgends mehr sein, also wenn du mich nicht rauswirfst, bleibe ich gern.«

»Ich werfe dich nicht raus.«

»Gut.« Elisa lächelte. »Was hältst du dann von einem Filmabend?«

Schulterzucken. Das reichte Elisa völlig. Sie schaltete den Fernseher ein. »Irgendwelche Wünsche?«

»Nein. Such dir was raus.«

Elisa öffnete *Netflix* und versuchte, sich daran zu erinnern, welche Filme ihre Schwester gemocht hatte. Liebesfilme. Sie wählte irgendeine Liebeskomödie und startete den Film. Die Hälfte davon bekam Elisa nicht mit, sie schätzte, Marina ging es nicht viel anders, doch darum ging es nicht. Sie wollte ihrer Schwester zeigen, sie war da. Und das würde sie auch künftig sein. Das nahm Elisa sich fest vor.

KAPITEL 60 - LEON

Freitag, 17. November 2023

Unzählige Male hatte Leon diesen Weg beschritten, doch genau wie in der Justizanstalt, in der Rick derzeit in Untersuchungshaft saß, schien auch das Gerichtsmedizinische Institut eine völlig andere Ausstrahlung zu haben, wenn die Tote zur Familie gehörte.

Doktor Nina Blanzano hatte ihn zu Dilaras Leiche geführt und ihn allein gelassen mit den Worten: »Lass dir so viel Zeit, wie du brauchst.«

Und hier stand Leon nun, neben seiner toten Schwester. Der Leichengeruch biss in seiner Nase, seit er die Räumlichkeiten betreten hatte. Sobald er sich verabschiedet hatte, würde Dilara einem Bestattungsinstitut übergeben werden. Leon musste sich danach um das Begräbnis kümmern. Von seiner kleinen Schwester würde nichts als Asche übrig bleiben.

Ihre dunkelbraunen Augen waren geschlossen, nie wieder würde sie ihn ansehen. Die Gerichtsmedizinerin hatte Dilara bis zum Hals zugedeckt, Leon musste den Anblick der Male dort nicht mehr ertragen, wusste jedoch genau, sie waren da.

Dilaras Gesicht war unnatürlich blass – leichenblass. Ihre Lippen blutleer. Das war nicht mehr Leons kleine Schwester. Nur noch eine Hülle. Er versuchte, sie mit dem lebendigen Wirbelwind zu vergleichen, den er aus Kindheitstagen kannte. Immer noch hatte er Dilaras lautes Lachen im Ohr, das längst verklungen war. Ihre Fröhlichkeit hatte sie lange schon verloren. Vielleicht war sie bereits gestorben, als sie noch gelebt hatte.

Leon griff nach ihrer Hand, die unter dem Laken hervorschaute. Die Fingernägel waren brüchig und verfärbt, das deutete auf Mangelernährung hin. Dilara hatte sich nicht gut um ihren Körper gekümmert. Der Drogenkonsum hatte Spuren hinterlassen. Die einstige Schönheit war verblasst.

»Ich werde herausfinden, wer dir das angetan hat.« Das leise Versprechen würde er halten. Das nahm Leon sich fest vor. Ein letztes Mal drückte er die Hand seiner Schwester. »Ruhe in Frieden, Kleine! Irgendwann sehen wir uns wieder.«

Eine einzelne Träne floss über seine Wange, er wischte sie fort. Keine Zeit zu heulen. Er hatte einiges zu tun. Nächste Woche startete er seinen Dienst, da hätte er weniger Zeit für private Nachforschungen. Doch er würde sie tätigen. Das schwor er sich selbst. Er würde herausfinden, was mit Dilara geschehen war.

KAPITEL 61 – ELISA

Mittwoch, 29. November 2023

Kalter Wind blies Elisa um die Ohren, sie stellte ihren Mantelkragen auf. Die Sonne schien, doch der Sturm ließ die Temperatur um einige Grade kälter erscheinen. Mehrmals erlosch die Flamme des Feuerzeugs, Elisa brauchte einige Anläufe, bis die Friedhofskerze endlich brannte. Die letzte Ruhestätte ihrer Mutter befand sich auf dem Fernitzer Friedhof. Elisa hatte ein Grab am Rand gewählt, im hintersten Trakt. Die Kränze von der Beerdigung wurden langsam hässlich, bald müsste Elisa sie entfernen.

Auf dem Holzkreuz lachte Gabi auf einem Foto. Bei dem Anblick spürte Elisa wieder den Schmerz aufflammen. Dieses Loch würde für immer bestehen bleiben. Ihre Mama war weg.

Die Tränen brannten kalt auf ihrer Haut.

»Hey, Mama! Du fehlst mir.« Sie kniete vor dem Grab und nahm den kleinen Engel in die Hand, den sie vor ein paar Tagen gekauft hatte. »Wir vermissen dich« stand darauf geschrieben.

»Ich würde so gern ein letztes Mal mit dir reden und mich entschuldigen. Von Angesicht zu Angesicht. Ich wünschte so sehr, ich könnte die Zeit zurückdrehen und netter zu dir sein. Ich wünschte, ich würde noch eine Chance bekommen. Scheiße, ich wünschte sogar, ich würde an den Himmel und all den Quatsch glauben, denn dann könnte ich dich wenigstens noch einmal sehen und dir sagen, wie leid es mir tut.«

Elisa brach in Tränen aus.

»Ach, Mäuschen!«

Elisa schrak hoch, wieso hatte sie Gerry nicht kommen gehört?

»Sie hat dir längst verziehen.«

»Das weißt du nicht.«

»Natürlich weiß ich das. Sie ist deine Mama. Sie wollte immer nur das Beste für dich. Sie würde nicht wollen, dass du dich so quälst.«

Die Worte ließen sie nur noch mehr heulen. Ihr Körper wurde von Schluchzern gebeutelt. Bei all den Ereignissen der letzten Wochen hatte Elisa kaum einen Moment gehabt, um innezuhalten und nachzudenken. Der Mord, die Ermittlungen, die grauenhaften Erlebnisse im Galgenwald, die Organisation des Begräbnisses, die Sorge um Marina, das Babysitten und der Stress in der Arbeit ... Elisa hatte funktioniert und eine Aufgabe nach der anderen abgearbeitet. Langsam verließ sie die Kraft. Sie wollte eine Umarmung von ihrer Mama.

»Komm her, Kleine!«

Gerry zog sie hoch und hielt sie fest. In seinen Armen weinte sie und hatte keine Ahnung, wie lange es dauerte, bis sie sich endlich etwas beruhigt hatte. Ein sanfter Kuss landete auf ihrem Scheitel, wie damals, als sie noch ein Kind war. Gerry hatte ihr eine Gute-Nacht-Geschichte vorgelesen und ihr dann das Bussi gegeben.

»Es geht wieder«, murmelte sie und löste sich von ihm. Wieder fiel ihr Blick auf das Grab.

»Ich überlege, das *Starship* zu schließen.«

Das kam überraschend. »Warum das? Du bist doch noch nicht alt genug, um in Pension zu gehen.«

»Nein, aber ... es steht unter keinem guten Stern mehr. Ständig sehe ich Réka vor mir, und die Leute reden.« Gerry seufzte. Er wirkte älter. Müde. »Mal sehen.«

»Hast du noch irgendwas über diese Menschenhändler gehört?«

»Nein. Der junge Kieberer hat mich das auch gefragt. Und ich hab ihm das Gleiche gesagt, wie ich dir jetzt sage: Lass die Sache ruhen. Du hast genug mitgemacht, Elisa.«

Nachdenklich starrte sie auf das Holzkreuz.

»Du musst dich jetzt um deine Schwester kümmern. Sie braucht dich. Und Andrei auch, der Hitzkopf. Er braucht eine strenge Hand, die ihn davor bewahrt, Blödsinn zu machen.«

»Ich komm im Moment selbst kaum klar.« Mit Leon war sie ein einziges Mal essen gewesen, seitdem hatte sie nichts mehr von ihm gehört. Das bezeugte wohl sein mangelndes Interesse. Auch gut. Sie konnte ihn nicht zwingen. Und dennoch ertappte sie sich dabei, oft an den hübschen Polizisten zu denken.

Vermutlich war es besser so. Leon schleppte bestimmt riesigen Ballast mit sich, und Elisa war auch nicht die einfachste Person. Vermutlich wäre das alles in einer Katastrophe geendet.

»Was hältst du davon, wenn wir was essen gehen, hm? Ich lade dich ein.« Gerry lächelte sie schwach an. Wie zur Bestätigung meldete sich Elisas Magen.

»Danke, das ist lieb. Und eine gute Idee.« Bevor sie mit Gerry den Friedhof verließ, wandte sie sich noch mal an das Foto auf dem Kreuz. »Bis bald, Mama!«

DANKSAGUNG

Es gibt ein Sprichwort, das besagt: Um ein Kind großzuziehen, braucht es ein ganzes Dorf. Ähnlich verhält es sich mit meinem »Buchbaby«. Ohne die Unterstützung von vielen lieben Menschen, würden Sie diesen Krimi nun nicht in den Händen halten.

Zuallererst möchte ich Claudia Rossbacher aufrichtig danken. Liebe Claudia, du hast an mich geglaubt, als ich es selbst fast nicht mehr tat. Gerade das vergangene Jahr war hart und ich war kurz davor, meine Autorenkarriere zu beenden. Dieses ist bereits das 13. Buch, das ich geschrieben habe, doch Bestseller war bis dato keiner dabei. Durch deine wunderbare Laudatio bei der Vergabe des Fine Crime Newcomer Awards schöpfte ich neuen Mut und startete voll Motivation ein neues Projekt. Dieser Abend war einer der schönsten Momente meines Lebens. Danke für deine Unterstützung, deinen Rat und deine aufmunternden Worte! Dein Respekt bedeutet mir so unglaublich viel.

Auch Robert Preis habe ich zu danken, der mittlerweile nicht nur mein Autorenkollege, sondern auch mein Kollege bei der Kleinen Zeitung ist. Während meines Journalismus-Studiums durfte ich dich kennenlernen und interviewen und du hast mir ans Herz gelegt, bei einem Literaturwettbewerb teilzunehmen. Das tat ich und gewann den ersten Platz. Auch zu Lesungen ermutigtest du mich und dir verdanke ich es, über Jahre hinweg Teil des großartigen Fine Crime Festivals sein zu dürfen. Danke an der Stelle auch an dich, Niki Schreinlechner. Für deine tollen Fotos, deine Menschlichkeit und die Zusammenarbeit.

Mein großer Dank gilt der Agentur Neuhold, insbesondere Erich, den ich auch durch das Fine Crime Festival kennenlernen durfte. Danke für deine Unterstützung, deinen Rat und dass du dir wegen mir den Kopf zerbrochen hast. Großer Dank auch an Raffi und Steffi, die mich bei der Entstehung dieses Krimis begleiteten. Ihr seid mir stets mit Rat und Tat zur Seite gestanden – das werde ich euch niemals vergessen! Ihr seid die Besten!

Danke an meine liebe Zeitungskollegin Julia Kammerer. Du hast mit mir gemeinsam den Galgenwald erkundet und dir all meine wirren Theorien angehört. Mit niemandem sonst könnte ich so gut darüber diskutieren, wie man am besten Leichen auf Galgen hängt, wo man sie platziert (natürlich nur auf den Buchseiten) und wie man sie unbemerkt entsorgt. Du bist genauso verrückt wie ich, nimmst mein Chaos und meine Verpeiltheit mit Humor, bist die beste Duettpartnerin und trägst mir meine Morde an den Büropflanzen fast gar nicht nach – nur so ein paar Monate …

Auch meiner langjährigen Freundin Eli gebührt mein tiefster Dank. Du bist neben meiner Schwester immer die erste, die meine Manuskripte liest. Dank deiner scharfsinnigen Kritik kann ich erste Schnitzer schon bereinigen, bevor es ins Lektorat geht. Deine Anmerkungen sind so unglaublich hilfreich. Danke, dass du dir stets so viele Gedanken um meine Protagonisten und meine Geschichten machst. Eine Veröffentlichung ohne dein Feedback könnte ich mir nicht mehr vorstellen. Ich bin mir sicher, irgendwann lesen wir auch von dir ein Buch – wenn Mozart sich langsam aus der Schublade herauswagt …

Mein Dank gebührt auch Kolleginnen und Kollegen wie Martina Parker, Reinhard Kleindl, Julia Fürbaß, Kristina Semler alias Viktoria Stahl oder Roland Hebesberger. Danke für den Austausch, den Zuspruch und die gegenseitige Unterstützung. Ich wünsche euch viele kreative Ideen und hoffe, ihr schreibt weiterhin so tolle Geschichten! Bitte seid mir nicht böse, wenn ich euch namentlich nicht erwähnt habe – das bedeutet nicht, dass ihr mir nicht viel bedeutet.

Vielen herzlichen Dank an Klaus Strobl, Mario Darok und Herbert Ederer für eure Unterstützung bei der Recherche und die Einblicke, die ihr mir in eure Arbeit gewährt habt und mir dadurch geholfen habt, die Geschichte authentisch zu erzählen! Die Gespräche mit euch waren so interessant – danke für eure Geduld und eure bereitwillige Auskunft.

Auch bei meiner Lektorin Claudia Senghaas möchte ich mich herzlich für die tolle Arbeit bedanken. Du holst das Beste aus dem Manuskript heraus. Danke auch für Dein Vertrauen in mich.

Dieser Dank gilt dem gesamten Gmeiner-Team! Danke für die gute Zusammenarbeit und dafür, dass ihr meiner Geschichte ein Zuhause gegeben habt!

Vielen Dank auch an meine Schwester Dani, die gleichzeitig meine Seelenverwandte ist, obwohl wir so grundverschieden sind. Du bist immer eine der ersten, die meine Manuskripte liest und übernimmst stets die erste Korrektur, sodass aus »Schweinwerfern« wieder »Scheinwerfer« werden. Danke für dein Interesse an meiner Arbeit und dass du dir immer wieder geduldig all meine Ideen anhörst.

Mein Dank gilt meiner gesamten Familie, die immer für mich da ist! Danke auch an alle, die mich stets unterstützen, sei es durch Veranstaltungen, Social Media oder auf sonstige Weise. Leider kann ich euch nicht alle namentlich nennen, aber fühlt euch fest von mir gedrückt.

Und natürlich möchte ich auch Ihnen, liebe Leserin und lieber Leser, von Herzen danken! Denn genau für Sie schreibe ich meine Geschichten. Ich hoffe, Sie haben es genossen, Elisa und Leon zu begleiten. Über eine Rezension würde ich mich freuen, genau wie auf ein baldiges Wiederlesen!

Eure Nicole

Weitere Titel finden Sie auf den folgenden Seiten und im Internet:

WWW.GMEINER-VERLAG.DE

Andreas Pittler
Kärntner Hochzeit
Kriminalroman
272 Seiten, 12,5 x 20,5 cm,
Broschur
ISBN 978-3-8392-0791-8

Sonja Hinterschartner ist nicht mehr die Jüngste, als sie doch noch unter die Haube kommt. Aber das Eheglück währt nicht lange, ihr Mann, der Italiener Vito, ist nur allzu schnell wieder Witwer. Hat er dabei etwas nachgeholfen? Die Kärntner Polizisten Obiltschnig und Popatnig gehen der Sache nach. In der Tat wirkt vieles an Vito verdächtig. Allerdings findet sich partout kein Motiv. Und dann ist da noch eine überaus mysteriöse Einbruchsserie, die Villach in Atem hält. Obiltschnig und Popatnig haben alle Hände voll zu tun.

SPANNUNG

GMEINER

WWW.GMEINER-VERLAG.DE
Wir machen's spannend

Dagmar Hager
Salzkammerglut
Kriminalroman
256 Seiten, 12,5 x 20,5 cm,
Broschur
ISBN 978-3-8392-0816-8

Während Bad Ischl fröhlich den Kaisergeburtstag
feiert, bricht auf der Rettenbachalm ein Flammenin-
ferno aus. Kurz darauf wird in den Überresten einer
verkohlten Hütte eine männliche Leiche gefunden:
Unternehmer Regus Dorninger. Ein Mann mit vielen
Feinden. Doch wer hasste ihn so sehr, dass er zum
Mörder wurde? LKA-Ermittler Ben Achleitner steht
vor seiner härtesten Prüfung. Denn nicht nur listige
Gegner stellen sich ihm in den Weg – auch sein eigenes Herz kommt ihm in die Quere.

GMEINER SPANNUNG

WWW.GMEINER-VERLAG.DE
Wir machen's spannend